Séduite par son rival

L'héritier secret

SILVER JAMES

Séduite par son rival

Traduction française de
FRANCINE SIRVEN

PASSIONS

HARLEQUIN

Collection : PASSIONS

Titre original :
COWGIRLS DON'T CRY
Ce roman a déjà été publié en 2016

HARPERCOLLINS FRANCE
83-85, boulevard Vincent-Auriol, 75646 PARIS CEDEX 13
Service Lectrices — Tél. : 01 45 82 47 47 - www.harlequin.fr
ISBN 978-2-2804-5263-2 — ISSN 1950-2761

Composé et édité par HarperCollins France. Achevé d'imprimer en décembre 2020.
par CPI Black Print - Barcelone - Espagne
Dépôt légal : janvier 2021.

MIXTE
Papier issu de sources responsables
FSC® C108412

Pour limiter l'empreinte environnementale de ses livres, HarperCollins France s'engage à n'utiliser que du papier fabriqué à partir de bois provenant de forêts gérées durablement et de manière responsable.

- 1 -

Chance Barron avait toujours su ce qu'il voulait. Et depuis un bon moment, son regard ne quittait plus la séduisante blonde, au bar de l'hôtel.

Un gros coup de blizzard comme le mois de mars en avait le secret avait forcé les autorités à boucler l'aéroport de Chicago O'Hare. Dans l'immédiat, il était donc coincé ici. Les services météo annonçaient une accalmie au lever du jour, et il était déjà enregistré sur le premier vol pour l'Oklahoma. Mais en attendant… Une jolie petite nana était là toute seule, à siroter des martinis comme on boit de l'eau plate. Elle portait un chignon, fixé au sommet de sa tête avec une sorte de baguette semblable à celles pour les nems. Elle était assise de profil, difficile donc de juger en pleine connaissance de cause, mais il avait été séduit par la ligne délicate de sa mâchoire, la grâce de son cou. Sa tenue, veste rouge et pantalon chino noir, témoignait d'un certain goût pour la mode ; enfin, en dépit de la neige, elle portait des bottines aux talons vertigineux.

Il l'observa avec attention, tout en réfléchissant à la meilleure formule pour l'aborder. Lorsque le serveur lui apporta un autre verre, il admira ses doigts fins jouant avec la pique à cocktail, manquant s'étouffer quand elle referma sa bouche voluptueuse autour de l'olive verte. Il sentit une partie ultrasensible de son anatomie s'animer, tandis que des images très sensuelles s'invitaient dans son esprit. Une nuit, une seule, où était le crime ? Sans compter qu'après, il serait de bien meilleure humeur pour affronter le patriarche, une fois rentré chez lui.

En un instant, l'image de son père, Cyrus Barron, lui fit l'effet d'une douche froide et effaça les autres, plus sensuelles. Sans doute en raison de la personnalité de ce vieux briscard. Un homme de pouvoir. Pétrole, ranch, bétail. Politique et médias. Tel était le quotidien du père de Chance. Un tyran plus qu'un père, avec sa manie d'en exiger toujours plus de ses fils, Chance n'échappant pas à la règle. Il possédait bien son propre cabinet d'avocats, mais avec la famille pour principal client. Une chose était sûre, trouver des reproducteurs pour le ranch n'entrait pas dans ses compétences. Ce qui n'avait pas empêché son père de l'envoyer chercher par monts et par vaux un étalon jusque dans l'Illinois, d'où bien sûr Chance était rentré bredouille. Pour se retrouver piégé dans la « ville des vents ».

La serveuse approcha, un sourire marketing aux lèvres, et lui proposa un autre verre. Il déclina l'invitation et lui tendit un billet de cinquante dollars flambant neuf, de quoi payer la note et le pourboire.

— Gardez la monnaie, trésor, dit-il avec nonchalance.

Puis il se leva et se dirigea vers le comptoir… avant de réaliser que sa proie s'était fait la belle.

« Merde », marmonna-t-il, son juron se noyant aussitôt dans le bruit des verres et des conversations. Il sortit du bar. Elle ne devait pas être bien loin. Il allait la retrouver, puis il plaiderait sa cause et lui proposerait de lui tenir chaud pour la nuit.

Cassidy se colla à l'immense baie vitrée, dans le hall de l'hôtel, téléphone vissé à l'oreille. Dehors, des flocons gros comme des balles de golf tombaient en rafales. Un peu pompette, un brin claustrophobe, elle ferma les yeux.

— Je n'arriverai jamais à temps, n'est-ce pas ? dit-elle, les mots en sortant de sa bouche lui écartelant l'âme.

— Non ma chérie, c'est fichu…

Baxter « Boots » Thomas n'était pas du genre à prendre des gants. Pour les médecins, il devrait déjà être parti…

En fond sonore, elle reconnut à l'autre bout du fil l'écho lancinant des bips du respirateur artificiel. Et dans la voix du meilleur ami de son père, la fatigue et la résignation.

— Pourrais-tu approcher le combiné de son oreille ? Je sais, il ne peut pas m'entendre, mais…

Sa gorge se serra, et elle ferma une nouvelle fois les yeux. Au bout de trois secondes, Boots marmonna :

— Vas-y.

Alors, elle parla. Evoqua des souvenirs. Et à la fin, sa voix se brisa et elle pleura. Au décès de sa mère, emportée par une pneumonie, Cassie avait trois ans, trop jeune pour avoir conscience de l'immensité de cette perte. Mais aujourd'hui… La douleur était pire que ce qu'elle avait imaginé. Elle aurait tant voulu être là-bas, au chevet de son père. Lui tenir la main, en ce moment ultime. Il avait toujours été là pour elle. Et elle, avec ses échecs à répétition, n'avait jamais été à la hauteur de ses espérances. Ces dix dernières années, à chacune de ses visites, elle la voyait dans ses yeux. La déception.

La voix de son père chuchota à son oreille.

— Les filles de cow-boy ne pleurent pas, ma chérie. Remonte en selle et en avant.

Ravalant ses larmes, elle tressaillit à son soupir rauque, douloureux. Puis ce fut le silence. Il était parti. Tellement vite. En l'espace de trois secondes, comme ça, ce grand diable d'homme qui était son père avait cessé d'exister.

— Ça va, ma petite chérie ? demanda Boots.

Du revers de la main, Cassidy s'essuya les yeux. Non, ça n'allait pas. Mais elle n'avait pas le choix. Elle devait régler un tas de choses. Que cela lui plaise ou non.

— J'arrive dès que possible, oncle Boots. Je suis coincée ici jusqu'à la fin du blizzard. Je ne peux même pas retourner à mon appartement. Je vais passer la nuit ici, dans un hôtel de l'aéroport, dit-elle, la voix assurée.

Elle ne pouvait pas craquer. Pas encore.

— Je prendrai le premier vol demain matin. Je t'appellerai pour te donner l'heure.

Elle toussota pour dégager la boule qui lui nouait la gorge.

— Peux-tu joindre l'entreprise de pompes funèbres pour les formalités ? Mais je… Je t'en prie, ne les laisse pas procéder à la crémation avant mon arrivée, oncle Boots… Je… J'ai besoin de le voir. De lui dire adieu. D'accord ?

— Bien sûr, ma petite chérie. Ne t'inquiète pas.

— Tu sais où il rangeait son costume… Je t'en prie, fais-le beau pour moi.

— Je m'en occupe, mon trésor. Et maintenant, rentre au plus vite. Nous avons du travail devant nous.

— Je t'aime, oncle Boots.

— T'aime aussi, petit ange…

Elle mit fin à la communication et glissa le téléphone dans sa poche. Comment était-ce possible ? Comment pouvait-elle assimiler l'énormité de cet événement sans s'effondrer ? De nouveau, elle refoula ses larmes. Pas question de pleurer. Pas en public. Une leçon inculquée par son père. La fille d'un cow-boy ne pleurait pas. Ne pleurait plus, en tout cas. Depuis longtemps. Cass appuya son front contre la vitre glacée.

Dix ans qu'elle avait quitté le ranch. Avec des rêves plein la tête, elle s'était adaptée tant bien que mal à la mégalopole, avait appris à aimer cet endroit où les lumières des tours d'acier éclipsaient les étoiles, la nuit, où la circulation faisait un bruit semblable au tonnerre qui gronde, dans le lointain.

La vie au ranch était dure. Lever à l'aube, coucher tard. Comme une menace, les caprices constants de la météo — canicule, froid glacial, trop de pluie ou pas assez. Les gelées précoces. Les maladies qui pouvaient décimer un troupeau en un clin d'œil. Plus dur encore était le rodéo. La passion de son père. La sienne aussi, lorsqu'elle était toute jeune, inconsciente du danger d'un tel sport. Elle ne voulait pas rentrer. Elle ne voulait pas dire adieu à l'homme auquel elle avait toujours comparé ses fiancés. En dépit du mal qu'elle lui avait fait, de sa déception par rapport à ses choix de vie, son père n'avait jamais cessé de l'aimer. Et maintenant, il était parti.

Relevant la tête, elle décida qu'elle avait besoin de dormir. Malgré la tentation d'un autre martini. Ou d'un whisky. Non que cela lui puisse être d'une quelconque utilité. L'alcool ne pourrait rien contre cette douleur dans son cœur, il serait impuissant à guérir cet abcès. Oui, tel était son cœur. Un abcès douloureux, à vif, plein de pus et d'égoïsme nauséabonds. Elle n'était pas rentrée depuis un an. Et aujourd'hui, il était trop tard.

Elle envisagea de boire un autre verre. Ou de commander une bouteille au service d'étage. Tout en sachant que ce n'était pas une solution. Sans parler d'autres désagréments. L'idée de composer avec la foule à l'aéroport et d'affronter la réalité une fois à la maison avec la gueule de bois… Non, merci.

Elle se retourna… Et s'écrasa le nez contre une chemise sans faux pli, d'un blanc immaculé.

— Hop ! doucement, chérie…

Les mains puissantes de l'inconnu la rattrapèrent quand elle fit un bond en arrière et faillit tomber, les jambes en coton. Elle releva la tête. La leva beaucoup. Aperçut d'abord une mâchoire, volontaire, et une barbe naissante. Puis des yeux, de la couleur de l'ambre, et des cheveux, noirs et épais, un peu longs, certains retombant sur le large front de cet homme, d'autres sur sa nuque, effleurant le col de sa chemise. Elle tressaillit. Et pas à cause du froid.

— Je vous demande pardon. Je ne vous avais pas vu…

Au moins parvint-elle à ne pas bafouiller. Un bon point pour elle. Néanmoins, elle s'étonna de l'écho de sa voix, comme à bout de souffle. Effet de la surprise. Rien de plus. Elle n'avait pas besoin, ni envie d'ailleurs, de complication en ce moment. Or, au fond d'elle, elle sut tout de suite que cet homme sexy en était une.

— Ce n'est rien, trésor. Désolé de vous avoir fait peur.

Elle mit un bon mètre entre eux deux, pour rompre leur proximité physique.

— Peur, moi ? répliqua-t-elle en relevant fièrement le menton. Je n'ai pas eu peur du tout…

Soudain, elle l'observa avec plus d'attention, intriguée.

— J'ai l'impression de vous connaître. Nous sommes-nous déjà rencontrés ?

Elle s'efforça de ne pas rougir quand il promena ses yeux sur elle, des yeux de prédateur, la regardant de la tête aux pieds et retour. Puis un sourire… admiratif se dessina sur ses lèvres, de belles lèvres généreuses.

— Trésor, belle comme vous l'êtes, je m'en souviendrais…

Il lui tendit la main pour se présenter, mais fut coupé dans son élan par une mélodie — générique d'une vieille série western, à la télé — tout droit sortie de son smartphone, dans sa poche, les faisant tous deux sursauter.

Une expression de colère passa sur son visage, et il marmonna quelque chose comme : « Zut ! j'ai mieux à faire. »

Mieux à faire ? Elle recula un peu plus, se demandant s'il faisait allusion à elle. Elle avait bien aperçu un homme qui la regardait, au comptoir, tout à l'heure, assis dans le coin le plus sombre du bar. Mais oui, c'était lui, elle en était sûre maintenant.

L'inconnu lui sourit, juste avant une nouvelle interruption. Cette fois, son téléphone émit le bruit strident d'une sirène. Des gens regardèrent de leur côté, l'air effaré. Cass, prudente, fit un pas de plus en arrière.

— On dirait que c'est urgent, ironisa-t-elle.

Chance fouilla dans sa poche et en sortit son téléphone hurleur, se promettant au passage d'étrangler son frère qui avait pris la liberté de reprogrammer ses sonneries.

— Quoi ? rugit-il tout en levant un doigt en direction de l'inconnue pour lui indiquer que la conversation serait brève.

— On dirait que je te dérange, remarqua son frère, ironique.

— Tu me déranges toujours quand tu appelles, Cord. Dis à papa qu'il ne peut rien contre les caprices de la météo. Je suis coincé à Chicago à cause de ce satané blizzard.

Chance écoutait à peine, toute son attention focalisée sur la jeune femme blonde, devant lui. Quelque chose dans son expression retint son attention. Sous ses longs cils, comme une ombre sous ses yeux. Il regarda un peu mieux. De la tristesse, une profonde tristesse, voilà ce qu'exprimait son regard.

— Hé ! Chancellor ! Tu m'écoutes ?

— Non…

L'emploi de son prénom en entier ne parvint même pas à le distraire.

— Eh bien, tu ferais mieux. Notre père a décidé de réunir la famille, demain. Clay est déjà dans l'avion et rentre de Washington. Le patriarche a bien tenté de t'envoyer un de ses jets, mais tous ses pilotes ont refusé, à cause du temps. Ce qui l'a mis hors de lui, mais il ne peut pas les virer tous…

Chance résista à l'envie de se gratter le front. Le caractère de son père et sa propension à licencier à tour de bras permettait en fait à Chance de faire tourner son cabinet d'avocats. L'essentiel de son activité consistant à sortir les membres de sa famille de situations délicates. Tels étaient son devoir, d'après Cyrus Barron, et une partie du prix à payer quand on appartenait à l'une des familles les plus fortunées et les plus puissantes d'Oklahoma. S'appeler Barron offrait de nombreux avantages, Chance s'acquittait donc bon gré mal gré de ses obligations.

— Je dois prendre le premier vol demain matin… Une idée de ce qui nous attend, à cette réunion ?

— Des problèmes avec un grand P. Papa est fou de rage et n'arrête pas de marmonner des trucs à propos d'un vieux salaud qui lui aurait joué un mauvais tour en mourant. Le tout en des termes que la bienséance réprouve. Il est toujours le nez fourré dans ses cartes, j'en déduis qu'il a un projet d'acquisition et qu'il ne supportera pas qu'on lui mette des bâtons dans les roues.

— La routine, quoi, marmonna Chance qui n'avait qu'une envie maintenant, raccrocher, de façon à pouvoir reprendre au plus vite sa conversation avec l'inconnue.

Il la trouvait vraiment sexy, mais, bizarrement, le play-boy en lui était moins enthousiaste. L'hémisphère « séducteur » de son cerveau lui conseillait même de battre en retraite, et sans tarder. Ce chagrin dans ses yeux n'augurait rien de bon. Que des problèmes et des histoires à n'en plus finir. Ce qu'il ne pouvait se permettre, avec un père comme le sien.

— Ça ne lui suffit pas d'avoir Clay à un poste de sénateur. Le patriarche veut maintenant que Chase se porte candidat au titre de gouverneur, l'année prochaine.

Un scoop. Tournant le dos à la belle, il s'éloigna de quelques mètres.

— Chase ? Faire de la politique ? Il ne manquait plus que ça. Il a le chic pour s'attirer des ennuis. Notre cher père a perdu le sens des réalités.

— Hé ! au moins, toi et moi, pendant ce temps, on a la paix…

— Je me souviens d'avoir eu cette conversation avec notre père. J'avais douze ans à peine que, déjà, il voulait faire de moi un shérif, dit Chance en ricanant.

Cord éclata de rire.

— Oui, je me rappelle. Tu tenais à peine sur une selle que déjà il te harcelait avec ça. Et ensuite, il s'est vengé en en t'inscrivant à la fac de droit…

Chance se retourna, juste à temps pour voir son plan pour la nuit prochaine s'engouffrer dans l'ascenseur. Il sourit en voyant l'inconnue continuer de le regarder, jusqu'à la fermeture des portes. Cette femme l'intriguait. Et sur le plan physique, elle l'intéressait au plus haut point. Des images de corps dénudés et de draps froissés se bousculèrent dans sa tête. Il pouvait encore sentir son parfum. Ou peut-être était-ce son shampoing ? Ou son odeur à elle ? Amande, orange et un soupçon de cannelle… Un cocktail particulier, aussi inattendu qu'elle. Après un soupir de frustration, il se concentra sur la voix de son frère.

— Je t'assure, le boss est livide, Chance. Je ne l'ai jamais vu comme ça. Même quand Tammy a fui avec le contremaître. Je m'inquiète, il pourrait faire une attaque.

Chance leva les yeux au ciel. Tammy, l'épouse n°6, 7 peut-être, du patriarche. La moitié de l'âge de son père, un physique à la Dolly Parton. L'infidèle avait séduit le contremaître et s'était enfui avec lui, pour exiger ensuite une pension censée préserver son niveau de vie. Les Barron possédant les deux journaux les plus lus d'Oklahoma, elle avait menacé de provoquer un scandale. En tant qu'avocat de la famille, Chance, pour calmer le jeu, avait négocié un arrangement, une somme rondelette, avant de se dépêcher d'accomplir les démarches afin que le divorce soit prononcé au plus vite.

— Que se passe-t-il, au juste, avec le vieux bonhomme, Cord ? Je t'avertis, tu viens de me priver d'une nuit torride, j'espère que tu ne m'appelles pas pour rien…

— Le nom de Ben Morgan te dit quelque chose ?

Chance chercha dans sa mémoire.

— Vaguement. Un vieux cow-boy, champion de rodéo, c'est ça ?

— Exactement. Le patriarche et ce Morgan se sont toujours fait la guerre, y compris pour une femme, il y a longtemps.

— Ah ? Et pour laquelle de nos belles-mères ?

— C'est là le plus drôle, aucune. C'était il y a des années. Avant qu'il épouse maman.

— Eh bien, ça fait une éternité ! Je sais que notre père a la réputation d'être rancunier, mais là, on frise le ridicule, marmonna Chance.

— On voit bien que tu n'as pas eu affaire à lui, depuis qu'il a appris la mort de Morgan, répondit Cord. Il est dans une rage telle qu'il en a même oublié que tu ne lui avais pas trouvé son étalon…

— Tu ne vas quand même pas me le reprocher…

— Hé ! petit frère, tu le connais, il déteste perdre. La bonne nouvelle, c'est qu'il a d'autres préoccupations. Il veut que tu t'occupes de la succession de ce Ben Morgan. Voilà, je préférais te briefer, que tu saches ce qui t'attend…

— Merci pour le tuyau. Je vais procéder à des recherches sur le Net…

— Je t'enverrai certains renseignements par mail. Oh ! encore un détail, Chance ! Désolé d'avoir fait capoter tes plans pour la soirée…

— Oui, tu parles si tu as l'air désolé. Bref, à demain, je me rendrai directement au bureau depuis l'aéroport…

— OK, en cas de changement de programme, je t'appelle…

Chance éteignit son téléphone et le glissa dans sa poche. Pff, ce déplacement virait au n'importe quoi… Tiens, et maintenant, il parlait comme le patriarche. Mauvais signe.

Il regarda du côté du bar. La serveuse ne tarderait sans doute pas à quitter son service, mais après son entrevue avec la blonde, il n'avait pas envie d'une autre femme, du moins ce soir. Il se dirigea donc vers l'ascenseur, déterminé. Il avait du travail.

- 2 -

Le steward venant d'annoncer que leur vol aurait un peu de retard, Cass détacha sa ceinture. Apparemment, ils attendaient un passager. Ils étaient complets en classe éco, il devait donc s'agir de quelqu'un de la classe affaires. Elle soupira, tourna la tête à droite, à gauche, la baissa, la releva pour faire craquer ses vertèbres, pressentant la migraine.

Fermant les yeux, elle s'efforça de faire le vide dans son esprit. Pas facile. En fait, rentrer chez son père ne l'avait jamais été. Voilà pourquoi elle s'en était abstenue si longtemps, en dépit de Boots qui la pressait de venir. Et maintenant, son père était mort, et elle restait avec tous ces non-dits, ces regrets, ces remords. Son désespoir. Sans parler de la culpabilité, un sentiment qui lui brûlait l'estomac comme de l'acide. Elle soupira. Maintenant, elle n'avait d'autre choix que celui d'attendre pour lui dire adieu. En espérant qu'il l'avait entendue, la veille au soir, au téléphone.

La voix du pilote résonna dans la cabine, difficile à comprendre derrière les grésillements et le brouhaha ambiant. A l'évidence, le retardataire avait enfin embarqué, et ils allaient pouvoir décoller. Elle reboucla sa ceinture, croisa les mains sur ses genoux. Elle ne s'était jamais sentie à l'aise en avion, surtout lors des décollages et des atterrissages. Elle s'appliqua à inspirer, expirer, prête à bloquer une éventuelle crise de panique quand… lui revint à la mémoire l'odeur de cet homme, à l'hôtel. Odeur de cuir et de pluie par un jour d'été écrasé de chaleur. Etrange cocktail qui évoquait en elle des souvenirs. De son enfance au ranch, de ces pistes de rodéo un peu partout dans l'Ouest.

Avec sa chemise blanche, il avait l'air d'un banquier, mais un banquier en jean. Un jean repassé qui, au demeurant, lui allait parfaitement. Il portait également des bottes de cow-boy. Mais ils étaient nombreux avec ce genre de bottes, à Chicago. Et pas uniquement parce que le genre était à la mode.

Quand l'avion s'élança vers le ciel chargé de nuages, elle sentit son estomac se nouer et en oublia aussitôt l'inconnu. Le fuselage fut parcouru de secousses, puis elle entendit le bruit du train d'atterrissage rentré. L'appareil continua de monter presque à la verticale, et le pilote marmonna quelque chose sur la météo et leur altitude de croisière, qu'elle entendit à peine, à cause du vrombissement dans ses oreilles. Elle déglutit pour tenter de les déboucher, crispée sur son siège, et reporta ses pensées sur cette rencontre…

A un autre moment, peut-être aurait-elle laissé cet inconnu lui offrir un verre, juste pour comprendre ce qui vibrait, entre eux. Il était hyper sexy. Grand. Athlétique. Des mains puissantes, mais pas celles d'une brute, plutôt délicates même, elle l'avait senti quand elle l'avait heurté. Il la dépassait bien de quinze centimètres, pourtant elle n'était pas petite. Il irradiait aussi de lui une sorte de chaleur, ou peut-être que la chaleur venait d'elle, difficile de savoir… Un siècle au moins qu'elle n'avait été aussi troublée par un homme. Puis elle se rappela la raison de ce voyage, et le souvenir de cette rencontre se dissipa.

« Pardon, papa », chuchota-t-elle, une prière pour se faire pardonner ses pensées indécentes. Et tout le reste. Elle ferma les yeux pour apaiser cette brûlure, dans ses yeux. Elle ne pleurerait pas. Pas ici. Pas maintenant.

La voix de son père résonna doucement dans sa tête, l'encourageant à faire preuve de courage. Et soudain, elle se souvint. Elle avait perdu à la dernière manche l'épreuve de course aux tonneaux pour un malheureux dixième de seconde. Voyant du même coup s'envoler le titre de championne nationale… Quelle déception pour elle qui, dès l'âge de sept ans, s'était juré de décrocher la boucle de la meilleure cow-girl et la selle prestigieuse qui allait avec.

— Oui, papa, les filles de cow-boy ne pleurent pas. Elles se remettent juste en selle et repartent…

Revenue au présent, elle murmura ces mots, avec l'espoir que les dire à haute voix l'aiderait. Elle n'avait pas mis les pieds à un rodéo depuis dix ans. Depuis son départ de la maison en fait, pour l'université, dans l'Est. Depuis qu'elle avait décroché ce travail, à Chicago. Oh ! Et elle avait dû monter trois ou quatre fois, depuis. Elle détestait rentrer au ranch. Détestait la chaleur et la poussière, l'odeur du bétail.

Elle ne voulait pas être une fille de la campagne. Une cow-girl. Son plan était donc simple. Se débarrasser du ranch, assurer une retraite confortable à Boots et revenir vite fait à Chicago. Là où était sa place. Sans regret. D'ailleurs, son père connaissait ses intentions. Elle le lui avait assez répété comme ça. Jamais elle ne reviendrait, jamais elle ne prendrait la relève, au ranch. De nouveau, la culpabilité agrémentée de cette sensation de brûlure vint tourmenter son estomac. Oui, revenir à Chicago était la meilleure décision. Vraiment. Et pour faire barrage aux remords, elle raviva le souvenir de sa rencontre, la veille. Ce visage continuait de lui sembler familier. Un acteur, peut-être ? Ou un cow-boy professionnel. Elle chercha, mais sans résultat.

Le passager devant elle inclina soudain son siège, si bien que sur sa tablette, le café apporté un moment plus tôt par l'hôtesse se renversa en partie. L'homme à sa droite, côté hublot, dormait comme un nouveau-né, la tête sur son épaule. Elle le repoussa, mais ce faisant, heurta le coude de la femme à sa gauche. Ce qui lui valut un regard cinglant. Elle leva les yeux au ciel et haussa les épaules.

Elle avala le fond de sa tasse puis la tendit avec la serviette en papier trempée de café à l'hôtesse, quand celle-ci passa à proximité. Se sentant plus à l'étroit qu'une sardine dans sa boîte, elle ferma ensuite les yeux pour tenter de dormir un peu. Avant d'être assaillie par des images de l'homme rencontré la veille. Elle en mettrait sa main à couper, elle l'avait déjà croisé quelque part. N'étant pas fan du petit écran, elle écarta l'idée qu'il puisse s'agir d'un présentateur télé. Peut-être l'avait-elle rencontré à l'université ? Oh ! et pourquoi pas au lycée ? Elle n'avait pas la mémoire des visages, mais cet homme oui, elle en était certaine, ne lui était pas inconnu.

Renonçant à se reposer, elle rabattit la tablette, la fixant non sans mal avec ce maudit crochet. Puis elle étira les jambes et bougea les pieds, heurtant par mégarde le siège de devant. Lorsque son occupant se retourna pour la regarder par-dessus l'appuie-tête, elle lui offrit un beau sourire de petite peste. Le type n'insista pas et releva son siège, lui permettant ainsi de reprendre sa petite gymnastique en toute liberté.

A ce moment, d'autres souvenirs de son père la rattrapèrent et, de nouveau, elle fut au bord des larmes. Elle ferma les yeux, confrontée à plus de culpabilité encore. Quelle fille indigne, elle faisait ! Son père venait de mourir, c'était la moindre des choses de se rendre chez lui pour lui dire un dernier adieu. Sauf qu'elle n'aurait vu aucun problème à ne jamais retourner au ranch. Oui, elle était égoïste. Elle le reconnaissait sans mal. Et aujourd'hui… Des mois que Boots la suppliait de revenir. Mais elle avait repoussé et encore repoussé sa venue… Son père ? Il était bien trop fier pour l'appeler. Quant à elle, elle était bien trop fière pour céder. Et aujourd'hui, il était trop tard.

Quand les larmes vinrent, elle s'empressa de les essuyer, avec une vivacité telle que son coude heurta le bras de la passagère à sa gauche. La femme soupira avec dédain et changea de position sur son siège. Le type à sa droite ronflait à présent, bouche grande ouverte, son souffle faisant voleter le col du gilet de Cassie. Ce fut le déclic. En équilibre instable depuis des heures, elle sentit les vannes s'ouvrir.

— Excusez mes larmes, dit-elle, sans s'ennuyer à parler à voix basse. Mon père est décédé hier soir, et bloquée par ce blizzard, je n'ai pas pu me rendre là-bas à temps. Je rentre chez moi pour ses obsèques. Si je vous semble trop agitée, vous n'avez qu'à bouger vos… qu'à changer de siège.

Autour d'elle, le brouhaha des conversations fit place au silence. Elle sentit ses joues s'embraser et virer au rouge tomate — un héritage de sa mère. Chaque fois qu'elle se mettait en colère, riait ou pleurait un peu trop, elle devenait écarlate. Elle n'était pas très jolie en cas d'émotions fortes. Ce qui était malheureusement le cas, aujourd'hui.

Sa voisine écarquilla les yeux et la dévisagea, bouche bée, sans voix. Cassie se retint d'en rajouter une couche et, relevant fièrement le menton, elle s'assit de son mieux, bras croisés et regarda droit devant elle, ignorant superbement les passagers alentour, encore médusés par son éclat.

Sa tasse en porcelaine entre les doigts, Chance avala une gorgée de son café — l'un de ses crus préférés — tout en lisant en diagonale le texte affiché à l'écran de son ordinateur. Il venait d'apprendre une foule de choses intéressantes sur son père, et il avait hâte d'en parler à ses frères. Le vieil homme n'avait pas toujours été aussi puissant…

Du vivant de la mère de Chance, son père ne ménageait pas sa peine, trimant comme un forçat pour inscrire le nom de Barron sur les vastes terres dessinées sur la carte du comté. Les recherches de Chance la nuit dernière prouvaient que Cyrus, dans sa jeunesse, avait travaillé dans les champs de pétrole, dans les ranchs de la région et même fait du rodéo.

Il avait également aimé une certaine Colleen, avant de rencontrer et d'épouser la mère de Chance, Alice. D'après les journaux de l'époque, Cyrus Barron avait même fait un court séjour dans la prison du comté, après une bagarre lors d'un rodéo, à Fort Worth. Il avait envoyé Ben Morgan à l'hôpital, mettant un terme à la carrière de cow-boy du bonhomme. Peu après, Colleen quittait Cyrus pour épouser Ben. Depuis, le patriarche n'avait eu de cesse de le poursuivre de sa vengeance, mettant des bâtons dans les roues de son ennemi à la moindre occasion. Mais Morgan avait tenu bon. Il avait même réussi, offrant une vie des plus confortables à son épouse, d'abord comme fournisseur de bétail pour les rodéos, puis comme dresseur de chevaux.

Chance se massa la nuque. Son père, quel salaud ! Il continuait à vouloir faire payer le bonhomme bien que celui-ci soit dans la tombe. L'e-mail de Cord ce matin confirmait que Morgan avait contracté un prêt dans une petite banque locale — banque rachetée depuis peu par une succursale de Barron Enterprises — avec hypothèque sur le ranch. Le patriarche souhaitait que Chance passe à la banque en question pour y récupérer le dossier, avant leur petite réunion. Ne pouvant plus harceler Ben Morgan en personne, Cyrus semblait déterminé à gâcher la vie de ses héritiers.

Ah oui ! on pouvait faire confiance à ce vieux bandit pour écraser ses rivaux ! Et Chance à vrai dire admirait son sens des affaires. A l'époque, il trouvait le rachat de cette banque tout à fait farfelu, ne valant pas en tout cas toutes ces formalités et paperasses. Il avait dû embaucher deux experts pour s'occuper de la transaction. Bref, Cyrus voulait cette banque, il l'avait eue. Et Chance aujourd'hui comprenait les raisons de tant d'obstination.

Secouant la tête, il ferma son ordinateur et tendit sa tasse à l'hôtesse quand elle lui proposa un autre café, un sourire complice aux lèvres.

— Il m'arrive de faire escale à Oklahoma City, chuchota-t-elle, ses doigts effleurant les siens quand elle remplit sa tasse.

Chance l'observa. Brune, pas loin de la trentaine, avec

tout ce qu'il fallait aux bons endroits sous l'uniforme. Son genre de femme. Mais quand il lui sourit, un autre visage s'imposa à sa mémoire. Celui de la blonde, à l'hôtel. Il sentit son cœur s'accélérer. Il ne connaissait même pas son nom et, pourtant, elle le hantait.

— Désolé, trésor. Je fais juste un aller-retour, prétendit-il avec aplomb, la déception aussitôt se lisant sur le visage de la belle.

Lui, décliner une telle invitation ? Cela ne lui ressemblait pas.

Il était peu probable qu'il croise de nouveau le chemin de l'inconnue ; en revanche, son frère chargé de la sécurité de Barron Enterprises était aussi détective privé. Oui, il allait lancer Cash sur sa trace. Tout ce que Chance demandait, c'était une nuit avec elle, histoire de l'effacer de son esprit, une fois la chose faite.

Il sourit, se félicitant de pouvoir dissimuler son émotion sous la tablette devant lui. Il ne comprenait pas pourquoi cette femme le troublait autant, mais le fait était là. Elle le démangeait. Et pas que dans la tête. La chassant de ses pensées, il rouvrit son ordinateur, bien décidé à se concentrer sur son travail. Il devait mettre sa libido en sommeil et se concentrer sur les exigences de son père.

Au même instant, l'hôtesse se précipita en classe éco, et il se pencha pour regarder. Trois de ses collègues étaient rassemblées devant une rangée de sièges, au fond de la cabine. Et tous les passagers s'étaient retournés pour assister au spectacle. Il entendit des éclats de voix, mais impossible de savoir de quoi il s'agissait. Puis le calme revint, et il reporta son attention sur l'écran de son portable.

Après l'atterrissage, il fut le premier à descendre. Sans bagages, il rejoignit directement le parking. Il faisait beau, le soleil brillait, aussi s'abstint-il d'enfiler sa lourde veste en cuir. La tempête qui frappait le Midwest avait épargné l'Oklahoma. Un vrai bonheur. Il détestait le froid. Comme la forte chaleur. S'il pouvait, il vivrait quelque part où le thermomètre afficherait 30 °C en permanence.

Arrivé devant sa voiture, il sortit ses clés de sa poche, déverrouilla la fermeture automatique des portières puis posa son attaché-case et son ordinateur sur le siège passager, avant de se mettre au volant. Il démarra avec nonchalance, conduisit son Audi R8 coupé noire jusqu'au portail du parking, s'arrêtant devant le guichet juste le temps de payer son ticket. Puis, sans même un regard aux véhicules arrivant sur les autres voies, il se faufila dans le trafic, poussant son moteur V10 à fond et évitant de justesse un pick-up qui fut néanmoins forcé de freiner pour lui céder le passage. Au feu suivant, il regarda sans vraiment le voir le vieil homme au volant du pick-up rouge tout décati. Rien à signaler. En revanche, sa passagère. Mais… C'était elle ! La blonde de l'hôtel. Elle baissa sa vitre et lui décocha un regard à décaper la peinture métallisée de son Audi.

Ses vitres étant teintées, elle ne le reconnut sans doute pas. Le feu passa au vert, mais au lieu d'accélérer comme à son habitude, il se décala pour se mettre dans le sillage du vieux tacot dont il releva le numéro. Voilà. Maintenant, il aurait un élément concret à fournir à Cash pour son enquête. Il sourit, sans s'interroger plus sur les raisons de sa présence ici. Euphorique. La vie réservait de ces surprises ! Puis il se déporta sur la bretelle de sortie pour rejoindre l'I-40 et fonça. On ne faisait pas attendre le patriarche.

- 3 -

— Tu as vu cet idiot ? Il aurait pu nous tuer !

— Les gens de la ville roulent toujours trop vite. Mais il n'y a pas de mal, marmonna Boots avant de cracher par la vitre.

— Tu devrais arrêter de mâcher du tabac, oncle Boots, ça n'est pas bon pour toi.

— C'est le seul vice que je m'autorise, Cassie, et je ne suis pas éternel. Laisse donc le vieil homme que je suis en paix.

Elle serra les dents, mais tint sa langue. La vieille couverture de selle sur le siège lui grattait le cou, à travers son pull. A peine sortie du terminal, elle s'était débarrassée de son manteau. Comparé à Chicago, Oklahoma City avec ses 10 °C avait des airs de printemps. Tout en se grattant l'oreille, le chien de son père, un berger australien, bâilla et s'assit confortablement entre eux.

— Comme je t'envie, Buddy, soupira Cassie. Toute la journée à chasser les écureuils et à te prélasser au soleil sans être obligé de supporter ces imbéciles. Si on t'embête, un coup de dents et hop !

— Fais attention à ce que tu dis, Cassidy Anne Morgan. Ne va pas raconter n'importe quoi à ce pauvre chien. Buddy est très sensible.

Cassie leva les yeux au ciel et tapota l'épaule de Boots.

— Bien, monsieur…

Ils roulèrent un moment en silence. A un moment, le vieil homme toussota, mais ne dit rien. Trois cents mètres plus loin arrêté par un autre feu rouge, il se tourna vers Cassie.

— Il va beaucoup me manquer, tu sais.

Buddy gémit doucement et posa la tête sur la cuisse de Boots, comme pour dire qu'à lui aussi, Ben manquerait.

Cass ferma brièvement les yeux et tenta de refouler ses larmes. En vain. Elles se mirent à couler en un flot continu. Boots sortit de sa poche un bandana rouge usé jusqu'à la trame et le lui tendit. Elle le prit, se tamponna le bout du nez, mais rien n'y fit. Elle continua de pleurer, le front contre la vitre.

— Pourquoi ne m'avoir rien dit ?

— Te dire quoi, Cassie ? Vingt fois je t'ai demandé de venir.

— Tu aurais pu me préciser qu'il était sur le point de mourir.

— Je t'ai dit qu'il était malade.

— Il y a une énorme différence entre être malade et mourir ! répliqua-t-elle, la colère aussitôt séchant ses larmes.

— Et il y a une énorme différence entre être trop obstinée pour rentrer à la maison et faire amende honorable, et être trop occupée pour s'inquiéter de la santé de ton père.

— C'est lui qui a commencé ! s'exclama-t-elle, de façon puérile.

Mais c'était la vérité. Dès le début, son père avait critiqué ses projets. Si elle tenait tant à aller à l'université, pourquoi n'en choisissait-elle pas une dans la région ? Pourquoi voulait-elle tellement s'installer à l'autre bout du monde, où il ne pourrait jamais la voir ? Elle avait mis de côté l'argent gagné lors des rodéos et demandé une bourse. Qui n'avait pas suffi, elle avait donc pris un job de serveuse. Avant de trouver un travail à la Bourse de Chicago. Et si elle ne roulait pas sur l'or, au moins n'était-elle pas obligée de se lever avec les poules pour les travaux du ranch. Pour trimbaler par exemple des seaux de fumier ou aller chercher au diable vauvert les vaches récalcitrantes trop bêtes pour se mettre à l'abri, les jours de tempête.

Boots émit un drôle de bruit, l'arrachant à ses pensées. Elle le regarda et vit ses joues baignées de larmes, ses mains serrées autour du volant. Elle se pencha par-dessus le chien et posa sa main sur la sienne.

— Tu as raison, oncle Boots.

— Oh ! mon ange ! Vous vous ressemblez tellement, tous les deux. Aussi entêté l'un que l'autre. Mais il t'adorait. Et il était fier de toi.

— Ce n'est pas vrai, dit-elle en secouant la tête, ne pouvant le croire. Non, il n'était pas fier de moi. Je l'avais déçu en ne restant pas au ranch. Et je ne me suis pas mariée, je ne lui ai pas donné de petits-enfants. Je n'ai rien fait de ce qu'il attendait de moi.

— Tout ce qu'il voulait, c'était ton bonheur, ma petite chérie.

Elle ne sut que répondre. Elle le savait au fond d'elle, Boots se trompait. Elle avait commencé à décevoir son père le jour de ses dix-huit ans, en perdant sa virginité à l'arrière d'un pick-up, lors du festival du rodéo de Denver, avant de jurer qu'elle ne remonterait plus sur un cheval.

Le vieux pick-up cliqueta de partout quand Boots roula sur le ralentisseur en s'engageant dans la voie menant au parking du funérarium. Il se gara et, l'espace de quelques minutes, personne ne bougea, y compris le chien. Cass ne descendrait pas de cette voiture. Elle n'entrerait pas dans ce bâtiment. Avec ses murs blanchis à la chaux et ses volets bleus, son toit en tuile rouge, on se serait cru devant un restaurant mexicain, pas une chapelle funéraire. L'espace d'un instant, elle faillit demander à Boots de repartir. Avant de comprendre que si elle s'en allait, là, maintenant, elle le regretterait le restant de ses jours.

Elle inspira puis expira, longtemps, puis elle s'essuya les joues, le nez, avec le bandana qu'elle glissa dans sa poche, juste au cas où.

— Bien. Finissons-en.

Les portières du vieux pick-up grincèrent quand ils les ouvrirent. Buddy bondit pour suivre Boots, qui le réprimanda.

— Laisse-le, oncle Boots. Il a autant le droit que quiconque de dire adieu à papa, dit-elle en prenant le bras du vieil homme. On va y arriver, pas vrai ?

Boots tapota sa main.

— Tu sais ce que ton père disait, mon sucre.

— Oh oui ! je sais…

De nouveau, elle inspira, très fort.

— La fille d'un cow-boy ne pleure pas. Elle remonte en selle et va de l'avant. Si tu savais comme je déteste cette phrase…

Il rit et lui tapota de nouveau affectueusement la main. A l'entrée du bâtiment, Boots fit en sorte de distraire le responsable du lieu de façon que Cassie puisse entrer avec Buddy. L'accès aux chiens devait être interdit, mais elle s'en fichait. Buddy avait besoin de faire ses adieux autant qu'elle.

Quelques minutes plus tard, seule dans le reposoir, elle regarda celui qui avait été son père. Un drap recouvrait son corps des épaules aux pieds. Pas de costume de cérémonie ni de maquillage. Tout de suite après son départ, il serait incinéré. Le funérarium avait attendu pour lui permettre de lui dire adieu.

Avec les années, il avait maigri et perdu ses cheveux. Les rides autour de ses yeux semblaient avoir été figées dans de la cire. Ce… Cette chose n'était pas son père. Cet homme si débordant d'énergie. Si rieur. Toujours à jurer. Elle tendit la main pour le toucher, avant de se raviser. Le cancer lui avait ravi toute sa vitalité. A l'idée de sa peau entrant en contact avec cette pâle copie de son père, elle sentit sa gorge se nouer.

— Oh ! papa…

Le chagrin la submergea.

— Mon Dieu, comme tu me manques. Je suis tellement désolée. Désolée pour tout. Je t'en prie, pardonne-moi…

Elle ferma les yeux pour tenter de contenir ses larmes, bras croisés, quand quelque chose de chaud se frotta à sa jambe, et Buddy joignit ses gémissements à ses pleurs. Elle caressa le chien entre les oreilles.

— A toi aussi, il te manque, je sais, mon Buddy. Qu'allons-nous devenir maintenant ?

Dans sa voiture, sur le parking de la banque, Chance prenait des notes tout en parlant avec Cash, au téléphone.

— Donc, Ben Morgan a une fille…

Une héritière compliquerait forcément l'affaire, mais il disposait de suffisamment d'éléments pour gagner du temps avant de pouvoir saisir le ranch. Morgan était au bord du gouffre et ne parvenait plus à la fin à rembourser.

— Tu as son nom ?

— Cassidy. J'ai mis l'un de mes types dessus. Au fait, j'ai l'info que tu m'as demandée par SMS, tout à l'heure. Le pick-up appartient à un certain Baxter Thomas.

Chance fronça les sourcils.

— C'est bizarre, ce nom me dit quelque chose…

— A moi aussi. Tu veux que j'aille voir dans ses finances ?

— Non, essaie de trouver quelque chose sur Google…

Il pianota sur son volant en cuir, son frère à l'autre bout du fil en faisant autant sur le clavier de son ordinateur.

Soudain, celui-ci émit un sifflement qui retint son attention.

— Voilà qui est intéressant. Baxter Thomas est en réalité Boots Thomas.

— Le clown des rodéos ? s'exclama Chance.

On ne les appelait d'ailleurs plus comme ça. Aujourd'hui, on parlait de toreros, un terme plus adapté à leur travail, dans l'arène. Boots Thomas était une légende pour les aficionados.

— Lui-même. Et d'après cet article, Ben Morgan et lui étaient associés dans une affaire de dressage de chevaux…

De nouveau Cash siffla.

— Le mystère s'épaissit. Cassidy Morgan était une championne du circuit, autrefois, mais elle a laissé tomber après avoir remporté le championnat au festival de Denver, il y a dix ans. L'année où Cord et toi avez remporté le titre de prise au lasso.

— Ah oui ?

L'aurait-il croisée, à l'occasion d'une compétition ? Difficile de savoir. Cette année-là, juste après sa victoire, il avait mis un terme à sa carrière de cow-boy. Pour entrer à la fac de droit. En ce temps-là, il n'avait pas le temps de courir après les taureaux, ni après les cow-girls.

— Chance ? Tu m'écoutes ?

— Euh… oui ?

— Une cérémonie aura lieu après-demain en hommage à Morgan, au funérarium de Pleasant Hills. Apparemment, il s'agit d'une crémation. Mais ce serait indélicat d'aller lui présenter les documents de la saisie à ce moment-là…

— Décidément, Cash, tu te ramollis. A quelle heure, la cérémonie ?

— 10 heures du matin. Pourquoi ? Tu ne comptes tout de même pas y aller ?

Il ne fut pas long à peser le pour et le contre.

— Pourquoi pas ? Juste histoire de me faire une idée, répondit-il, perdu dans ses pensées.

Oui, pour les affaires, rien que pour les affaires. Sauf qu'il n'était pas forcé d'agir comme un salaud, même si son père ne pensait qu'à ravir son ranch à la fille de son ennemi de toujours. Une fille en plein deuil. Il ne croyait pas aux coïncidences, mais quand même… Se pouvait-il que l'inconnue de l'hôtel soit Cassidy Morgan ?

Fort de toutes ces révélations, Chance démarra et prit la route de la maison. Il aurait tout le temps de rassembler les papiers officiels. D'abord, il n'avait envie que d'une chose : prendre une douche et se changer. Il se sentait sale, soudain. Sale comme un salaud…

Il s'apprêtait à commettre un acte détestable, en digne fils de son père. A un feu, il regarda son reflet dans le rétroviseur.

— Tu n'es qu'un pourri, tu le sais, ça ? marmonna-t-il, sans même ciller.

Il avait l'habitude de toujours dire la vérité, du moins à lui-même.

L'esprit ailleurs, il sursauta quand la voiture derrière le klaxonna, le feu étant passé au vert. Il leva la main pour s'excuser auprès du conducteur, avant de se raviser. Quelle importance. N'était-il pas un Barron ? S'il avait envie de ne pas bouger de ce feu, pourquoi s'en priverait-il ? Il démarra en trombe et rejoignit en un rien de temps la résidence. La perspective de voler son ranch à Cassidy Morgan, l'inconnue de l'hôtel… Oui, un salaud comme lui ne pouvait rêver mieux, comme scénario, songea-t-il dans un éclat de rire.

Toute vêtue de noir, Cassie se sentait mal à l'aise. La petite salle de la chapelle était pleine de monde, vieilles connaissances du circuit des rodéos, voisins, amis de toujours. Tous vêtus de couleurs vives. Un jour, son père lui avait dit qu'un cow-boy, un vrai, ne portait jamais de noir, même pour les enterrements. Elle aurait dû s'en souvenir.

Le fond de la salle ressemblait à un champ de fleurs des prés. Pas de bouquets pompeux. Elle ne connaissait pas le pasteur, mais il semblait tout savoir sur son père. Bref, son éloge funèbre dépeignit avec force et tendresse le défunt. Quand il eut terminé, il proposa à qui le souhaitait de prononcer quelques mots en sa mémoire.

Quelqu'un toussota. Des chaises grincèrent sur le parquet, puis ce fut l'écho de pas lourds. Un homme bâti comme un bûcheron, avec une barbe touffue, une bedaine proéminente au-dessus de la ceinture et un morceau de tabac à chiquer dans la bouche s'avança.

— Ben Morgan m'a sauvé la vie, il y a une quarantaine

d'années. Lors du rodéo de Fort Worth, je me suis retrouvé ficelé, piégé sur un taureau du nom de Red Devil. Le vieux Boots s'agitait dans l'arène, et Ben montait un cheval. Boots est venu occuper Red Devil ; Ben, lui, a sauté de son cheval et attrapé le taureau par les oreilles, en l'immobilisant, le temps que les autres puissent me libérer. Tout ce dont je me souviens après, c'est que je me suis retrouvé les fesses dans la poussière et que j'ai vu Ben s'envoler. Dans l'histoire, cet abruti de taureau lui a cassé trois côtes, mais Ben s'est relevé, a dépoussiéré un peu son pantalon et s'est remis au boulot. Un type pas banal, avec un sacré courage. Il va me manquer.

L'homme fut salué par des murmures et des « amen » dans la salle, puis il retourna s'asseoir, remplacé cette fois au micro par une femme. L'inconnue vint serrer la main de Cassie et tapota l'épaule de Boots puis, une fois sur l'estrade, offrit un sourire radieux à l'assemblée.

— La plupart d'entre vous me connaissent. Pour les autres, je m'appelle Nadine Jackson et je suis propriétaire du Four Corners, le snack. Avant de tomber malade, Ben venait manger chez moi presque tous les jours. Mais tous les clients demandaient de ses nouvelles à Boots. Ben vous aurait donné sa chemise, si vous en aviez eu besoin. Oh ! il ne roulait pas sur l'or, mais quand un cow-boy se retrouvait sans le sou, il n'hésitait pas à lui prêter quelques dollars ou à lui offrir de partager son repas ! Ma petite-fille l'appelait Cow-boy Louis l'Amour…

Elle s'interrompit, le temps que les rires s'estompent dans la salle.

— Elle n'a que huit ans, mais elle avait raison. Ben aurait pu être le héros d'un de ses livres. C'était un grand bonhomme. Avec un cœur encore plus grand. Le genre de gars que l'on est fier d'avoir pour ami…

Nadine se tourna vers Cassie.

— Quant à toi, trésor, tu étais sa fierté, sa joie. Il parlait toujours de toi. De tous ces trophées que tu avais remportés quand tu étais championne de rodéo, de tes bonnes notes à l'école et du diplôme que tu avais décroché, à l'université. Pour lui, tu avais réussi…

Cassie pouvait à peine respirer, un étau semblant s'être refermé autour de ses poumons. Trop de douleur dans le cœur. Elle croisa les mains de toutes ses forces, au bord des larmes.

Oh papa ! je te demande pardon ! pria-t-elle en silence, en espérant que son père, là-haut, l'entende.

— Encore une chose, reprit Nadine. Le Four Corners est fermé au public, aujourd'hui. J'ai pensé que notre pauvre Cassie n'aurait pas le courage de vous accueillir tous à la maison, aussi je propose que nous nous retrouvions au snack où nous pourrons manger un morceau et nous souvenir de Ben…

Personne d'autre ne semblant vouloir s'exprimer, le prêtre regarda Cassie avec insistance. Elle inspira profondément en tentant de contenir ses émotions, Boots l'encouragea en serrant sa main. Alors, elle déposa un baiser sur la joue du vieil homme et se leva. Une fois sur l'estrade, elle regarda la salle, frappée de nouveau par les couleurs vives arborées par l'assistance, par la franchise et par l'honnêteté des visages devant elle, ceux des amis de son père. Qui le connaissaient tellement mieux qu'elle. Il n'aurait pas voulu la voir en noir aujourd'hui, il n'aurait pas voulu de ses larmes, de ses remords.

Un mouvement à l'entrée capta son attention, et elle retint son souffle, croyant reconnaître la silhouette en contre-jour. Non, impossible. Ce ne pouvait être le même homme qu'à l'hôtel, à Chicago. Elle sentit un frisson la parcourir. Son père lui aurait sans doute dit à ce moment : « Eh bien quoi, tu as vu un fantôme ? » Elle tressaillit une fois encore et fit de son mieux pour ignorer l'apparition.

— Papa…

Sa voix se brisa, et elle toussa pour déloger la boule en travers de sa gorge.

— Papa adorait les citations, qu'il tenait pour la plupart des ouvrages du fameux Louis l'Amour…

Elle sourit à Nadine.

— On en avait décoré tout un pan de mur, à la maison… Il avait également l'habitude de me dire : « Avec des "si" et des "peut-être", on ne va jamais bien loin. La pire chose qui puisse arriver, c'est de vivre avec des regrets. »

Elle se mordit la lèvre et regarda vers l'entrée où la mystérieuse silhouette attendait dans l'ombre.

— Je n'ai pas été la meilleure des filles. Peut-être en d'autres circonstances, les choses auraient-elles été différentes, je n'en sais rien. Mais papa ne voudrait pas que je me torture avec le passé. Il a vécu pleinement, en aimant passionnément la vie. Le meilleur hommage que je puisse lui rendre, c'est de vivre comme lui…

Elle se tourna vers Boots et fut saisie à ce moment par son regard fuyant. Comme s'il lui cachait quelque chose…

— Merci à tous d'être venus, vous les amis de papa. Et merci Nadine, pour votre invitation au Four Corners. Je n'ai jamais été bonne cuisinière…

Elle regarda l'urne noire pailletée de gris dans laquelle reposaient les cendres de son père.

— C'est difficile d'imaginer une force de la nature comme mon père dans cette petite boîte. Mais si son corps est ici, son esprit, lui, voyage librement dans l'éternité, et ça, personne ne peut l'empêcher, ni les rigueurs de la vie ni la mort…

Elle descendit de l'estrade et, aussitôt, Boots la serra dans ses bras, puis ce furent les condoléances présentées par les uns et les autres, l'empêchant d'aller vérifier dans l'entrée si son imagination lui jouait des tours. Elle frissonna, avec l'impression que quelqu'un la fixait. Le plus discrètement possible, elle balaya la salle du regard, en vain. Personne de suspect. Mais elle ne parvint pas à chasser ce sentiment glaçant d'être traquée.

— Il faut que je sorte prendre l'air, oncle Boots, chuchota-t-elle. Excuse-moi…

Elle se précipita dehors, où la douceur de la température fut impuissante à apaiser son angoisse.

Puis un homme, un stetson noir sur la tête, attira son regard. Il s'éloignait sur le parking en direction d'un énorme pick-up Ford. Grand, athlétique et une façon unique de porter le jean. Le type de Chicago, ici ? Mais comment, pourquoi ? Et à cet instant, elle frissonna, mais pas de peur cette fois.

Chance s'esquiva avant qu'elle le reconnaisse. La circulation n'était pas suffisamment intense pour retenir toute son attention, il marmonna quelques jurons. Il donnerait n'importe quoi pour un scotch. Et une douche froide. Que lui était-il donc passé par la tête pour se rendre à cette cérémonie ? Cassidy Morgan. Il était attiré par elle comme une abeille par une fleur. Le hasard avait voulu qu'il croise son chemin à Chicago, mais désormais il savait où la trouver.

Son visage pendant qu'elle s'exprimait au micro avait ravivé des souvenirs de leur rencontre, dans le hall de l'hôtel. Sans doute venait-elle alors d'apprendre le décès de son père. Il n'était pas homme à profiter de la vulnérabilité d'une femme, mais celle-là avait une étincelle en elle qui l'attirait comme une muleta un taureau. Il avait envie d'elle. Il la lui fallait, c'était aussi simple que ça. Sauf que la situation, elle, était tout sauf simple. Son portable sonna, et il appuya sur le bouton sur le volant pour établir la connexion Bluetooth.

— Quoi ? grommela-t-il.

— Eh, mon frère. Toujours aimable…

— Que veux-tu, Cord ?

— Cash et moi avons retrouvé la trace de cet étalon que veut le patriarche. Et tu ne vas pas le croire…

— Ce que je n'arrive pas à croire, c'est que le patriarche me demande d'expulser de son ranch une femme qui vient juste de perdre son père…

— Du calme. C'est bizarre, on dirait que tu as une conscience, subitement…

Chance se massa le front et renonça à essayer de parler et conduire en même temps. Il prit une contre-allée et se gara, réalisant à ce moment n'être qu'à une dizaine de mètres du Four Corners. Comment était-ce possible ? Le sort s'acharnait contre lui. Il coupa le contact et soupira.

— Bon, alors. Où est donc ce maudit canasson ?

— Ici. Le mystère continue de s'épaissir, petit frère. Ben Morgan l'avait acheté quelques mois avant que tu partes dans le Nord à sa recherche. Or, cet étalon est là, quasiment sous notre nez, depuis un bon bout de temps…

— Le ranch et tout ce qu'il contient a été hypothéqué, non ? Y compris l'étalon…

— Sûr, mais Cash est en train d'éplucher les comptes. Je te tiens au courant. D'ici là, papa voudrait faire accélérer les choses. Peux-tu faire accélérer la procédure de saisie des biens de la fille Morgan ?

— Notre père est un sacré salaud, Cord.

Le rire de son frère retentit dans l'habitacle.

— On dirait que tu le découvres, répondit Cord en ricanant, avant de raccrocher, sans laisser la possibilité à Chance de répliquer.

— Non, mais ça fait aussi de moi un salaud, grand frère…

- 4 -

La porte-moustiquaire claqua en se refermant, derrière elle. Elle s'immobilisa, submergée par les souvenirs.

« Ne cours pas dans la maison. »

« Ne claque pas la porte. »

« Non, tu ne peux pas entrer avec ce bébé putois. »

Boots s'assit dans le vieux rocking-chair, Buddy à ses pieds. Une petite table ronde en fer forgé séparait son fauteuil de son jumeau, celui de son père. Combien de soirées passées à la table de la cuisine à faire ses devoirs, tout en écoutant les deux hommes bavarder, sous la galerie ? Elle servit un verre de thé glacé au vieil homme, puis attrapa une chaise, dans la cour, pour s'y asseoir.

— Bien, je t'écoute ma petite Cassie…

Bientôt une semaine qu'elle repoussait cette conversation. Comment atténuer la brutalité de la nouvelle ?

— Je vais mettre le ranch en vente, dit-elle ; et comme Boots ne répondait pas, elle ajouta : Non que j'aie besoin d'argent, pas vraiment. Et je veux te trouver un endroit où vivre, confortable, plus proche de la ville. Où tu pourras garder Buddy, où il y a des chevaux et d'autres cow-boys comme toi…

Elle se tut, la gorge serrée, avant de reprendre.

— Je crois que c'est mieux ainsi. Tu comprends, j'ai ma vie à Chicago. Un travail. Des amis. Je suis partie du ranch avec l'intention de ne jamais y revenir. Je ne saurais pas quoi en faire et… Et…

Sa voix se brisa, et elle regarda le vieil homme.

— Dis quelque chose, oncle Boots. Arrête de me regarder comme si j'avais des antennes sur la tête…

— Tu ne peux pas vendre le ranch.

— Si, je peux. Il est à moi…

Elle s'interrompit. Peut-être que non, après tout. Peut-être que son père l'avait légué à Boots.

— Il est à moi, non ?

— Eh bien, pas tout à fait.

— Que veux-tu dire par là ?

— Tu es l'héritière de Ben, oui, mais le ranch a été mis en gage, à la banque…

— Mais… Comment est-ce possible, oncle Boots ?

— Ben avait contracté un emprunt, Cassie, pour payer les frais médicaux. Et la banque aujourd'hui réclame son dû…

Elle se frotta les yeux, en secouant la tête.

— Combien ?

— Une belle somme.

— Qu'entends-tu par : « une belle somme », oncle Boots ?

— Bien plus que ce que ton père a à la banque. Plus que sur mon compte, aussi. Et à moins que de ton côté tu aies fait fortune, plus que tu en as toi-même.

— Mais pourquoi ? s'exclama-t-elle, furieuse.

— Il voulait régler les factures de l'hôpital, Cassie, répondit Boots sur un ton un peu sévère, qu'elle avait mérité.

— Oui, bien sûr… Mais si papa a fait un emprunt, il devait bien avoir une idée derrière la tête. Une solution pour rembourser sa dette, non ? demanda-t-elle, pleine d'espoir.

— Le bétail.

— Quoi, le bétail ?

— Avant sa maladie, il avait acheté un troupeau de vachettes à un prix intéressant. Les bêtes sont aujourd'hui bien grasses, presque prêtes pour la vente. Encore quelques semaines, et elles vaudront leur pesant d'or. Le marché est en plein essor. Bref, ces vaches-là rapporteraient suffisamment pour rembourser la banque et finir de payer l'hôpital, sans parler du petit magot que tu en tirerais en guise de trésorerie pour relancer le ranch…

— Relancer le ranch ? Papa a cru que je resterais ici ? Lui parti ? Mais pourquoi ferais-je une chose pareille ? s'exclama-t-elle, s'empressant d'ajouter : Même si je t'adore, oncle Boots, tu le sais…

— Viens avec moi…

Il se leva, descendit pas à pas les quatre marches, Buddy sur ses talons. En cet instant, elle sentit son cœur se serrer. Boots était plus âgé que son père, proche des soixante-dix ans. Homme et chien se dirigèrent vers l'écurie, et elle leur emboîta le pas. Elle s'arrêta sur le seuil, surprise par la pénombre. Boots alluma, et aussitôt, Buddy s'élança. Ils furent accueillis par quelques hennissements, certains chevaux passèrent la tête à la porte de leur box pour regarder. Elle reconnut le préféré de son père, Red, un alezan à la robe pommelée de blanc.

— Ton père l'a chouchouté, celui-là…

Elle s'approcha en riant doucement, Red renifla sa main quand elle la lui présenta devant le museau.

— Je te donnerai une carotte, tout à l'heure, chuchota-t-elle en caressant le cou de l'animal, avant de se tourner vers Boots : Et alors ? Tu voulais me montrer Red, c'est tout ?

Il secoua la tête, puis désigna un autre box, un peu plus loin.

— Non. Ce que je veux, c'est que tu ailles voir là-bas… Ben avait le flair pour les chevaux. Il savait dénicher la perle rare. Et c'est ce qu'il a fait, pour toi.

Chance frappa à la porte, mais n'obtint pas de réponse. Le vieux tacot de Boots était pourtant garé devant la maison. Il poussa sous la galerie. Un verre de thé glacé attendait sur une table en fer forgé. Puis il aperçut la porte de l'écurie ouverte et de la lumière à l'intérieur. Il en prit la direction, tout en se répétant ce qu'il était venu annoncer. Des choses qu'il n'avait pas vraiment envie de dire, sans parler des battements frénétiques de son cœur à la perspective de revoir Cassidy.

Il pénétra dans l'écurie, avant de s'arrêter net. Cassidy, debout devant la porte d'un box, chuchotait des mots impossibles à entendre à cette distance, le vieux bonhomme auprès d'elle. Qu'elle était belle en jean et avec ces bottes, chemise rentrée à la ceinture ! Une tenue qui mettait chacune de ses formes en valeur. Il eut l'impression de se vider de son sang et dut s'appuyer à la porte de l'écurie pour ne pas tomber.

Boots ouvrit le box, et tous deux disparurent à l'intérieur. Chance inspira et expira plusieurs fois, puis il ajusta l'entrejambe de son jean. Ensuite, il entra à son tour dans le bâtiment, pour voir ce qu'il y avait dans le box.

— Un bien bel étalon que vous avez là…

Cassidy sursauta et fit volte-face, blêmissant quand elle le vit.

— Vous ? s'exclama-t-elle.

— Moi ? répondit-il, feignant de ne pas comprendre, en avançant vers elle.

— Vous ! Le type de Chicago !

Il leva les mains.

— Désolé. Je tiens à remercier le hasard. Je ne pensais pas vous revoir un jour.

— Que faites-vous donc dans l'Oklahoma ? demanda-t-elle, la mine renfrognée.

Elle était adorable avec sa mine boudeuse et son regard noir, songea-t-il. Puis il se dit que, manifestement, il n'y avait pas grand-chose chez elle qui ne lui plaisait pas. C'était une vraie malédiction dans la famille Barron : tous avaient tendance à réfléchir avec la mauvaise partie de leur anatomie, en présence d'une jolie femme. Et il n'avait pas été épargné par le virus.

— J'y vis. Et que faisiez-vous donc à Chicago ? demanda-t-il à son tour et, tels deux joueurs de poker, ils se défièrent du regard.

— J'y vis, répliqua-t-elle, sur un ton accusateur.

A dire vrai, il éprouvait un certain plaisir à la voir ainsi déstabilisée.

— Dans ce cas, qu'êtes-vous venue faire dans ce trou perdu d'Oklahoma ?

Elle le fixa, les joues en feu. Rougissait-elle ainsi quand elle était excitée ?

— C'était vous, ce matin ? A la cérémonie ?

Zut ! elle l'avait vu. Bien, il n'avait plus le choix maintenant.

— En effet. Pourquoi ?

— Excusez-moi si je vous semble un peu suspicieuse, mais... Vous essayez de me draguer dans un hôtel de Chicago, puis vous vous présentez aux obsèques de mon père, et vous voilà aujourd'hui chez moi. Mais rien que de très normal, finalement, non ?

— Eh ! tout doux, chérie...

Elle semblait experte en sarcasmes, ce qui n'était pas pour lui déplaire.

— Je vous interdis de m'appeler comme ça. Je ne connais même pas votre nom.

— Chance... Chancellor.

— Eh bien, Chance Chancellor, vous allez faire sagement demi-tour et sortir d'ici. Je ne vous connais pas, je ne sais même pas pourquoi vous me suivez comme ça, et honnêtement, je n'ai pas envie de le savoir. Donc, dehors !

Il la dévisagea, stupéfait. Elle l'avait interrompu, si bien qu'il n'avait pu aller au bout des présentations. Mais... Se pouvait-il qu'elle ne le reconnaisse pas ? Qu'elle ne comprenne pas qu'il était un Barron ? se demanda-t-il, agacé. Mais cela allait lui simplifier les choses.

— Du calme, fillette. Je vais vous expliquer.

— Oh ! vraiment ? Et je ne suis plus une fillette.

En effet, elle était une femme. Et quelle femme ! Des yeux bleu-vert pétillant d'énergie, et il dut baisser un bref instant la tête pour cacher l'effet que ces yeux avaient sur lui. Ce n'était pas le moment de l'imaginer dans son lit. Elle était déjà sur ses gardes, il devait donc procéder en douceur pour tenter de gagner sa confiance, ce qui, pour une raison inconnue, prit soudain une réelle importance pour lui.

Non, il n'avait pas besoin de sa confiance. Ce qu'il attendait d'elle, c'était sa coopération. Il avait dirigé des négociations autrement plus délicates, dans sa carrière. Il coucherait avec Cassie de manière à l'effacer une fois pour toutes de sa tête, puis il passerait à autre chose, non sans avoir raflé le ranch au passage. Tel était le plan, et il devait s'y tenir. Mieux valait ne pas contrarier le patriarche, surtout en sachant à quel point Cyrus Barron tenait à s'approprier cet endroit.

Chance inspira, l'odeur du foin se mêlant à celles du cuir et des chevaux… Il huma aussi quelques effluves du parfum de Cassidy. De l'amande, une pointe de cannelle et une larme de citron.

— Hé ! toi ! Que fais-tu dans mon écurie ?

Chance secoua la tête pour recouvrer ses esprits. Surtout, ne pas se laisser distraire. Garder l'œil, et le bon, sur la cible. Mais alors qu'elle se tenait là face à lui, mains sur les hanches, front plissé et menton fièrement relevé, il comprit. Cette femme serait toujours une distraction. Constat qui le rendit nerveux. Aucune femme ne lui avait jamais fait cet effet. Il esquissa un sourire tout en la fixant et se réjouit à son tour de l'effet qu'il semblait avoir sur elle. Légère dilatation des pupilles, narines frémissantes, gonflement de la poitrine. Lui aussi avait le pouvoir de la distraire. Bien. Ils étaient sur un pied d'égalité.

Chance se tourna vers l'homme qui venait de vociférer. Il se rappelait maintenant. Et le vieux cow-boy, savait-il qui il était ? Apparemment pas. Mais de tous les fils Barron, Chance était le plus discret. Pourquoi ne pas se faire passer pour « M. Chancellor », après tout ?

— Tu veux quelque chose, mon garçon ?

Cass suivit l'inconnu des yeux pendant qu'il se dirigeait vers le box. Oui, il était sexy, mais il ne lui inspirait que de la méfiance.

— Oui, m'sieur. Je suis venu voir l'étalon de Ben.

— Je ne crois pas t'avoir jamais rencontré. Comment as-tu connu Ben ?

Elle observa Boots, serein en apparence. Car elle le connaissait, lui aussi était sur ses gardes.

— Je l'ai aidé à dénicher ce petit gars. Son demi-frère est à moi. Tous deux ont le même papa. Je voulais au départ acheter cet étalon, mais j'ai renoncé finalement, pour cause de consanguinité.

Elle les regarda l'un après l'autre, tous deux comme lancés dans une partie de ping-pong. Elle avait toute confiance dans l'instinct de Boots, et elle ne voyait pas d'objection à laisser le vieux bonhomme mener la conversation. Ce qui lui laissa le temps de pouvoir étudier M. Chance Chancellor. Grand, larges épaules, abonné manifestement au jean/chemise blanche, qu'il portait à merveille. Un vrai top model. Mais avec des bottes qui, si elles étaient cirées, semblaient avoir bourlingué, et un stetson noir qui n'était plus de la première jeunesse.

S'il était un habitué du circuit des rodéos, il avait dû en faire chavirer plus d'une. Elle remarqua à nouveau ses cheveux, d'un noir intense, assez longs. Et ses yeux. Couleur ambre, d'un éclat presque sauvage en pleine lumière. Son visage ? Buriné, avec des pommettes saillantes, mais en harmonie avec le reste, tout le reste. Bref, il était beau. Elle secoua la tête, avec encore et toujours cette impression de déjà-vu. Impossible de savoir où, quand, comment. L'inconnu s'avança pour lui serrer la main, l'arrachant à ses pensées.

— Désolé pour votre père, miss Morgan.

— Cass. Tout le monde m'appelle Cass.

Elle inspira doucement, comme prise de vertiges quand

les odeurs de cet homme l'enveloppèrent. Odeur de cuir et… son odeur à lui. A la fois douce et… Elle retint son souffle, mais refusa de s'arrêter à ce subtil picotement au creux de son ventre. Enfin, un petit peu plus bas. Il émanait de lui quelque chose d'extrêmement sensuel. Mais pourquoi se montrait-elle si aimable avec lui ?

— Réflexion faite, tant que vous ne m'aurez pas prouvé que vous étiez un ami de mon père, appelez-moi miss Morgan.

Il rit. Un rire arrogant, provocateur, mais un rire vrai dont l'écho se propagea dans l'écurie, suscitant la curiosité de Buddy. Le chien vint renifler les bottes du visiteur, grogna un peu et leva la patte.

— Buddy, non ! Méchant chien ! s'exclama-t-elle, les joues en feu, cherchant une excuse quand Boots vola à son secours.

— Ce chien a toujours su sentir les gens, marmonna le vieil homme en fixant Chance de longues secondes, si bien que Cass se demanda si Boots savait quelque chose qu'elle ignorait au sujet de M. Chancellor.

Elle les observa l'un et l'autre, la tension grimpant dans l'écurie.

A cet instant, Buddy vint se coucher à ses pieds, mais les oreilles dressées, en alerte. Le chien de son père se méfiait de cet homme. Tout comme Boots, visiblement. Et elle, comme une idiote, qui était toute chose devant lui…

— Je crois qu'il est temps pour vous de prendre congé, M. Chancellor…

Il effleura le bord de son stetson, inclina légèrement la tête, un geste un peu démodé mais aussi, comme… Oui, comme s'il lui faisait une promesse, du genre : « *Nous n'en avons pas fini, tous les deux, chérie…* ».

- 5 -

Sa secrétaire sortit, claquant la porte du bureau derrière elle, mais Chance avait déjà fait pivoter son fauteuil pour regarder par la fenêtre. Il se sentait nerveux. Electrique. Il avait envie de revoir Cassidy. Et pas pour lui remettre les documents officiels. Il avait envie de passer du temps avec elle. De sortir avec elle, de s'afficher avec elle.

Mais que lui arrivait-il, avec cette fille ? Elle hantait ses pensées, ses rêves. Ses fantasmes. Il devrait prendre ses distances. Elle était synonyme d'ennuis à n'en plus finir. Et le patriarche serait fou de rage s'il apprenait qu'il s'intéressait à Cass, celle qu'il s'était juré de ruiner.

Il voulait entendre sa voix. Si quelqu'un dans la famille posait des questions, il pourrait toujours prétendre qu'il menait son enquête. Personne ne devait savoir ce que Cass lui inspirait. Ce qu'il ressentait pour elle.

Chance attrapa son téléphone et chercha dans sa liste de contacts, jusqu'à la lettre M. Et pour la énième fois ces derniers jours, son doigt s'attarda sur le mon de Cassidy Morgan, avec l'envie d'appuyer dessus, s'en abstenant toujours au dernier moment. Et pas à cause de ce que dirait sa famille.

Ce qui lui importait, c'était ce que Cass dirait. Comment justifier qu'il ait son numéro ? Il avait déjà appelé le ranch une fois, se dépêchant de raccrocher avant que quelqu'un réponde. Finalement, renonçant une fois de plus, il glissa son téléphone dans sa poche et descendit au garage, décidé à se rendre chez elle.

Ne devait-il pas s'assurer de l'état de santé de l'étalon qui, prochainement, entrerait dans le capital des Barron ? La belle excuse. Il sourit au souvenir de cet éclat, dans les yeux de Cass, quand il lui avait dit qu'ils n'en avaient pas fini tous les deux. Un Barron ne tenait-il pas toujours ses promesses ? Sourire aux lèvres, il s'installa derrière le volant, avec le sentiment qu'il y allait désormais de l'honneur de la famille.

Se levant de son rocking-chair, Cassidy regarda le pick-up avancer sur la piste poussiéreuse. Elle était seule avec Buddy, Boots s'étant absenté pour régler quelques affaires. De son côté, elle en avait profité pour nettoyer les box et passer quelques coups de fil.

Sans grand succès. Le directeur de la banque ne semblait pas disposé à lui parler, et elle n'avait pu trouver de fourgon pour transporter les bêtes au marché à bestiaux, à Oklahoma City. Ses veaux étaient apparemment trop jeunes pour le voyage. Il est vrai qu'elle n'y connaissait rien. On lui avait conseillé de rappeler en mai ou début juin. Or, on n'était qu'en mars.

Et maintenant, ce M. Chancellor venait lui rendre visite… Buddy se précipita et commença à faire le tour du pick-up en aboyant comme un sauvage. Puis la portière côté conducteur s'ouvrit, et le mètre quatre-vingt-quinze de l'homme le plus sexy du monde apparut en pleine lumière. Depuis leur dernière rencontre, elle avait fait de son mieux pour tenter de calmer sa libido. Libido qui était restée sourde à ses prières.

— Que faites-vous ici ? cria-t-elle par-dessus les aboiements de Buddy.

Son visiteur dansa un moment autour du chien, peu disposé à le laisser passer.

— Un homme n'a pas le droit de venir dire bonjour à une dame, juste comme ça ?

— Je ne suis pas une dame et je ne crois pas une seule seconde que vous fassiez quoi que ce soit « juste comme ça ».

— Vous me brisez le cœur, madame, soupira-t-il, geste à l'appui.

Elle leva les yeux au ciel.

— Vous êtes un sacré menteur ! s'exclama-t-elle, et quand il rit, son rire lui fit de drôles de choses à l'intérieur.

— Vous tenez à ce que je reste là en plein soleil, ou puis-je venir m'asseoir avec vous ? demanda-t-il avec un sourire de défi.

— Buddy, ici…

Le chien obéit tout de suite, sans toutefois quitter M. Chancellor des yeux. Elle retourna s'asseoir dans le rocking-chair de son père. Elle avait dépassé son appréhension et s'installait là désormais chaque soir, pour contempler le coucher du soleil. Buddy sauta d'office dans le fauteuil de Boots, manifestement peu décidé à laisser l'intrus s'asseoir. Elle sourit. Parfois, le berger australien avait quelque chose d'humain. Elle le gratouilla entre les oreilles, sans accorder un regard à l'homme qui prit place sur la chaise en fer forgé.

— Buddy ressemble à un vrai cow-boy, là, dans son rocking-chair…

Elle sourit en regardant le chien, blanc avec une bande noire autour du torse, le ventre tacheté de gris et les pattes fauves, comme s'il portait des bottes.

— Ou à un gangster, dit-elle en se tournant vers son hôte. Alors, quel est l'objet de votre visite, M. Chancellor ?

— Les gens en général m'appellent Chance, dit-il avec un sourire machiavélique, et elle se demanda quel genre de pensées lui trottaient dans la tête.

— Bien. Quel est l'objet de votre visite… Chance ?

— Puis-je être honnête avec vous ?

— Je ne sais pas. Etes-vous quelqu'un d'honnête ?

Décidément, elle n'y allait pas par quatre chemins. Une bonne chose qu'il soit un joueur de poker de premier ordre. Il répondit par un clin d'œil et un petit sourire.

— Joker. Mais vous savez ce qu'on dit, en amour comme dans la guerre, tous les coups sont permis…, répondit-il, clin d'œil à l'appui.

— Exact, mais dans quel cas de figure sommes-nous ?

— C'est à vous de me le dire, Cassidy.

— Vous n'avez toujours pas répondu à ma question.

— Laquelle ?

— Bien, vous êtes un homme et en tant que tel, nous savons donc que vous ne pouvez pas être honnête… Que voulez-vous ?

— Au nom de tous les hommes, je tiens à protester vigoureusement.

Il sourit de nouveau, avant d'ajouter :

— Je suis venu vous voir.

— Pour quelle raison ?

Le moment était venu d'abattre ses cartes.

— Pour vous inviter à dîner.

— A dîner ?

— Parfaitement, à dîner. Je sais que Boots prend la plupart de ses repas au Four Corners. Et je présume que vous ne plaisantiez pas en affirmant ne pas être bonne cuisinière. J'aimerais donc vous emmener dîner dans un restaurant, un vrai…

Elle croisa les bras sur sa poitrine et, malgré ses efforts, ses yeux s'égarèrent sur cette partie de son anatomie.

— Ohé ! que regardez-vous comme ça ?

Une chaleur intense le submergea. Serait-il en train de rougir ? Lui ? Il sourit.

— Pardon. Lorsque la vue est si belle, un homme se trouve bien désarmé.

Elle gloussa, et il éclata de rire, en rajoutant un peu en prenant un air penaud.

— Bien. Puis-je vous inviter ?

— Vous voulez dire comme… comme pour un rendez-vous. Un vrai rendez-vous ?

— Pourquoi, ça existe les faux rendez-vous ?

De nouveau, elle leva les yeux au ciel, mais difficile de savoir s'il marquait ou non des points.

— Oui, un vrai rendez-vous. Bien habillé et tout. Dans un bon restaurant et, pourquoi pas, un film après ? On pourrait aussi aller dans un club, à Bricktown.

Mais peut-être pas. On le reconnaîtrait, là-bas. Vite, un plan B.

— On pourrait aussi aller chez moi, commander une pizza et regarder un match…

— Un match de quoi ?

— De base-ball ? Les Cubs ou les White Sox ?

— Hmm, à vrai dire je suis fan depuis toujours des Cardinals.

— Vraiment ? Vous aimez le base-ball ?

— Vraiment. Et j'aime le base-ball quand ce sont les Cardinals qui jouent.

— Dois-je en déduire que c'est entendu pour une pizza et les Cards sur ma télé à écran plat ?

Il adorait cette idée. Sa salle vidéo se trouvait à côté de sa chambre, et il avait bien l'intention de la séduire avant la fin de la soirée.

Elle ricana.

— Vous me prenez vraiment pour une sotte, dit-elle, le regard plein de reproches. Pourquoi devrais-je accepter votre invitation ?

— Vous m'avez séduit à la seconde même où nous nous sommes rencontrés, à Chicago.

Elle le dévisagea tout en étudiant sa proposition. A cet instant, il aurait donné n'importe quoi pour un baiser. Mais il saurait se montrer patient. Le moment viendrait. Tôt ou tard.

— Un bon restaurant, puis un bar où nous regarderons le match des Cards.

Elle semblait si malicieuse qu'il ne put s'empêcher de sourire. L'espace d'une seconde, il envisagea de réserver le jet privé pour l'emmener directement voir le match, à Saint Louis. Propriétaire de parts dans l'équipe, Barron Enterprises possédait une loge VIP au stade, même si son emploi du temps ne lui laissait guère le temps d'en profiter. Mais cela le trahirait, il se contenta donc d'acquiescer.

— Resto et bar pour le match. Je passerai donc vous prendre vers 17 heures, le match commence à 19 h 30.

Et quand il se leva, elle parut surprise.

— Vous partez déjà ?

— Oui, j'ai eu ce que je voulais, répondit-il.

A cet instant, l'expression de Cassidy changea, et il nota dans ses yeux comme l'ombre d'une tristesse.

— Bien, je ne veux pas vous retenir…

Elle ne fit pas un geste, agrippée aux accoudoirs de son fauteuil comme pour s'empêcher de se lever. Avec un air faussement détendu.

— J'accepterais volontiers un café, dit-il alors, sans réfléchir, et elle le regarda comme s'il était fou.

— Nous savons que vous êtes piètre cuisinière. Mais peut-être savez-vous faire du café ?

— Je fais même un excellent café, répliqua-t-elle. Oncle Boots peut en témoigner.

Oncle Boots ? Il était curieux d'entendre certains détails de l'histoire.

— Dans ce cas, prouvez-le.

— Je venais juste d'en préparer quand vous êtes arrivé. Une minute…

Et elle se précipita à l'intérieur sans qu'il ait le temps de réagir.

Quelques minutes plus tard, elle réapparut avec un

plateau, une tasse, un sucrier, un pot à crème et une cafetière isotherme dessus.

— Je suppose que vous prenez votre café noir, mais personnellement, je suis gourmande et l'agrémente toujours d'un peu de crème.

Il respira l'odeur intense du robusta dans sa tasse. Puis, après une gorgée, il hocha la tête.

— Il est bon, mais comment puis-je savoir que c'est vous qui l'avez fait ?

Elle rougit, et il vit une lueur de colère passer dans ses yeux. Il adorait la faire enrager, et il attendait avec impatience de voir comment elle réagirait, quand elle serait dans ses bras.

— Vous n'avez d'autre choix que celui de me croire sur parole.

Il trouvait beaucoup de plaisir à ces échanges verbaux avec elle, il n'allait pas le nier. La plupart des femmes étaient intimidées devant lui par son nom de famille. Cass, heureusement, l'ignorait. Si jamais elle découvrait que son père voulait la déposséder de son ranch, elle le détesterait. Et il était fort possible qu'elle le déteste plus tard, mais ce serait après. Après avoir couché avec elle et, alors, elle aurait cessé de le hanter.

Il finit sa tasse et la lui tendit pour un autre café. A cet instant, sa main heurta la sienne, et il s'en fallut de peu qu'il ne la capture.

— Très agréable, murmura-t-il.

— Hmm, acquiesça-t-elle.

Et tout en bavardant, l'après-midi s'écoula doucement, des nuages s'amoncelant à l'horizon. La température ne cessait de grimper, et bientôt le ciel se déchaînerait, et un orage éclaterait. En attendant, une légère brise permettait de ne pas suffoquer.

— Je ne me souviens pas d'avoir vu annoncer une tempête, à la météo, hier soir, remarqua Cass qui se leva et s'avança sous la galerie pour observer le ciel. Je reviens. Mais vous pouvez entrer, si vous voulez…

Elle disparut dans la maison, Chance sur ses talons.

Il ne savait trop à quoi il s'attendait, mais certainement pas à ça. Le mobilier, un peu désuet, un peu miteux, devait dater de l'enfance de Cass. Une télévision massive trônait sur une étagère de bois, plaquée contre un mur. Un support en métal surmonté d'une selle juste à côté. Un canapé en cuir et deux vieux fauteuils ergonomiques formaient un demi-cercle autour d'une table basse avec un plateau en pin, deux roues de charrette dessous.

Cash alluma la télé et attendit l'apparition de l'image à l'écran ; un type s'agitait devant une carte météo.

— Ce n'est pas très joli.

— Oui et ça se dirige par ici…

Elle s'avança devant la télévision et planta son index sur l'image.

— Vous voyez là, c'est un nuage de grêle. Il faut que j'aille rentrer les chevaux.

— Je vais vous aider.

— Inutile, nous nous en sortirons, Buddy et moi.

— Cass, je connais bien les chevaux. Je peux vous aider.

Après un haussement d'épaules, elle se précipita, l'esquivant au passage, claquant la porte-moustiquaire derrière elle. Porte que Chance eut l'impression d'avoir reçue en pleine figure. Il regarda le chien.

— Je me demande ce que nous avons fait de mal, camarade…

Le chien jappa et remua la queue.

— Alors ? Vous venez tous les deux ou quoi ? hurla Cassie dehors, deux secondes avant qu'un coup de tonnerre retentisse.

— Faut y aller, Buddy…

Il ouvrit la porte et la tint ouverte le temps que le chien

sorte. Soudain, un éclair déchira le ciel, et le tonnerre gronda. Les chevaux se trouvaient dans l'enclos, en face de l'écurie.

— Ouvrez la porte du fond ! hurla Cassie, mais une rafale de vent étouffa la moitié de ses paroles.

Elle désigna alors l'écurie, et il s'exécuta. Puis elle escalada la clôture, Buddy se faufilant par-dessous.

Chance pénétra dans l'écurie et ferma la porte avant de courir à l'autre bout. Il nota au passage les box déjà ouverts, la paille fraîche installée. Il dégagea la barre de fer bloquant la porte du fond et l'ouvrit, puis son regard alla de la tempête en formation à la femme et au chien en train de rabattre les chevaux en direction de l'écurie… Un moment de poésie pure.

Pas très loin, un rideau de pluie obscurcissait le paysage, confondant ciel et terre. Les premières gouttes s'écrasèrent à ses pieds. Il sortit dans l'intention de donner un coup de main, avant de comprendre qu'il risquait d'effrayer les chevaux. Mieux valait laisser faire Cassie qui, avec l'aide de Buddy, se débrouillait très bien sans lui. N'empêche, le temps pressait. L'orage arrivait vers eux au galop.

La pluie se déversa subitement en seaux. Cassie fut trempée en moins de dix secondes. Les chevaux, voyant la porte ouverte, se précipitèrent à l'intérieur, Chance ayant juste le temps de s'écarter pour les laisser entrer, Buddy à leurs trousses. Il referma ensuite en partie la porte, laissant juste l'espace nécessaire pour Cass. Trempée jusqu'aux os. Cheveux plaqués sur la tête et T-shirt blanc marqué de la formule « A prendre ou à laisser » sous lequel on devinait le tracé de son soutien-gorge en dentelle. Ce fut une découverte pour Chance. Ou plutôt, une révélation. Cassie Morgan était une vraie cow-girl. Mais une cow-girl en dentelle.

Il referma la lourde porte, plongeant l'écurie dans la pénombre. Le temps d'y voir plus clair, il aperçut les chevaux dociles regagner chacun leur box, aidés par ce brave Buddy. Cass entreprit de fermer les box de gauche, Chance en fit autant à droite. Une fois l'opération terminée, elle appuya sur l'interrupteur, ce que Chance regretta profondément. Incapable de détacher les yeux de la sirène devant lui… Il commença à déboutonner sa chemise.

— Hé ! une minute, cow-boy ! Que faites-vous ?

— Vous êtes trempée.

— Euh… Et alors ?

— Je suis sec.

— Donc ?

— Donc, soit vous êtes vraiment heureuse de me voir, soit vous avez froid…

Elle baissa les yeux sur le bout de ses seins tout dressés, et lorsque son regard de nouveau croisa le sien, ses joues avaient pris une couleur tomate. Oh oui ! Elle devait être délicieuse, au lit.

— Je vous offre ma chemise…

Elle lui lança un regard noir.

— Vous ne semblez pas du genre à offrir votre chemise à une fille.

Il l'enleva et la lui tendit, jubilant quand elle écarquilla les yeux, entrouvrit la bouche. Et lorsqu'elle passa le bout de sa langue sur sa lèvre inférieure, il sut que son torse était à son goût. Ce qui provoqua une certaine agitation derrière les boutons de son jean.

— Tenez, dit-il, alors qu'elle restait sans réaction devant sa chemise. Il sourit et s'approcha d'elle pour l'en couvrir. Voilà…

— Merci…

Puis sa bouche frôla la sienne, et son torse effleura le bout de ses seins quand il se pencha pour écarter quelques cheveux trempés de son visage. A cet instant, ses pupilles se dilatèrent. Et voilà. Une main sur sa nuque pour mieux l'embrasser, il posa ses lèvres sur les siennes et du bout de la langue, se fraya un chemin entre elles. Elle avait le goût du café au lait, et une vision délicieuse, quoiqu'un peu prématurée, de petit déjeuner câlin au lit lui traversa l'esprit. Un petit déjeuner réparateur, car il lui aurait fait l'amour toute la nuit et, après quelques beignets, sous la douche peut-être, il recommencerait…

Elle se plaqua contre lui, et il la sentit tressaillir. Il glissa une main dans le creux de son dos et se pressa contre elle. Elle gémit et ronronna comme un chat comblé, lèvres pleinement ouvertes maintenant, sa langue jouant avec la sienne. Comme elle avait fermé les yeux, il l'observa tout à loisir. Totalement abandonnée. Il aimait ça. Cette idée de la subjuguer, de la rendre ivre de caresses et de baisers. De la faire sienne.

Cass était aussi sexy que lors de leur première rencontre, à Chicago. Il projetait alors de la faire monter dans sa chambre, et sans doute l'aurait-il fait, sans ce maudit coup de fil de Cord. Et comme il mourait d'envie de le faire, ce jour-là, il fit descendre sa main sur ses fesses, bien rondes, bien fermes.

— J'ai envie de vous, dit-il contre ses lèvres, soudain fou de désir.

— Oh ! vraiment ? répondit-elle en se frottant contre son érection avant de laisser échapper un petit rire espiègle. Je n'avais pas remarqué.

— Je ne vous imaginais pas aussi… taquine, Cass, dit-il entre ses dents.

Posant les mains sur son torse, elle le repoussa légèrement, et il la lâcha.

— Je ne plaisante jamais, Chance, surtout pas quand il s'agit de sexe.

— Et en amour ?

Elle releva la tête et le dévisagea, sans ciller. D'où lui venait une telle question ? Mystère. En revanche, il était curieux d'entendre sa réponse.

— L'amour ? Mais ça n'existe pas, voyons.

— Oh ! cynique en plus…

— Parfaitement. Et vous, Chance ? Je parie qu'elles sont des centaines à vous glisser leur carte de visite dans la poche arrière de votre jean si moulant… Vous ne pensez qu'au sexe, c'est évident, je ne vois rien dans tout ça qui ressemble de près ou de loin à de l'amour.

Elle recula d'un pas, mais pas suffisamment pour qu'il ne puisse la toucher. Il glissa alors ses pouces dans les poches avant de son jean et attendit. L'éclat dans les yeux de Cassie attisait sa curiosité, et il se demanda jusqu'où elle irait.

— D'abord, vous essayez de me draguer, dans cet hôtel, à Chicago, tout en sachant que vous ne me reverrez jamais. Les aventures d'un soir, voilà tout ce qui vous intéresse. Vous n'en demandez pas plus.

Elle pointa son index sur son torse, et son ongle le piqua un peu, puis sa main se fit douce et s'attarda un moment au niveau de son cœur. Mais soudain, elle la retira, comme si elle venait de se brûler, puis elle releva fièrement le menton. Il s'appliqua de toutes ses forces à ne pas broncher, mais en réalité, à l'intérieur, il souriait.

— Je suis sûre qu'aucune fille ne vous a jamais dit non…

C'est exact. Je suis un Barron, et rien que pour ce nom, elles veulent toutes coucher avec moi. Pas question de formuler cette pensée à haute voix, pensée qu'il trouva en cet instant dérangeante, sans vraiment savoir pourquoi.

— Je suis sûre en fait que jamais personne ne vous a dit non. Vous… Vous avez l'arrogance du séducteur à qui rien ne résiste, comme si vous aviez le pouvoir, tous les pouvoirs…

C'est-à-dire, je suis un Barron, chérie. C'est génétique.

— Des types comme vous, il en existe des dizaines. Le genre beau gosse qui butine de fleur en fleur…

Pas des dizaines, trésor, à moins que le patriarche nous cache quelque chose…

— Donc, je vous pose la question, que faites-vous ici ? Pourquoi traînez-vous par ici ?

— Dois-je en conclure que vous ne sortirez pas avec moi, ce soir ?

Il regarda son visage, son cou virer au rouge, puis il fit un pas vers elle. Oui, il était un prédateur, et elle était sa proie, mais quand elle le fixa, impassible, il se contrôla.

— Quel rapport avec notre discussion ?

— Une discussion ? J'ai plutôt l'impression d'avoir reçu un sermon, Cassidy. Ce que je fais ici ? N'ayant pas votre numéro de téléphone, je suis venu vous inviter à dîner. Pourquoi je traîne dans les parages ? Parce que vous êtes une femme très séduisante et que j'ai envie de mieux vous connaître. Est-ce donc si difficile à comprendre ?

Il zappa sur le mensonge concernant son numéro, tandis que d'autres pensées se bousculaient dans sa tête. Puis s'imposa la première d'entre elles, qui lui fit l'effet d'un direct au foie. *Parce que mon père veut votre ruine et que cette idée me dérange.*

Elle baissa la tête. Bon ou mauvais signe, difficile de savoir. Elle cligna les yeux, deux fois, avant de le regarder.

— N'attendez pas de moi que je tombe à genoux devant vous. Je n'ai aucune confiance en vous, Chance, voilà la vérité…

Elle s'humecta ses lèvres. Pour lui, ce fut comme un signal. Il l'attira contre lui et prit sa bouche d'assaut. Elle résista un moment, puis s'abandonna à son baiser, et sa langue se joignit à la sienne. Il sentit les battements de son cœur, aussi rapides que les siens. Son sang cognait à ses oreilles, presque aussi fort que le tonnerre, dehors.

Elle glissa son bras autour de son cou, et il la conduisit contre le mur le plus proche sans interrompre leur baiser. Une chaleur intense, un brasier se consumait entre eux. Il fit glisser sa chemise sur ses épaules, tressaillit au contact de son soutien-gorge, sous son T-shirt.

— Ces vêtements…, grommela-t-il avant de lui enlever

son T-shirt trempé, pour reposer aussitôt après ses lèvres sur les siennes.

Il fit courir sa main le long de sa cuisse et, comme il l'espérait, elle frotta son genou contre sa jambe. Il prit alors ses adorables fesses dans ses mains et, en une fraction de seconde, il se retrouva avec ses longues jambes autour de sa taille. Tout juste s'il ne rugit pas quand son anatomie la plus intime se plaqua contre son érection.

Il arracha sa bouche à la sienne, à bout de souffle.

— Chérie, tu es vraiment sexy, mais… J'ai envie de te faire l'amour dans un lit.

Elle se figea.

— Quoi ?

— Oui, euh…, bredouilla-t-il, sans comprendre pourquoi son cerveau lui avait suggéré une telle idée. Pour la première fois, je voudrais que ça se passe, euh, différemment. Oh ! Je pourrais te faire l'amour là, ici, mais j'ai envie de prendre mon temps. De te regarder me supplier. De te caresser, de t'embrasser et de t'aimer jusqu'à ce que tu demandes grâce…

- 6 -

Mais que diable était-elle donc en train de faire ? se demanda Cass, l'esprit confus, ne sachant même pas si elle voulait retrouver la raison.

Son soutien-gorge trempé frottait le bout de ses seins, mais au lieu d'être irritante, la sensation envoyait de délicieux picotements à l'endroit de son corps qui en ce moment même touchait la braguette de Chance. Il était aussi excité qu'elle, et les mots qu'il lui murmurait ne faisaient qu'accroître son trouble. Son désir. Une partie de sa conscience ne lui faisait pas confiance, ce dont sa libido apparemment se fichait. Il était sexy, avait envie d'elle. Son corps lui promettait mille choses, et attendre lui était insupportable. Elle n'avait jamais été très patiente.

— Tais-toi, et embrasse-moi.

— Oui, madame…

Il obtempéra. Se plaqua contre elle, la pressa un peu plus contre ce mur, sous un angle différent. Si, en cet instant, ils avaient été nus, il aurait déjà été en elle. Elle l'embrassa avec fougue, avec passion, puis il prit son visage entre ses mains et délaissa sa bouche pour promener ses lèvres sur sa gorge, entre ses seins. Elle soupira et laissa reposer sa tête sur le bois derrière elle, offrant son cou à ses caresses. Quand il referma sa main autour de son sein, elle gémit en nouant les jambes autour de sa taille.

— J'ai envie de te goûter, dit-il, le souffle court, haletant. J'ai envie de te toucher.

— Arrête de parler…

— Je pense au contraire qu'il vous faudrait un peu plus parler et un peu moins vous toucher…

Paniquée, elle retint un cri et regarda derrière Chance. Boots se trouvait à l'entrée de la grange, poings sur les hanches, livide. Chance apparemment trop occupé n'avait rien entendu, aussi lui tapota-t-elle l'épaule :

— Hmm… Nous avons de la compagnie, chuchota-t-elle.

Il regarda derrière lui et sourit.

— Tant qu'il n'est pas armé…

Elle le repoussa.

— Lâche-moi…

— Excuse-moi, mais tu as les jambes autour de ma taille, chérie.

Elle sentit son cou et ses joues s'embraser, et prenant appui sur ses épaules, elle dénoua ses jambes d'autour de lui et posa les pieds par terre, un peu chancelante, mais avec une galanterie extrême, Chance la soutint jusqu'à ce qu'elle retrouve l'équilibre. Comme un peu ivre, à bout de souffle et sans doute rouge tomate maintenant, elle parvint néanmoins à faire face au vieil homme.

— Ça alors, oncle Boots, je… je pensais que tu rentrerais après l'orage…

— L'orage est passé depuis un bout de temps, Cassidy, dit-il toujours avec la même expression glaciale et de la colère dans les yeux.

— J'étais trempée, après avoir rentré les chevaux. Chance m'a proposé sa chemise…

Evidemment, la chemise gisait à leurs pieds, avec son T-shirt. Boots fronça les sourcils. Après un long soupir, son sang-froid à peu près retrouvé, elle lança :

— Si tu veux bien nous attendre à la maison, nous arrivons tout de suite.

Boots jeta un coup d'œil à sa montre, puis après un regard noir à Chance, il marmonna :

— Cinq minutes pas plus. Après je reviens. Avec Winnie.

Il sortit de l'écurie.

— Winnie ? murmura Chance, son souffle sur sa peau lui donnant la chair de poule.

— Oui, Winnie, sa carabine.

— Bien, je crois que je vais y aller…

Elle éclata de rire.

— Ne t'inquiète pas, je ne pense pas qu'il veuille t'obliger à m'épouser…

Il se raidit. Plus un souffle, pas le moindre battement de cils, seulement son regard rivé au sien. Elle rit de nouveau, un rire nerveux cette fois.

— C'était une blague, Chance, dit-elle, médusée, bras ballants face à son expression.

— Une blague, m'épouser ?

Elle s'adossa au mur, perplexe. C'était là un aspect de sa personnalité auquel elle ne s'attendait pas et, à vrai dire, qui l'effrayait un peu. Cet homme avait l'habitude d'avoir ce qu'il voulait. Son cerveau tourna à plein régime alors qu'elle cherchait les mots pour se sortir de là. D'où lui venait cette intensité, dans le regard ? Cette colère, cette… douleur ? Ils n'étaient même pas encore sortis ensemble une seule fois. Ces baisers volés dans l'écurie ne comptaient pas.

— Je parlais de mariage précipité, Chance. C'était une plaisanterie. Non mais, tu ne nous vois tout de même pas mariés ? Nous venons juste de nous rencontrer. Et puis, je me suis absentée quelques jours de mon travail, une fois le problème du ranch réglé, je repartirai à Chicago…

Il s'avança vers elle, la piégea, mains calées sur le mur, de chaque côté de son visage.

— Que veux-tu dire par là ?

— Comment ça, qu'est-ce que je veux dire ? Je vis à Chicago, Chance. J'ai une carrière qui m'attend là-bas. Des amis. Ma place n'est pas ici, au ranch. Je vais vendre les bêtes de mon père, régler ses dettes et mettre cet endroit en vente de manière à pouvoir assurer une retraite paisible à Boots. Et à Buddy. Peut-être trouver quelques hectares, pour un ou deux chevaux…

Elle haussa négligemment les épaules.

— Je ne suis pas une fille de la campagne.

— Donc… Pour toi, en sortant avec moi, tu ne pensais à rien d'autre qu'à une simple aventure d'un soir, c'est ça ?

Elle se renfrogna quand il lui renvoya en pleine figure ses propres mots. Son attitude la déroutait.

— Tu vas un peu vite en besogne, Chance. Oui, le courant passe entre nous, mais tout ça n'est que sexuel.

Elle le dévisagea pour tenter de décoder son expression.

— Nous ne nous connaissons pas suffisamment pour envisager autre chose, allons…

Il se pressa contre elle, se fit lourd contre elle, au point que la tête lui tourna presque, par manque d'oxygène. Inspirant profondément, elle se faufila sous son bras et s'échappa dans la sellerie dont elle ressortit avec un coupe-vent sur le dos. Elle lui lança sa chemise.

— Si tu veux encore m'inviter, je serai prête à 17 heures. Si tu ne viens pas, je comprendrai.

Et avec toute la dignité dont elle était capable, elle tourna les talons et se dirigea vers la porte, parvenant grâce au ciel à sortir sans trop tituber ni trébucher. La tempête était loin, et l'orage à présent filait vers l'est, laissant dans son sillage l'herbe détrempée et des flaques de boue. Buddy prit les devants et galopa en direction de la maison, lui ouvrant la voie. Elle dut se faire violence pour ne pas l'imiter et s'enfuir elle aussi à toutes jambes.

A peine entrée, entendant Boots s'affairer dans la cuisine, elle se rendit directement dans sa chambre avec une seule envie, une douche brûlante et des vêtements secs. Après, elle y verrait plus clair. Du moins l'espérait-elle. Parce que là, elle était perdue. Ne comprenait rien à ce qui venait d'arriver.

Chance suivit Cassie des yeux. Mais quelle mouche l'avait donc piqué ? Il n'était pas du genre possessif. Et les aventures d'un soir constituaient son mode opératoire de prédilection. Pas d'engagement, pas de femmes jalouses. Comment, dans ces conditions, était-il passé du cow-boy sûr de son charme à cette espèce de type pot de colle cherchant à se rassurer dans une relation ? Mais quelle relation ? Comme l'avait dit Cass, c'était à peine s'ils se connaissaient. Il devait coucher au plus vite avec elle. Ainsi, après, il pourrait passer à autre chose. C'était aussi clair, aussi simple que ça.

Mais ça ne l'était pas, et il n'était pas dupe. Le moment était venu de penser en adulte, à son travail, et pas à cette femme qui affolait ses sens. De toute façon, elle l'avait dit, elle repartirait bientôt pour Chicago. Elle n'avait aucune envie de rester ici. Aucune envie de rester avec lui.

Perdu dans ses pensées — perdu tout court —, il remonta dans son pick-up, mais ne démarra pas tout de suite et regarda une fenêtre, probablement celle de la chambre de Cassie. Cette maison n'était pas immense. Son propre appartement était bien plus grand. Le mobilier datait. Oui, tout y était un peu à l'abandon, plein de souvenirs, de vie. D'amour.

Et il eut sa réponse. Cette maison respirait l'amour. Une sorte d'amour dont lui et ses frères avaient été privés dans leur enfance. Cassie avait trois ans au décès de sa mère, mais son père l'aimait. Et Boots aussi. Pour la première fois de son existence, il éprouva un fort sentiment de jalousie. Une émotion à laquelle il devrait s'habituer…

Il mit le contact, recula et se dirigea vers la route. L'esprit en ébullition.

Cassie attendit jusqu'à ce que Chance s'éloigne au volant de son pick-up, puis elle retira ses bottes et son jean encore trempé. Cet homme aimait jouer avec les femmes, c'était une évidence. Un séducteur en série, comme disait sa meilleure amie, à Chicago. Passant d'un lit à l'autre. Sans doute avec des annotations machistes associées à chacun de ses contacts féminins, dans le répertoire de son smartphone. Or, elle n'avait ni besoin ni envie de sortir avec macho de cow-boy, même un macho avec un beau petit cul, de larges épaules et une gueule à tomber à genoux. Les cow-boys sortaient avec des cow-girls, et il y avait belle lurette qu'elle n'appartenait plus à cette catégorie.

En soutien-gorge et petite culotte, elle regarda autour d'elle. Sa chambre n'avait pas changé depuis son départ pour l'université, dix ans plus tôt. Trophées et boucles de ceinture trônaient sur la commode, au milieu des photos. Sur l'une, on la voyait avec Barney, son premier cheval. Elle lui arrivait à peine à l'épaule, en dépit du chapeau sur sa tête. Toute fière, elle tenait entre les mains sa première boucle de championnat, alors même qu'à l'époque elle ne parvenait pas à monter sur Barney sans aide. Sur un autre cliché, elle était à cheval, en selle derrière son père, mains autour de sa taille. Une troisième photo la montrait avec une selle gagnée lors d'une compétition… Deux petits coups retentirent à sa porte, et elle se dépêcha d'enfiler son peignoir.

— Entre, oncle Boots.

La porte s'ouvrit en grinçant un peu.

— Il faut qu'on parle, bébé.

— Puis-je prendre une douche, d'abord ?

Il acquiesça d'un signe de tête, puis repartit en direction du salon. Elle se précipita à la salle de bains et se doucha à la hâte, regrettant de ne pouvoir rester sous le jet jusqu'à vider le cumulus. Puis elle passa un jean propre et un T-shirt sec avant de gagner le salon où elle prit place sur le canapé. Boots, assis dans un fauteuil ergonomique, semblait mal à l'aise. Cassie se mordilla la lèvre, avec l'impression d'être une ado prise en faute.

— Tu es toujours décidée à vendre ?

« Vendre. » Ce mot avait quelque chose de laid. De déloyal. En tout cas, elle ne s'attendait pas à parler de ça maintenant.

— Je ne saurais pas m'occuper du ranch, oncle Boots. Je dois vendre pour payer les dettes de papa. Et pouvoir te donner une somme qui te permettra de te trouver un endroit où vivre.

— Il ne s'agit pas de moi, Cassidy, mais de toi. De l'héritage que ton père t'a laissé. De ce que tu es, au fond de toi.

Elle croisa les mains, les glissa entre ses genoux et, tout en regardant ses orteils, répondit :

— Je ne suis pas une fille de ranch, oncle Boots. Je ne le suis plus depuis des années.

— Dans ce cas, pourquoi avoir rentré les chevaux, à l'approche de l'orage ?

— Parce qu'il fallait le faire.

— Une fille de la ville comme toi, braver la pluie pour rentrer des bêtes ?

— Le fait que je sache ce qui doit être fait au ranch ne signifie pas que je veuille diriger ce ranch.

Boots hocha doucement la tête et regarda par la fenêtre.

— Ben cherchait un étalon, pour toi. Un étalon très spécial.

Il leva une main quand elle voulut parler.

— Ecoute-moi jusqu'au bout, Cassidy.

Et il se tourna de nouveau vers la fenêtre, le silence se faisant de plus en plus pesant entre eux.

— Ton père savait que tu ne voudrais pas rester ici. Il continuait de l'espérer, mais dans son for intérieur, il savait que tu t'envolerais pour parcourir le vaste monde. Il en avait fait autant de son côté.

Il lui fit face.

— Il a longtemps bourlingué. Avant de rencontrer ta mère. Puis tu es arrivée. Alors, il a posé son sac et construit ce ranch. A une certaine époque, la Morgan-Baxter Rodeo Company fournissait du bétail pour les rodéos les plus prestigieux. Ton père était respecté dans ce milieu, tu sais. Il ne voulait pas faire de toi une simple cow-girl… Il voulait plus. Que tu te fasses un nom en tant qu'éleveuse ou dresseuse. Déjà toute petite, tu avais un don, avec les chevaux. Mais en même temps, il savait que tu avais hérité de lui l'envie de voyager, de voir du pays. Aussi a-t-il décidé d'attendre que tu en aies terminé avec ça, puis il a trouvé cet étalon… Le fameux Double Rainbow.

Les souvenirs la submergèrent. Elle revit son père au volant de son pick-up lui expliquant que sa maman ne reviendrait plus à la maison. Au même instant, un double arc-en-ciel s'était déployé face à eux, sur la route sans fin.

— Il… Il a acheté cet étalon, juste à cause de son nom ?

Boots éclata de rire.

— Comme si tu ne connaissais pas ton père ! Ce cheval-là a un pedigree exceptionnel. Je suppose que le nom de Leo te dit quelque chose ? demanda-t-il avec un regard espiègle.

— Leo ? L'étalon « fondation » ?

— Lui-même. Ton père a déniché un étalon dont la lignée remonte directement à Leo.

— C'est incroyable !

Leo était un quarter horse de légende qui avait donné de prestigieux chevaux de course et alimenté le circuit du rodéo de montures extraordinaires. Elle réfléchit, les pensées se bousculant dans son esprit. En dépit de ses intentions. De sa détermination. Mais… Non, sa vie était à Chicago, certainement pas ici, dans ce ranch…

Elle se renfrogna quand une autre pensée s'invita dans sa tête.

— Mais comment a-t-il payé cet étalon ? Je n'ose imaginer le prix…

— Ton père était un maquignon de première, mon bébé.

Elle hésita, l'angoisse au ventre.

— Qu'a-t-il fait ?

— Il possédait l'une des plus belles collections d'objets

de rodéo. Et il se trouve que l'ancien propriétaire de Doc est un collectionneur.

— Doc ?

— Oui, l'étalon. Un diminutif…

Elle se creusa la tête, puis réalisa que les initiales de Double Rainbow étaient DR, comme pour « docteur ».

— Oh ! désolée, je viens de comprendre ! Mais… J'ignorais que papa avait une collection.

— Jamais on aurait appelé ça comme ça, lui et moi, répondit Boots en riant. Mais le grenier et la grange étaient pleins de trucs et de machins. Ton père avait la manie de tout garder. Il ne jetait jamais rien. Le type est donc descendu dans l'Illinois au volant d'un vieux camion avec l'étalon dedans, il a chargé tous les souvenirs de ton père dans la remorque et, en échange, lui a laissé Doc…

Il se tut, les yeux brillants.

— Ben était sacrément content. Il savait qu'il n'en avait plus pour longtemps, je pense, mais il n'était pas prêt à capituler devant ce maudit cancer…

Boots regarda de nouveau vers la fenêtre, avant de poursuivre.

— Ton père tenait à te laisser quelque chose, petite fille. Un héritage. Un moyen pour toi de retrouver tes racines… Ici.

Un étau autour du cœur, Cass laissa échapper un long soupir. Au bord des larmes, elle chuchota.

— J'ignorais qu'il allait si mal, oncle Boots. J'aurais dû venir plus tôt.

— Il ne voulait pas que tu saches, chérie. Même à moi, il l'a caché, longtemps… L'acquisition de cet étalon est son ultime cadeau. Et maintenant, c'est à toi de voir, Cassidy Anne. Que vas-tu en faire ?

Le vieil homme plongea ses yeux dans les siens.

— Et que vas-tu faire aussi de ce garçon qui te reniflait, dans l'écurie ?

- 7 -

Chance se gara devant la maison et attendit, aussi à l'aise qu'un ado à son premier rendez-vous. Le fait d'avoir été surpris en flagrant délit l'après-midi même, dans l'écurie, ne l'embêtait pas vraiment. Le regard de Boots en revanche, oui. Il en avait la conviction, le vieil homme savait qui il était. Pourquoi n'avoir rien dit à Cass, mystère. Une petite discussion s'imposait donc avec Boots Thomas.

Son téléphone sonna, et sur l'écran s'afficha « Barron Security ». Cash.

— Quoi de neuf ?

— J'ai mené mon enquête sur l'étalon que veut le patriarche.

Chance se massa le front. Entre les formalités judiciaires pour la saisie du ranch et des pensées plus ou moins honnêtes au sujet de la femme qu'il était censé dépouiller de son bien, cette histoire d'étalon lui était complètement sortie de la tête.

— Et ça ne peut pas attendre demain ?

— Tu es bien chez Ben Morgan, non ?

— Je rêve ! Cash, tu me pistes ?

— Qu'est-ce que tu crois ? Je suis fan de ces applications GPS sur smartphone.

Chance, agacé, secoua la tête.

— Et alors, cet étalon ?

— Les documents de l'association des quarter horses viennent juste d'être actualisés. Le titre de propriétaire a été transféré à Cassidy Morgan. Et je me demande comment il se fait que ce cheval sur lequel notre père a des vues soit à son nom. Et je m'interroge aussi sur les raisons de ton intérêt pour cette fille…

Chance envisagea diverses possibilités. Il avait vu l'expression de Cass, lorsque Boots lui avait montré l'étalon. Elle avait eu l'air surpris. S'il devait jouer au poker contre quelqu'un, il la choisirait sans hésiter. La moindre émotion se lisait sur son visage. Bref, ni elle ni son père ne savaient que Cyrus rêvait de ce cheval. Alors, un acte délibéré, dirigé contre le patriarche, non, ça ne collait pas. Bien sûr, les femmes savaient faire preuve d'ingéniosité pour profiter des frères Barron. Mais il ne croyait pas que Cassie soit l'une d'elles.

— Qui a signé le document d'enregistrement ?

— L'ancien propriétaire, à son nom.

Il réfléchit, toujours pas convaincu de sa responsabilité.

— Cela ne signifie pas qu'elle était au courant.

— Mais pourquoi la défends-tu, Chance ? Attends, ne me dis pas… Je sais. Elle est jolie, et comme un vrai gogo tu voles au secours de la demoiselle en détresse…

— La ferme, Cash.

— Dans ce cas, pourquoi n'as-tu pas encore présenté la mise en demeure pour le remboursement intégral du prêt et la demande de blocage de ses biens ?

— Est-ce que tu m'espionnerais, par hasard ?

— Je ne fais qu'exécuter les ordres du patriarche, grand frère. Et je te conseille d'en faire autant. Il veut ce ranch et cet étalon. Qui appartiennent tous deux à Cassidy Morgan. Tu passes plus de temps à tourner autour de cette petite demoiselle que dans ton bureau à t'occuper des affaires. Il est temps d'agir. De passer à l'attaque et d'en finir avec cette histoire, c'est aussi simple que ça.

Simple ? Chance ferma les yeux et, de nouveau, se massa le front. Concernant Cassidy Morgan, rien n'était simple. Et cette saisie du ranch ne l'était pas plus. En fait, c'était toute sa vie qui avait cessé d'être simple, des années auparavant. Après avoir écumé le circuit des rodéos, il avait rangé son lasso pour s'occuper du bétail de la famille et des chevaux. Malheureusement, le patriarche avait d'autres projets pour lui. Comme il en avait pour chacun de ses fils, les destinant tous à une carrière bien précise. Il ricana à cette pensée. On ne discutait pas avec Cyrus Barron. Il ordonnait, exigeait, et les autres n'avaient plus qu'à obtempérer. Son père avait toujours eu ce qu'il voulait… Un mouvement sous la galerie attira son attention. Boots en descendit les marches tout en le regardant.

— Je dois te laisser, Cash.

— Contente-toi de faire ce qu'il y a à faire, Chance.

Il descendit du pick-up et alla à la rencontre de Boots qui l'attendait, à une dizaine de mètres de la maison, l'air pas commode, poings sur les hanches, visage fermé. Genre bulldog bien décidé à défendre son territoire.

— Je n'ai qu'une chose à te dire, mon garçon.

Chance encaissa. Personne, pas même son père, ne l'appelait jamais « mon garçon », avec ce ton supérieur.

— Je vous écoute, vieil homme.

— Si tu fais le moindre mal à la petite, je te le ferai payer, espèce de sale petit roquet.

Chance déglutit, surpris par le tour de cette conversation.

— Je t'ai reconnu, Chance Barron, dès la première fois, dans l'écurie. Et je suis au courant de toutes les histoires entre son père et le tien.

— Mais alors, pourquoi n'avoir rien dit à Cass ?

— Parce que je n'avais pas compris certaines choses. Après ce que j'ai vu cet après-midi, j'ai pensé que tu avais peut-être des sentiments pour elle. Mais bon, je ne suis pas obligé de t'aimer et je continue à n'avoir aucune confiance en toi…

Boots jeta un regard en direction de la maison, avant de reprendre.

— Tu ferais mieux de lui dire qui tu es. Elle tient de son père. Elle n'a jamais supporté les menteurs.

— Je ne suis pas un…

Il se tut. Il n'était pas un menteur. Peut-être n'avait-il pas envie de dire à Cass toute la vérité et s'arrangeait-il pour la contourner habilement, mais il ne mentait pas. Il haussa les épaules.

— Quelle importance, M. Thomas ? Bientôt, elle repartira à Chicago…

— Peut-être.

Chance dévisagea le bonhomme, intrigué par sa réponse. En tant qu'avocat, il avait l'habitude d'avoir toutes les cartes en main. Or, depuis sa rencontre avec Cass, dans ce hall d'hôtel à Chicago, il avait la désagréable impression que certaines choses lui échappaient.

— Autant que je sache, elle a bien l'intention de reprendre son travail. Ils ne lui ont certainement pas accordé un congé pour l'éternité.

La porte de la maison s'ouvrit, et Cass apparut. Chance retint son souffle, oubliant en un éclair sa conversation avec Boots. La lumière derrière elle formait comme un halo autour de sa silhouette, faisant ressembler ses cheveux à des filaments d'or. C'était la première fois qu'il la voyait porter quelque chose de féminin, excepté à Chicago. Une jupe moulante et suffisamment courte pour que l'on puisse admirer ses jambes. Un top en dentelle turquoise qui en disait long sur les trésors cachés dessous. Il toussota et, ignorant Boots, se dirigea vers elle.

— Oh ! s'exclama-t-il. Tu es sublime.

Elle rougit en baissant les yeux, et quand elle le regarda de nouveau, il surprit un drôle de sourire sur ses lèvres.

— Heureuse moi aussi de vous voir, cow-boy.

Cet air penaud. Elle éclata de rire devant son expression quand il comprit ce qu'elle voulait dire. Oui, il était vraiment heureux de la voir. Physiquement heureux. Et la réciproque était vraie. Elle ne se rappelait pas avoir autant été troublée par un homme. Elle tressaillit en repensant à leurs baisers, dans l'écurie. Elle surprit alors son regard sur ses seins. Elle toussota, et il sursauta, comme pris au piège.

Devant lui, elle se sentait sexy et désirable, aussi en rajouta-t-elle un peu quand, une fois dans son pick-up, elle croisa les jambes. Et oui, il faillit s'étouffer.

— Alors, où m'emmènes-tu dîner ?

Il dut s'humecter les lèvres avant de parler. Bien, elle avait fait le bon choix, en s'habillant ainsi. Elle était déjà prête à faire l'amour avec lui dans l'écurie. Elle était donc plus que disposée à aller dans ce sens, dès qu'ils auraient dîné.

Il démarra et fit une marche arrière avant de se tourner vers elle avec un sourire béat.

— Je pensais que nous pourrions aller jusqu'à Bricktown. Tu n'es pas revenue dans le coin depuis longtemps, tu risques d'être surprise…

— Un endroit en particulier ?

— Eh bien, Toby Keith fait de supers beignets de poulets avec des frites.

— Telle est donc ton idée du grand restaurant…

— Tu ne connais pas la taille des beignets.

— Eh bien, entendu. Allons dîner chez Toby. Je suis affamée.

Après le dîner — beignets de poulet et frites dignes d'un chef étoilé —, Chance lui proposa une balade le long du canal de Bricktown. Stupéfaite, elle regarda autour d'elle, émerveillée, devant les bâtiments en brique restaurés, les néons, la foule et les péniches qui allaient et venaient.

Ils déambulèrent ainsi sur les quais, Chance tenant sa main. Son contact et sa proximité l'électrisaient. La faute à ce feu d'artifice de sensations après ce qui s'était passé entre eux dans l'écurie. Et aussi, si elle était honnête, à quelque chose d'autre. De plus profond. Oui, cet homme la troublait, l'excitait, mais en même temps elle ressentait autre chose pour lui, vis-à-vis de lui, comme une connexion. Oh ! tout ça était sexuel, oui, bien sûr, mais elle voulait plus avec lui ! Elle voulait faire l'amour avec lui. Explorer ce lien ténu qui semblait s'être formé, entre eux.

Tournant la tête, elle surprit le regard de Chance sur elle. Sentant ses joues s'embraser, elle retint son souffle. Elle détestait ça. Que son visage trahisse ainsi toutes ses émotions. Il s'arrêta, serra sa main et l'attira contre lui. Au beau milieu de l'allée, les gens devant les contourner pour passer. Et alors ? Elle se fichait des gens, du monde entier.

Elle n'avait jamais été amoureuse. Ne savait même pas à quoi ça ressemblait. Le désir, ça, oui, elle connaissait par cœur. Cette espèce de feu subit et irrépressible, entre un homme et une femme. Un feu, oui, aussi brûlant qu'éphémère. Mais avec cet homme, c'était plutôt comme des braises qui n'en finissaient pas de se consumer doucement. Elle le regarda, et il déposa un baiser furtif sur ses lèvres.

Ils se dévisagèrent, ignorant les remarques des autres promeneurs, les sifflets de certains. Elle n'aspirait qu'à une chose, se perdre dans ses yeux, dans ses bras, en dépit de ce « quelque chose » qui la retenait. L'empêchait. Ses parents s'aimaient profondément, et le monde de son père s'était écroulé au décès de sa mère. Agée alors de trois ans à peine, elle se souvenait pourtant de son désespoir, de cette tristesse qui ne l'avait finalement plus quitté. Etait-ce pour cette raison qu'elle résistait ? Qu'elle refusait d'ouvrir son cœur à un homme ? La peur de souffrir, la peur de voir partir, d'une manière ou d'une autre, celui qui serait tout pour elle ?

Se pourrait-il que cet homme-là soit Chance ? Elle ne le connaissait même pas. Enfin, pas comme on l'entendait généralement. Même si elle ne croyait pas à toutes ces sornettes sur les âmes sœurs. Le genre d'amour pourtant qui liait ses parents. Et ce apparemment dès la première rencontre, si elle en croyait le journal intime de sa mère.

Chance ne fit pas un geste. Il la fixa, s'interrogeant sur ses pensées, les émotions les plus diverses, les plus contradictoires, se succédant sur son visage. Il retint son souffle, fasciné par la douceur de ses yeux. Le temps suspendit son vol. Il craignait de faire un geste, de dire un mot qui ferait voler ce moment en éclats. Il aurait voulu mettre ce sourire dans un coffret et le garder, à l'abri, au secret, comme le plus précieux des trésors.

Deux ados les croisèrent, l'un d'eux ricanant au passage.

— Allez donc vous prendre une chambre.

Rompant le charme.

Ils rejoignirent le parking où Chance avait garé son pick-up. Gentleman, il lui ouvrit la portière, avant de se pencher vers elle une fois à l'intérieur pour murmurer à son oreille :

— Et maintenant, chérie… Chez toi, ou chez moi ?

— Chez toi, répondit-elle sans l'ombre d'une hésitation.

Elle avait envie de lui — de ses mains sur sa peau, et vice versa. Elle avait envie de l'explorer du bout des doigts. De découvrir tous les méandres de son corps. De l'embrasser. Partout.

— Chez moi, répéta-t-il, d'une voix profonde, possessive.

Le trajet se passa comme dans un rêve, à peine nota-t-elle lorsqu'il entra dans une sorte de garage. Et comme il l'entraînait vers l'ascenseur, elle remarqua une voiture de sport noir métallisé, modèle sans doute hors de prix. Les portes de l'ascenseur s'ouvrirent, et ils s'engouffrèrent à l'intérieur. Chance était donc un cow-boy d'appartement, songea-t-elle, riant doucement à cette idée. Il la regarda, intrigué, mais ne dit rien et glissa son bras autour de ses épaules après avoir appuyé sur le bouton, sans faire aucun autre mouvement. Elle sentait les battements de son cœur contre son bras, sa respiration précipitée dans ses cheveux.

Les portes coulissèrent, et ils sortirent. Il eut un peu de mal avec la serrure de la porte, mais réussit finalement à l'ouvrir. Il la fit entrer, referma derrière eux du bout du pied et, tout de suite, l'enlaça. Sans la moindre brusquerie, mais avec force. De nouveau, elle fut saisie par la puissance de ses mains quand il les noua autour de ses bras. Il l'attira contre lui, ses seins contre son torse comme sculpté dans le bronze, puis il l'embrassa. Un baiser d'une fougue extrême, d'une avidité et d'une exigence inouïes, lui coupant le souffle, puis il mordilla doucement ses lèvres, comme s'il s'agissait du plus savoureux des entremets. Il soupira et couvrit son cou de baisers. Quand elle chancela sur ses jambes, il enroula ses bras autour de sa taille, et elle noua les mains autour de son cou.

— Une partie de cartes ? demanda-t-il dans un murmure.

— Certainement pas, répondit-elle en riant.

Il l'emporta dans ses bras en direction de sa chambre. Elle aperçut vaguement les tours de la ville à l'horizon, par la fenêtre, avant qu'il appuie sur un bouton pour opacifier les vitres des fenêtres. Une petite partie de son cerveau, celle dotée encore d'un peu de cohérence, s'émerveilla devant cette prouesse de la technologie, mais de nouveau il l'embrassa, et ce qui lui restait de raison s'évapora.

S'ensuivit une bourrasque de vêtements, de boutons et de fermetures Eclair qui sautèrent. Nus, le souffle court, ils se regardèrent un moment, chacun promenant ses yeux sur l'autre. Elle rougit et détourna le regard. Elle n'était pas une beauté, loin de là. Plutôt ronde, pulpeuse, une vraie femme, pas un de ces top models avec la peau sur les os. Mais elle assumait ce physique, loin des critères hollywoodiens. Alors, elle releva la tête et soutint le regard de Chance. Un regard dont la chaleur la fit chavirer. Il s'humecta les lèvres tout en serrant et desserrant les poings, bras ballants. Comme s'il luttait pour s'empêcher de la toucher.

— Tu es… plus belle encore… que ce que j'imaginais, dit-il, haletant.

Avant qu'elle ait pu réagir, il s'approcha d'elle, l'enlaça et l'attira contre lui, ses seins nus s'écrasant contre le fin duvet sur son torse. Son petit ventre heurta quelque chose de long, de large, de dur. Elle se cambra et se frotta à son sexe, et il gémit alors dans le creux de son cou.

— Continue comme ça, et je suis mort… Enfin, presque…

— Ça m'étonnerait, glousse-t-elle, mais elle ne put rien ajouter : il la fit reculer jusqu'au lit puis, tout en l'embrassant, la força à s'allonger.

— Toi d'abord, dit-il, sans prendre la peine d'ouvrir les draps.

Il la positionna avec soin, jambes écartées, genoux relevés. Puis il la regarda un long moment, et elle dut résister à la tentation de les presser l'une contre l'autre. Il s'allongea entre ses cuisses et son regard captura le sien, puis il laissa échapper un son rauque.

— Tu es à moi…

Elle s'arc-bouta quand sa langue la toucha. A ce stade, elle était déjà en feu, elle ne résisterait pas longtemps. Tout en la léchant, ses doigts jouèrent avec elle. Totalement incohérente maintenant, elle ne parvenait qu'à émettre de petits cris plaintifs. Tout son corps se consumait, et elle n'en finissait pas de bouger les hanches, si bien qu'il dut la maintenir immobile. Puis, avec l'expertise d'un maître, il continua ses caresses.

— Viens, bébé. Montre-moi que tu aimes, Cass…

Et il inséra en elle un autre doigt…

— Non… Non…

— Si.

Un mot, un seul, en guise d'ordre, auquel elle ne demandait pas mieux que de se plier, fermant fort les yeux alors que les sensations et les émotions la submergeaient. Quelque chose palpitait en elle, et si elle ne se dépêchait pas d'y céder, elle volerait en morceaux. Ce qui, en définitive, arriva. La puissance de son orgasme la propulsa dans un tunnel de lumière.

Elle fut prise d'une envie de rire et de pleurer, tout à la fois. Jamais elle n'avait joui ainsi. Chance lui donna un dernier baiser entre les cuisses, puis du bout de la langue dessina des monts et des merveilles sur son ventre, entre ses seins, avant de poser sa bouche sur la sienne. Il la prit alors entre ses bras et la berça tout en caressant son dos, son baiser l'apaisant, après la tempête.

— Je ne te demande pas comment c'était, je connais déjà la réponse.

Elle lui martela le torse, sans force.

— Maudit cow-boy. C'était…

Elle inspira profondément et soupira, le corps parcouru d'un dernier frisson.

Il rit, un rire profond. Joyeux. Elle se blottit contre lui, caressa le duvet sur son torse, suffisamment touffu pour jouer avec. Ce qu'elle fit. Ils restèrent enlacés ainsi un moment, dans le silence, et elle se serait peut-être assoupie si son genou n'avait heurté sa cuisse. Et rencontré en chemin son sexe. Elle frissonna au contact de son érection.

Elle promena sa main sur son ventre musclé et, lorsque ses doigts touchèrent son sexe, il se cambra dans un râle.

— Si tu me touches maintenant, je ne suis pas sûr de…

Elle sourit.

— Oh ! vraiment ? Si je comprends bien, tu es donc à ma merci…

Elle n'en dit pas plus. Il la ceintura et la fit basculer sur le dos, pesant sur elle de tout son poids avant d'ouvrir le tiroir de son chevet pour en sortir un préservatif.

— Tu veux le faire ?

— Euh, non. Je laisse ça à tes mains expertes.

Il sourit, ouvrit le sachet d'un coup de dents et… Oui, ses mains étaient réellement expertes. Elle n'avait jamais trouvé cette formalité sexy, pourtant la façon dont il procéda à ce moment la troubla.

— C'est quand tu veux, cow-boy, soupira-t-elle en se frottant à lui.

— Bien, madame.

Et ce fut sa dernière pensée cohérente pendant longtemps. Elle retint un cri quand il plongea en elle, tout en elle, avant de se retirer presque aussitôt. Elle contracta chacun de ses muscles internes, noua les jambes autour de sa taille pour le retenir. Puis elle trouva le rythme, y succomba, croyant à tout instant perdre la tête, égarée par toutes ces sensations que Chance éveillait en elle. Elle resserra ses jambes autour de son dos, comme pour monter un cheval sauvage. Chance allait et venait, de plus en plus vite, de plus en plus… Quelque chose au plus profond d'elle lâcha, et elle perdit le contrôle.

Ils jouirent à l'unisson et, derrière ses paupières fermées, elle vit des millions d'étoiles. Elle tressaillit et le sentit tressaillir à son tour, puis il gémit et plongea doucement en elle une dernière fois avant de se retirer. Elle sourit, comblée, aux anges, et lécha sa peau salée.

Il déposa alors un baiser sur sa tempe et tenta de se libérer de ses jambes fermées comme un étau autour de ses reins.

— Je suis trop lourd.

Elle rouvrit les yeux et le libéra. Il roula à côté d'elle, avant de la prendre entre ses bras pour la bercer.

— Je te demanderais bien comment tu te sens, mais je manque de force…

Il rit et embrassa son front.

— C'était génial.

— Ainsi parla l'homme des cavernes…

— Oh chérie ! tu n'imagines pas comme je suis bien…

Elle se hissa sur le coude et sourit.

— Et tu n'as encore rien vu, cow-boy, dit-elle en promenant sa langue sur ses lèvres, son soupir alors la faisant rire. Oh oui ! tu ne perds rien pour attendre ! La nuit ne fait que commencer.

— Je ne te le fais pas dire, répondit-il, espiègle, le feu se rallumant dans ses yeux.

- 8 -

Cass s'étira entre les bras de Chance. Elle se sentait si bien, tout en appréhendant en même temps de devoir s'arracher à la douceur de ce moment. Car elle devait se lever, s'habiller et lui demander de la raccompagner. Elle avait mille choses à faire. Boots était âgé maintenant pour assumer seul toutes les tâches du ranch. Porter les balles de foin, nettoyer les box. Et puis, elle n'avait pas envie qu'il sache qu'elle avait passé la nuit avec Chance. Aussi se leva-t-elle en catimini avant de traverser la chambre sur la pointe des pieds pour gagner la salle de bains.

Son reflet dans le miroir ne laissait aucun doute sur la nature des heures qu'elle venait de vivre. Lèvres gonflées, joues rosies — une irritation due au frottement de sa barbe naissante —, yeux cernés et cheveux comme soufflés par une tornade. Elle s'aspergea le visage d'eau froide et, usant de son doigt comme d'une brosse à dents, tenta de se rafraîchir l'haleine. Pour les cheveux en revanche, rien à faire. Elle soupira, résistant à la curiosité de fouiller l'armoire à pharmacie, puis éteignit la lumière et ouvrit la porte, avant de se retrouver nez à nez avec son hôte et amant d'un soir.

— Déjà levée ?

— Désolée, répondit-elle en le regardant. Je ne voulais pas te réveiller, mais puisque tu es debout… Pourrais-tu me ramener chez moi ?

— Déjà ?

— J'ai du travail qui m'attend.

Il se passa la main sur le visage, comme pour s'éclaircir les idées.

— Quel genre de travail ?

— Au ranch. Des chevaux à nourrir. Des vaches à nourrir. Des écuries à récurer. Tu es un cow-boy, non ? dit-elle en regardant autour d'elle, intriguée par le luxe de l'appartement. Enfin, tu l'as été, non ?

Il se massa le torse, un geste anodin qui attira son regard. Elle frémit à son odeur. Une odeur de cuir, de plaisir et de… de nature, de grand air et de soleil. Elle faillit éclater de rire. Personne ne sentait comme le soleil.

— Et si on prenait une douche ? Ensemble. Pour gagner du temps, tu vois…

— Je doute qu'une douche à deux nous fasse gagner du temps…

— J'insiste. Je vais te montrer, répondit-il en la faisant reculer dans la salle de bains. Il ralluma, fit couler la douche et, sans écouter ses protestations, la souleva dans ses bras pour la porter sous le jet. Puis il la savonna, longuement, entièrement. Et lorsqu'il eut terminé, elle était propre, mais aussi bouleversée, troublée et en proie à un désir des plus intenses. Elle le savonna à son tour, et leur douche commune finit dans un corps-à-corps torride.

Elle finit d'étaler la paille dans le box de Doc puis fit face à Chance. Debout, immobile, il la regardait. Penchant la tête, une main sur la hanche, elle lui sourit, espiègle.

— Que regardes-tu comme ça, cow-boy ?

— Hmm hmm…

Elle devait le reconnaître, il l'avait surprise. Il ne s'était pas contenté de la déposer chez elle. Il s'était garé et avait proposé son aide, profitant de ce qu'elle était entrée se changer pour faire sortir les chevaux dans l'enclos, assisté de Buddy, de manière à pouvoir nettoyer les box.

— Tiens, vous êtes là ?

Elle regarda vers la porte. Boots, impassible, les observait.

— Bonjour, M. Thomas.

— Tu es rentrée un peu tard, Cassidy Anne…

Elle eut conscience d'avoir baissé la tête, avouant ainsi sa culpabilité. Puis elle réalisa que Boots se comportait comme si Chance n'était pas là. Alors, relevant fièrement le menton, elle répondit avec bravoure… en ignorant l'insinuation.

— Le travail est fait. Il reste du café ?

— Un peu, oui. Mais je pensais que vous auriez besoin de quelque chose de plus substantiel. Petit déjeuner au Four Corners. C'est moi qui régale.

Se tournant vers Chance, elle fut décontenancée par son expression. Il fixait Boots, avec un sourire presque hostile. Elle envisagea alors de refuser, mais à cet instant, son estomac grogna. Bruyamment. Chance la regarda en riant.

— Je suppose que ça veut dire petit déjeuner d'urgence. Le temps de me rincer les mains…

Il disparut dans la sellerie, prit plus de temps que nécessaire de façon à faire le tri dans ses émotions. Boots se méfiait de lui, et pour cause, il savait qui il était. Le vieux cow-boy suspectait-il aussi la raison pour laquelle il tournait autour de Cassie ? Chance interrogea son reflet dans le miroir brisé, accroché au-dessus de l'évier. Pourquoi lui tournait-il autour ? « Pour les affaires », avait-il répondu à ses frères et à son père. Sauf que, après la nuit précédente, les choses avaient changé.

Serait-il en train de tomber amoureux de la belle ? Ce serait un comble ! Chance Barron ne tombait jamais amoureux. Vivre avec le patriarche l'avait convaincu d'une chose : l'amour, ce n'était que de la poudre aux yeux. Le désir, en revanche, c'était du concret, une chose à laquelle on pouvait se fier. Lui, amoureux ? De Cassidy Anne Morgan ?

Te voilà dans de beaux draps, songea-t-il.

Derrière le bruit du robinet, il entendit Cass sortir pour un brin de toilette, à la maison. Le temps qu'il rejoigne Boots, devant le pick-up, elle réapparut sous la galerie, prête à partir. Galant comme un vrai cow-boy, Boots lui ouvrit la portière arrière, mais à cet instant, Buddy surgit et s'installa sur le siège.

— Non, Buddy, descends ! s'exclama Cassidy, l'air contrarié, en tentant de faire sortir le chien.

— C'est pas grave…

— Mais Chance, les sièges sont en cuir.

— Et alors ?

— Alors ? répéta-t-elle, sidérée. Laisse-moi au moins installer une couverture dessus.

— Y a pas de mal, Cass. Allez, monte. Je meurs de faim après tous ces exercices…

Elle le dévisagea en rougissant un peu à cause du sous-entendu, puis s'engouffra dans le pick-up avant que Boots la voie, les oreilles écarlates.

Une fois au snack, il fit profil bas, espérant ne pas être reconnu. Clay, en tant que sénateur, était en permanence sous le feu des projecteurs ; quant à Chase, il faisait régulièrement la une de la presse, du fait de sa position au sein de Barron Enterprises, en tant que bras droit de leur père. Cord et Chance, en revanche, s'efforçaient de rester discrets. P-DG de son cabinet d'avocats, Chance s'arrangeait toujours pour laisser toute publicité à ses associés. Avec un peu de chance, personne ne ferait attention à lui.

Cass n'avait pas remis les pieds au Four Corners depuis le jour des obsèques de son père. Chance ouvrit la porte et l'invita à entrer, sa main brûlante s'attardant un peu plus que nécessaire dans le creux de son dos. Le carillon sonna joyeusement, et des têtes se tournèrent vers eux. Ils se dirigèrent vers un box, Boots s'arrêtant à plusieurs reprises pour saluer des clients, puis Nadine apparut, mugs dans une main, cafetière dans l'autre.

Chance s'assit à côté de Cassidy et plaqua sa cuisse contre la sienne. Une minute plus tard, une serveuse arriva avec verres d'eau, couverts roulés dans une serviette en papier et un pichet en alu d'où s'échappaient des odeurs de café au lait. Ils passèrent commande et prirent leur petit déjeuner, un vrai petit déjeuner pour cow-boy, copieux. Rassasiée, Cassie se pelotonna sur un coin de banquette tout en observant le vieil homme en train de faire subir un interrogatoire au plus jeune. Chance resta détendu, esquivant ou répondant aux questions de Boots avec bonne humeur. Boots, d'abord cynique, se détendit à son tour. Elle crut même voir le moment précis où il changea d'avis, à propos de Chance.

Nadine s'arrêtait de temps en temps à leur table, et ses éclats de rire meublaient les moments de silence. Cass s'amusa beaucoup, tout en s'efforçant de n'en rien montrer. Car Nadine, manifestement, avait un faible pour oncle Boots. A l'évidence, une « sympathie » réciproque. A sa connaissance, Boots n'avait jamais été marié. Pourquoi, mystère. Soudain, en dépit de ses deux tasses de café, elle ne put réprimer un bâillement.

— Je pense que nous devrions reconduire cette jeune fille chez elle, monsieur, pour qu'elle puisse faire un somme.

— Appelle-moi Boots, mon garçon.

Cass les dévisagea l'un après l'autre, avec l'impression qu'un iceberg venait de se détacher d'un glacier. Apparemment, elle n'aurait plus à justifier la présence de Chance, leur relation… Mais, quelle relation ? La nuit précédente, bien que divine, ne permettait pas de tirer des plans sur la comète. Certes, il était resté pour l'aider avec les chevaux, ce matin, et il ne semblait guère pressé de partir. Une nouvelle fois, elle se demanda comment il gagnait sa vie. Visiblement, si elle s'en tenait à son pick-up et à son appartement, il avait une bonne situation.

Les deux hommes se disputèrent l'addition, mais Chance finit par avoir le dernier mot. Après avoir posé sur la table suffisamment de liquide pour la note et le pourboire, il se leva et lui offrit sa main. Un peu intimidée, elle la prit. Plutôt réticente à s'exposer en public, cette marque d'affection lui fit chaud au cœur. Et au corps. Une fois dehors, Buddy les rejoignit et leur fit la fête.

Boots monta à l'arrière avec le chien, et elle prit place à côté de Chance qui, tout le long du trajet garda sa main dans la sienne. Et qui alla même jusqu'à l'embrasser devant Boots, une fois à la maison.

— A très vite, j'espère, chérie, murmura Chance.

Elle résista à l'envie de lui demander quand, où et comment. Accro, déjà, malheur à elle.

— Tu sais où me trouver, cow-boy.

Chance s'installa dans le confortable fauteuil en cuir, affectant une certaine nonchalance. Le visage de ses frères se reflétait sur l'acajou poli de la table de réunion, face à lui. Des téléphones sonnaient dans le bureau de Clay, en relation avec eux par écran vidéo interposé, visiblement ailleurs et mal à l'aise. De tous, seul Cord semblait n'avoir aucun problème à regarder Chance droit dans les yeux. Chase était occupé à surfer sur le Net ou à envoyer un texto sur son smartphone. Cash semblait s'ennuyer et ne décollait pas les yeux de la baie vitrée.

— J'ai l'impression d'avoir été convoqué à un conseil de discipline.

— Absolument pas, Chance, répondit Clay qui soupira avec lassitude. Je suis en train de batailler pour une histoire de gros sous. Je n'ai pas vraiment le temps de m'occuper de cette querelle mesquine.

Chase laissa échapper un éclat de rire et décolla les yeux de son écran de téléphone.

— Une querelle mesquine, c'est le patriarche qui serait content d'entendre ça…

— Cela n'a que trop duré, Chance. Fait procéder à la saisie, qu'on en finisse une bonne fois pour toutes.

— Ah ! mais tu oublies une chose, Clay ! Il y a une jolie fille impliquée dans l'histoire. Le voilà, le problème.

Chance fusilla Chase du regard.

— Tu sembles avoir oublié le nombre de fois où nous avons dû voler à ta rescousse, à cause de problèmes avec tes conquêtes féminines, répliqua-t-il.

Après un haussement d'épaules, Chase baissa de nouveau les yeux sur son téléphone.

— Bref, le sujet est clos. En tout cas, je suis actuellement débordé par des négociations portant sur une future station balnéaire. Je n'ai pas de temps à perdre en réunions…

Cash toussota et se redressa sur son siège.

— Ecoute, Chance, une chose est sûre, tu aimes bien cette fille. Depuis ton retour de Chicago, tu passes presque toutes tes nuits avec elle. Je suis sûr que c'est un super coup mais…

Avant même de réaliser ce qu'il faisait, Chance bondit pour attraper Cash par le col de sa chemise, froissant du même coup le coton d'excellente qualité.

— La ferme, Cash. Je sais très bien que tu me fais suivre. Mais je veux que tu arrêtes de me surveiller, tu m'entends ? Aujourd'hui. J'ai la situation en main. Je procéderai à ma façon, et à mon rythme.

— Non…

Ce seul mot suffit à les calmer tous en une fraction de seconde. Cyrus Barron se tenait à l'entrée de la salle.

— Tu feras à ma façon et à mon rythme.

Chance fit face à son père. Le vieil homme le fixa, impassible.

— Mais pourquoi cette affaire a-t-elle tant d'importance ?

— Cette affaire est importante, parce que je l'ai décidé, répliqua Cyrus en s'avançant vers la table.

Puis son visage se durcit et il ajouta entre ses dents.

— Ce vieux salaud est mort sans me laisser le temps de récupérer mon argent, je vais donc régler ça avec sa sale gamine…

Bouillant intérieurement, Chance faillit taper du poing sur la table, mais il se contrôla et s'efforça de ravaler sa colère en misant sur la logique et les arguments susceptibles de toucher le patriarche.

— Cassidy Morgan veut vendre pour retourner au plus vite à Chicago. D'abord le bétail, pour payer l'hôpital. Pour le reste, il nous suffit de lui faire une offre, et le problème sera réglé…

Il attendit, soutenant le regard de son père.

Lorsque Cyrus s'approcha de lui et planta son index sur son torse, Chance dut faire appel à tout son sang-froid pour ne pas briser le doigt de son père.

— Ben Morgan m'a doublé en me volant quelque chose de capital pour moi, il y a quarante ans, et je me suis juré de l'anéantir. Aujourd'hui, je veux ma revanche. A présent, Chancellor, tu vas te taire et m'écouter jusqu'au bout. Tu as toujours été le canard boiteux de la portée…

Son père se tourna face à l'écran vidéo lorsque Clay ricana.

— Quant à toi, Clayton, tu ferais mieux d'amener ces maudits sénateurs à nous donner leur agrément pour faire passer notre pipeline sur les terres agricoles…

Chance se laissa tomber dans son fauteuil. Les vieux sarcasmes étaient toujours aussi blessants, mais il n'était plus un gamin. Il s'apprêtait à revenir à la charge, quand sous la table, Cord lui balança un coup de pied dans le tibia. Il se ravisa donc et regarda son père en silence.

— J'ai passé les coups de fils nécessaires, continua le vieil homme. Ça devrait faciliter la démarche. Attention Clayton, il n'est pas question de rater ce coup-là…

— Non, Cyrus. Vous pouvez compter sur moi.

Cyrus promena son regard sur chacun de ses fils, avant de s'arrêter de nouveau sur Chance.

— A partir de maintenant, j'exige que la gamine de ce salaud ne puisse pas vendre ses bêtes sur le marché, ajouta le patriarche avec un sourire dont le cynisme fit enrager Chance. Nous allons saisir le ranch, les bêtes, tout, et il ne lui restera plus que des dettes. La note laissée par Morgan à l'hôpital se chiffre à plus de 50 000 dollars. Nous allons tout saisir et vendre jusqu'au dernier fétu de paille et la jeter dehors, elle et ce pauvre type de Boots Thomas.

A ce moment, Chance fut pris de nausées. Mais à quoi jouait donc son père ? Cass n'avait rien à voir avec cette vieille querelle. Son père n'avait qu'une obsession, ruiner cette femme auquel Chance était sans doute plus attaché qu'il ne devrait, étant donné les circonstances. Il ravala son amertume et ne pipa mot. Le patriarche une fois de plus lui fit face.

— Arrête de tourner autour du pot, Chance. Si je t'ai envoyé étudier le droit et aidé à ouvrir ton cabinet d'avocats, c'est pour une raison. Maintenant, finissons-en avec la paperasse. Je veux que tout soit réglé dans les plus brefs délais…

Sur les lèvres du vieil homme se dessina une parodie de sourire.

— Y compris en ce qui concerne Double Rainbow. Je veux cet étalon…

Puis son père se tourna vers les autres.

— A présent, à vous. Quel est l'ordre du jour ?

Tout à sa colère, Chance se désintéressa de la conversation, avant de surprendre le regard de Cord sur lui, un regard à la fois grave et curieux. Il fixa son frère. Ils tenaient tous de leur père, et si Chance un jour avait eu une fierté, elle avait disparu il y avait bien longtemps. Mais pour quelle raison était-il si important pour lui de gagner le respect de cet homme ? Pour un peu d'affection ? Il ne fallait même pas y penser. Cyrus Barron n'aimait que le pouvoir et l'argent. Ce qui n'avait pas empêché Chance de passer sa vie à essayer de plaire à ce vieux tyran.

— Les liens du sang, cela doit rester votre seul impératif, mes garçons. Ne l'oubliez jamais. Les Barron doivent rester unis comme les doigts de la main. La famille, tout est là. C'est clair ?

Un silence de mort s'abattit après le départ du patriarche. Même les téléphones dans le bureau de Clay cessèrent de sonner. Chase finit par se lever en soupirant bruyamment, chacun ricanant autour de la table.

— Bien, à présent que l'ouragan est passé, un mot, Chance. Par pitié, règle cette affaire avec la fille Morgan. Aucune femme sur terre ne vaut la fureur du vieil homme.

Chance les regarda les uns après les autres avec calme.

— Cette histoire avec la fille de son ennemi ne vous dérange pas ?

Sur l'écran vidéo, Clay exaspéré s'exclama :

— Depuis quand cette noblesse d'esprit, Chance ? Bon, excusez-moi, mais j'ai un emploi du temps chargé. Contente-toi de faire ton job, Chance.

Cash et Chase, en bons jumeaux, sortirent comme un seul homme de la salle, abandonnant Chance et Cord.

— Quoi ? grommela-t-il, face à son frère aîné.

— Tu es dans l'impasse, mon gars, dit Cord en secouant la tête sur un ton solennel. Il faut que tu tires un trait sur cette fille, et vite.

— Mais pourquoi ? Explique-moi pourquoi nous devons l'anéantir, elle ?

Cord s'enfonça dans son fauteuil et réfléchit un moment.

— C'est ce que notre père veut. Et ce qu'il veut…

— Il l'obtient, oui, je sais. Toute ma vie j'ai entendu dire ça, Cord. Mais de quel droit, bon sang !

Cord éclata de rire, un rire plein d'amertume et de frustration.

— Personne ne prétend que ce vieux grincheux a raison, mais il est comme ça. Il a toujours écrasé quiconque se mettait en travers de son chemin. Or, cette fois, il se trouve qu'il s'agit d'une nana qui te fait… vibrer, on va dire.

Si un regard avait eu le pouvoir de tuer, le frère de Chance à cet instant se serait écroulé.

— La ferme, Cordell.

Il se leva et sortit, le rire de son frère résonnant derrière lui.

- 9 -

Chance croqua les deux comprimés contre les brûlures d'estomac qu'il venait de prendre. Planté devant la baie vitrée de son bureau, il contemplait Oklahoma City à ses pieds, le reflet du soleil sur le fuselage d'un avion en approche de l'aéroport international Will Rogers.

A cet instant, il entendit la porte s'ouvrir, puis quelqu'un s'assit dans l'un des deux fauteuils, face à son bureau.

— Je n'ai rien à te dire…, grommela-t-il.

— Dans ce cas, tais-toi, répondit Cord. Je voulais juste que tu m'écoutes.

— Il me semble que tu as dit ce que tu avais à me dire, tout à l'heure, non ?

— Non, ce que je t'ai dit, c'est ce que notre père entendra quand il écoutera l'enregistrement de notre petite réunion.

Chance dévisagea son frère, la rage au cœur, mais surtout avec un profond désarroi.

— Surtout ne pas contrarier le grand chef, pas vrai ?

Comme Cord ne répondait pas, il s'assit, ferma les yeux et passa une main dans ses cheveux.

— Que veux-tu ?

— C'est ton dernier mot ?

— Que veux-tu que je te dise, Cord ? Si tu crois que c'est si facile, échangeons nos places. Je m'occuperai du ranch et de la compagnie pétrolière. Et toi, tu géreras tout l'aspect juridique de Barron Enterprises. Tu feras le sale boulot du patriarche en ordonnant l'expulsion de cette jeune femme qui n'est absolument pour rien dans toute cette histoire.

— C'était donc vrai, tu as une conscience…

— Tu ferais mieux de la fermer…

Cord hocha doucement la tête et posa le talon de ses bottes sur le bureau.

— Parle-moi d'elle.

— Que veux-tu savoir ?

— Eh bien, elle doit être plutôt… spéciale, pour t'avoir rallié à sa cause.

— Elle est charmante et pleine d'esprit, et n'a aucune envie de gérer ce maudit ranch.

— Elle est aussi sexy, non ?

— Oui, en effet.

— J'ai enfin trouvé d'où je la connaissais…

Chance sursauta.

— Tu la connais ?

— Du calme ! Pas au sens biblique du terme, je te rassure. Contrairement à toi…, marmonna Cord avec un sourire entendu. En fait, elle avait remporté le championnat féminin de rodéo, à Denver, la dernière année où nous avons participé. Elle était super dans son petit jean moulant, mais un peu trop jeune pour moi…

Fermant les yeux, Chance s'étira dans son fauteuil en s'efforçant de se détendre.

— Quand tu m'as appelé, à Chicago, le soir de la tempête, j'étais justement en train de tenter une approche. A ce moment, j'ignorais qui elle était, Cord, je ne l'ai appris qu'une fois rentré. Elle veut juste vendre le ranch, payer les dettes de son père et reprendre le cours de sa vie…

A Chicago. Sans lui.

— Aïe aïe aïe ! mon pauvre vieux. C'est encore pire que ce que j'imaginais…

— La ferme.

— Que comptes-tu faire ? Parce que si elle apprend que le patriarche est derrière tous ses problèmes, elle va te détester…

— Qu'elle le découvre le plus tard possible, voilà tout ce que j'espère. Du moins le temps de pouvoir me la sortir de la tête.

— Te la sortir de la tête ? répéta Cord en levant les yeux au ciel. Oui, bon, je n'y crois pas trop. Tu es dans de beaux draps, Chance. Cette fille t'a ensorcelé. Et si les circonstances étaient différentes, je trouverais marrant de te voir ainsi perdre pied.

Chance se passa une nouvelle fois la main dans les cheveux en soupirant.

— N'empêche, notre père est un vrai salaud.

— Oui, sur ce point, je suis d'accord avec toi…

Cass contempla la pile de factures devant elle avec un soupir et attrapa le carnet de chèques. Elle avait eu beau compter et recompter, les chiffres parlaient d'eux-mêmes. Les sommes dues dépassaient largement ce qu'il y avait sur le compte en banque. Elle devait vendre le bétail, et le plus tôt serait le mieux. Elle décida donc d'appeler les transporteurs de bovins avec lesquels son père avait l'habitude de travailler. Et obtint chaque fois le même type de réponse.

— Vous êtes du ranch Crazy M ? Désolé, nous sommes complets.

— Plus aucun fourgon disponible.

— Impossible, désolé.

Tout le monde était désolé. Ou pas. Mais apparemment, aucun transporteur ne souhaitait travailler avec elle. Elle passa un dernier coup de fil, à une entreprise dont le patron était un ami de longue date de son père.

— Désolé, je ne peux rien pour vous. Vous savez, j'avais beaucoup d'estime pour votre père.

— J'ai du mal à croire que les transporteurs de bétail de toute la région ne puissent intervenir pour moi.

L'homme à l'autre bout du fil toussota, mal à l'aise, et aussitôt Cass comprit.

— Vous ne *voulez* pas travailler pour moi, c'est ça ?

De nouveau, il toussota, mais ne répondit rien.

— Mais pourquoi ? Si vous appréciez tant mon père, pourquoi refusez-vous de transporter ses bêtes pour moi, sa fille ?

— Vous n'êtes pas en cause, mam'zelle...

— Mais alors, où est le problème ?

— Le problème...

Elle l'entendit inspirer, puis soupirer.

— Ecoutez, je ne peux pas vous en dire plus. Désolé. Mais c'est comme ça et, parfois, un homme qui travaille dur comme moi n'a pas le choix. Je vous en prie, ne m'appelez plus...

Et elle l'entendit raccrocher.

— Mais enfin, qu'est-ce que ça veut dire ?

Boots leva les yeux de la paperasse étalée devant lui et la regarda avec tristesse.

— Je craignais que cela ne finisse par arriver.

— Quoi donc ? demanda-t-elle. Tu es au courant de quelque chose, oncle Boots ?

— C'est une longue histoire, mon petit ange. Je n'en suis pas certain, mais je soupçonne un certain individu du nom de Cyrus Barron d'être à l'origine du problème...

Tout le monde savait qui étaient les Barron, mais elle voulut s'en assurer.

— Le Barron de la compagnie pétrolière ?

— Le Barron des élevages Barron...

— Et de l'immobilier Barron ? dit-elle, la gorge nouée.

— En personne.

— Mais... Pour quelle raison voudrait-il m'empêcher de transporter mes quelques centaines de vaches ?

— Je te l'ai dit, c'est une longue histoire. Le temps est

peut-être venu de t'expliquer deux ou trois choses, sur les Barron…

Mais à cet instant, Buddy bondit et se mit à aboyer en se précipitant vers l'entrée. Trois secondes plus tard, on entendit une voix, puis deux petits coups à la porte.

— Puis-je entrer ?

La voix de Cassie retentit. Voix du découragement.

— Oui, Chance, entre.

Dès qu'il la vit, le regard éteint, l'air contrarié, il sentit son cœur se serrer. Puis il remarqua les papiers devant elle et il se tourna vers Boots.

— Tout va bien ?

— Non.

Chance aurait donné n'importe quoi à ce moment pour la prendre dans ses bras. Elle semblait si fragile… si abattue.

— Que se passe-t-il ?

— Personne ne veut prendre mes bêtes en charge, soupira-t-elle.

— Oh ! C'est le printemps, remarqua-t-il, sur ses gardes. Tout le monde veut faire transporter ses veaux en même temps…

Elle secoua la tête et ajouta.

— Non, tu ne comprends pas. Ils n'ont pas de bétaillères pour moi.

Chance toussota et haussa les épaules.

— Mais voyons, ça n'a pas de sens.

— On voit bien que tu ne les as pas entendus. Je ne suis pas parano. J'ai appelé tous les contacts de papa.

Elle soupira.

— Je ne comprends pas. Je veux dire… Papa était aimé de tous, respecté. Il a toujours réglé ses factures. Je n'arrive à joindre personne à la banque, pour discuter de son prêt…

Elle s'empara d'une poignée de factures.

— L’hôpital. Ses médecins. L’entreprise de pompes funèbres… Si je ne peux pas vendre mon bétail, comment vais-je pouvoir rembourser ?

Elle secoua la tête, désemparée, et une larme coula sur sa joue, qu’elle essuya avec lassitude.

— Et il y a pis…

N’en pouvant plus, il se dirigea vers elle et la prit dans ses bras.

— Quoi d’autre ?

— Je…

Elle tressaillit, et il déposa un baiser sur son front.

— Mon patron a appelé… Si je ne suis pas au travail demain matin, il me licencie. J’ai un loyer à payer, à Chicago, des factures. Et j’ai presque vidé mon compte en banque pour assurer le quotidien, ici…

Chance serra les dents pour ne pas laisser exploser sa colère. Il avait envie de frapper quelqu’un. Son père. Le patron de Cass. Lui-même. Car il était aussi responsable, aussi coupable que les autres.

— Ça va aller, reprit-elle en s’arrachant à ses bras. Oh ! j’ai besoin de prendre l’air ! ajouta-t-elle, levant la main quand il fit mine de la suivre. Seule.

La porte-moustiquaire claqua derrière elle, et Buddy, se retrouvant enfermé dehors, se tourna vers les deux hommes en couinant. Chance alla lui ouvrir et suivit Cass des yeux, la démarche décidée mais la tête basse, alors qu’elle se dirigeait vers l’écurie. Il dut prendre sur lui pour ne pas courir la rejoindre. La prendre dans ses bras. Lui promettre que tout s’arrangerait. Mais tant que son père s’obstinerait dans cette vendetta, rien ne s’arrangerait pour Cassidy Morgan.

— Tu sais qui est derrière tout ça…

Toujours à la porte, incapable de regarder Boots en face, il répondit.

— J’ai ma petite idée.

— J'espère que tu vas réagir, mon gars… Cette gamine est folle de toi, tu sais.

Réagir ? Le pouvait-il ? Le voulait-il seulement ? Il avait passé toute son existence dans l'ombre de son père. En tant qu'avocat de la famille, il avait intenté des procès contre leurs ennemis et défendu les siens, sa seule priorité étant Cyrus Barron et Barron Enterprises. Le vieil homme avait toujours raison, et le reste du monde tort à partir du moment où il s'opposait aux volontés du patriarche.

Chance fouilla ses poches. En vain. Il avait oublié ses comprimés contre les brûlures d'estomac. Cord aurait-il vu juste ? Aurait-il finalement une conscience ? Il devait prendre du recul. Rester neutre. Froid. Son objectif était de coucher avec Cass de manière à tirer un trait sur elle au plus vite, puis basta ! Or, il était là aujourd'hui, chez elle, à la regarder le cœur brisé, tandis qu'elle s'isolait, sans doute pour pouvoir pleurer sans témoins. Son père n'en ferait qu'une bouchée. Et il ne pouvait rien faire que rester là et regarder.

— Il faut que je parte, dit-il.

Ouvrant la porte, il sortit sous la galerie.

— Peut-être le moment est-il venu de te comporter en homme…

Il ne répliqua pas, en dépit de la colère, à ces paroles. Boots avait raison. Cassidy Morgan était bien plus courageuse qu'il ne le serait jamais.

— Je suis désolé, Boots, marmonna-t-il avant de s'éloigner, sans savoir si le vieil homme l'entendit, ce dont il se fichait au fond.

Il ouvrit la portière de son pick-up, s'arrêta pour regarder Cass montée à cru sur le grand alezan quand elle sortit de l'écurie au galop pour s'élancer vers le bois. Un étau se referma alors autour de son cœur et, l'espace d'une fraction de seconde, il crut faire une attaque. Cela ne résoudrait rien, mais au moins la douleur cesserait-elle…

Chance s'installa derrière le volant et regarda la maison.

Boots était sur le pas de la porte et l'observait. Le mieux, c'était de partir. De sortir de la vie de Cassie. Et de faire ce qu'il avait à faire. Ensuite, il s'offrirait une virée à Las Vegas, alcool, jeu et femmes au programme. Sauf que la perspective de ne plus revoir Cass lui déchirait le cœur. Et que celle de toucher d'autres femmes ne le tentait absolument pas. Restait l'alcool et le poker ; or, il n'était fan ni de l'un ni de l'autre.

— Je suis désolé, Cassidy Morgan. Désolé de ne pas être celui que tu mérites.

- 10 -

— Non, dit Cass en fixant le vieil homme assis devant elle, dans l'un des box de chez Nadine.

— Prends le temps d'y réfléchir au moins, petit ange.

— Non, Boots. Je ne veux pas de ton argent.

— Ecoute, ton père était mon meilleur ami. Un frère, pour moi. Et c'est pareil pour toi, vous êtes comme ma famille. Et dans une famille, on s'entraide…

Cass demeura les yeux baissés, face à son petit déjeuner auquel elle n'avait quasiment pas touché.

— Sandra, à Chicago, veut bien emballer mes affaires et me les expédier. Elle vendra le reste, des babioles dont je me fiche. De mon côté, j'ai donné mon préavis à l'agence et je récupérerai bientôt ma caution. Je pourrai ainsi régler tout ce que je dois, là-bas.

— Tu ne retournes pas à Chicago ?

Elle serra les dents en entendant cet espoir, dans sa voix. Depuis son licenciement, elle avait beaucoup réfléchi. Elle adorait Chicago. Son job, son petit appartement et le souffle du vent, sur le lac Michigan. Elle détestait la chaleur, la poussière et les odeurs, plus ou moins nauséabondes, du ranch. Ces tâches ingrates qui vous brisaient le dos.

— Je ne peux pas me le permettre, oncle Boots. Pas avant d'avoir mis les choses au clair, ici…

Elle le regarda.

— Et non, je ne veux pas de ton argent. Tu en as besoin. Papa tenait à ce que tu vieillisses paisiblement. Moi aussi.

— Je n'ai pas besoin de grand-chose. Mais tu es aussi têtue que Ben. Toujours à vouloir faire à ton idée.

Elle haussa les épaules et, de nouveau, fixa son assiette.

— Que se passe-t-il, ici ? Ma cuisine n'est pas assez bonne pour vous, miss Cassidy Anne ? s'exclama Nadine, cafetière à la main, en prenant un air outré. Oh ! mais vous faites une triste mine… Et si vous racontiez tout ce qui ne va pas à tatie Nadine ?

Cass releva la tête. Une inquiétude sincère se lisait sur le visage de Nadine qui la regardait, un sourire amical aux lèvres.

— Avec l'estomac plein et une bonne tasse de café, vous verrez, tout s'arrange…

— Je doute que vos pancakes puissent résoudre mes problèmes, Nadine…

La patronne du snack la bouscula gentiment pour s'asseoir sur la banquette, à côté d'elle.

— Possible, en revanche, se confier à des amis ne peut pas faire de mal. Boots m'a vaguement expliqué de quoi il s'agissait. Vraiment, je suis désolée. Votre père n'aurait jamais imaginé ça. Ah ! Ben Morgan ! Lui si organisé, toujours à réfléchir avant d'agir…

L'espace d'un instant, Cass sentit la colère la submerger. Comment Boots avait-il pu prendre la liberté de discuter de ses affaires avec une étrangère ? Puis elle vit le visage du vieil homme et elle comprit. Nadine n'était pas une étrangère. Pas pour Boots en tout cas. Il y avait quelque chose entre ces deux-là, de tendres sentiments.

— Ma chérie, votre père avait beaucoup d'amis. C'était un homme bon, serviable, toujours prêt à rendre service. Je suis sûre que tout le monde se ferait une joie de pouvoir lui rendre la politesse. Dites-nous seulement de quoi vous avez besoin.

— J'ai besoin d'emmener mon bétail au marché à bestiaux,

répondit-elle excédée après une semaine à ronger son frein et à broyer du noir.

Un homme au comptoir se retourna.

— Il y a des transporteurs spécialisés, pour ça.

— Je sais, répondit Cassie en soupirant. Mais aucun ne veut travailler pour moi.

Le type se renfrogna et repoussa sa casquette John Deere pour se gratter le crâne.

— Ils vous boycottent ?

— Ça m'en a tout l'air.

— Mais c'est injuste…

— Je n'y peux rien, soupira-t-elle. Je me retrouve donc dans l'impossibilité de transporter mon bétail. J'ai bien un vieux fourgon à ma disposition, dans la grange. Mais je devrais faire plusieurs voyages. Au bout du compte, j'y perdrais plus que ce que je pourrais gagner…

Elle omit de préciser qu'elle disposait de tout juste de quoi faire le plein.

La totalité des clients du snack finit par se tourner vers elle. Un jeune garçon, perché sur un tabouret, regardait la télévision, au-dessus de la caisse. Un vieux film en noir et blanc. Il tira sur la manche de sa mère en désignant l'écran.

— Maman, je peux avoir des dessins animés ?

La jeune femme éclata de rire.

— Tu n'aimes donc pas ce western, CJ ? Avec le grand John Wayne ? Quelle honte pour un cow-boy en culottes courtes comme toi !

Le gamin esquissa une moue et soupira.

— Euh, je préfère les dessins animés, maman…

L'homme sur le tabouret voisin fit un clin d'œil au petit garçon.

— Ta maman a raison, mon petit. John Wayne avec ce convoi de bétail sur les pistes du Far West, c'est un grand classique, tu sais…

— Euh, soupira l'enfant avant de se tourner vers sa maman, le regard suppliant.

Nadine se leva et s'empara de la télécommande, sur le coin du comptoir.

— Je vais te mettre CartoonZ, mon chéri. Le temps de trouver…

Cass se pencha pour regarder l'écran traversé d'images quasi subliminales, avant qu'un dinosaure rouge apparaisse. Elle se tourna alors vers Boots.

— Non, non.

— Non quoi ?

— Je… Rien…

Elle secoua la tête.

— Juste une idée complètement folle. Non, ça ne peut pas marcher…

— Mais à quoi penses-tu ? Je t'écoute…

Elle continua de secouer la tête, comme pour en chasser le projet dément qui venait d'y germer.

— Pourtant…

Nadine refit son apparition avec du café fraîchement passé et remplit leur tasse.

— Boots, tu as remarqué ? Elle a le même regard que Ben quand il préparait un mauvais coup…

— Non, c'est ridicule… Inutile d'y penser…

— Ecoute, trésor, si tu ne nous expliques pas ce que tu as en tête, comment veux-tu que nous t'aidions, marmonna Boots avant de boire une gorgée de café.

Cass les dévisagea l'un après l'autre.

— Peut-être pourrions-nous mener le bétail nous-mêmes, en convoi…

Nadine échangea un regard sceptique avec Boots.

— Vous voyez ? Je vous le disais, c'est ridicule. Fini le temps des pistes. Impossible de nos jours d'emmener les bêtes jusqu'au marché aux bestiaux…

— Pourquoi ?

— Euh…

Sidérée, elle fixa Boots.

— Eh bien, d'abord parce qu'il faut en partie traverser Oklahoma City pour rejoindre le parc à bétail où se déroulent les ventes aux enchères. Sans parler des autoroutes…

— Oui, mais vous savez, ça serait possible, intervint l'homme dans le box de derrière en lui tapotant l'épaule. Avec quelques laissez-passer et autorisations, vous pourriez faire transiter vos bêtes par les routes secondaires…

Voilà qu'ils se mettaient tous à perdre la tête, maintenant !

— Quelqu'un aurait une carte ?

Un autre homme approcha une chaise et s'invita à leur table.

— On pourrait décider du trajet tout de suite…

— Euh, non, attendez. Boots et moi sommes tous seuls. Impossible de conduire cinq cents têtes à deux. Et le parc se trouve à une trentaine de kilomètres. On pourrait parcourir, allez, entre dix et quinze kilomètres par jour. Et où faire halte, la nuit ? Sans parler des points d'eau… Non, je vous remercie, vraiment. Tous. Mais ça ne peut pas marcher.

Il y eut quelques murmures dans l'assistance, mais personne ne parut convaincu par ses arguments. L'idée était trop saugrenue pour seulement se fatiguer à y réfléchir. Elle but son café, sans même s'apercevoir qu'elle avait oublié le sucre, la crème. Il y avait forcément une solution. Elle la trouverait. Si elle appelait Chance ? Il pourrait peut-être la conseiller. Il s'était volatilisé depuis l'autre jour, mais avait appelé à plusieurs reprises et laissé des messages depuis, sur son répondeur, inquiet apparemment pour elle.

Plus tard, cet après-midi-là, elle raccrocha plutôt que de lui laisser un énième message. Boots faisait travailler l'étalon, à l'écurie, et Buddy somnolait au soleil, devant la fenêtre. Le chien grogna et agita les pattes, rêvant de chasse sans doute. Elle s'agenouilla près de lui et le caressa entre les oreilles.

— Suis-je folle, Buddy ? Folle à lier ? Cette idée de

mener les bêtes par la route est absurde. Les problèmes de logistique à eux seuls… Non, ce n'est pas faisable. Il doit y avoir un autre moyen. J'irai à la banque, demain, et je demanderai à être reçue par le directeur…

Elle hocha la tête, comme pour affirmer sa détermination.

— Je ferai le siège de son bureau, jusqu'à ce qu'il me reçoive. Et accepte de m'écouter. Nous trouverons une solution…

Buddy lui lécha la main.

— Oui, mon brave chien, je sais que tu m'aimes. Et tu es bien le seul à me manifester un peu d'affection…

— Vous êtes bien la seule à me manifester un peu d'affection, dit Chance en souriant à son assistante. Merci d'être restée si tard.

— Je reste tard tous les soirs, répondit Heidi, mains sur les hanches. Dites-moi plutôt merci pour avoir subi les foudres de votre famille à votre place en interceptant toutes les communications…

Elle avait raison.

— Vous valez votre pesant d'or, Heidi…

— Je vais noter ça quelque part. Je vous le ressortirai le jour où je viendrai quémander une augmentation, répliqua-t-elle avant de s'approcher du bureau pour fermer le dossier sur lequel Chance travaillait depuis près d'une heure. Et maintenant, patron, rentrez chez vous. Ou sortez faire un tour. Allez vous changer les idées.

Il sourit tout en jouant avec son stylo de marque.

— Vous êtes de son côté, pas vrai ?

Heidi s'esclaffa avant de répondre.

— Evidemment que je suis de son côté. Votre père est un sacré *bravo sierra*.

Le mari de Heidi était militaire à la retraite, et elle avait tendance à recourir au jargon des forces armées pour exprimer le fond de ses pensées. Et en fin de compte, « *bravo sierra* » était plus poétique que « beau salaud », estima Chance.

— Oui, les choses ne changent pas, soupira-t-il.

— Pardon ? s'exclama son assistante. Vous rigolez ? Mais au contraire, les choses changent. A commencer par vous, patron. Votre façon d'analyser la situation, votre façon de réagir. Le sort de cette jeune femme vous touche. Pourquoi elle, parmi toutes les victimes de votre père, je ne sais pas. Mais une chose est sûre, *vous* avez changé.

Il secoua la tête.

— Non, Heidi. Si j'avais changé, je ne serais pas assis là avec ces documents sur mon bureau…

— Au risque de me répéter, si, vous avez changé, rétorqua son assistante. L'ancien Chance aurait réglé toute la paperasse en moins de 24 heures et convoqué cette jeune personne au tribunal le jour même des funérailles de son père. L'ancien Chance ne serait pas là à ruminer sur les agissements du patriarche. Et l'ancien Chance marcherait dans les pas de son tyran de père sans se poser plus de questions que ça. Voilà ce que j'ai à dire, patron… Et maintenant, je rentre chez moi. N'oubliez pas d'éteindre avant de partir…

Dans le silence qui suivit son départ, Chance fit pivoter son fauteuil pour faire face à la baie vitrée, derrière lui. La tour Barron, du haut de ses quarante étages, dominait la ville. De son bureau, au trente-sixième niveau, il avait une vue plongeante sur le sud-ouest de la ville. Les bâtiments du marché de gros juste devant et sur la droite, au fond, les infrastructures modernes du parc à bestiaux… Son téléphone sonna, mais il l'ignora. Il sonnait encore quand son smartphone se joignit au concert. Inutile de vérifier de qui provenait l'appel. Sans doute de l'un de ses frères. Ou pis, de Cassie.

Il avait fait ce qu'ils attendaient de lui. En prenant ses distances avec elle. Au début, il écoutait ses messages, mourant d'envie de la voir, de la toucher. Puis il s'était forcé à les effacer, sans plus les écouter. Sa voix chaque fois lui déchirait le cœur, et il souffrait le martyre, lui qui ne rêvait que d'une chose, courir jusqu'au ranch pour la retrouver.

Pourquoi avait-il dû choisir entre sa famille et la merveilleuse jeune femme qui avait ravi son cœur ? La réponse, il la connaissait. Pour la voir chaque fois qu'il se regardait dans une glace. Il était un Barron. A 100 %. Et en matière de femmes, être un Barron signifiait pour la dame concernée des malheurs et des souffrances à n'en plus finir.

Cass portait le même tailleur austère que pour les obsèques de son père. Sauf qu'elle s'y sentait un peu à l'étroit désormais. Manifestement, le travail physique fourni ces derniers temps au ranch avait quelque peu modifié sa silhouette. En bien. La porte d'un bureau s'ouvrit, et elle se redressa aussitôt sur son siège, mais la femme qui en sortit l'ignora pour se diriger derrière le comptoir de la banque.

Cass se détendit un peu, tout en s'interrogeant. Pourquoi faisait-elle ça ? Elle détestait le ranch. Cette vie ne lui convenait pas. Elle avait envie de faire la grasse matinée, le week-end. D'aller au restaurant. De travailler dans un bureau et de bavarder avec ses amies des dernières frasques de la star du moment, du succès d'une nouvelle émission télé, des toilettes hideuses des grandes de ce monde dans les soirées mondaines. Sauf qu'elle se fichait de toutes ces futilités.

Une autre porte s'ouvrit, dans le couloir. Un homme apparut et se dirigea dans la direction opposée. Elle regarda la pendule au-dessus de la fille à l'accueil. Deux heures qu'elle attendait. Le responsable des prêts avait averti le P-DG de la banque de sa visite. Et ce monsieur ne semblait pas pressé de la rencontrer. Il ne tarderait pas à aller déjeuner maintenant. S'il ne la recevait pas avant, au moins pourrait-elle essayer de l'intercepter quand il sortirait.

A 12 h 15, un livreur de pizzas apparut avec huit boîtes

dans les bras. Pepperonis. Oignons. Sauce tomate gratinée. Avec toutes ces bonnes odeurs, son estomac gargouilla. Les bureaux se vidèrent, leurs occupants se précipitant vers ce qu'elle supposa être la salle de réunion. Un agent de sécurité fit son apparition et s'installa au bureau d'accueil. En lui jetant un regard noir.

Vers 16 heures, assoiffée, affamée et avec une envie terrible d'aller aux toilettes, elle se recroquevilla sur sa chaise, refusant cependant d'abandonner. Cet homme à un moment donné finirait bien par sortir, ne serait-ce que pour rentrer chez lui. Le téléphone à l'accueil sonna, et la fille décrocha.

— Oui monsieur… Non monsieur. Toujours là. A attendre depuis ce matin… Oui monsieur.

La fille leva la tête derrière son comptoir et interpella Cassie.

— M. Leonard ne peut vous recevoir aujourd'hui. Vous devriez rentrer chez vous.

— Je préfère rester, au cas où une disponibilité se libère dans son emploi du temps. Sinon, je reviendrai demain…

La fille soupira en levant les yeux au ciel, pivota sur son fauteuil pour lui tourner le dos et chuchota quelque chose dans l'appareil. Une porte tout au bout du couloir s'ouvrit.

— M. Leonard peut vous consacrer deux minutes. Pas une de plus.

Cass bondit et s'élança dans le couloir. M. Leonard l'attendait, assis à son bureau, l'air pas très à l'aise, chemise un peu froissée, nœud de cravate relâché. Son visage rougeaud transpirait à grosses gouttes, malgré la climatisation.

— Je ne peux rien pour vous, dit-il sans préambule.

— Qu'en savez-vous ? Je ne vous ai encore rien demandé.

— Je sais ce que vous voulez, miss Morgan. Votre père est redevable à cette banque de 250 000 dollars, sans les intérêts. Pouvez-vous régler cette somme ?

— Non, je ne peux pas. J'ai besoin d'un délai supplémentaire.

— Le problème est que nous n'en sommes plus à l'octroi de délai, mais à la saisie de vos biens. L'affaire n'est plus sous ma responsabilité.

Elle se préparait déjà à répliquer quand elle prit conscience de la teneur des propos de M. Leonard.

— Attendez une minute... Que voulez-vous dire ? Quelle saisie ?

— Notre service contentieux a accordé à votre père tous les délais légaux, et la banque est maintenant en droit de récupérer les sommes dues par tout moyen à sa convenance. Si vous êtes en mesure de vous acquitter de la totalité de ces sommes, nous mettrons fin aux poursuites. Dans le cas contraire, je vous l'ai dit, je ne peux rien pour vous.

— Vous ne pouvez pas faire ça...

— Non seulement je le peux, jeune femme, mais c'est déjà fait. Notre établissement doit rentrer dans ses fonds. Etant donné les circonstances, l'affaire est désormais entre les mains du tribunal. Qui doit décider de la saisie...

Il se balança dans son fauteuil, mains croisées sur sa grosse bedaine.

— Cela ne me concerne plus.

— Mais...

Elle n'en dit pas plus, ébranlée.

— Les deux minutes sont écoulées. Je vous prie de bien vouloir sortir de mon bureau, miss Morgan, ou je vais devoir appeler l'agent de sécurité...

Cass se leva et foudroya le type du regard.

— Dire que mon père avait confiance en vous...

Elle tourna les talons et sortit tête haute. L'agent de sécurité la suivit jusqu'à ce qu'elle monte dans le vieux pick-up déglingué de Boots.

— Bravo pour la dimension humaine des petites banques de province...

Une centaine de mètres plus loin, arrêtée par un feu, elle

attrapa son téléphone et composa un numéro. Une, deux, trois et quatre sonneries.

— Allez, Chance, décroche, je t'en prie…

« Vous êtes sur ma messagerie. Vous savez ce qu'il vous reste à faire… »

Oui, elle savait. Oh ! et puis, pourquoi appelait-elle ce type, après tout ? Il l'avait séduite, et depuis, le joindre était devenu très difficile. Le coup classique. Bien. Elle n'avait pas besoin de lui. Elle n'avait besoin de personne.

Elle sursauta quand un coup de klaxon rageur l'arracha à ses pensées. Elle roula quelques kilomètres, avant de s'arrêter sur une aire tranquille de l'autoroute, devant un snack. Ce n'était pas le Four Corners, mais les odeurs de grillade qui s'en échappaient la firent saliver. Elle commanda des côtelettes d'agneau et des frites, un supplément d'oignons et de poivrons, puis alla s'installer à une petite table dans un coin de la salle.

Elle mordit dans sa première côtelette avec un soupir d'extase, puis arrosa généreusement le reste de son repas de ketchup et autres sauces de couleurs bizarres, présentées dans des bouteilles en plastique. Un vrai régal. Elle dévora.

Pour finir, elle s'autorisa une tarte tatin accompagnée d'une boule de glace. Résultat, une addition salée. Qu'elle ne pourrait sans doute plus se permettre avant longtemps. Elle disposait en tout et pour tout de 1 000 dollars, sur son compte en banque et sur celui du ranch de juste assez pour payer l'électricité. Quant au gaz, ils avaient promis d'attendre. Et elle en avait une bouteille d'avance, à la maison.

Bien. Pas de travail. Pas de revenus. Un prêt à rembourser dans les vingt-quatre heures grand maximum si elle voulait éviter le pire. Et aucune solution en vue. Les premiers symptômes d'une méchante migraine commencèrent à se manifester. Elle se massa doucement le front. Et alors, quelle importance ? Elle détestait le ranch. Car elle le détestait, non ? L'Oklahoma aussi, d'ailleurs. Oui, mais pas un certain homme qui y vivait…

Elle pourrait partir, tout simplement. Sans un regard en arrière. Abandonner Boots et Buddy à leur sort. Laisser Chance derrière elle, pour toujours. Point. Sa vie était à Chicago, pas ici. Elle refusait de s'arrêter à ces émotions qui la submergeaient, chaque fois qu'elle pensait à Chance. Et elle pensait souvent à lui. Oh ! pourquoi ne répondait-il pas à ses appels ?

Mais bon, la vie était pleine de gens qui partaient, tout le temps. Sauf que ce n'était pas son genre de renoncer. Son père, le pauvre, se retournerait dans sa tombe — ou dans cette petite urne qui renfermait ses cendres — si elle s'en avisait.

« Je ne t'ai pas éduquée comme une perdante, mon trésor. Tu vas essuyer ces larmes vite fait, te remettre en selle et aller de l'avant. Tu es une Morgan. Montre-leur de quoi tu es capable. »

— Oh ! Papa, chuchota-t-elle. Comme tu me manques. Que vais-je devenir ?

A cet instant, un fracas de vaisselle retentit en cuisine, la faisant sursauter. Bris de verre, assiettes renversées. Un bruit qui eut pour effet de dissiper son humeur morose, comme par miracle. Elle se tourna vers la fenêtre, mais une photo scotchée en dessous attira son attention. Sur le papier jauni par le temps, on voyait un groupe de cow-boys à cheval. Elle regarda de plus près. Un troupeau de vaches errait en arrière-plan. Elle lut la légende juste en dessous.

« 1944 — Calvin Barron et son équipe en piste pour le marché au bétail d'Oklahoma City. »

— Sacrée époque…

Cass sursauta et tourna la tête. Un vieux monsieur, un tablier autour de la taille rit de bon cœur.

— C'était la guerre, et l'essence était rationnée. Le vieux Barron avait des bêtes à vendre et aucun moyen pour les amener au marché. Le gouvernement avait besoin de ces vaches pour nourrir l'armée, mais c'était au gars de se débrouiller pour les conduire sur place afin de les charger dans le train…

Prise soudain comme d'un vertige, avec un drôle de pressentiment, Cassie demanda :

— Attendez. Le vieux Barron ?

— Oui, m'dame. M. Calvin était alors le patriarche de la famille. Le malheureux ne savait comment transporter son bétail. On raconte qu'ils étaient tous là autour d'une bouteille de whisky à se lamenter quand, soudain, leur est venue l'idée de faire selon la bonne vieille méthode des anciens cow-boys. Cela nous a pris deux bonnes semaines, mais on y est arrivés. En remontant les berges du fleuve, puis en redescendant directement sur le marché aux bestiaux, une fois à Oklahoma City. La presse était là pour nous accueillir. Un type de la radio nous a même interviewés…

— Vous avez dit « nous » ? Vous y étiez ? s'exclama Cass en se penchant sur la photo.

Il désigna deux personnes sur l'angle gauche du cliché. Un homme posait devant un chariot sur lequel était assis un petit garçon, la main levée.

— Mon père était le cuistot du groupe. Il m'avait emmené. Quelle aventure !

Cass sourit et pour un peu, elle aurait sauté au cou du vieil homme.

— Merci.

Il la dévisagea, interloqué.

— Pour quoi ?

— D'abord pour vos délicieuses grillades. Ensuite, pour être venu me parler. Et enfin, pour m'avoir donné confiance. Maintenant, je le sais, je peux y arriver. Merci encore, je dois y aller !

Elle sortit à toute vitesse du snack, se mit au volant et s'empara de son téléphone, fébrile.

— Papa, on pourrait bien y arriver finalement, avec un peu d'aide…

Elle allait donner une nouvelle chance… à Chance. Elle gloussa à sa plaisanterie, puis fixa l'appareil entre ses mains, avant de se décider. Une fois sur sa boîte vocale, elle laissa un message confus, sans même réaliser quand la messagerie se coupa automatiquement.

- 11 -

Chance serra les poings tout en fixant son téléphone. Il avait tenu bon en ne décrochant pas, mais ce fut plus fort que lui, il devait écouter son message, entendre sa voix. Et quel message ! Un feu d'artifice de mots prononcés à bout de souffle sous l'effet d'une excitation extrême.

— J'ai enfin vu le banquier. Le salaud ne peut rien. Ils sont sur le point de me saisir, Chance. Mais ça ne fait rien. Je vais mener les bêtes au marché moi-même. Je peux le faire. Tu ne vas pas croire ce qui est arrivé. Tu connais Cyrus Barron ? Il est plus riche que Midas. Bref, j'ai découvert quelque chose, ce soir. Tu ne vas pas le croire. Son père avait conduit son bétail par la route. Dans les années 1940. Pendant la guerre. Je peux…

Fin du message.

Il retint son souffle, avec l'impression d'avoir un boa constricteur autour du cœur. L'espace de quelques secondes, il avait cru qu'elle avait appris la vérité, sur son père. Il rappuya sur le bouton pour écouter de nouveau son message.

Des bêtes conduites par la route ? Pendant la guerre ? Mais de quoi parlait-elle ? Et quel rapport avec sa situation actuelle ? Il attrapa son téléphone et appela son frère.

— Oh ? Tu ne me fais plus la gueule ?

— La ferme, Cord. Elle est au courant, pour la saisie.

— Que sait-elle d'autre ?

— Je l'ignore. A la façon dont elle parle des Barron, je ne crois pas qu'elle sache. Mais j'ai besoin de quelques éclaircissements.

— A propos de quoi ?

— A propos d'une idée farfelue qui lui est venue je ne sais d'où. Tu as entendu parler du transport d'un troupeau Barron par la route ?

— Pardon ? Le patriarche aurait joué les cow-boys ?

— Non, pas lui, répondit Chance en entendant son frère pianoter sur le clavier de son ordinateur. Grand-père Calvin. Dans les années 1940, durant la guerre.

— Impressionnant. Il y a un dossier dans les archives de l'*Oklahoma Chronicle*… Attends, je regarde… Alors, pour résumer, grand-père ayant des bêtes à vendre, pour pallier le rationnement du gasoil, décida de les mener lui-même par la route jusqu'au marché. La chose fit grand bruit à l'époque. L'événement passa même aux actualités, dans les cinémas. *Le dernier cow-boy*, un titre de ce genre. Bref, il vendit ses bêtes à l'armée. Qui le paya grassement. Lui et ses hommes guidèrent les vaches jusque dans les wagons de marchandises du train qui partait pour les abattoirs de Chicago. Voilà. Alors ? Qu'est-ce que cela a à voir avec l'affaire Morgan ?

Chance regarda par la baie vitrée, avec la même question en tête.

— Je ne sais pas. Bien. Je te tiendrai au courant.

— Ravi de ton retour parmi nous, mon vieux. Et maintenant, dépêche-toi d'en finir avec cette histoire. Le patriarche veut que l'avis d'exclusion soit remis au plus vite…

Les paroles de son frère résonnèrent dans sa tête. « Ravi de ton retour parmi nous. » Mais l'était-il vraiment ? Cassidy. Il devait la voir. Découvrir quel projet insensé se tramait dans sa tête. Puis il l'en dissuaderait. Et passerait quelques coups de fil pour lui trouver un autre emploi à Chicago. Son cœur à cette pensée s'accéléra. Etait-ce qu'il voulait ?

Ce serait la solution la plus simple. Elle repartie à Chicago, il en serait fini de leur relation — si on pouvait appeler les choses ainsi. Terminé. Jamais elle ne saurait que sa famille l'avait trahie. Que *lui* l'avait trahie. Sauf qu'il y avait un problème. Il n'avait pas envie de la voir partir. C'était même tout le contraire. Il la voulait ici, avec lui, et voulait compter pour elle. Autant qu'elle comptait pour lui. Voilà. C'était dit. Cassidy Morgan comptait énormément pour lui. Il n'y pouvait rien, c'était comme ça. Il avait beau ne pas répondre à ses appels, l'éviter comme la peste, son cœur, lui, ne battait plus que pour elle. Il l'aimait. Il ressentit un profond soulagement à l'admettre. Restait qu'il était le salaud le plus lâche de cette planète. Et elle méritait mieux, un homme digne d'elle.

Pourquoi ma vie est-elle devenue si compliquée, songea-t-il.

Fixant le dossier sur son bureau, il secoua la tête. La famille, le sang, telles étaient les valeurs reines... Tous les clichés assenés par son père depuis l'enfance revinrent le tourmenter. Chance voulait faire ce qui était juste. Mais qu'est-ce qui était juste... au juste ?

Boots apparut dans la cuisine, l'air grognon, et se dirigea droit vers la cafetière. Intriguée, Cassie lui demanda :

— Tu as passé une mauvaise nuit, oncle Boots ?

Il marmonna une réponse dont elle ne saisit que quelques mots : « dancing », « cette femme », « plus de mon âge »...

— Oh ! Je comprends, dit-elle en refoulant un sourire.

— Tu pars en voyage ? demanda-t-il en désignant la carte devant elle.

Cassie avala une gorgée de café froid en grimaçant. Elle se leva pour aller le jeter dans l'évier et s'en remplir une nouvelle tasse.

— En quelque sorte, oui.

Puis revenant s'asseoir, elle ajouta :

— Il faut que nous parlions.

— Ça s'est mal passé, avec le banquier ?

— Plutôt, en effet. Je n'ai plus que quelques jours pour rembourser la totalité du prêt. Sinon, c'est la saisie.

Il la dévisagea un long moment, impassible.

— Et cette carte, c'est pour quoi ?

Elle inspira profondément avant de se lancer.

— Pour guider les bêtes jusqu'au marché. Un éleveur l'a déjà fait, autrefois. Il y a plus de soixante-dix ans, Calvin Barron…

Elle s'interrompit face à la moue de Boots.

— Quoi ?

— Rien, rien. Continue.

Perplexe face à sa réaction, elle poursuivit.

— Il me faudra certaines autorisations. Je compte aller les réclamer auprès des maires des différents villages sur le parcours… Si tu veux bien me prêter ton pick-up, bien sûr…

— Pas de problème. Je dois inspecter les clôtures, grommela le vieux bonhomme.

Cassie frappa des mains et se précipita pour aller l'embrasser.

— Tu vas voir, ça va marcher, oncle Boots, j'en suis sûre !

Seule ombre au tableau de son enthousiasme retrouvé, le fait que Chance ne lui ait donné aucune nouvelle. Sujet qui la faisait hésiter entre colère et inquiétude. S'il ne voulait plus entendre parler d'elle, il aurait pu avoir le courage de le lui dire, au lieu de laisser planer le doute comme ça, en gardant le silence. A moins que quelque de chose de grave ne lui soit arrivé…

— Et Chance pourra peut-être nous donner un coup de main…

— Je l'espère pour toi, ma petite fille, répondit Boots, l'air peu convaincu néanmoins. C'est tout le mal que je te souhaite…

Elle réfléchit à ces paroles, puis chassa le doute de son esprit. Chance finirait bien par appeler.

— Bien sûr qu'il viendra nous aider…

L'après-midi, Cass regagna l'écurie au pas, Buddy trottant gentiment à droite de son cheval. Sa manche était déchirée, un peu de sang tachait le tissu. Elle avait accroché le fil de fer barbelé d'une clôture en traversant un champ. Elle devrait se rendre à la clinique pour une piqûre contre le tétanos. Son dernier rappel remontait à… Trop loin. Fatiguée, en sueur, elle ne se sentait pourtant pas le courage de se rendre en ville dans l'immédiat.

Comme elle approchait du bâtiment, un bruit retentit à l'intérieur, et aussitôt Buddy s'élança en aboyant. Elle fit accélérer le pas à Red, et son cœur brusquement s'arrêta quand elle reconnut l'homme qui sortit de l'écurie. Chance. Elle n'y croyait plus. Il n'avait répondu à aucun de ses appels. Son cœur, le traître, se mit à repartir, pris de folie, et elle sentit un sourire niais se dessiner sur ses lèvres.

Une main devant les yeux pour se protéger du soleil, il lui fit signe. Elle dut se raisonner pour ne pas descendre de cheval et se précipiter dans ses bras. Au lieu de cela, elle mit pied à terre, faisant de son mieux pour ignorer ses émotions.

— Toi ici ? J'ai cru à un mirage, dit-elle, sarcastique.

Il s'approcha et tendit la main, mais impossible de savoir si c'était pour prendre les rênes de Red ou sa main.

— Cass, je voudrais… Que s'est-il passé ? s'exclama-t-il en la prenant par le bras. Tu es blessée ?

— Je me suis chamaillée avec la clôture, répondit-elle en tentant de se dégager, en vain. Mais c'est moi qui ai gagné.

— Ce n'est pas l'impression que ça donne. Tu saignes…

— Mais non, ça s'est arrêté.

— Nous devrions aller aux urgences.

— Non, *nous* n'irons nulle part. Au cas où tu l'aurais oublié, durant ta longue absence, je n'ai plus de travail. Et donc plus d'assurance maladie. Je n'ai pas les moyens de me payer une visite aux urgences.

— A quand remonte ton dernier rappel contre le tétanos ?

— A une éternité. Je sais, j'ai besoin de me faire vacciner.

Mais pas aux urgences. A 500 dollars la piqûre. L'une des pharmacies de la ville a ouvert une petite clinique. Je vais m'y rendre.

— Rentre te changer, je m'occupe de Red. Je viendrai t'aider ensuite à nettoyer un peu la blessure…

Levant les yeux au ciel, elle soupira.

— Je suis une grande fille, Chance. Je sais soigner une plaie et je peux parfaitement conduire pour aller en ville.

— Conduire quoi ? Le tracteur ?

Elle fronça les sourcils, regarda dans la grange. Boots était sorti.

— Zut !

— Bon. Allez, dépêche-toi. Le temps de rentrer Red et ensuite, direction cette clinique…, dit-il, levant la main quand elle fit mine de protester. Pas de discussion.

Tout en pestant contre de tels comportements machistes, elle lui confia les rênes de Red, Buddy sur les talons. Buddy qui, le lâcheur, fit demi-tour dix mètres plus loin pour aller retrouver Chance.

Deux heures et une piqûre plus tard, l'avant-bras bandé, Cass était assise dans l'un des box du Four Corners, face à Chance. Devant une assiette de purée et une escalope de dinde. De quoi nourrir un régiment.

— Veux-tu que je coupe ta viande ?

— On ne m'a pas amputée d'un bras, Chance, répliqua-t-elle, hautaine.

Et pour le prouver, elle empoigna couteau et fourchette et coupa un morceau de son escalope, faisant en sorte de ne pas grimacer à la pointe de douleur qui traversa son bras.

Ils dînèrent en silence, Chance épiant ses moindres gestes. Mal à l'aise, elle mangea du bout des lèvres, fuyant son regard, mais n'y tenant plus, la serveuse ayant débarrassé la table, elle s'exclama :

— Mais quoi à la fin ?

— Hmm ? marmonna-t-il, l'air ailleurs, les yeux rivés sur sa bouche.

— Bon. Alors, quoi de neuf ? J'imagine que tu as dû être très occupé, non ? l'apostropha-t-elle avec une ironie à peine voilée.

A ce moment, une émotion qu'elle ne parvint pas à déchiffrer passa dans son regard, avant de disparaître. Quand il prit sa main dans la sienne, elle fit de son mieux pour faire abstraction du frisson de désir qui la parcourut. Et en dépit de toute sa détermination à rester fâchée contre lui, elle se sentit fondre.

— Dis-moi, sérieusement, tu n'y penses pas, Cass ?

— A quoi ? répondit-elle, perplexe.

D'un coup de menton, il désigna sur leur droite le tableau des petites annonces, derrière la caisse.

— A conduire les bêtes par la route.

Elle tourna la tête pour regarder son affichette, bien en vue, faisant appel à toutes les bonnes volontés. Puis elle fit face à Chance, prête à la bataille. Fini de se sentir toute chose sous le regard de monsieur. Elle n'appréciait pas, mais pas du tout, son arrogance, son ton dédaigneux.

— Je n'ai pas d'autre solution. Impossible de louer un camion de transport. Je dois vendre mon troupeau, d'autant que les cours sont actuellement au plus fort, et dans ma situation, chaque dollar compte…

Elle passa une main dans ses cheveux. Il devait comprendre. L'aider.

— Le temps presse, Chance. Mais tu sais tout ça si tu as écouté mes messages…

Il perdit un peu de son arrogance.

— J'ai eu énormément de travail, Cass. Je suis… désolé.

Un éclat de rire s'échappa de sa bouche. Rire amer. Presque douloureux.

— Du travail ? Eh bien moi aussi, cow-boy. Tu vois, je me retrouve avec un ranch sur le dos, criblée de dettes et menacée de saisie et d'expulsion, au bord de la faillite, avec pour seul avenir le centre d'accueil des sans domicile fixe, le temps de me trouver un autre travail.

Il ouvrit la bouche pour protester, mais elle ne lui en laissa pas le temps.

— Malheureusement, Chance, je ne possède même pas de voiture, donc impossible de vivre dedans. Quant à Boots, Nadine éprouve pour lui de tendres sentiments. S'il a deux sous de bon sens, il l'épousera et emménagera chez elle, en emmenant Buddy et Red avec lui. En ce qui me concerne, je peux aussi décider de me battre, mais sans être parano, je me demande si ce ne serait pas une perte de temps…

Elle secoua la tête.

— Mais papa avait beaucoup misé sur le bétail. Nos bêtes sont classées A*** par les services de contrôle de qualité de la viande bovine. C'est mon seul espoir. Je peux en tirer un bon prix. Alors, pas question de capituler comme ça. Ce n'est pas ainsi que mon père m'a élevée…

Elle s'interrompit pour reprendre son souffle, tressaillant devant l'expression de Chance. Un mélange d'admiration, de tristesse et de… Difficile de savoir. De la culpabilité ?

A cet instant, tenant toujours sa main, de l'autre il effleura sa joue.

— Bon sang, Cassie, je… Tu comptes tellement pour moi. Je ne veux pas te voir souffrir.

— Trop tard pour ça, soupira-t-elle, et à son ton cinglant, il grimaça.

Alors, elle pressa sa joue contre sa main. Fatiguée. Fatiguée d'être seule.

— Aide-moi, Chance. Aide-moi à me sortir de là.

Son visage se radoucit, mais il retira sa main. Sans dire un mot. Alors, exaspérée, elle lui lança un ultimatum.

— Ecoute, soit tu m'aides, soit tu disparais de ma vue…

Lorsqu'il demeura silencieux, elle haussa les épaules.

— Bien. Merci pour le repas. Je dois rentrer. J'ai un tas de choses à régler avant de pouvoir conduire mes bêtes en ville.

Entre tension et malaise, le trajet du retour lui parut interminable. Une fois à la maison, Cass ouvrit la portière avant même l'arrêt de la voiture, puis elle bondit et s'éloigna en courant vers l'écurie, n'espérant qu'une chose. Qu'il ait compris le message et décampe sans demander son reste. Elle avait du travail. Mais Chance coupa le contact et lui emboîta le pas, aussi fit-elle de son mieux pour l'ignorer. Chaque fois que leur relation semblait prendre son envol, il agissait de telle sorte que tout se cassait la figure. Bien. Il n'y avait pas mille façons de gérer ça, mais une seule. En mettant un terme à leur — courte — histoire. Fini de penser à lui, de l'imaginer partie prenante de son avenir. Elle resterait ainsi la tête haute, droite dans ses bottes.

Une fois dans l'écurie, elle grimpa au grenier et traîna une balle de luzerne jusqu'au bord avant de crier :

— Attention dessous !

Elle rit sous cape quand Chance manqua s'étaler en reculant.

De retour en bas, elle s'empara d'une paire de cisailles pour découper le fil de fer autour de la luzerne et en sépara grossièrement les brins avant d'aller en remplir les mangeoires de chaque box. Au moment d'entrer dans celui de l'étalon, elle fronça les sourcils en découvrant celui-ci allongé sur le flanc. L'animal ne leva même pas la tête quand elle l'appela, à peine dressa-t-il une oreille lorsqu'elle siffla. Soudain prise de panique, elle batailla avec le verrou de la porte.

— Cass ? Un problème ? appela Chance. Attends, je vais le faire.

Une minute plus tard, la porte était ouverte, et elle s'engouffra à l'intérieur, s'agenouilla dans la paille, devant le cheval et le caressa, l'encolure, le ventre, avant de se figer avec un coup au cœur. Le ventre de Doc. Il était dur comme de la pierre, tout ballonné.

— Il faut le relever, dit-elle, et elle se remit debout, tira sur la bride, mais rien n'y fit. Chance, aide-moi ! s'écria-t-elle, la voix brisée, désemparée.

— Calme-toi, bébé. Laisse-moi regarder.

Elle s'écarta, juste un peu.

— Mais qu'est-ce qu'il a ? demanda-t-elle, au bord de la nausée subitement.

— Je pense qu'il s'agit de coliques, Cass. Il n'a pas l'air en grande forme. Je vais appeler le véto.

— Non, non et non… Je ne peux pas payer un véto, voyons…

— Ne t'inquiète pas pour ça, Cass. Reste auprès de lui. Il faut que j'aille passer un coup de fil.

Elle s'agenouilla de nouveau auprès de l'étalon et lui parla à voix basse pour le rassurer, tout en le caressant. Une fois dehors, Chance appela d'abord son frère, raccrochant en vitesse avant que Cord ne lui fasse la morale à cause de sa présence au Crazy M. N'avait-il pas une bonne raison pour ça ? Une raison que même son père approuverait. Le patriarche voulait cet étalon, non ? Le vieux grigou serait fou de rage si la bête venait à mourir. Ce fut en tout cas ce dont Chance tenta de se convaincre tout en appelant le vétérinaire, auquel il décrivit les symptômes de Doc. Et promit d'être payé.

Il venait juste d'interrompre la communication quand Boots apparut. Chance inspira, prêt à l'attaque.

— Pour quelle raison es-tu ici ?

— Cass s'est blessée. Oh ! rien de grave. Elle s'est écorchée le bras avec du fil de fer barbelé, et j'ai dû l'emmener faire une piqûre contre le tétanos. A notre retour, elle a trouvé l'étalon couché dans son box. Je viens d'appeler le véto…

Boots le dévisagea froidement, et Chance s'appliqua à garder son calme.

— Tu n'as pas répondu à ma question. Pour quelle raison es-tu ici ?

Pour quelle raison ? Parce qu'il n'en pouvait plus d'être séparé d'elle ? Parce qu'elle avait touché son cœur ? Il donna la seule réponse qu'il avait.

— Je ne sais pas, Boots. Il y a quelque chose, chez Cassie, de… de spécial. Je ne peux pas me passer d'elle.

— Ton père est la cause de tous ses problèmes…

Comme Chance le suspectait, le vieux bonhomme connaissait la vérité. Il ne prit même pas la peine de répondre, d'autant qu'il ne s'agissait pas d'une question.

— Tu comptes le laisser continuer à lui faire du mal longtemps, comme ça ?

Chance regarda vers l'écurie, derrière lui. Il n'était pas prêt. Pas prêt à ce que Cass apprenne la vérité. Pas encore. Pas avant d'avoir l'opportunité de lui expliquer certaines choses.

— Je ne peux rien contre ça, Boots. C'est le patriarche qui a toutes les cartes en main, dans ce jeu…

— Un jeu ? Tout ça n'est donc qu'un jeu, pour toi ?

Il secoua la tête.

— Non, non, ce n'est pas ce que je voulais dire. Avez-vous déjà entendu dire que Cyrus Barron avait perdu une bataille ?

Boots le regarda droit dans les yeux, et Chance réussit non sans difficulté à rester tête haute.

— Oui. Une fois. Elle s'appelait Colleen. Mais un homme comme on n'en fait plus lui a fait la cour, l'a épousée, et cette union a donné cette petite fille, là-bas…

— Oncle Boots !

Au hurlement de panique de Cass, Chance le planta là et se précipita, Boots sur ses talons.

— Ça va aller, ma petite chérie, dit le vieil homme à Cassie, une fois dans le box de Doc. Chance a appelé le vétérinaire.

— Mais on ne peut pas le payer, oncle Boots. Le vétérinaire ne va rien faire…

— Je m'occupe de ça, dit Chance, le cœur serré à ces paroles. Ne t'inquiète pas.

— Toi ? Mais comment ? Il y en aura au moins pour un millier de dollars, tu ne te rends pas compte, voyons !

Il ravala la réponse la plus spontanée qui lui vint à l'esprit — il possédait une carte de crédit inépuisable. Une voiture de sport qui valait deux fois plus que la maison de certaines personnes. Il avait toujours travaillé, mais sans jamais avoir à s'inquiéter d'être payé, ou à devoir mettre de l'argent de côté pour s'offrir quelque chose ou régler une facture.

— J'ai ce qu'il faut, Cass, promis, dit-il en notant dans ses yeux le début d'une protestation. Et nous trouverons un moyen pour que tu me rembourses. Je ne te fais pas la charité. C'est un prêt, d'accord ? Dans l'immédiat, tout ce qui compte, c'est de remettre ce petit gars sur pied.

Boots prit un air renfrogné. Cette expression, Cass la connaissait par cœur. Le vieil homme regarda longuement Chance, puis se tourna vers elle.

— Je vais chercher deux, trois choses à la maison. Je serai de retour pour accueillir le véto…

Puis il jeta un nouveau regard à Chance. Un regard lourd de sous-entendus. Mais à propos de quoi ? Impossible pour Cass de savoir de quoi il retournait.

— Fais ce que tu as à faire, mon gars…, marmonna Boots avant de disparaître.

Mais… Qu'entendait-il donc par là ? Déjà stressée, bouleversée, elle attendit que Boots fût sorti pour interpeller Chance.

— De quoi veut-il parler, Chance ?

Après un long soupir, il s'accroupit face à elle, dos au mur.

— C'est une longue histoire. Et elle n'a aucune importance dans l'immédiat.

Elle le dévisagea, de plus en plus intriguée.

— J'ai tout mon temps, Chance.

Buddy s'allongea près de lui et posa sa tête sur sa cuisse, fermant les yeux quand Chance le caressa entre les oreilles.

— Chance ? Pourquoi es-tu revenu ? demanda-t-elle, avec un mauvais pressentiment.

— Je ne suis pas revenu, Cass. En fait, je ne suis jamais parti. Pas au sens où tu l'entends. J'ai un travail, des factures à honorer, moi aussi.

— Je te rembourserai ! s'exclama-t-elle, les joues en feu.

— Ce n'est pas ce que je veux dire. Je ne parle pas du véto.

Elle soupira.

— Pourquoi Boots ne te fait-il pas confiance ?

— Il a ses raisons, répondit Chance en évitant de la regarder.

— Quelles sont-elles ?

— Ecoute, je n'ai pas envie de discuter de ça maintenant, d'accord ?

Elle écarquilla les yeux, surprise par la véhémence de sa réaction.

— Eh bien, moi si. Peut-être ne devrais-je pas te faire confiance moi non plus, après tout…

— Peut-être, marmonna-t-il.

Sa réponse fut un choc. Il se referma comme une huître, son regard ne laissant rien paraître de ses émotions.

— Bien. Entendu…

Elle continua de caresser Doc et fit comme si Chance n'était pas là, tout en laissant libre cours à ses pensées. Boots n'était pas d'un naturel soupçonneux. En revanche, il n'avait pas son pareil pour analyser les hommes comme les chevaux et, à l'évidence, il ne portait pas Chance dans son cœur. Depuis le début en fait. Mais en y repensant, elle aussi s'était méfiée de lui quand il avait débarqué ici à l'improviste, sachant tout sur l'étalon.

Au fil des minutes, elle sentit le doute enfler en elle. Chance était sorti de l'écurie juste comme elle rentrait à cheval, blessée au bras. Depuis quand était-il là ? Aurait-il fait quelque chose à Doc ? Il avait beaucoup insisté pour l'emmener aux urgences, ce qui aurait pris des heures, et quand elle avait insisté pour aller à la petite clinique, il avait tenu ensuite à l'inviter à dîner. Pour l'empêcher de rentrer ? Pour gagner du temps et faire en sorte qu'à son retour, elle découvre l'étalon mort dans son box ? Aurait-il empoisonné Doc ? Pour appeler ensuite son propre véto, afin que celui-ci finisse le travail… ou pas, en soignant Doc, évitant ainsi à Chance d'être pris ?

Elle soupira et s'assit dans la paille en le dévisageant. Assis face à elle, tête contre le mur, les yeux clos. Mais sans doute pas en train de dormir.

— Que lui as-tu fait ?

Chance n'ouvrit même pas un œil.

— Je n'ai rien fait.

— Chance, tu étais dans l'écurie. Seul. Et il allait bien lorsque je suis partie faire l'inspection des clôtures…

Il rouvrit enfin les yeux et lui décocha un regard glacial, mais impuissant à apaiser sa colère.

— Tu es apparu ici tout gentil, plein d'attentions, proposant ton aide, reprit-elle. Mais qui es-tu, Chance ? Pourquoi tant de sollicitude ? Apparemment, tu as de l'argent. Un pick-up dernier cri, un appartement de luxe en ville. Mon Dieu, je ne sais même pas comment tu gagnes ta vie. Mais quoi que tu dises, tu n'es pas un cow-boy…

— Je suis avocat.

La stupéfaction passée, elle répéta.

— Avocat ?

— J'ai été cow-boy, autrefois, ajouta-t-il avec un haussement d'épaules. Je faisais du rodéo…

Quelque chose dans son expression titilla sa mémoire, mais elle chassa cette impression.

— Et alors ? Pourquoi veux-tu te faire passer pour un cow-boy, aujourd'hui encore ? Et comment as-tu connu mon père ? Pourquoi être venu à ses obsèques ?

— Pour te voir.

De nouveau, elle en resta sans voix, ou presque.

— Moi ? s'exclama-t-elle d'une voix stridente, l'étalon s'ébrouant, conscient de son émotion.

Elle prit le temps d'inspirer, d'expirer, et reprit avec calme.

— C'était la première fois que je te voyais, à Chicago. Pourquoi courir après moi ?

— Je… Comme ça…

— Pourrais-tu être plus clair ?

— Non. Peu importe la raison. C'est comme ça. Crois-tu réellement que j'ai pu faire du mal à cet étalon ? Délibérément ? demanda-t-il alors d'une voix glaçante à faire frémir.

— Je ne sais rien de rien, sur toi, Chance. Je ne saisis pas les raisons de ta présence ici. Je… Pff. Nous avons passé de bons moments, ensemble. Coucher avec toi était… Oui, fantastique, mais…

— Mais quoi ? Nous n'avons pas couché ensemble, Cassie. Moi, j'ai fait l'amour avec toi. Je…

Il se tut, refusant de finir, avant de reprendre, agressif soudain.

— C'est tout ce que tu es capable de donner. Quelques heures de sexe, c'est ça ? Pas question pour toi de t'engager dans une relation ?

Elle se renfrogna à la colère dans sa voix.

— Du calme ! C'est toi qui n'as pas répondu à mes appels, je te signale.

— Je ne pouvais pas.

— Tu ne pouvais pas ? Tu avais jeté ton téléphone dans les W-C ? Ton chien l'avait déchiqueté ? Oh ! mais attends, tu n'as pas de chien…

Elle regarda Buddy.

— C'est plus facile, moins contraignant de me voler le mien.

— J'ai des… circonstances atténuantes, dit-il entre ses dents.

— Des circonstances atténuantes. C'est-à-dire ? Simple formule juridique pour : « Je n'ai pas envie d'être embêté » ?

Il se massa le front, les yeux clos, pour reprendre la parole, sans colère cette fois.

— Ce n'est pas juste, Cass. Tu n'as pas la moindre idée de ce qui se passe. De ce qui est en jeu.

Elle n'avait qu'une envie, crier, le sommer de s'expliquer mais Doc s'agiterait de nouveau, aussi contenant sa colère, elle rétorqua :

— Comment veux-tu que je le devine ?

— Je ne peux rien te dire. Pas tout de suite…

Il se passa la main dans les cheveux et soupira en la regardant.

— Je t'en prie. Fais-moi juste confiance. Encore un moment.

Une série de réponses lui traversèrent l'esprit.

Pourquoi le devrais-je ? Comment peux-tu me demander ça ?

Mais elle lut dans ses yeux un tel désarroi, et comprit à ce rictus sur ses lèvres qu'il faisait un tel effort pour contenir ses émotions, qu'elle finit par se résigner.

— D'accord.

- 12 -

Le vétérinaire parti, Cass sentit la fatigue la rattraper. Sans parler de la blessure à son bras qui la faisait souffrir. Chance était allé raccompagner le véto, et ce fut seulement à cet instant qu'elle réalisa. Personne n'avait parlé de facture. Elle caressa l'encolure de Doc, touchée par la détresse de l'animal. Le véto avait fait de son mieux, lui conseillant de l'appeler si son état ne s'améliorait pas d'ici quelques heures. Lui recommandant aussi de lui faire faire quelques pas régulièrement, pour faciliter le déblocage des intestins.

Des coliques. L'une des pires choses qui pouvaient arriver à un cheval. Cass souffrait pour lui, à l'entendre haleter. Un moment, elle avait envisagé de le vendre, mais elle ne pourrait s'y résoudre, plus maintenant. Buddy se faufila dans le box et vint se pelotonner contre elle, tête sur ses genoux en la regardant avec ses grands yeux bruns, comme pour dire : « J'ai foi en toi. Tu es mon humain. Tu sais ce qu'il faut faire. »

— Je l'espère, Buddy, je l'espère, chuchota-t-elle en lui grattant la tête.

Chance réapparut un moment plus tard, deux tasses dans les mains, Boots derrière lui, des couvertures et un oreiller dans les bras. Chance lui tendit une tasse. Elle en regarda le contenu. Bien noir, avec juste ce qu'il fallait de crème.

— Un sucre, c'est bien ça ?

Elle acquiesça d'un signe de tête. Il se rappelait donc comment elle aimait son café ?

— Tu seras mieux avec ça, ma chérie, dit Boots en

repoussant Buddy pour étaler les couvertures. La nuit va être longue…

Il se tourna vers Chance, toujours avec cette expression de méfiance.

— Je vais rester auprès de Cass, Boots. Je vous appellerai si nous avons besoin d'aide.

Elle les regarda l'un et l'autre, comme on assiste à une partie de ping-pong. Chance avait eu un ton un peu provocant, presque du dédain, mais Boots ne releva pas et, au contraire, s'adressa à elle.

— Si tu as besoin de quoi que ce soit, appelle-moi, ma chérie. Je serai là en moins de deux.

Cass s'affaira avec l'oreiller et les couvertures tandis que le vieil homme s'en allait en traînant les pieds. Elle s'allongea, l'oreiller roulé sous sa tête, une main sur le cou de l'étalon. Un silence pesant s'abattit dans le box, silence qu'elle se promit de ne pas rompre. Avant de renoncer, trente minutes plus tard.

— Il faudrait le faire marcher un peu.

Toujours sans prononcer un mot, Chance l'aida à mettre l'étalon débout. Le petit gars était encore jeune, mais il pesait déjà un bon poids. Il flageola un peu sur ses jambes, mais Cass parvint à le faire sortir du box et Doc, après une minute, montra même un certain entrain dans l'écurie dont il fit deux fois le tour. Revenu dans son box, cependant, il se recoucha avec un gémissement.

Chance en avait profité pour arranger les couvertures sur la paille et s'asseoir confortablement. Il fit signe à Cassie de venir à côté de lui. Elle s'exécuta, sans enthousiasme et en faisant la moue quand il glissa son bras autour de ses épaules. Crispée, elle ne tarda pas pourtant à se laisser aller contre lui, frémissant aux effluves de son eau de toilette. Mais pourquoi cet homme lui faisait-il autant d'effet ? Qu'y aurait-il de mal à juste se laisser aller ? A s'abandonner à lui. Pas pour toujours, non. Elle ne pourrait pas s'abandonner comme ça à quelqu'un, pour l'éternité. Mais juste le temps de soulager un peu le fardeau qui pesait sur ses épaules. Juste assez pour se remettre ensuite debout.

— Je ne crois pas que je vais repartir à Chicago, chuchota-t-elle, et elle le sentit se raidir.

— Ah ? dit-il, prudent.

— Je ne peux partir maintenant. Pas encore en tout cas. Ma voisine va s'occuper de mes affaires, là-bas. Et ce ranch, même si ce n'est pas grand-chose, après tout, j'y suis chez moi. C'est ma maison…

Il y eut comme un déclic, en elle. Sa maison. Oui, ce ranch avait toujours été sa maison, et elle avait été trop aveugle pour le comprendre.

— C'est faux, Cass, dit-il en la serrant contre lui. Ce ranch est mille fois plus que ça. Ton père a travaillé dur pour construire le Crazy M et en faire une maison pour toi. Et même si tu ne ressentais pas l'envie d'y vivre, quelque part au fond de toi, tu savais que tu pourrais un jour y revenir…

Elle hocha la tête, la joue contre sa chemise.

— J'ai essayé de fuir. De rester loin d'ici. Et puis, je me suis sentie coupable de détester cet endroit. Mais en réalité, ce n'était pas le cas…

Elle cilla, retroussa le nez pour refouler un assaut de larmes.

— Crois-tu que papa savait ? Qu'il comprenait pourquoi je n'étais pas ici, avec lui ?

Chance déposa un baiser sur son front.

— As-tu pu lui dire au revoir ?

Cass inspira et expira pour tenter d'atténuer la douleur dans sa poitrine, avant de répondre.

— En quelque sorte, oui. J'étais au téléphone avec lui, quand il a rendu son dernier soupir.

Elle sentit Chance frémir et elle posa une main sur son ventre.

— C'était ce soir-là, à l'hôtel. J'avais remis ce voyage trop souvent et quand je me suis décidée, le blizzard… Bref.

Boots a placé le téléphone contre l'oreille de papa. Il… Il m'a dit que les filles de cow-boy ne pleuraient pas. Qu'elles se remettaient en selle et allaient de l'avant…

Elle se blottit un peu plus contre Chance, ayant besoin de sa chaleur, de la douceur de ses bras.

— Il me répétait souvent ça, quand j'étais petite. Et je suppose que c'est ce que je fais, depuis mon retour.

Chance pencha la tête et approcha sa bouche de la sienne. Ses lèvres effleurèrent les siennes, comme pour demander la permission. Alors, ce fut elle qui prit l'initiative de ce baiser, Chance l'effleura de sa main, une main d'abord hésitante, puis de plus en plus audacieuse et caressante. Elle soupira et à son tour le caressa, ses doigts s'aventurant de plus en plus bas et… oui, il était diablement content d'être là, avec elle. Elle le caressa à travers son jean.

— Oh ! Cass, j'ai envie de toi…

Ce n'était pas d'un romantisme transcendantal, mais ces paroles lui allèrent droit au cœur. Le désir en elle explosa, avec une force comme elle n'en avait jamais connue. Elle s'agenouilla et batailla avec sa braguette.

— Attends, je m'en occupe…

Il se débarrassa de ses bottes et de son jean, elle en faisant autant de son côté. Il ne lui restait plus que son soutien-gorge et sa culotte, quand il soupira.

— Non, laisse-moi faire.

Elle obtempéra, sans protester. Il était déjà nu, mais elle n'eut pas le temps de l'admirer. Sa bouche dévora la sienne pendant qu'il dégrafait son soutien-gorge.

— Tu es si belle, Cassidy Morgan, dit-il, ses lèvres glissant sur sa peau, avant de s'arrêter sur l'un de ses seins.

Elle se cambra, enfouit les mains dans ses cheveux. Oh ! les choses que cet homme était capable de faire, avec sa langue ! Elle gémit, pressant ses cuisses l'une contre l'autre. L'une de ses mains descendit sur son ventre, puis plus bas, et ses doigts la trouvèrent prête. Il grogna entre ses seins, son érection pesant contre sa cuisse. Elle referma alors sa main autour de son sexe, et il grogna de nouveau, cette fois en essayant de dire quelque chose. Relevant la tête, le visage en feu, elle vit le désir briller dans ses yeux. Et du regret aussi. Il inspira alors profondément et réussit à articuler une phrase entière :

— J'ai envie de venir en toi, chérie, mais je n'ai pas de préservatif.

— Oh ! soupira-t-elle, au moins aussi déçue que lui, avant de lui offrir un sourire espiègle. On peut toujours se rabattre sur le plan B…

Il écarquilla les yeux, sans comprendre où elle voulait en venir. Elle s'arracha alors à ses bras et entreprit de couvrir son torse de baisers, et à la seconde où il comprit ses intentions, il laissa échapper un long soupir. Le prenant entre ses doigts, elle s'humidifia d'abord les lèvres, les yeux rivés aux siens. Elle sourit en le sentant retenir son souffle quand elle fit glisser sa bouche autour de lui. Il batailla avec sa queue-de-cheval, jusqu'à ce que ses cheveux retombent sur ses épaules et la retint un moment, tandis qu'il palpitait entre ses doigts.

— Doucement bébé, je suis déjà à bout…

En guise de réponse, elle procéda à quelques caresses du bout de la langue.

— Je serai gentille, chuchota-t-elle, sans prendre la peine de dissimuler un sourire plein de malice, avant de reprendre son ouvrage.

Chance crut rendre l'âme avant qu'elle n'en ait terminé avec lui. Elle lui fit des choses qu'aucune femme ne lui avait faites auparavant, et il n'était pas novice en la matière. Après un moment, dans un état second, il l'attira contre lui. Elle continua de le caresser, sa main allant et venant sur son corps.

Il n'était pas du genre à s'éterniser dans le lit d'une

femme jusqu'au petit matin. Mais il avait envie de passer la nuit avec Cassie. De passer toutes ses nuits avec Cassie. Il n'avait eu aucune aventure, depuis leur rencontre à Chicago. A l'évidence, il avait des sentiments pour elle. Des sentiments difficiles à définir. En termes de relation durable, les Barron n'avaient jamais fait autorité. Mais une chose était sûre, cette femme faisait vibrer quelque chose de profond, quelque part en lui. Un endroit dont il ignorait jusqu'à l'existence, avant qu'elle fasse irruption dans sa vie. Il embrassa ses cheveux, les respira. Odeur d'agrumes et de chaleur, et soudain, son cœur se serra. Elle gémit et déposa un baiser dans son cou, avant de s'assoupir. Dès qu'elle se réveillerait, il s'appliquerait à la satisfaire autant qu'elle l'avait satisfait. Mais dans l'immédiat, elle semblait aussi comblée que lui.

Quelques minutes plus tard, l'étalon bougea, mais sans tenter de se relever. Aussitôt, Cassie se réveilla, mais Chance resserra ses bras autour d'elle.

— Il vient juste de remuer la tête, chérie. Tout va bien. Nous le ferons marcher d'ici un petit moment. Mais d'abord, j'ai mon propre plan B à mettre à exécution.

Elle lui sourit, un sourire gourmand, et ses yeux pétillèrent. Il glissa sur elle jusqu'à ses seins qu'il caressa avec ses lèvres, sa langue, tendres assauts avant les choses plus sérieuses. Il glissa ensuite les mains derrière ses genoux et écarta ses jambes. Son souffle se fit plus court, elle gémit et agrippa ses cheveux. Il sourit puis glissa un doigt en elle, et instantanément elle se referma autour de lui, brûlante, humide, et se cambra. Il prit le bout de son sein dans sa bouche, entre ses dents, et joignit un deuxième doigt au premier, et quand elle se mit à bouger, il s'adapta à son rythme, allant et venant en elle, comme elle l'entendait, comme elle le voulait. Parce que seul son plaisir cette fois comptait. Et il voulait l'entendre crier son nom.

Bientôt, il réalisa que son propre souffle faisait écho au

sien, que les battements de son cœur étaient aussi frénétiques que les siens. Ses doigts continuèrent de la caresser, et il concentra tous ses efforts sur le point le plus sensible entre ses cuisses. Elle laissa échapper un cri.

— Oui, oh oui ! le supplia-t-elle, et ce cri fut le plus doux qu'il ait jamais entendu.

— Jouis, murmura-t-il. Jouis pour moi. Montre-moi comme tu es belle...

— Oh ! Chance !

Quand elle cria son nom, lui-même comprit qu'il n'était pas loin d'atteindre de nouveau l'extase.

— Oui mon trésor, oui. Viens...

Il se colla à elle, bougeant ses hanches contre les siennes, allant et venant au même rythme qu'elle.

Soudain, elle retint son souffle, un autre cri s'échappa de sa gorge, puis un frisson la parcourut, et il jouit avec elle lorsque, de nouveau, elle cria son nom, tout en lacérant ses épaules.

Une éternité passa. Ayant repris ses esprits, il couvrit son corps de baisers, avant de plaquer sa bouche sur la sienne, pour l'embrasser longtemps, profondément. Absolument.

— Je t'aime...

Les mots résonnèrent dans le silence. Se pouvait-il qu'il ait prononcé ces mots à voix haute ? Elle tressaillit, puis soupira en ronronnant, tandis qu'il attendait sa réaction, le cœur à l'arrêt.

— Je t'aime aussi...

Et son cœur repartit gaiement. Ces quatre petits mots, c'était tout ce qu'il attendait. Dans un premier temps. Il l'attira contre lui, la berça, et elle s'assoupit. D'ici quelques minutes, il la laisserait, se rhabillerait et ferait faire quelques pas à l'étalon. Mais dans l'immédiat, il ne demandait rien d'autre à la vie que cette femme, entre ses bras.

Après lui avoir avoué ses sentiments, il se sentait tellement plus léger. Un bien fragile répit toutefois, face à la culpabilité.

A l'indécision. Il était libre d'écouter son cœur, de trahir sa famille et d'aimer cette femme. Il était libre aussi de la trahir, elle. Oh ! pourquoi devait-on toujours faire des choix ? Puis un esprit malin lui chuchota des horreurs, qu'il finirait par en vouloir à Cassie de l'avoir monté contre ses frères. Il soupira tout en resserrant ses bras autour de la femme qui était en train de devenir toute sa vie.

Une heure plus tard, alors qu'il était en train de faire marcher l'étalon dans l'écurie, Cassie apparut, livide, l'air abattu.

— Tout est ma faute.

Chance continua de promener Doc en la regardant. Elle avait remis son jean, mais sans le boutonner, enfilé son T-shirt à même la peau, sans soutien-gorge. Il sourit quand le désir en lui se réveilla en la voyant.

— Mais non, voyons. Il s'agit de coliques, c'est assez répandu, chez les chevaux. J'ai inspecté son avoine, son eau, tout est propre. Ce n'est pas ça qui l'a rendu malade. Tu n'y es pour rien…

Elle semblait si désemparée qu'il se sentit obligé de faire quelque chose. Quelque chose qui lui ferait du bien. Oui, il allait faire l'amour à cette femme, sa femme. Il ne supportait pas de la voir aussi désespérée. De retour dans le box, il la prit dans ses bras, déposa un baiser sur son front et resta un moment comme ça, à la bercer. Parce que cela allait de soi et qu'il voulait être à ses côtés tout le temps. Oui, tant pis pour le reste, il la voulait toute à lui. Dans son lit et dans sa vie.

— Je te le répète, Cass, tu n'y es pour rien. Et Doc va se remettre, nous allons tout faire pour ça, je te le promets…, murmura-t-il, prêt à lui promettre bien plus encore.

— Ne fais pas de promesses que tu ne peux pas tenir, Chance.

- 13 -

— Oh ! tais-toi, Cord !

Son frère lui agita sous le nez une affichette.

— Non mais, tu as vu ça ? Il y en a partout, en ville.

— J'ai vu, oui. Et alors ?

— Et alors ? Ce serait l'enfer sur Terre si le patriarche était là. Tu peux t'estimer heureux que lui et Cash soient partis à Las Vegas pour faire la leçon à Chase, à propos de cette danseuse de music-hall…

Il se rappelait vaguement d'une histoire de chantage et d'une fille au casino Crown Barron, se félicitant au passage de ne pas avoir été embarqué dans ce voyage.

— Mais que veux-tu que je fasse, avec ces affichettes, Cord ? Passer chez tous les commerçants de la ville et les arracher de leur devanture ?

— Ce que je veux, c'est que tu mettes de l'ordre dans tout ça. Avant le retour de notre père…

— Je ne peux pas l'empêcher de coller des affichettes…

— Tu ne peux pas, ou tu ne veux pas ?

— Quelle importance ? Je refuse de m'engager là-dedans…

— Tu y es pourtant engagé jusqu'au cou, il me semble. Enfin, Chance, tu ne peux pas vouloir le beurre et l'argent du beurre. Pas cette fois. Fais comme tu l'as toujours fait. Débarrasse-toi de cette espèce de petite sa…

En un éclair, Chance bondit pour prendre son frère par le col de sa chemise.

— Ne parle pas d'elle comme ça. Cassidy Morgan n'est pas ce genre de fille.

Cord tira sur le col de sa chemise, mais Chance ne relâcha son emprise qu'après de longues secondes. Il retourna s'asseoir et Cord toussota. Puis le silence. Ce fut son frère finalement qui le rompit.

— Eh bien, que comptes-tu faire ?

— Rien.

— Rien ? C'est-à-dire ?

— Ce que cela veut dire. Rien. Je ne vais pas l'arrêter. Je ne vais pas l'aider non plus. Et je ne pense pas qu'elle puisse mener son projet à terme. Si elle y parvient, je serai surpris, mais sacrément fier d'elle. Nous aurons beau faire, elle ne renoncera pas…

Il se massa le front en maudissant cette fichue migraine.

— Si le patriarche m'avait écouté, au début, nous aurions pu lui racheter ses biens tout simplement, et elle serait repartie à Chicago. Loin de toute cette merde…

— Quelle merde ? Que veux-tu dire.

— Loin de notre père, loin de nous, Cord.

— Euh, oui, bon, je comprends. Mais le patriarche a sa propre façon de faire, Chance. Tu le sais. Je le sais. Le monde entier le sait. S'il découvre ce qui se trame, tu vas l'avoir sur le dos et…

— J'en suis parfaitement conscient, mais…

— Mais quoi ?

— Elle a confiance en moi.

— Oh ! Et zut !

A la porte du box, Cass regarda Doc en train de s'abreuver. Elle avait changé l'eau, nettoyé sa litière et récuré sa mangeoire. Chance avait raison. Tout était propre, pas la moindre trace de moisissure. Elle se frotta les yeux et bâilla. Chance avait également raison à propos de l'étalon. Il allait mieux ce matin.

Boots la rejoignit.

— Il aura retrouvé sa forme dès demain, petite fille, dit-il avec une tape bourrue sur son épaule. Et j'ai d'autres bonnes nouvelles. Tes affichettes ont eu du succès. Les gens ont répondu à ton appel… Le professeur du lycée agricole se porte volontaire avec un groupe d'élèves pour rassembler le troupeau aujourd'hui. Et certains d'entre eux sont prêts à prendre la piste…

Elle sourit, émue, n'osant y croire, tandis que Boots poursuivait :

— Les bêtes doivent être prêtes à partir demain, Cassie. La vente a lieu vendredi matin. Elles doivent être enregistrées au plus tard jeudi soir par les autorités du marché au bétail.

De nouveau elle se frotta les yeux, tourna la tête à droite, à gauche, fit craquer une ou deux vertèbres au passage.

— J'ai déjà toutes les autorisations des communes pour faire traverser notre troupeau. Il me suffit d'aller les récupérer.

— Nadine s'est proposée de prendre en charge la cantine. Elle va fermer le snack et nous suivra avec son camping-car pour assurer les repas du matin et du soir.

— Mais… Elle ne peut pas fermer le Four Corners, oncle Boots. Elle va y perdre trop d'argent.

Le vieux bonhomme lui sourit, un sourire qui fit ressortir toutes ses rides sur son visage buriné.

— Mon ange, elle ne veut manquer ça pour rien au monde. Et puis, chaque année, elle ferme une semaine pour ses vacances. La date a été un peu avancée, c'est tout.

Cass hocha doucement la tête, émue presque aux larmes face à tant de générosité.

— Ça va marcher, je le sais, oncle Boots.

— Mouais…

Boots n'avait jamais été très bavard.

— Bien, je ferais mieux de rassembler toute la paperasse et vite, non ?

— Mouais…

Il sortit les clés du pick-up de sa poche et les lui tendit.

Perchée à l'arrière du pick-up de Boots, Cassie fit de son mieux pour ne pas s'esclaffer. Vraiment. Mais le spectacle de ces ados agitant leur chapeau et battant des bras pour amener les bêtes à passer par le portail eut raison de son flegme.

— C'est trop drôle, dit-elle à Boots, à côté d'elle.

— Mouais.

Le professeur du lycée agricole rit avec elle.

— Ils ont encore beaucoup de progrès à faire. C'est autre chose que dans les films de cow-boys.

— Allez-y, les enfants, ne l'écoutez pas !

— Justement, ça me rappelle *Le Grand McLintock*, quand John Wayne dit à sa fille dans le film qu'il ne compte pas lui laisser la totalité du ranch, juste une partie. Les jeunes ne réalisent pas la difficulté pour devenir un rancher, un vrai. Tout ce qu'il va leur falloir apprendre…

Cass regarda le prof, sous le choc de cette révélation, puis de nouveau, elle observa les ados. Son père lui avait à peu de choses près tenu le même discours, mais en actes, pas en paroles. Elle était partie à la découverte du monde et avait oublié les leçons apprises ici. Elle avait oublié ce sentiment d'être chez soi, à sa place. Et aujourd'hui, elle se souvenait. Grâce à Boots. Et à Chance. Alors, pour la première fois en dix ans, une profonde fierté la submergea. Elle regarda Boots à la dérobée et esquissa un sourire, avant de se pencher sur le vieux bonhomme pour l'embrasser sur la joue.

— Que me vaut ce plaisir ?

— Pour m'avoir aidée à prendre conscience qu'ici était ma maison…

Elle éclata de rire quand l'un des gamins trébucha et s'étala dans l'herbe. Une fille vint l'aider, puis tous deux s'élancèrent pour se remettre au travail.

— La balade ne va pas être de tout repos, mais nous conduirons les bêtes au marché !

L'absence de Chance était la seule ombre au tableau. Elle le savait, il était occupé, tous les avocats possédant leur propre cabinet l'étaient. Ses sentiments pour lui étaient encore récents, mais si aujourd'hui elle se sentait si bien au ranch, chez elle, ce n'était sans doute pas par hasard.

A l'aube, le lendemain, le camping-car de Nadine se gara devant la maison. La patronne du Four Corners servit aux premiers arrivants café et beignets. Bientôt, la cour fut noire de monde, les chevaux sellés, à moitié endormis à cette heure matinale.

Cass elle-même n'avait guère fermé l'œil. Nerveuse, impatiente, elle avait passé la nuit à se tourner et se retourner dans son lit. Regrettant que Chance ne soit pas avec elle, entre ses draps. La chaleur de ses bras lui manquait. La douceur de ses baisers. Et de ses paroles aussi. Elle aurait aimé l'entendre dire qu'elle faisait ce qu'il fallait et que tout irait bien.

Il est occupé, se répéta-t-elle, tout en lui en voulant un peu néanmoins. Il lui avait avoué ses sentiments, lui avait dit : « je t'aime », mais tout allait si vite, elle ne savait encore si elle pouvait le croire. D'autant que lorsqu'elle avait besoin de lui, il ne pouvait — ou ne voulait — trouver le temps.

Elle avait quatre jours pour parcourir une trentaine de kilomètres avec cinq cents vaches dans la fleur de l'âge. Au taux actuel du marché, elle devrait pouvoir en tirer 150 dollars environ les cinquante kilos. Même en dessous du tarif, elle y gagnerait largement de quoi en tout cas rembourser l'hypothèque et les dettes de l'hôpital.

Nadine lui tendit une tasse de café.

— Je l'ai fait fort, ce matin. Vous allez tous avoir besoin d'énergie aujourd'hui.

Sans réfléchir, Cassie en but une gorgée, manquant s'étouffer.

— Il y a de la crème et du sucre, chérie, dit Nadine, un brin narquoise, en lui tapotant le dos.

— Merci, répondit-elle entre deux quintes de toux avant de remarquer un pick-up à l'entrée du ranch.

Le pick-up grand luxe de Chance en train de manœuvrer parmi la foule. Elle sentit son cœur s'emballer. Serait-il venu l'aider finalement ? Elle attendit qu'il se gare, puis se dirigea vers lui, juste comme il descendait de voiture. Il portait bien des bottes, mais n'était pas vraiment en tenue de cow-boy. Avec ce costume trois pièces, on aurait dit un top model. Ou un avocat.

— Hello, cow-boy, quelle surprise ! dit-elle en s'efforçant de parler sur un ton léger, malgré la déception.

Ce rêve où tous les deux chevaucheraient au coucher du soleil… n'était qu'un rêve. Dans l'immédiat en tout cas.

— J'ai une plaidoirie au tribunal, aujourd'hui, Cass. Je suis désolé. Impossible d'annuler, dit-il, une main sur la portière, en regardant autour de lui.

— Le travail avant tout, répondit-elle avec un haussement d'épaules. Merci d'être passé si tôt pour nous souhaiter bonne chance…

— Il y a du monde pour t'aider.

— Oui. Nous ferons escale le soir dans des campings de la région. Gratuitement. En fait, toutes sortes de gens quand ils ont appris l'événement se sont proposés pour participer… Oh ! je le sais, Chance, ça va marcher ! Je vais vendre mon bétail. Puis je réglerai les dettes de mon père.

— Et après ?

Il avait posé la question sur un ton si curieux qu'elle se tourna vers lui. Il avait un air bizarre, impossible de deviner ses pensées.

— Après ? Je resterai ici. Avant de mourir, papa m'a fait don de cet étalon, tu sais, dans l'écurie… Bien, les vaches, ce n'est pas mon fort, mais les chevaux, je connais. S'il me reste de l'argent, j'achèterai deux juments, et quand Doc aura l'âge requis, j'en ferai un reproducteur. J'ai beau avoir quitté le milieu il y a dix ans, je m'en sens parfaitement capable. J'ai été championne, autrefois.

Chance plongea ses yeux dans les siens. L'espace d'un

instant, il parut comme au bord du désespoir, puis son expression changea, et il sourit. Mais que se cachait-il derrière ce sourire ?

— Une vraie cow-girl dans l'âme…

Sa plaisanterie sonna faux, mais elle lui rendit son sourire.

— Je suppose que je n'ai jamais cessé de l'être. Le seul fait de revenir ici et de rencontrer un certain cow-boy a permis de me rafraîchir la mémoire.

Elle regarda vers l'horizon où le soleil avait déversé ses premiers rayons.

— Bien, il est temps d'y aller.

Elle se hissa sur la pointe des pieds et, mains sur son torse, déposa un baiser furtif sur ses lèvres.

— Merci d'être passé.

Il l'enlaça et l'attira un peu plus contre lui.

— Je n'aurais manqué cela pour rien au monde.

Et il l'embrassa, un vrai baiser, intense, profond, sa langue nouée à la sienne.

Un peu essoufflée quand il la lâcha, elle resta un moment comme ivre. Cet homme avait une façon de l'embrasser qui la subjuguait. Elle devait avoir l'air sonnée, car il rit, satisfait de sa réaction. Puis il posa les mains sur ses épaules et la fit se retourner.

— Va les rejoindre, ma cow-girl.

En un temps record, les bêtes avaient été rassemblées en un troupeau compact, prêt à prendre la route. Boots se mit en selle et en position, devant le portail, pour ouvrir la marche. Cass de son côté s'apprêtait à en faire autant quand, sur le chemin d'accès au ranch, apparut une voiture roulant à toute allure, un nuage de poussière dans son sillage. Le véhicule ne ralentit même pas et s'arrêta devant la maison dans un crissement de freins, le bruit effrayant quelques-unes des bêtes.

— Qu'est-ce que ça veut dire ? Lâchant les rênes de Red,

elle se dirigea vers la voiture, remarquant vaguement Boots arrivant derrière elle au galop.

La berline blanche avait un gyrophare sur le tableau de bord. Une voiture de police ? Elle s'arrêta à quelques mètres, mains sur les hanches, et attendit que le conducteur en descende. Elle s'attendait à voir un uniforme, mais l'homme portait un pantalon en toile kaki et une chemise bleue qui avait grand besoin d'un coup de fer.

— Je cherche Cassidy Morgan ! hurla le type, tous les regards se tournant vers elle.

— Il se peut que ça soit moi. Qui êtes-vous ?

Il vint vers elle et lui tendit une enveloppe.

— Tenez !

Elle refusa de la prendre.

— Qu'est-ce que c'est ?

— Les juges ont rendu leur verdict, répondit-il en lui mettant l'enveloppe sous le nez.

— Pardon ?

Cass s'empara de l'enveloppe, la décacheta et lut le document.

— Par ordre du tribunal du comté d'Oklahoma.

Elle vit ensuite son nom, le nom de la banque, suivis des mots « Propriété de Barron Enterprises », avant de se concentrer sur le premier paragraphe.

— Mais de quoi s'agit-il, bon sang ?

— Ceci, miss Morgan, est un avis de saisie. Tout ce qui se trouve sur ce ranch est désormais la propriété de Barron Enterprises, par le biais de la Stockmen Bank.

Elle dévisagea le type, bouche bée, puis secoua la tête, avant de reprendre sa lecture.

— Mais c'est faux. Il est écrit ici qu'une audience doit se tenir lundi prochain. Je bénéficie donc de ce délai pour régler la totalité du crédit ou rembourser les arriérés…

Oh ! Tous ces termes juridiques, elle s'embrouillait. Mais… Chance ! Il était avocat.

Elle s'apprêtait à l'appeler à la rescousse, quand le type s'exclama.

— M. Barron ! Je ne vous avais pas vu, monsieur.

M. Barron ? Il y avait un Barron sur sa propriété ? Elle tourna la tête pour voir à qui ces mots s'adressaient.

Un regard à Chance suffit. Elle comprit. Oh ! mon Dieu ! Son nom de famille n'était pas Chancellor, mais Barron. Elle sentit son cœur se recroqueviller dans sa poitrine. Elle vacilla un peu sur ses jambes.

— Chance ? dit-elle, bêtement. S'il te plaît… Ce n'est pas vrai ?

Pourtant elle le savait, son cœur avait deviné avant sa tête, c'était la vérité. Et aurait-elle encore eu des doutes, le visage de Chance les lui aurait enlevés. Elle fut alors prise de nausées.

— Cassidy…, murmura-t-il, dans un soupir que balaya la brise du matin.

Dieu qu'elle était donc stupide. Chance. Chancellor Barron. Même à Chicago, elle avait entendu parler des frères Barron. Comment avait-elle pu ne pas le reconnaître ? Mais qu'est-ce que cela aurait changé ? Elle avait eu envie de lui, ce soir-là, dans son appartement, et aussi dans le box et chaque fois qu'ils se voyaient. Pis, elle était tombée amoureuse de lui.

— Je t'en prie, Cassie…

L'écho de son prénom dans sa bouche s'écoula comme du miel, et il essaya de paraître sincère et repentant, mais elle ne crut pas une seconde à son petit jeu.

— Je t'en prie Cassie, quoi ? Je t'en prie Cassie, laisse-moi te voler ta maison ? Ou je t'en prie Cassie, laisse-moi te mentir encore une fois ?

Puis, froissant le document entre ses mains, elle le lui lança en pleine figure. Il le reçut sur le nez, mais ne broncha pas.

— Dégage ! Sors immédiatement de ma propriété.

Il l'attrapa alors par le bras et serra, suffisamment pour l'empêcher de lui tourner le dos. Elle regarda sa main

— bronzée, puissante, la main d'un menteur. Quelle sotte, elle faisait. Une nuit de sexe, fabuleuse au demeurant, avait suffi pour qu'elle l'ait dans la peau. Et dans le cœur. Après cette nuit-là, elle s'était mise à rêver. De lui, d'une vie avec lui dans ce ranch. Elle l'aimait. Du moins, l'avait aimé. Avant qu'il ne la trahisse. Elle sentit ses joues s'enflammer sous l'effet de la colère et le défia du regard.

— Je t'en prie, Cassie, laisse-moi t'expliquer.

— Disparaissez de ma vue, M. Barron.

Il resserra la main autour de son bras et, l'espace d'un instant, elle se perdit dans l'ambre de ses yeux. Avant de se rappeler. Il n'était rien de plus qu'un prédateur. Un reptile. Un… Elle n'allait pas accabler le règne animal, qui n'y était pour rien.

— Lâche-moi, salaud. Tu m'as menti. Tu n'es qu'un tricheur. Je… Je croyais que tu tenais à moi. Au ranch. Oh ! comment ai-je pu me tromper autant, sur toi ? Sur… nous.

Sa voix se brisa, et il relâcha sa prise, juste un peu, elle libéra alors son bras d'un geste brusque, puis, se moquant des tremblements de sa voix, elle dit entre ses dents.

— Va-t'en, Chance. Je te hais. Je hais tout ce que tu représentes. Je déposerai un chèque certifié de la somme globale du prêt sur ton bureau à 17 heures, vendredi après-midi. Et maintenant, disparais, j'ai un troupeau qui m'attend.

Elle tourna les talons et se dirigea vers Boots tout près, avec Red. Elle lui arracha les rênes des mains tout en le fusillant du regard.

— Tu savais…

Oh oui ! il savait !

— Pourquoi ne m'as-tu rien dit ?

— J'attendais qu'il se comporte en homme d'honneur.

— Vraiment ? C'est un salaud de Barron, oncle Boots, dit-elle en s'essuyant les yeux du revers de la main, pas question de pleurer devant Chance Barron. Ni aujourd'hui ni demain. Comment veux-tu qu'il se comporte en homme d'honneur…

— Je suis désolé, mon bébé, dit Boots en lui tapotant le genou quand elle se mit en selle.

Elle ferma les yeux et s'efforça de recouvrer son calme. Un jour, peut-être, dans longtemps, elle aurait moins mal et pourrait parler de tout ça. Mais pas maintenant. Maintenant, elle avait des bêtes à mener au marché.

Buddy aboya et tourna sur lui-même, fou de joie. Cass se tourna vers le groupe de volontaires derrière elle et, en dépit de ses efforts, son regard s'arrêta sur Chance. Il n'avait pas bougé d'un pouce, et on aurait dit que son visage avait été taillé dans le marbre, tant il était impassible, comme dénué d'émotions. Bien. Elle n'avait pas besoin de lui. Une trentaine de kilomètres séparait le ranch du marché. Une aventure folle. Et ce serait un miracle si elle réussissait. Mais elle voulait y croire. Envers et contre tout. Contre tous.

- 14 -

Chance la regarda, son petit menton fièrement relevé, admiratif. Tout en se vouant une haine au moins égale à celle que Cass lui vouait désormais. Elle monta en selle avec grâce et sang-froid pour ne pas effaroucher sa monture. Le rictus sur son visage, lèvres pincées, ne diminuait en rien sa beauté. Elle fit faire demi-tour à Red pour s'adresser aux personnes qui avaient répondu à son appel.

Indifférents aux regards hostiles autour de lui, Chance s'appuya au capot de son pick-up pour regarder la scène. L'heure était grave, pour Cassie. Il se moquait d'avoir détruit tout espoir de relation entre eux. Il l'aimait, qu'elle le veuille ou non. Ses sentiments pour cette femme, Cyrus Barron ne pourrait jamais rien contre. Chance attendait tellement ce moment, pour elle. Il rêvait tant de la voir réussir.

— Bien ! dit-elle en élevant la voix, pour se faire entendre du groupe. Cyrus Barron m'a désignée comme l'ennemi public n°1. Certains d'entre vous ne souhaitent peut-être plus, en fin de compte, participer à cette balade. Je comprendrais, si vous préférez laisser tomber. Mais en ce qui me concerne, je suis folle de rage et je vais prouver à ce vieux salaud que s'il a le pouvoir de me faire mordre la poussière, je me relèverai et me relèverai encore…

Elle se redressa sur sa selle, glissa les pieds dans les étriers.

— Le mot « capituler » n'avait pas sa place dans le dictionnaire de mon père. Il n'est pas inscrit non plus dans le mien. J'ai quatre jours pour mener ces vaches au marché et je vais le faire, contre vents et marées, et que la famille Barron aille au diable !

Des cris et des applaudissements lui répondirent, et Chance ne put réprimer un sentiment de fierté. Ainsi que d'appréhension. Il connaissait bien son père, et ce que Cassie s'apprêtait à affronter était pire que tous les vents et toutes les marées du monde.

Elle rit, un rire sans joie néanmoins au milieu du brouhaha.

— Et maintenant, allons-y !

Chance attendit que la dernière vache ait disparu au bout de la route. Deux hommes se précipitèrent pour refermer la clôture, puis Nadine ferma le camping-car, avant de venir vers lui, s'appuyant au pick-up juste à côté de lui.

— Vous auriez dû lui dire, fit-elle remarquer, les yeux rivés sur les dernières lueurs de l'aube, à l'est.

— Sans doute, répondit-il en regardant droit devant lui.

— Elle compte beaucoup pour vous…

— Sans doute…

Oh oui ! elle faisait plus que compter ! Il l'aimait. Mais il refusait de l'admettre. Pas à haute voix, comme ça. Il l'avait avoué à Cass, et voilà où tout ça avait mené. Il serra les dents.

— Et vous pensez faire quoi, au juste ?

— Si je le savais, Nadine…

Elle rit et lui donna une tape sur l'épaule. Il grimaça. Pour une femme de son âge, elle avait un sacré punch.

— Si vous voulez mon avis, dépêchez-vous de le savoir, Chancellor Barron. Elle en vaut la peine.

Et elle s'éloigna avant qu'il puisse répondre.

Il la regarda se mettre au volant de l'imposant camping-car et procéder à une manœuvre, dans la cour, puis elle donna un coup de klaxon et lui fit signe, avant de prendre la route.

A ce moment, son téléphone vibra à sa taille. Tenté de ne pas répondre, il regarda néanmoins l'écran. Son frère Cash.

— Quoi ?

— Ciel ! Appellerais-je au mauvais moment ?

— Que veux-tu, Cash ?

— Si j'avais su que tu allais chez Morgan ce matin, je me serais évité une dépense inutile avec l'autre type.

— C'est toi qui l'as envoyé ici ?

— Oui. Le patriarche a dit que tu étais occupé. Comme tu n'avais encore rien fait, il s'est arrangé pour récupérer l'avis de saisie, hier, afin de le présenter à l'intéressée à la première heure, aujourd'hui.

— Oui, je suis au courant…

— Tu n'as pas l'air de bonne humeur.

— En effet.

— Hé ! je ne fais qu'exécuter les ordres de notre père…

— Je te préviens, Cash, refais-moi un coup comme celui-là, sans mon aval pour des documents de ce genre, et tu le regretteras…

Et il mit un terme à la communication, lança son téléphone sur le siège passager du pick-up. Trois secondes plus tard, l'appareil vibra de nouveau. Il l'ignora et, regardant autour de lui, il comprit. Sa famille avait beau avoir le pouvoir et l'argent, Cassie Morgan était autrement plus riche.

Après trois jours sur la piste, Cass aurait donné n'importe quoi pour une douche de plus de cinq minutes. Or, elle devait se contenter du fin filet d'eau tiède dans l'espace salle de bains exigu du camping-car de Nadine.

Chaque jour, un nouveau groupe de volontaires venait les rejoindre. Le campement, le soir, avait des airs de camp de vacances, et l'humeur était à la fête. Pour tout le monde, sauf pour elle. Elle aurait tant aimé pouvoir se laisser aller à la joie ambiante, pouvoir répondre à l'amitié de ces gens. Mais impossible. Elle se détendrait une fois les bêtes vendues et le chèque en poche.

Le camping-car était garé sur un terrain vague, à la périphérie d'une petite commune. Un *food truck* s'était joint à

Nadine pour assurer le repas de tous. Il flottait un agréable parfum de grillades dans l'air, et à vrai dire, après tant d'heures sur la route, elle était affamée. Elle se recoiffa tant bien que mal et attacha ses cheveux plein de poussière en une queue-de-cheval tout en se dirigeant vers le réfectoire improvisé, sous une vaste tente… tombant nez à nez avec Chance juste à l'entrée. Elle sentit son sang se glacer, puis se reprit et demanda froidement :

— Que fais-tu ici ?

— Nous devons parler, Cass.

— Je n'ai rien à te dire.

— Au contraire, nous avons beaucoup à nous dire, surtout moi. Et je serais venu plus tôt si je n'avais eu certaines choses à régler au préalable.

Elle inspira profondément, hésitant entre lui marteler le torse de ses poings ou le gifler.

— Va-t'en, Chance. Je n'ai pas besoin de toi…

— Ecoute, tu as toutes les raisons d'être furieuse…

— Oh ! vraiment ? Tu m'as menti.

— Non. Si tu réfléchis, non.

— Comment ? Tu m'as menti sur ton nom.

— C'est faux.

— Si, tu m'as menti.

— Non. La première fois où je me suis présenté, je t'ai dit que mon nom était Chancellor. Et tu en as déduit qu'il s'agissait de mon nom de famille.

— Oh ! Il me semble que tu n'as pas pris la peine de me corriger, pourtant.

Il rougit, et elle rajouta :

— A aucun moment, tu n'as tenté de dissiper ce malentendu…

— Tu ne me l'as jamais demandé, Cass…

Elle écarquilla les yeux et le regarda, sidérée.

— Tu… Tu ne manques pas de culot, espèce de sale

petit avocat ! La vérité, c'est que tu m'as laissée croire que tu étais quelqu'un d'autre. Quelqu'un en qui je…

Elle se tut. Elle n'avouerait jamais à cet homme la confiance qu'elle avait en lui. A quel point il l'avait fait souffrir. En tenant à lui, elle lui avait donné le champ libre pour lui faire du mal. Et… Pas question de reconnaître qu'elle l'aimait.

Chance baissa la tête, l'air contrit. Imposteur.

— Cass, je t'en prie. Je peux t'expliquer. Les choses sont différentes, maintenant.

— Différentes ? Tu veux dire que tu n'as pas intenté une action en justice contre moi pour m'exproprier ? Que tu n'as pas tout fait pour me ruiner ? Allons, Chance. Aie au moins le courage de le reconnaître, je ne représentais rien, pour toi…

Elle se mordit la langue pour refouler ses larmes.

— Ne te mets pas en colère, Cass. Ecoute-moi…

— En colère ? Je ne suis pas en colère. Au contraire, je suis parfaitement calme…

Et elle le repoussa, ignorant sa main tendue, pour entrer dans le réfectoire où Boots et d'autres membres du groupe étaient attablés. Seul Boots eut le cran de la regarder en face.

— Oh ! cet homme m'exaspère, oncle Boots…

Il lui fit signe de venir s'asseoir à côté de lui.

— Détends-toi, mon ange. J'ai le sentiment que c'est réciproque, et que tu exaspères Chance Barron, toi aussi.

Cass se laissa tomber sur la chaise et étira les jambes tout en secouant la tête, quand son attention fut attirée par une ombre. Chance. Il osait mettre les pieds ici ? Elle s'empara de la carabine posée sur la glacière juste à côté et la posa sur ses cuisses. Non qu'elle ait l'intention de s'en servir. Lorsque Chance fit un pas de plus, elle vérifia le chargeur.

Boots ricana, tandis que Chance commençait à reculer.

— Pas de geste inconsidéré, mademoiselle…

— Que veux-tu dire par là ? demanda-t-elle sans quitter Chance des yeux.

— Je veux dire que ce petit gars est fou de toi, chérie. C'est toi qu'il veut et aucune autre. Au point de s'opposer à son père pour toi…

Boots se pencha pour regarder la corde tendue entre une série de piquets où ils avaient tous attaché leur cheval pour la nuit. A son tour, elle regarda. Une équipe de télévision était en train d'interviewer l'un de ses volontaires.

— Qui, à ton avis, a alerté les médias ? reprit Boots. Pourquoi crois-tu que nous rassemblions toujours plus de bénévoles ?

Elle se renfrogna puis secoua la tête avec véhémence.

— Hein ? Non, je refuse de croire ça.

Nadine passa la tête par la porte du camping-car.

— Eh bien, tu ferais mieux d'y croire, Cassie. La chaîne info a reçu un appel du bureau de Chance, d'après ce que je sais. Toutes les télés vont parler de nous et pas uniquement sur le plan local. Etant donné que Cyrus Barron possède tous les journaux du coin et une bonne partie des télévisions et radios, pourquoi crois-tu que les réseaux nationaux s'intéressent à nous ? Pour nos beaux yeux ?

Perplexe, Cass chercha Chance des yeux. Il était retourné à son pick-up et discutait avec un autre type. Aussi grand, aussi beau que lui. L'un de ses frères, sans doute.

— Pourquoi se serait-il démené, comme ça ?

— Il t'aime, marmonna Boots.

— Il est amoureux, insista Nadine.

Non. Non, non et non. C'était impossible. Chance Barron ne l'aimait pas. Il ne le pouvait pas. Il voulait juste le ranch de manière que son père puisse effacer tout souvenir de Ben Morgan de la surface de cette Terre. Boots lui avait raconté toute l'histoire. Comment Cyrus avait tenté de séduire sa mère qui finalement avait choisi d'épouser son père. Elle ne comprenait pas qu'un homme aussi riche, aussi puissant que Barron continue de nourrir une telle haine depuis tant d'années.

Déstabilisée, elle remit la carabine sur la glacière.

— Oui, eh bien, je ne peux pas m'occuper de cela maintenant. J'ai cinq cents têtes à mener au marché. Et plus qu'un jour pour y parvenir.

— Nous avons parcouru un bon bout de chemin, Cass. Il ne nous reste plus que huit petits kilomètres.

Elle ferma les yeux, se recroquevilla sur sa chaise.

— Huit kilomètres qui en valent mille, Boots. Nous atteindrons la frontière du comté demain. Tu peux faire confiance à Cyrus Barron. Il aura fait placer toutes les forces de police de l'Oklahoma là-bas pour nous empêcher de passer. J'ai toutes les autorisations nécessaires, mais elles n'ont aucune valeur face à ce monsieur. Et même si le shérif et ses agents ne nous stoppent pas, je suis sûre que la police d'Oklahoma City nous attendra de pied ferme à l'entrée de la ville. Les Barron ont toujours gain de cause…

— Tu oublies un détail, ma chérie. Les médias seront sur place, eux aussi. Et le shérif Wallace brigue un nouveau mandat. Pour lui, tu es une aubaine…

Mains sur les hanches, Nadine descendit les marches du camping-car et se planta devant Cass.

— La jolie jeune fille en deuil de son père qui se dresse contre les puissants avec un groupe de braves gens. Les médias sont friands de ce genre d'histoires. Les politiciens aussi. Et tu peux être sûre qu'une certaine personne a fait circuler l'info là où elle ferait mouche. M. Chance Barron lui-même.

Cass secoua la tête, refusant de croire que Chance se soit opposé à son père.

— Qu'a-t-il donc à gagner à faire tout ça ?

Nadine rit de bon cœur.

— Une jolie petite blonde qui a pris son cœur au lasso.

— Non, il y a autre chose. Il ne m'aime pas. S'il m'aimait, il ne m'aurait pas menti. Il ne m'aurait pas trahie…

Le bruit d'un moteur attira son attention. Chance et le

type avec qui il discutait avaient pris place à bord du pick-up. Elle regarda Chance reculer, puis s'engager sur la route, direction l'est. D'ici, on apercevait les lumières d'Oklahoma City scintillant comme des étoiles.

Bon, d'accord. Il l'aimait. Il semblait regretter sincèrement son acte de haute trahison. Monsieur avait mis sa superbe en veilleuse et faisait profil bas, la queue entre les jambes, comme un sale roquet qu'il était… Au même instant, Buddy gémit, comme s'il lisait dans ses pensées. Des pensées désobligeantes pour son espèce.

— Désolée, Buddy, dit-elle avec une caresse d'excuse.

Le chien hocha la tête en guise de réponse, avant de se coucher à ses pieds. Le pauvre avait travaillé dur. Pour le remercier, une fois ce périple achevé, elle lui offrirait un vrai steak, comme en mangeaient les vrais cow-boys. Elle aurait la somme en poche et comptait bien aussi offrir un festin à Boots et Nadine.

Au volant de son pick-up, Chance accéléra, ignorant son frère un peu tendu manifestement par sa conduite ultra-nerveuse.

— Je sais ce que je fais, Cord.

— Non, Chance, tu ne le sais pas. Le patriarche est au bord de la crise de nerfs, avec cette affaire. Comment les chaînes TV nationales ont-elles eu vent de l'histoire ?

— Par moi.

— Toi ? Bon sang, petit frère. Tu veux mourir ? Le vieux salaud va te massacrer…

— Qu'il vienne, je l'attends, répondit Chance, la gorge nouée. De toute façon, il n'aura pas ce ranch, il doit se faire une raison.

— Ah ! Tu es donc certain qu'elle va réussir à emmener ses bêtes jusqu'au marché et à les vendre ?

— Peu importe en réalité. J'ai remboursé les arriérés de

son père pour le prêt et annulé la procédure de saisie pour vice de procédure…

— Oh non ! dis-moi que ce n'est pas vrai ! Le patriarche sera fou de rage, soupira Cord. Et elle ? Elle est au courant ?

— Certainement pas. Elle refuse de me voir. De toute façon, cette aventure est la sienne. C'est quelque chose qu'elle doit accomplir seule. Pour comprendre ce qui est important. Que sa place est ici, sur ses terres, avec ses amis, ses bêtes…

Et avec moi, peut-être.

— Et bien sûr, tu espères que, reconnaissante, elle se jettera dans tes bras, te couvrira de baisers et tombera amoureuse de toi…

Chance esquissa un sourire au souvenir des baisers de Cassie.

— Elle est déjà amoureuse de moi, Cord. C'est juste qu'elle ne l'a pas encore admis.

— Oh ! Chance. Tu vas vraiment tout envoyer promener pour cette fille ?

Il n'hésita pas une seule seconde.

— Oui, vraiment.

- 15 -

5 h 5, lut-elle à sa montre. Cass avala une gorgée du café que Nadine lui tendit et examina le ciel à l'est. Des nuages rouge saumon s'étiraient à l'horizon.

— Ciel rouge le matin, avertit le marin, dit-elle en se remémorant le vieil adage.

— Dans ce cas, heureusement que nous ne prenons pas la mer, marmonna une voix derrière elle.

Elle rit alors que le vieil homme prenait place à côté d'elle.

— Bonjour, oncle Boots.

Nadine lui tendit une tasse, et Cass surprit leurs mains qui se frôlaient. Elle sourit. Elle le savait. Nadine et Boots allaient bien ensemble. Peut-être en fin de compte devrait-elle céder le ranch à Barron. Boots et Buddy iraient s'installer chez Nadine. Quant à elle, elle choisirait une ville au hasard pour y refaire sa vie.

Tout près, un cheval hennit, puis ce fut le meuglement d'une vache. Elle inspira profondément. L'odeur du café se mêlait à celles de la poussière, du cuir et du foin. Joyeux mélange. Qui sentait bon la maison. Non. Elle ne pouvait pas renoncer au ranch. Pas maintenant. Pas après s'être tant battue.

L'agitation commença à gagner le camp. Les voix des gens se mêlant aux coups de sabots des chevaux alors que chacun se mettait en selle.

Cass se dépêcha de finir sa tasse.

— Je vais seller nos chevaux, oncle Boots. Finis ton café.

Le premier rayon de soleil monta à l'horizon. Cass regarda

les cavaliers en attente de son signal. Voilà. Encore huit kilomètres avant d'atteindre leur destination finale. *Son* arc-en-ciel au bout du chemin. La gorge serrée, elle frissonna.

— Un problème, petite fille ? demanda Boots à côté d'elle.

— Oh ! Non, juste un souvenir, répondit-elle, et quand il fronça les sourcils, elle poursuivit : Tu te souviens du printemps où maman est décédée ?

Il acquiesça d'un signe de tête.

— Une année à orages. Une fois, un double arc-en-ciel a suivi l'un d'entre eux. Papa m'a alors emmenée en voiture pour partir à sa poursuite. Nous avons roulé sur des dizaines de kilomètres. L'arc-en-ciel a tenu plus de deux heures. Oh ! mais quelle déception, quand il a disparu ! Sur la route du retour, papa ne m'a pas lâché la main et quand nous sommes descendus de voiture, il m'a expliqué que cet arc-en-ciel était un cadeau de maman. Pour me rappeler l'importance de poursuivre ses rêves. Pour me rappeler qu'elle veillerait toujours sur moi.

Boots toussota, puis il haussa les épaules.

— Ce grand costaud de Ben était le plus tendre des hommes, quand il s'agissait de toi et de ta mère…

Cass inspira, expira, un poids lourd sur la poitrine.

— Papa me regarde aujourd'hui, oncle Boots, je le sais. Et je tiens à ce qu'il soit fier de moi, dit-elle avant de se dresser sur ses étriers. Allons-y, mes amis !

Buddy aboya et se précipita à l'arrière du troupeau. Les hommes se mirent en place tout autour, puis les vaches s'ébranlèrent, des cow-boys en tête les firent passer par le portail du terrain où ils avaient campé.

C'était leur quatrième jour de piste, et tout le monde avait trouvé son rythme. Sous des milliers de sabots, un nuage de poussière s'éleva, sans doute visible à des kilomètres à la ronde. Dans moins de deux kilomètres, ils atteindraient la frontière du comté d'Oklahoma et… A ce moment, le bourdonnement d'un hélicoptère se fit entendre, et ils levèrent tous les yeux en l'air, certains firent même un signe de la main à ce visiteur surprise. Journalistes d'une chaîne locale, ou nationale ? Elle secoua la tête, toujours aussi stupéfaite par la couverture médiatique de son aventure. Puis fataliste, elle sourit et haussa les épaules. Si elle échouait, au moins le ferait-elle en beauté, aux yeux du monde…

Cord fit descendre deux chevaux du van et tendit la bride de l'un d'entre eux à Chance.

— Je n'arrive pas à croire ce que tu as fait. Récuser devant le juge la mise en demeure que tu avais toi-même établie pour vice de procédure. C'est le vieux qui va être content…

— Si c'est pour me faire la morale, Cord, je ne te retiens pas…

Son frère éclata de rire.

— Je tiens à t'accompagner. D'abord pour faire enrager le patriarche et surtout, pour m'assurer que cette petite est assez bien pour toi…

— La question est de savoir si moi je suis assez bien pour elle, répondit Chance tout en sellant sa monture. Après ce que j'ai fait, rien n'est moins sûr…

— Quand je pense que tu as réussi à convaincre le juge Reynolds d'agir en urgence, fit remarquer Cord.

— En fait, je l'ai rencontré au bar du club. Heidi s'occupe de la paperasse et doit délivrer une copie de l'acte au shérif ce matin à la première heure, dit Chance en regardant les étoiles retardataires dans le ciel indigo.

A l'est, derrière de gros nuages, l'horizon semblait en feu.

— Hmm, ce ciel rouge de bon matin ne me dit rien qui vaille, Chance, remarqua Cord. Il ne faudrait pas que la belle soit prise dans une tempête…

Il sortit une thermos de la sacoche accrochée à sa selle, remplit deux mugs de café et en tendit un à Chance.

— Cette fille t'a vraiment ensorcelé… Et je ne suis pas certain que ce soit une bonne chose.

— Cette fille, comme tu dis, me donne des ailes, Cord. Pour elle, je suis prêt à tout. C'est loin d'être si évident, mais je dois lui montrer ce que je vaux. Etre l'homme dont elle a besoin, dont elle a envie. L'homme de sa vie. C'est désormais mon seul but.

Cass effleura les flancs de son alezan d'un léger coup d'étriers, et son cheval trotta pour rejoindre celui de Boots. Red hennit, et Lucky lui répondit. Les chevaux se fichaient éperdument de l'enjeu de cette aventure. Devant eux, une colline se dressait, mais Cass savait ce qui les attendait de l'autre côté. La frontière du comté. L'hélicoptère continuait son manège au-dessus de leur tête, et on apercevait les camions de régie filer sur la route en contrebas. Jusqu'à présent, elle avait refusé toute interview, sans néanmoins en priver les bénévoles. Elle procéda à quelques étirements du cou, et quand l'une de ses vertèbres craqua, Boots la regarda.

— Un problème de cervicales ?

— Non, juste le stress, répondit-elle en souriant.

Ils chevauchèrent un moment sans échanger un mot, bercés par le bruit régulier des sabots, les aboiements de Buddy ou les meuglements des vaches. Soudain, son cheval secoua la tête, et elle réalisa qu'elle tirait trop sur les rênes.

— Ça va bien se passer, trésor.

— J'admire ton optimisme. En ce qui me concerne, je pense qu'on m'attend derrière cette colline pour me jeter en prison…

Boots n'eut pas le temps de répondre, les silhouettes de deux cavaliers apparurent au bout de la route, avant de se diriger vers eux. Elle se raidit sur sa selle.

— Mais… C'est Chance ? Que fait-il ici ?

— Pas de conclusions hâtives, Cassidy. Laisse ce garçon dire ce qu'il a à dire avant de lui arracher la tête.

— Et qui est avec lui ? On dirait qu'il porte un… uniforme ? Un shérif ?

— Je n'ai jamais vu de shérif avec une chemise pareille, trésor…

Elle se protégea du soleil pour mieux regarder. Chance portait une chemise à carreaux fanée ; en revanche l'homme à côté de lui était habillé comme pour un mariage, avec une chemise rouge brodée, des franges et des boutons en nacre.

— C'est juste. En tout cas, je n'ai jamais vu chemise aussi laide.

— J'ai entendu, répondit l'inconnu.

Les deux cavaliers s'arrêtèrent devant eux, puis Chance dirigea son cheval à droite de Cass, et l'inconnu vint se placer à côté de lui.

— Mon frère, Cord. Cord, Boots Thomas et Cassidy Morgan.

Cord souleva le bord de son chapeau en faisant la grimace.

— Je me suis habillé exprès pour cette balade. Vous n'êtes pas très gentille avec ma chemise…

Elle réprima un sourire. Cord ne manquait pas de charme, apparemment la marque de fabrique des Barron.

— Eh bien. Que faites-vous ici ? demanda-t-elle, en feignant l'indifférence.

— J'ai une injonction signée, Cass.

— Tu… Quoi ?

Elle se pencha sur sa selle et lui assena une volée de coups de poing dans l'épaule.

— Tu es le pire salaud, espèce de cow-boy de…

Furieuse, les mots lui manquèrent, et sans prévenir Chance en profita pour l'enlacer par la taille, l'arracher à sa selle et l'asseoir en travers de ses cuisses. Il eut beau cependant la serrer très fort, elle continua de lui marteler le torse, hors d'elle.

— Mais calme-toi, Cass…

— Lâche-moi. Lâ… Hmmphph…

Elle n'en dit pas plus, Chance ayant collé ses lèvres aux siennes. Elle se débattit, gesticula, mais quand sa langue s'enroula à la sienne, elle commença à sentir ses forces s'amenuiser. Quelques secondes plus tard, elle pressa sa bouche contre la sienne et s'abandonna entre ses bras et ce fut lui qui mit un terme à leur baiser.

— Je t'en prie, Cass, écoute-moi. L'injonction concerne le shérif et la police de la ville. Le juge Reynolds en personne l'a signée pour que tu puisses continuer à mener ton troupeau jusqu'au marché au bétail.

Elle retint son souffle. Plus exactement, elle sentit quelque chose monter dans sa gorge, un sanglot qu'elle se dépêcha de ravaler. Et lorsqu'il desserra ses bras autour d'elle, elle l'attrapa par le col de la chemise.

— Jure-moi que c'est vrai. Jure-moi que je vais pouvoir amener mes bêtes au marché aujourd'hui de manière à pouvoir les vendre dès demain.

— Parole d'honneur, Cass. Oh ! Je sais que ma parole ne vaut pas grand-chose pour toi, mais donne-moi au moins une chance de faire mes preuves.

Et pour appuyer sa requête, il l'embrassa une nouvelle fois.

— Donne-moi une chance d'être l'homme de ton cœur, l'homme de ta vie. De te prouver mon amour.

— Hmm, excusez-moi mais, hello, Cass. Je me présente, Cord, grand frère de Chance… Le plus sage d'entre nous. Ravi de faire votre connaissance.

Elle rit, submergée par un flot d'émotions, en elle, colère, soulagement et vertige des sens. Sans parler de l'euphorie provoquée par les paroles de Chance. Oui, il l'aimait, il l'aimait vraiment.

— Hello, Cord. Ravie de faire votre connaissance, moi aussi…

Puis elle planta son index sur le torse de Chance.

— Quant à toi, remets-moi en selle et vite ! Nous avons un troupeau qui attend !

— Oui, m'dame !

De retour sur son cheval, elle éclata de rire aux cris de joie et aux applaudissements du groupe, derrière eux. Elle pensa alors à son père, à sa fierté si elle réussissait. En réalité, elle n'osait encore y croire. Pas avant d'avoir fait franchir à la dernière de ses vaches le dernier portail du parc à bestiaux. Chance prit sa main, la serra avec tendresse et lui fit un clin d'œil. Aussitôt, son cœur s'emballa… Avant de s'arrêter net quand ils atteignirent le sommet de la colline. La route était bouclée par une dizaine de voitures de police, gyrophares allumés.

- 16 -

— Plus un pas ! ordonna une voix dans un mégaphone.

— Continuons d'avancer, dit Chance.

Un encouragement superflu pour Cass qui lança même Red au trot, Chance en faisant autant avec son cheval, à sa droite, tandis que Cord venait se placer à sa gauche.

— Il n'en manque plus qu'un pour que nous ressemblions aux Cavaliers de l'Apocalypse, plaisanta-t-elle.

— A nous trois, nous valons bien les quatre, remarqua Cord, pince-sans-rire.

Elle l'observa à la dérobée. Même corpulence, mêmes cheveux noirs et mêmes yeux que son frère. Il chevauchait avec aisance, mais une froide détermination se lisait sur son visage. Alors, elle sourit, heureuse de la présence de ces deux hommes à ses côtés.

Se tournant ensuite vers Chance, elle le vit les yeux rivés sur la barricade de voitures de police, devant eux. Soudain, son visage s'illumina, et quand elle suivit son regard, elle aperçut une jolie brune en train de lui faire de grands signes. Instantanément, la jalousie lui retourna l'estomac.

— C'est Heidi, dit Chance en se dressant sur ses étriers pour mieux voir.

La jeune femme continuait d'agiter frénétiquement la main, un dossier entre les doigts.

— Elle a le document. On peut y aller. Bien. Je sais que ce n'est pas dans tes habitudes, Cass, mais cette fois, laisse-moi parler s'il te plaît, d'accord ?

Elle esquissa un sourire. Il ne venait pas de lui donner

un ordre, mais la priait d'accepter une requête. Nuance. Il apprenait vite.

— Qui est Heidi ? ne put-elle s'empêcher de demander.

— Mon assistante. Je l'avais chargée de délivrer les copies de l'injonction ce matin à la première heure.

L'étau autour de sa poitrine se desserra de quelques crans. Son assistante. Rien que son assistante. Personne de particulier. Enfin, personne qui occupe une place à part dans son cœur.

— Tu la remercieras.

— Tu le feras toi-même, lorsque je te présenterai… D'ici là, soupira-t-il, laisse ton avocat discuter avec les forces de police. Entendu ?

— Entendu.

Chance dirigea son cheval vers Heidi, attrapa au passage les documents dans la main de son assistante pour aller les remettre au shérif armé du mégaphone. Des mots furent échangés, suivis par un certain nombre d'échanges radio. Cass soupira avec impatience.

— Détendez-vous, Cass. Chance sait ce qu'il fait.

— Je l'espère, répondit-elle à Cord.

Il hocha doucement la tête et se tourna vers elle.

— Vous l'avez métamorphosé, Cass. En quelqu'un de bien. Ne laissez pas votre fierté gâcher tout ça…

— Facile à dire, marmonna-t-elle.

Chance fit faire demi-tour à son cheval et les rejoignit.

— C'est réglé. Ils vont dégager les véhicules. Nous devrons encore parlementer avec la police, à l'entrée de la ville. Mais la bonne nouvelle, c'est que la police de Bethany a interrompu le trafic pour nous et nous fournira même une escorte. Je doute que la police d'Oklahoma City se montre aussi compréhensive.

Cass lui aurait bien sauté au cou, mais elle se ravisa. Caméras et appareils photo étaient braqués sur eux. Elle se tourna vers ses cow-boys et cria :

— En avant !

Le troupeau s'ébranla, les voitures de police libérèrent le passage, les agents s'occupant de repousser les badauds, venus nombreux. Plus tard, à l'approche de la plaine menant au lac Overholser, Cass alla s'adresser aux bénévoles.

— Nous allons contourner la route pour passer par la plaine et le lit de la rivière. Il est pratiquement à sec. Ainsi, nous éviterons la nationale.

Le bétail progressa sans le moindre incident. Une voiture de police de Bethany leur ouvrit la voie, d'autres se postèrent à chaque carrefour. Les premières vaches hésitèrent bien un peu à descendre les berges pour emprunter le lit de la rivière parcouru d'un mince filet d'eau, mais la perspective de faire trempette finit par avoir raison de leurs réticences.

Le soleil lentement mais sûrement atteignit son zénith, et le troupeau poursuivit sagement son bonhomme de chemin. Sauf qu'ils devraient bientôt faire sortir les bêtes du lit de la rivière pour rejoindre la route. Cord et Chance partirent en éclaireur afin de trouver l'endroit le plus propice à la manœuvre. Peu après, Cord réapparut, se dirigeant vers elle au galop… l'air inquiet.

— Chance discute avec les flics d'Oklahoma City. Ils refusent d'ouvrir la 15e Rue au bétail.

— Quoi ? Et comment allons-nous faire traverser la Nationale 44 aux bêtes ? On ne peut tout de même pas les faire traverser à la nage, et le premier barrage est juste après Meridian Avenue. Si nous ne les faisons pas sortir maintenant du lit de la rivière, nous serons piégés.

— Tsst, Chance mène les négociations. Mais nous pourrions peut-être passer par MacArthur. Ils ont asséché la zone pour y construire un ensemble résidentiel. Nous n'avons qu'à amener le troupeau à l'entrée du parc, puis nous emprunterons la piste cyclable, ce qui nous conduira à passer sous la Nationale 44. En continuant tout droit, nous devrions pouvoir atteindre les enclos du parc à bestiaux.

Grâce à toute cette publicité, les éleveurs déjà sur le site sont prêts à vous prêter main-forte…

Il sortit son téléphone de sa poche.

— Mon contact à la Chambre de commerce dit qu'ils sont décidés à boucler les carrefours avec leurs véhicules si nécessaire…

Il lui passa l'appareil pour qu'elle puisse lire le texto.

— Je… C'est dingue.

— Je ne vous le fais pas dire.

Elle rit de bon cœur. Cord semblait si sûr de lui. Et Chance ! Pour elle, son beau chevalier menait toutes les batailles.

Ils firent accélérer le pas au troupeau. Chance n'ayant pas réapparu, elle craignit un moment qu'il n'eût été arrêté. Cord se montra rassurant. Une telle mésaventure n'arriverait jamais à son frère. Elle nota cependant une certaine inquiétude sur son visage. De plus, il consultait sans cesse son téléphone et regardait au loin toutes les cinq minutes comme s'il attendait un signe de Chance.

Une fois au niveau de la zone de construction, les cowboys entamèrent avec les bêtes la montée des berges, Cass en tête. Un groupe de véhicules de police, toutes lumières allumées, attendait là, alignées les unes à côté des autres pour leur bloquer l'accès à la route. C'est avec un certain soulagement qu'elle aperçut Chance, en pleine discussion avec un policier. Une discussion animée à en croire les grands gestes qu'il faisait tout en parlant. Il paraissait en colère. Le flic, droit comme un *i*, lui tenait tête, mains sur les hanches, l'air aussi frustré que lui.

Elle fit signe à ses cavaliers de bifurquer côté est. Ils ne prendraient pas par la route mais, comme l'avait suggéré Cord, suivraient la rive nord, passeraient sous la nationale et poursuivraient ainsi jusqu'au marché. Ils ne trouveraient devant eux que des zones inhabitées, jusqu'à Meridian Avenue, et d'ici là, du moins l'espérait-elle, Chance aurait résolu tout problème avec les autorités.

Elle ne put s'empêcher de se retourner à trois ou quatre reprises pour le regarder, craignant qu'il n'en vienne aux mains avec le représentant des forces de l'ordre, quand soudain… Un fracas de tous les diables retentit, comme les rafales d'une mitraillette. Red se cabra, un mouvement de panique parcourut le troupeau et quelques vaches s'échappèrent. Cass fit d'abord en sorte de rester en selle, puis elle vit les policiers sortir leurs armes. Chance hurla alors quelque chose et poussa brusquement l'officier avec lequel il parlait, un groupe de bêtes devenues folles se ruant dans leur direction. Puis il bondit sur son cheval et se jeta dans la mêlée.

Elle entendit Buddy aboyer comme un sauvage, puis il se précipita vers les fuyardes pour tenter, le brave chien, de les éloigner de la route. Deux des bêtes franchirent le barrage de police et se dirigèrent droit vers un groupe de badauds. Cass s'élança alors au galop pour essayer de les rattraper. Puis… l'accident.

Une voiture de police surgit, lancée à pleine vitesse, le conducteur souhaitant manifestement stopper les quatre vaches en fuite. Puis il freina dans un crissement de pneus assourdissant, dérapant en même temps dans la poussière. Le cri de Cass se perdit dans tout ce fracas. Buddy, tout à sa tâche de chien de troupeau, ne vit pas le véhicule. En dépit des cris, des sirènes, des meuglements des bêtes, elle entendit le choc du métal contre le pauvre malheureux. Buddy poussa un aboiement de peur, un seul, puis s'envola. Oubliant tout le reste, Cass mit pied à terre et courut vers l'animal gisant au sol.

— Oh ! Buddy, Buddy ! s'écria-t-elle, en sanglots. Doucement, ne bouge pas, mon grand. Reste tranquille. Tout va s'arranger, ne crains rien. Oh Dieu ! par pitié, faites que ça ne soit pas grave…

A ce moment, une main douce se posa sur son épaule.

— Il faut le conduire chez le vétérinaire, Cass.

La voix de Chance se brisa, et il toussota avant de crier :

— Heidi ! Une couverture, vite !

Cass n'entendit pas la réponse de Heidi, mais quinze secondes maximum plus tard, ses escarpins de marque foulèrent la poussière rouge de l'Oklahoma. Elle se laissa tomber à genoux, se fichant visiblement de salir ses bas et sa jupe en lin, puis elle recouvrit Buddy d'une magnifique couverture brodée.

Cass caressa le chien en lui murmurant des paroles de réconfort, Chance de son côté tentant de l'examiner. Avec la douceur d'un père pour son nouveau-né, il souleva ensuite Buddy juste assez pour que Heidi puisse glisser la couverture sous lui. Le chien gémit, mais se laissa faire. Un officier de police apparut, et Cass était sur le point de l'accabler d'injures quand il saisit un bout de la couverture.

— Ma voiture est juste là, M. Barron. Je vais conduire ce brave chien aux urgences vétérinaires.

— Je vous accompagne…

Elle se leva et voulut s'emparer à son tour d'un pan de la couverture.

Mais Chance l'attira contre lui.

— Non, mon ange. Tu ne peux pas. Tu dois réunir le troupeau et conduire tes bêtes jusqu'au marché. Cord va t'aider. Moi, je vais avec Buddy. Tout ira bien, je te le promets. Je ne le quitterai pas des yeux.

Il l'étreignit, puis déposa un baiser sur son front. Sa victoire contre Cyrus Barron ne serait totale que si elle faisait une entrée triomphale, en tête de son troupeau, dans le marché aux bestiaux. Elle devait le faire. Pour elle-même. Pour eux deux. Pour tous ceux qui l'avaient soutenue dans l'aventure, y compris pour Buddy.

— Finis ce que tu as commencé. Va.

Il prit son visage entre ses mains et lui donna un baiser, effaça ensuite avec douceur sur son visage ses larmes mêlées de poussière.

— Les filles de cow-boys ne pleurent pas, Cass. Alors, remets tes petites fesses en selle et vas-y. Fais ça pour toi. Pour ton père. Pour le Crazy M.

Pour nous, ajouta-t-il en silence, mais elle l'entendit très nettement.

Cass inspira, expira, puis appuya son front contre le torse de Chance.

— Prends soin de Buddy. Je te retrouverai là-bas.

Quand elle s'écarta de lui, il ne la lâcha pas. Pas encore. Pas avant de l'avoir embrassée de nouveau. Elle l'enlaça et lui rendit son baiser. Et lorsqu'il desserra ses bras autour d'elle, elle tourna les talons et retourna au milieu du chaos, la tête haute, retrouvant Red à quelques mètres à peine. Elle glissa alors le pied à l'étrier et se mit en selle. En l'espace de quelques minutes, les bêtes furent de nouveau rassemblées. Dans l'agitation, plusieurs de ses cavaliers avaient été blessés, dont deux sérieusement. Quelques policiers souffraient également de contusions, mais rien de méchant. Cass pouvait encore compter sur une poignée de volontaires pour parcourir les derniers kilomètres, quatre tout au plus.

A cet instant, l'un des flics lui fit signe. Elle reconnut l'homme avec lequel Chance discutait un peu plus tôt, aussi l'attendit-elle. Le policier s'approcha, attrapa les rênes de Red, puis il secoua la tête.

— Un abruti a trouvé intelligent de faire exploser un paquet de feux d'artifice, miss Morgan. Hmm, bien… Continuez sur la rive et le parc. Nous allons surveiller les ponts. Personne d'autre ne viendra se mettre en travers de votre chemin. Je suis désolé pour ce qui est arrivé, je n'ai jamais voulu cela. Mais j'avais des ordres, miss…

Une ambulance arriva sirène hurlante, et l'un de ses cow-boys fut emporté sur une civière.

— Désolé, miss, vraiment. Et permettez-moi de vous souhaiter bonne chance.

Elle réussit à esquisser un sourire, puis l'homme lâcha les rênes de Red, et elle s'éloigna vers le troupeau.

Mais quelqu'un d'autre alors l'appela. Elle tourna la tête. Des journalistes. Désireux de l'interviewer. Pas question. Chance et Buddy étaient déjà partis avec le policier pour les urgences. Des ambulances avaient emporté ses hommes les plus sérieusement touchés. A présent, elle devait aller au bout de ce qu'elle avait entrepris. Oui, elle allait vendre son bétail et, avec l'argent, rembourserait les dettes de son père et ferait lever l'hypothèque. Cyrus Barron n'aurait pas son ranch. L'espace d'un instant, elle se demanda comment réagirait cet homme lorsqu'il apprendrait que deux de ses fils avaient changé de camp.

Cord la rejoignit et lui tendit un bandana humide.

— Pour faire un brin de toilette et arriver en beauté au marché. Car pour l'instant, on dirait que vous vous êtes roulée dans la poussière…

— Oh ! Cord, vous savez parler aux femmes.

— Je vous aime bien, Cassidy Morgan, répondit-il en riant. Dommage que mon frère soit arrivé le premier…

Elle s'essuya le visage.

— Lorsque tout ça sera terminé, je prendrai une douche de deux heures au moins…

— Je vous proposerais bien de vous frotter le dos, mais j'ai le sentiment que Chance n'apprécierait pas…

Devant eux, une vache s'écarta du rang, et Cord aussitôt s'élança au galop pour la rattraper. Elle le regarda faire. Un vrai cow-boy. Comme Chance. Plutôt étonnant de la part de membres de cette famille. Dans l'Oklahoma, les Barron étaient comme la famille royale au Royaume-Uni. L'un des frères était sénateur. Un autre présidait un empire médiatique, Chance quant à lui dirigeait son cabinet d'avocats. Il fréquentait les personnalités les plus influentes de la région. La jet-set, les people. Peut-être. Mais quand il venait chez elle, avec son jean râpé et son stetson, il devenait un autre homme. Un cow-boy qui savait tout faire, dans un ranch. Un cow-boy au cœur tendre, avec elle comme avec Buddy dont il s'était fait un ami… A la pensée de son chien adoré, elle sentit son cœur se serrer. Buddy. Chance saurait prendre soin de lui.

Une autre bête s'échappa du troupeau. Elle secoua la tête. Ce n'était pas le moment de rêver.

— Yo ! cria-t-elle en lançant Red à la poursuite de la fugueuse.

Le troupeau passa sans incident sous Meridian Avenue. Ils poursuivirent leur chemin à travers le parc, derrière les hôtels et les tours de bureaux. A deux pas de la « civilisation ». Bientôt, ils atteindraient l'échangeur des autoroutes 44 et 40. Elle tressaillit. Et si une vache venait à s'enfuir juste à ce moment ? Non. Il restait deux kilomètres environ. Elle devait faire en sorte de mener tout son monde à destination. Elle inspira profondément. Chance avait raison. Elle réussirait.

Elle alla encourager ses cow-boys, ramena dans le troupeau les vaches récalcitrantes… Et fit en sorte de garder espoir. Au carrefour de Portland Avenue, un cordon de voitures de police empêchait les véhicules de circuler et contenait la masse des curieux. Deux officiers levèrent le pouce à son intention quand elle passa devant eux.

La bande de terre qu'ils traversaient se rétrécit, et le troupeau se ramassa, bientôt les bêtes se suivirent presque en file indienne. Red hennit, en sueur. Il travaillait dur, comme les autres. Boots, loin devant, avec les premières bêtes, poussa à ce moment un cri. Elle se dressa sur ses étriers pour voir quel était le problème. Encore un. Un groupe de cavaliers se dirigeait vers eux au galop. Le premier s'arrêta bientôt devant elle et souleva le coin de son chapeau.

— Miss Morgan ? Nous sommes membres de la brigade de police du marché aux bestiaux.

Elle se renfrogna. Et alors quoi, maintenant ? Elle pensait

toutes les formalités réglées. Elle s'apprêtait à demander des explications quand le type reprit.

— Nous sommes venus vous donner un coup de main pour le reste du chemin.

Elle écarquilla les yeux, stupéfaite.

— Vous… Vous êtes là pour m'aider ?

— Oui, m'dame. Nous sommes de la ville, c'est sûr, mais nous savons monter à cheval et diriger un troupeau, répondit l'homme en costume-cravate, avec fierté.

— M'aider…, répéta Cass, sonnée, en regardant Boots, tout sourire. Oh ! merci… Merci !

Le groupe de cavaliers s'éloigna pour se placer autour du troupeau. Elle sourit et, après une minute, se détendit, Boots à côté d'elle ricanant doucement.

— Quoi ?

— Si tu avais vu ta tête, ma chérie, quand ces types sont arrivés… On aurait dit que tu avais reçu un direct dans la figure…

— Oh ! oui, ça va, oncle Boots ! Mais bon, à vrai dire, c'est vrai, je me sens… K-O. Je n'en reviens pas que tant de gens me proposent leur aide. Même la police. Même les…

Elle s'interrompit, n'osant prononcer le mot à haute voix.

— Même les Barron, oui. En tout cas deux d'entre eux, dont Chance, bien sûr.

Oui. Chance.

— C'est bien là le problème, oncle Boots. Chance est un Barron. Son père est responsable de tout ça. Je…

Elle laissa échapper un soupir.

— Comment puis-je lui faire confiance ?

Ils chevauchèrent une minute en silence, puis Boots murmura.

— Ecoute ton cœur, ma petite fille. Repense à tout ce qu'il a fait pour t'aider. Malgré son père. Parfois les liens du sang passent avant tout. Mais il arrive aussi qu'une femme aime si profondément un homme qu'elle est prête à renoncer à tout, pour lui, car elle sait que cet homme l'aime plus que tout au monde.

Elle le dévisagea.

— Tu penses à papa et maman, n'est-ce pas ?

— Oui, Cassie. Déjà à l'époque, Cyrus Barron était un homme puissant. Il possédait un ranch, du bétail et des chevaux très prisés dans le pays. Il se lançait également dans l'exploitation du pétrole, deux ou trois puits de rien du tout au début. L'ancêtre de la Barron Oil. Si ta maman l'avait épousé, elle n'aurait jamais eu le moindre souci d'argent…

Boots retira son chapeau et s'essuya le front avec son bandana, avant de reprendre.

— Ton père était un cow-boy de rodéo sans le sou. Mais après son accident, sur son lit d'hôpital, avec ta mère à son chevet lui répétant sans cesse à quel point elle l'aimait, il a décidé qu'il avait mieux à faire de sa vie. Il a réussi à amasser un petit pécule, a pris un crédit et a acheté le ranch. Il connaissait le rodéo, toutes les ficelles du marché. Il a commencé petit, mais tous les professionnels du circuit avaient confiance en lui. Ta maman l'a accompagné et soutenu dans cette aventure. Elle s'occupait de la comptabilité, faisait mille choses sur le ranch… Jusqu'à ce qu'elle tombe malade.

Cass hocha la tête en réprimant une nausée. En dépit des médecins, des traitements, des machines, la pneumonie avait fini par l'emporter.

— Quand tu trouves un amour comme celui que ta mère et ton père partageaient, ma petite fille, tu t'y accroches des deux mains et tu ne le laisses surtout pas t'échapper…

Boots toussota, puis il regarda devant eux.

— L'autoroute est juste là-bas. On ferait mieux de se préparer…

Cass mena Red au sommet d'une butte surplombant l'autoroute. Une rangée de cavaliers se tenait en position de chaque côté de la passerelle. Moins de deux kilomètres encore. Elle soupira, soulagée, quand le dernier cow-boy disparut sous la passerelle. Elle suivit alors le mouvement et de l'autre côté retrouva le troupeau en rang serré.

Elle tenta d'imaginer le spectacle, vu du ciel. Peut-être un jour verrait-elle un reportage sur leur aventure. Mais d'ici là, elle avait des vaches à mener au marché. Elle remonta tout le groupe, encourageant les hommes comme les bêtes.

Les hélicos des chaînes info disparurent, cap à l'ouest. Cass regarda derrière elle, avec une certaine appréhension. Qu'allaient-ils donc filmer là-bas ? C'est alors qu'elle le vit. Un éclair monstrueux, qui déchira les nuages massés à l'horizon.

— Je le savais, soupira-t-elle. Ciel rouge le matin, avertit le marin… Et annonce une catastrophe au cow-boy…

Elle regarda sa montre. Avec un peu de chance, le troupeau serait au parc à bestiaux, en sécurité, avant que l'orage n'éclate. Aucune raison de paniquer donc. Pas dans l'immédiat.

- 17 -

Le nouveau pont avec ses lampadaires bizarres apparut. Agnew Avenue. Si Chance disait vrai, l'avenue serait fermée à la circulation, et elle pourrait faire traverser les bêtes. Cord la rejoignit.

— Il est temps pour vous de vous placer, Cass. En tête de parade !

Elle secoua la tête.

— Je n'ai pas fait ça pour jouer à la star, Cord. Sans le harcèlement de votre père, j'aurais pu vendre mon troupeau normalement et régler ce que mon père devait à la banque…

— Oui, je sais, c'est un obstiné. Et d'après moi, il n'a pas encore dit son dernier mot. Chance fera tout son possible pour l'empêcher de vous nuire une fois de plus…

— Mais ?

— Mais quoi ?

— Eh bien, il me semble avoir entendu un « mais », à la fin de votre phrase…

Elle le dévisagea, avec un mauvais pressentiment.

— Il va tenter de monter Chance contre moi, c'est ça ? dit-elle en marmonnant une série de jurons, faisant éclater Cord de rire. Maudit soit-il !

— Lequel des deux ?

Sa question la surprit.

— Votre…

Elle referma la bouche — après tout son ennemi juré était le père de cet homme — avant de demander :

— Va-t-il y réussir ?

Cord haussa les épaules.

— Hier, je vous aurais répondu oui, sans le moindre doute. Le vieil homme arrive toujours à ses fins. Mais aujourd'hui… Je ne sais pas.

Puis il fit faire demi-tour à son cheval et se dirigea à l'arrière du troupeau, sans lui laisser le temps de répondre.

Elle lança Red au galop, déterminée. Si Cyrus Barron pensait pouvoir l'arrêter si près du but, elle n'hésiterait pas à lui dire ce qu'elle pensait de ses méthodes.

Boots grommela quand elle le rejoignit.

— Ah ! enfin, te voilà !

Elle lui sourit.

— Comment tout cela a-t-il pu arriver, oncle Boots ?

— Les gens, ma chérie. Les gens compliquent toujours tout. Mais nous y sommes presque.

Les sabots des chevaux claquèrent sur l'asphalte quand ils arrivèrent sur le trottoir. Les véhicules de police bloquaient la bretelle de sortie de l'Autoroute 40, et la voie vers le sud était libre. Presque comme s'ils pressentaient la fin de leur périple, chevaux et vaches accélérèrent le pas. Cinquante mètres plus loin, un large panneau clignotait. « Marché aux bestiaux ». En passant dessous, Cass sourit. Voilà. Ils l'avaient fait. Partout, les gens les prenaient en photo, les filmaient, tous voulant immortaliser ce moment.

— Cass !

Elle se retourna. Chance ! Debout à l'arrière d'un pick-up, il lui faisait de grands signes. Puis le plus doux des sons lui parvint. Les aboiements surexcités de Buddy. Une joie infinie la submergea, et elle sourit.

Cord arriva au trot derrière elle et la dépassa, tout en soulevant le coin de son chapeau pour la saluer. Il rejoignit Chance et descendit de cheval. Les deux frères échangèrent leur place, Chance se mit en selle et Cord grimpa dans le pick-up, avec Buddy. Puis ils échangèrent une poignée de main. Cord dit alors quelque chose, et Chance se tourna vers elle. Il lui sourit, et plus rien pour elle n'eut d'importance que ce sourire.

Curieusement, en dépit de la foule et du bruit, les bêtes continuèrent à avancer sans se soucier le moins du monde de toute cette agitation. Cass tenta de réprimer une bouffée d'euphorie. Tant que son bétail ne serait pas bien au chaud dans les enclos, tant qu'elle n'aurait pas vendu chaque bête et n'aurait pas son chèque en poche pour le remettre à Cyrus Barron, elle resterait sur ses gardes.

Chance vint se placer à côté d'elle, son genou contre le sien. Cord les dépassa au volant du pick-up, Buddy aboyant et remuant la queue en la voyant.

— Il a quelques côtes fêlées et des contusions à la hanche droite, mais rien de grave. Ce brave Buddy est une force de la nature.

Elle sourit et soupira.

— Merci.

— Merci pour quoi ? demanda-t-il en la regardant.

— Pour tout. Pour avoir pris soin de Buddy. Pour m'avoir aidée, malgré…

Elle se tut et finit en silence, malgré sa méfiance, sa colère, ses accusations.

— Tu avais raison, Cass. Je n'ai pas été honnête, avec toi. Et sincèrement, j'en suis désolé. Je ne te mentirai plus. Plus jamais.

Elle le regarda avec un sourire espiègle.

— Pourriez-vous me mettre ça par écrit, dûment signé, monsieur l'avocat ?

Il éclata de rire, stoppant net en voyant un groupe de gens un peu plus loin. Un type costaud en tenue de western, tout en muscles, était en train de vociférer, en pleine dispute apparemment avec un homme distingué… Le patriarche était rentré de Vegas ! Chance sourit à Cass. Les minutes suivantes seraient déterminantes.

— Un problème ? demanda-t-elle.

— C'est mon père, là-bas. Et l'autre type doit être le responsable du marché aux bestiaux. Je jurerais que le patriarche est en train de le menacer des pires représailles…

— Dans ce cas, allons donc voir à quelles représailles nous devons nous attendre, répondit-elle.

Elle s'éloigna vers le groupe au trot.

Chance la suivit. Cord s'était garé à proximité, et Buddy était là, lui aussi. Cassie arrêta son cheval devant le groupe.

— Je m'en contrefiche, M. Barron. Que je sache, ce n'est pas vous qui me payez chaque fin de mois. Alors, vous pouvez hurler et menacer de tout ce que vous voulez, le marché ne vous appartient pas. Pas question pour moi de renvoyer ce troupeau enregistré pour la vente de demain…

L'altercation se déroulait devant les caméras. Chance leva les yeux au ciel. Après les infos de ce soir, la famille Barron deviendrait sans doute l'ennemi public n°1 de tout l'Etat de l'Oklahoma. Le patriarche, fou de rage, pointa son index sur le torse de l'homme qui avait osé lui parler sur ce ton.

— Je vous ferai virer, espèce d'insolent. Je vais fermer cet endroit, et vous et vos sbires vous retrouverez à mendier dans la rue. Vous m'avez bien entendu ?

Cyrus Barron toisa de toute sa hauteur les gens autour de lui, tel un prêcheur appelant le châtiment sur son assemblée de pécheurs. Jamais personne ne lui avait tenu tête. Il attrapa son téléphone, appela son assistante et aboya des instructions que Chance n'entendit pas, mais qu'il pouvait facilement imaginer. Puis, avec un sourire froid et pervers, Cyrus fit face au responsable du parc à bestiaux, ignorant Cass et Chance. Les deux hommes se défièrent ainsi en silence quelques minutes, le troupeau pendant ce laps de temps s'amassant dans la rue et commençant à piétiner d'impatience.

A cet instant, le téléphone du patron du marché aux bestiaux sonna. Il répondit, puis blêmit, avant de raccrocher, tête basse, tout en marmonnant quelque chose. Puis, tournant les talons, il s'adressa à ses hommes et leur ordonna de fermer les portes du marché au bétail jusqu'au lendemain.

Toujours avec son sourire machiavélique, le patriarche se tourna ensuite vers Chance qui serra les poings pour ne pas tordre le cou au vieil homme.

— Tu me déçois beaucoup…

Chance releva fièrement la tête et soutint le regard de son père, avec sans doute le même genre de sourire méprisant que son géniteur sur les lèvres.

— C'est réciproque. Tout cela est allé trop loin, Cyrus.

— En effet. Voilà pourquoi j'ai intenté une action en justice contre toi, afin de te rayer de l'effectif de Barron Enterprises.

Cass étouffa un cri, mais Chance continua de fixer son père. S'il détournait le regard maintenant, le patriarche penserait avoir gagné. Et il en était hors de question.

— La bataille promet d'être passionnante. Je te rappelle que c'est moi qui ai rédigé les documents fondateurs du groupe. As-tu pris la peine de les lire, Cyrus ? Ou t'es-tu contenté de les signer ?

Et il la vit. Il vit dans le regard du vieil homme une lueur, comme une flamme fugitive. Il avait appris l'art de la confrontation du maître en personne. Il esquissa un sourire.

— Oh ! aurais-tu oublié la règle n°1 ? « Ne jamais faire confiance, surtout pas à la famille. » C'est toi qui nous as inculqué cette règle dès notre enfance.

— De toute façon, c'est trop tard pour ta petite pu…

Son sang ne fit qu'un tour. Chance bondit et attrapa son père par le col de sa chemise.

— Je te conseille de te taire, vieux salaud. Prononce ce mot, et je me ferai une joie de passer la nuit en prison pour coups et blessures.

Cyrus le foudroya du regard, mais ne termina pas sa phrase.

— Que cela te plaise ou pas, c'est trop tard pour elle, fils. Elle ne pourra pas payer, à moins de vendre ces bêtes, demain. Et crois-moi, cela n'arrivera pas…

— Mais bien sûr que si, ça arrivera. Moi, je vais les lui acheter ! lança quelqu'un.

Chance et son père se retournèrent, un murmure parcourut la foule. Le nouveau venu ignora Cyrus et se dirigea vers Cass, toujours en selle.

— Miss Morgan, mon nom est J. Rand Davis.

Chance retint un éclat de rire. S'il existait un homme que Cyrus Barron détestait plus encore que Ben Morgan, c'était bien Joseph Randolph Davis. Tous deux se faisaient la guerre depuis l'ouverture des tout premiers champs de pétrole de l'Oklahoma.

Cass mit pied à terre et tendit la main.

— M. Davis, c'est un vrai plaisir de vous rencontrer.

— Vous pouvez compter sur moi, répondit Davis avant de sortir son smartphone sur sa poche pour consulter quelque chose. Si je m'en tiens au prix de clôture du marché de Chicago, votre race de vache atteint 147 dollars les cinquante kilos.

Chance procéda à un rapide calcul mental. Cass devrait empocher pas moins de 500 000 dollars. Elle dut arriver au même résultat que lui, car elle écarquilla les yeux et resta bouche bée un moment.

— J'ai réuni les bétaillères nécessaires et je suis déjà en mesure de vous régler un acompte de 300 000 dollars. Je vous propose de vous donner le complément une fois le dernier pesage effectué.

Cass jeta un regard à Chance. Regard d'incrédulité. La somme suffirait amplement à honorer toutes les dettes de son père.

— C'est une belle offre, Cass. Tu peux faire confiance à M. Davis.

Elle échangea une cordiale poignée de main avec Davis,

puis celui-ci lui tendit un chèque qu'elle contempla les yeux ronds de longues secondes, et Chance n'aurait pas été surpris de la voir bondir de joie et entamer une série de pirouettes au milieu de la rue.

— Connaissant Cyrus comme je le connais, enchaîna Davis, je ne veux pas prendre le risque de le voir annuler notre transaction par un tour de passe-passe dont il a le secret. Donc, voici le contrat de vente avec tous les détails de notre petit marché spécifiés et l'alinéa d'exclusivité.

Cass prit le document et une fois de plus se tourna vers Chance.

— Tu veux le regarder ?

Il prit les documents, Davis ajoutant :

— Pendant que vous examinez le contrat, Chancellor, si miss Morgan est d'accord, elle peut le signer, et nous commencerons à charger les bêtes.

Chance lut le contrat de A à Z, vérifiant les points les plus importants, ce qui, en tant que professionnel, ne lui prit guère de temps. Tout semblait en ordre. Il rendit les documents à Cass qui à son tour lut chaque page du contrat. Sans comprendre les subtilités de tout le jargon juridique, forcément, songea Chance en souriant. Enfin, elle hocha la tête et sourit à Davis qui lui tendit son propre stylo. Utilisant son dos, elle parapha chaque feuille.

Chance avait presque oublié son père, quand celui-ci ricana.

— Tu ne perds rien pour attendre, Rand. Tu as beau avoir gagné cette fois, je peux te le garantir, ce n'est pas fini entre nous.

Puis il fit face à Chance.

— Quant à toi, je te verrai plus tard.

Davis sourit, glacial.

— Tu ne devrais pas proférer de telles menaces, Cyrus.

Le patriarche serra les dents, puis les planta tous là pour rejoindre sa Lincoln avec chauffeur. Peu de temps après, les types du marché aux bestiaux réapparurent, ouvrirent les portes du parc, et le troupeau reprit son bonhomme de chemin. Des cris de joie et des applaudissements retentirent, mais Chance et Cass restèrent auprès de M. Davis pour procéder au chargement des bêtes dans les camions.

Chance observa l'un des hommes les plus riches du pays en train de discuter avec la femme qu'il aimait. Trois mois plus tôt, ce soir-là, bloqué par la neige à Chicago, jamais il n'aurait imaginé une telle scène.

Soudain, Davis s'interrompit au beau milieu d'une phrase, et ses yeux s'emplirent de colère. Chance regarda derrière lui, croyant son père de retour.

Mais à sa grande surprise, ce fut Cord qu'il découvrit à quelques mètres à peine, un Cord figé, comme pétrifié. Les deux hommes se dévisagèrent, et Chance repensa à ces vieux westerns où les héros se font face, prêts à dégainer, main sur la crosse de leur colt. Jamais il n'avait vu son frère aussi désemparé.

Après de longues secondes d'une tension palpable, électrique, Davis se tourna vers Cassie.

— Vous aurez votre deuxième chèque demain, miss Morgan.

De nouveau, ils échangèrent une poignée de main.

— Merci encore, M. Davis. Je…

Elle se tut et se hissa sur la pointe des pieds pour déposer un baiser sur sa joue.

— Je n'y serais jamais arrivée sans vous.

Davis secoua la tête et regarda Chance.

— Non, mon trésor. Vous avez eu une aide précieuse, avec ce jeune homme.

Puis il tendit la main à Chance.

— Prenez soin de cette jeune demoiselle.

Chance lui serra la main.

— Comptez sur moi, monsieur.

Il glissa un bras autour des épaules de Cassie et la serra contre lui.

— Tu as réussi, chérie.

— Non, répondit-elle en souriant. Nous avons réussi. Je suis désolée, je n'aurais jamais dû douter de toi.

— Ne t'excuse pas. Et pour être franc, je n'étais pas certain de pouvoir tenir tête au patriarche. Mais tu m'as donné la force. Oui, ta foi en moi m'a donné le courage, Cass…

Il tourna la tête et surprit Davis et Cord face à face, en train d'échanger ce qui n'avait pas l'air d'être des amabilités. Puis Chance nota un changement dans l'attitude son frère, dont les épaules s'affaissèrent légèrement. Et s'il ne baissa pas la tête, il évita néanmoins de regarder M. Davis dans les yeux.

— Mais enfin, qu'ont-ils, tous les deux ?

Cass regardait à son tour les deux hommes.

— Je… On dirait que Cord est sur la défensive…

Puis Davis s'éloigna, mais Cord resta comme cloué sur place. Prenant la main de Cassie dans la sienne, Chance s'approcha de son frère.

— Cord ?

— Arrête.

— Arrête quoi ? Que se passe-t-il avec Davis ?

— Rien.

— Ce n'est pas l'impression que ça donne.

— Laisse tomber, Chance. C'est…

Cass serra discrètement sa main.

— Pas maintenant, Chance.

Cord la remercia d'un regard, puis arbora son plus beau sourire. Chance ne fut pas dupe. Cord l'avait échappé belle, mais à quoi et pour quelle raison, mystère. Il interrogerait son frère plus tard, mais il aurait le fin mot de l'histoire.

Le directeur du marché aux bestiaux toussota derrière eux.

— Hmm, désolé de vous interrompre, m'sieurs-dames, mais la dernière vache vient juste d'être chargée. Cinq cents bêtes pas une de moins, miss Morgan. M. Davis a déjà réglé les frais de transport. Si vous voulez bien signer ce reçu pour finir…

Il lui tendit un document qu'elle s'empressa de signer, puis l'homme lui en remit un double, avec un sourire admiratif en prime.

— Félicitations, m'dame. Nous sommes tous fiers de vous.

Chance regarda Cassie, le cœur débordant d'amour.

— Tu as réussi, Cass. Moi aussi, je suis fier de toi. Et je t'aime, de tout mon cœur…

Elle eut alors un sourire plein de malice en plongeant ses yeux dans les siens.

— Tout ça me fait très plaisir, cow-boy, mais… quand vas-tu te décider à m'embrasser ?

Épilogue

Cass ajusta la jarretière bleue sur sa cuisse, puis elle glissa son pied dans sa botte, ramassa l'ample jupon de sa robe de mariée et se retourna. Ses demoiselles d'honneur, un verre — en cristal, s'il vous plaît — de champagne à la main attendaient pour porter un toast. Elle regarda l'autre personne dans la pièce. Boots se tenait au garde-à-vous, un peu à l'étroit dans son smoking. Elle sourit et s'avança pour redresser son nœud papillon.

— Dès que tu m'auras menée devant l'autel, tu pourras l'enlever, oncle Boots, c'est promis.

Le vieil homme marmonna quelque chose, et elle réprima un fou rire. Elle avait un peu le tournis, entre toutes les pensées qui se bousculaient dans sa tête et l'impatience qui la faisait vibrer.

Une fois la vente du troupeau conclue, Chance lui avait avoué avoir déjà réglé les sommes dues à la banque, sauvant ainsi le ranch. Elle avait alors insisté pour le rembourser quand soudain, il avait mis un genou à terre et lui avait demandé de l'épouser.

Elle sourit à ce souvenir. Et tressaillit en pensant qu'elle était peut-être sur le point de commettre la pire erreur de son existence en entrant de sa propre volonté dans la famille de Cyrus Barron. Mais bon, elle était folle. Folle d'amour.

— Dis-moi une chose, ma petite chérie.

Chassant ses idées noires, elle sourit à Boots.

— Oui ?

— Crois-tu que tu serais heureuse sans lui ?

Un rire nerveux s'échappa de sa gorge.

— Mais… Tu lis dans mes pensées maintenant ?

— Sois honnête, Cassidy Anne. Avec moi, mais plus important que tout, avec toi. Si tu décidais de partir maintenant, pourrais-tu regarder en arrière sans regret et en toute quiétude ?

Elle se tourna vers la fenêtre. Des groupes de gens attendaient sur la pelouse devant la petite chapelle. Elle remarqua un peu à l'écart ce qui ressemblait à un groupe de joueurs de foot. Les frères Barron. Ils étaient tous venus soutenir Chance, et chacun avait tenu à offrir son amitié à Cassie. Elle ferma brièvement les yeux. Et quand elle les rouvrit, elle ne vit que Chance, entouré des siens. En fin de compte, grâce aux statuts de la société rédigés par lui-même, il était apparu que son cabinet n'était pas la propriété de Barron Enterprises, mais la sienne, exclusivement. Il continuait néanmoins d'assurer la défense des intérêts de sa famille. Une décision qu'il avait prise après en avoir longuement débattu avec elle.

A cet instant, il leva la tête vers la fenêtre, comme s'il sentait son regard.

— Cela répond à ma question…

Elle sursauta et se tourna vers Boots.

— Mais je n'ai rien dit, voyons !

— C'est inutile, Cassie. Ce sourire sur ton visage dit tout ce qu'il a à dire. Maintenant, allons-y. J'ai peur d'étouffer habillé en pingouin comme ça…

Chance attendait devant l'autel, calme en apparence, alors qu'en réalité une tempête faisait rage en lui. Cord se tenait à sa gauche, ainsi que ses autres frères. Heidi et son époux avaient pris place au premier rang de la petite chapelle avec le gardien et son épouse, Beth et John Sanders, qui avaient pratiquement élevé les frères Barron. Cyrus Barron quant à lui n'avait pas jugé bon de se déplacer, ce qui n'était pas vraiment une surprise. Le reste de la famille avait répondu présent, et c'était bien là tout ce qui comptait.

Les portes s'ouvrirent, et un organiste joua les premières notes d'un air célèbre. Les demoiselles d'honneur apparurent. Il cligna les yeux face à l'éclat du soleil et finit par distinguer la silhouette de Boots. Le vieux bonhomme fit un pas, Cassie à son bras. Chance retint son souffle.

Elle était belle. Sublime. Stupéfiante. Il sentit son cœur partir au galop. Puis elle le regarda, et son rythme cardiaque retrouva un rythme plus ou moins décent. Parce qu'une chose était sûre, il aimait cette femme plus que tout au monde et l'aimerait jusqu'à la fin des temps. L'émotion fut telle qu'il dut s'essuyer les yeux.

Cass s'arrêta devant lui, se hissa sur la pointe des pieds et l'embrassa sur la joue.

— Hé ! les cow-boys ne sont pas censés pleurer, tu sais…

Il sourit et murmura.

— Ce sont les filles de cow-boys qui ne pleurent jamais et remontent en selle pour aller de l'avant…

Oui, Chance Barron avait toujours su ce qu'il voulait. Et l'avait toujours eu.

SILVER JAMES

L'héritier secret

Traduction française de
FRANCINE SIRVEN

PASSIONS

HARLEQUIN

Titre original :
THE COWGIRL'S LITTLE SECRET

Ce roman a déjà été publié en 2016.

- 1 -

Cordell Barron avait l'habitude de toujours tout contrôler. Sa vie, comme la Barron Oil & Gas Exploration et tout ce qui constituait son univers en général. Sauf en ce moment. Depuis quelque temps, il avait moins de prise sur les choses, et sa vie partait un peu dans tous les sens.

Il regarda ses mains, tellement serrées sur le volant que ses articulations avaient blanchi.

« Jolie est de retour. Ne t'avise surtout pas de t'approcher d'elle. »

Ces mots, prononcés à peine un mois plus tôt par le père de la belle, ne cessaient de le hanter. Comme la belle elle-même, d'ailleurs.

Jolene Davis, Juliet pour lui, son Romeo, la comparaison s'étendant jusqu'à leurs familles, liées par une haine tenace. Cord avait quitté Jolie, non pas une mais deux fois, si l'on tenait compte de leur bref corps-à-corps, « en souvenir du bon vieux temps », cinq ans plus tôt. Pour être précis, c'était elle qui l'avait quitté la deuxième fois, lui rendant ainsi la monnaie de sa pièce. Du moins était-ce ce qu'il s'était dit, à l'époque. Refusant d'admettre à quel point cela faisait mal. Quand il s'était réveillé avec la gueule de bois, elle était partie, les draps imprégnés de son parfum aux senteurs de mimosa. Aujourd'hui encore, tant d'années après, il détestait le printemps, avec ces saletés de mimosas en fleur.

Chassant ces pensées, il regarda devant lui, derrière le pare-brise de son pick-up, tout en pianotant nerveusement sur le tableau de bord. Il pourrait appeler son frère Cash.

Enfin, son demi-frère. Cash était à la tête de Barron Security. En moins d'une heure, il trouverait tout ce qu'il y avait à trouver sur Jolie. Son numéro de téléphone. L'endroit où elle vivait, où elle travaillait. Le nom de son petit ami. Son cœur s'emballa à l'idée qu'elle puisse en avoir un. Voire pis, un mari. Son téléphone rebondit quand il tapa du poing sur le tableau de bord. Il n'avait aucun droit sur la vie de Jolie, mais l'imaginer dans les bras d'un autre homme, soupirant à ses baisers, partageant son lit…

Qu'est-ce qui clochait, chez lui ? N'était-il pas le sympathique Barron, le clown de la famille ? Jamais un mot plus haut que l'autre. En tout cas, il n'était pas dans ses habitudes de frapper du poing sur les objets inanimés, au risque de se blesser. Excepté lorsque Jolie était dans les parages. Elle avait sur lui le même effet que lorsqu'un TILT se mettait à clignoter devant vos yeux, au flipper. Oui, en fait, cela résumait assez bien leur relation. A la seconde où il avait posé les yeux sur elle, il avait perdu la partie.

Le refrain d'un tube country retentit. Il se hâta d'attraper son téléphone, manquant le faire tomber, et décrocha en marmonnant un juron.

— Quoi ?

— Oh ! je te dérange ?

Mettant ses émotions en sourdine, Cord passa en mode business pour répondre à son cousin, Cooper Tate, agent d'exploitation de la BarEx, la compagnie pétrolière des Barron.

— Que veux-tu, Coop ?

— Comme je le craignais, nous avons perdu le foret au fond du trou…

De l'agacement et un peu de dépit transparaissaient dans la voix de Cooper.

— Les hommes vont devoir le récupérer. Tu pourrais descendre de ton pick-up et venir voir ?

Cord fixa le groupe d'hommes autour de la foreuse.

— C'est vraiment nécessaire ? demanda-t-il.

— Pourrais-tu juste ramener tes fesses jusqu'ici ? Il faut qu'on parle !

Une bourrasque de poussière rouge balaya le site, mais au lieu de rafraîchir l'atmosphère, le vent laissa dans son sillage une véritable fournaise. Le sommet du derrick craqua, et une partie de la tige de forage se prit dans le palan. Rompu à la canicule du mois d'août, Cord glissa son téléphone dans la poche de son jean, attrapa son casque sur le siège passager et descendit de son pick-up blanc marqué du logo de la BarEx. L'escalier métallique menant au puits résonna sous ses bottes. La chaleur était si intense qu'il agrippa la rampe, pris d'un léger vertige, se brûlant la main au passage.

A peine arrivé sur le plancher de forage, Cooper le présenta au chef de chantier.

— Cord, Tom Bradley, notre meilleur ouvrier.

Cord serra la main du vieil homme qui cracha un jet de salive couleur tabac.

— Ce bon sang de puits est maudit, patron, déclara le chef de chantier. Tous ces soucis, c'est pas normal, à la longue, non ?

Cooper retira son casque, se passa la main dans les cheveux.

— Oui… C'est curieux. Les types qui se blessent l'un après l'autre. Des délais à rallonge. Et puis, on devrait avoir atteint la nappe maintenant. Mais rien. Chaque jour amène son lot de problèmes.

Son cousin secoua la tête en soupirant. Coop était une force de la nature et si lui ne sentait pas cette affaire, c'est que, décidément, quelque chose ne tournait pas rond. Cord attendit la suite.

— Tu te rappelles le mal qu'on a eu pour acquérir les droits de forage ici ? demanda Cooper.

— Oui, répondit Cord avec un mauvais pressentiment.

— On a dû sacrément batailler pour rafler le marché à Davis Petroleum…

De nouveau, Coop soupira.

— Et s'ils étaient derrière tous nos ennuis ?

Cord sentit sa gorge se nouer. Il savait que Coop en arriverait là. A suspecter J. Rand Davis d'être mauvais perdant. Davis, leur principal concurrent. Et accessoirement, le père de Jolie.

— Non, répondit-il après un moment. Je ne pense pas que Davis irait jusqu'à saboter notre puits…

Il toussota, puis attira son cousin un peu à l'écart et, baissant la voix, ajouta :

— Jolie est de retour.

Rares dans la famille étaient ceux au courant de la tournure lamentable qu'avait prise sa relation avec Jolie, à l'université. Lors de cette nuit trop arrosée, Cord, alors en dernière année à l'université d'Oklahoma, l'avait rencontrée à une fête. Elle, un peu pompette, était venue s'asseoir sur ses genoux, l'avait embrassé avant de le houspiller pour ne lui avoir jamais demandé de sortir avec lui, au lycée. Apprendre qu'elle le désirait autant qu'il la désirait avait été un sacré choc.

Mais Cooper avait le même âge que lui, et tous deux étaient amis. Son cousin les avait couverts lorsque Cord sortait avec la fille de l'ennemi juré du patriarche. Coop l'avait aussi pris sous son aile, le soir où il avait rompu avec Jolie à cause de son père, Cyrus Barron lui ayant intimé l'ordre de quitter la seule fille qu'il ait jamais aimée. Lâchement, Cord avait obéi à son père, puis il n'avait pas dessoûlé pendant une semaine.

— Oh ! mec, et merde ! répondit son cousin à ce scoop.

Ce qui somme toute résumait assez bien la situation.

— Oui, comme tu dis…

Coop reprit sa discussion avec le chef de chantier, tandis que Cord alla examiner le derrick. Les ouvriers étaient massés tout autour par groupes, mains dans les poches, casque enfoncé sur la tête, leur combinaison de travail maculée de boue et de cambouis, en attendant les ordres. Juché sur la plate-forme du derrick, l'ouvrier chargé de manœuvrer le foret attendait lui aussi. Le reconnaissant, Cord lui fit signe.

— Salut, patron ! hurla le gars. Bon, alors, quand va-t-on se décider à repêcher cette maudite mèche, qu'on se remette au travail !

Le type n'avait pas tort. Parler ne résoudrait pas le problème. Cord fit face aux ouvriers en chômage technique.

— Billy a raison. La première chose à faire, c'est de récupérer ce foret.

Aussitôt, les hommes s'exécutèrent pour unir leurs efforts. Une odeur de diesel mêlée à celle de la boue de forage flottait dans l'air. Cord sourit. Il était dans son élément, ici. Ces gars-là étaient authentiques. Des types robustes, à qui le travail pourtant ingrat ne faisait pas peur. Après l'université, lui-même avait commencé simple manutentionnaire sur les sites de forage, apprenant le métier sur le tas, au plus bas de l'échelle. Si les choses avaient été différentes, il se serait bien vu travailler dans les champs de pétrole comme ces gars. Le train de vie des Barron ne lui aurait pas du tout manqué. Enfin, peut-être.

Il retourna à ces pensées qui l'obsédaient, depuis quelques semaines. Jolie. Plus jeune, il n'avait guère eu le choix. Soit rester avec elle et se battre pour exercer le métier qu'il voulait, soit lui dire adieu et voir sa carrière assurée, entre deux beuveries. Son père l'avait menacé de l'empêcher de travailler dans le pétrole, s'il lui désobéissait. Or, depuis leur enfance, les frères Barron le savaient, le patriarche ne proférait jamais de menaces à la légère. Aucune compagnie concurrente n'accepterait de l'embaucher, si son père s'y opposait. Bien sûr, avec le recul, les choses auraient pu être différentes, mais en ce temps-là, il était trop immature, trop gâté, pour s'opposer au vieux bonhomme.

Les hommes ayant repris le travail, Cord se dirigea vers l'abri de chantier, avant de stopper net quand un hurlement de terreur retentit. Il se retourna et, à cet instant, le temps s'arrêta, comme suspendu.

Une chaîne se détacha de la base de la colonne de forage juste au-dessus du puits, et l'une des extrémités alla heurter de plein fouet l'un des ouvriers qui, sous le coup, bascula de la plate-forme. Les autres réussirent à l'esquiver. Tout en haut, le tube de forage se mit à tourbillonner, Billy s'empressant d'escalader le derrick pour le fixer à la structure.

Cord observa le va-et-vient de la chaîne et du tube frôler dangereusement Cooper, coincé entre les deux. Alors sans réfléchir, comme dans un match de rugby, il plongea et plaqua son cousin qui atterrit brutalement dans la poussière. Cord cependant n'eut pas le temps de vérifier si Cooper s'était blessé dans la chute. Le tube complètement incontrôlable le fouetta dans le dos, le faisant tomber, quand la chaîne à son tour s'enroula autour de ses côtes. Un quart de seconde avant que sa tête heurte la tôle, juste avant de sombrer dans les ténèbres, une pensée traversa son esprit.

Je vais le sentir passer, à mon réveil.

A la perspective de sa deuxième garde de la semaine, Jolie Davis fixa avec lassitude le panneau d'affichage de l'unité de traumatologie de l'hôpital universitaire.

De retour à Oklahoma City, elle avait envisagé un moment de quitter les urgences, mais l'université lui avait fait miroiter un salaire mirobolant, avec en prime un petit bonus à l'embauche. Elle avait donc saisi l'opportunité, de manière à prouver à son père qu'elle était parfaitement capable de s'assumer. Et d'assumer CJ, bien sûr. Son cher père lui avait déjà offert une maison et embauché une nounou. Si elle n'était pas vigilante, il aurait vite fait de contrôler toute sa vie. Une manie, chez lui. Le bonhomme était une personnalité de type A, et elle était sa seule enfant, ce qui faisait de CJ son unique petit-fils. J. Rand Davis, légèrement surprotecteur ? Allons, autant qualifier le Grand Canyon de vulgaire fossé.

Le milieu de semaine aux urgences était plutôt calme. Mais on était dans l'Oklahoma. Une tempête, et ce serait la bousculade. A moins qu'un carambolage monstre se produise sur l'un des échangeurs, à la périphérie de la ville. Sans parler de la base de l'armée de l'air toute proche, ou de l'aéroport international Will Rogers. Un crash et… Non qu'elle souhaite une catastrophe. Mais dès qu'elle se retrouvait inactive, son esprit s'emballait.

Par exemple, chaque fois que les portes d'entrée coulissaient, elle pouvait apercevoir l'imposante tour des Barron fièrement dressée dans le ciel d'Oklahoma City. Le bureau de Cord se trouvait là. Non. Pas question de penser à lui. Cet épisode de sa vie était terminé. Elle se sentait mille fois mieux dans sa peau, sans lui.

A cette pensée pourtant, un étau se referma autour de son cœur, aussi serré qu'un corset de Scarlett O'Hara. Ce n'est que lorsque sa vision se troubla qu'elle se souvint de devoir respirer. Penser à Cord lui donnait toujours une sorte de vertige. Ses amis, tout le monde lui disait pourtant de vivre sa vie. Mais qu'y pouvait-elle, elle, si elle n'avait envie de vivre cette vie qu'avec lui ? Pour quantité de raisons. Et en dépit de tout. Les chances pour que cela se produise se chiffraient à moins de 0 %. La culpabilité aidant, le corset se resserra d'un cran autour de son buste. Jamais il ne lui pardonnerait.

Elle pencha la tête, la releva, pour se détendre un peu les cervicales. Et si elle nettoyait le tableau de service, pour s'occuper ? Pour la énième fois. Pivotant sur son siège, elle heurta un homme derrière elle. Le Dr Perry, tout sourire, chirurgien en chef du service traumatologie, d'astreinte lui aussi. Retenant un cri de surprise, elle soupira.

— Oh ! vous m'avez fait peur…

Tout en se frottant le genou, le Dr Perry gloussa.

— Ce n'était pas mon intention. Je vais à la cafétéria. Vous voulez que je vous ramène quelque chose ? Vous savez comment ça se passe, aux urgences. Mieux vaut manger tant que…

Le médecin inclina légèrement la tête, comme pour écouter quelque chose d'inaudible, pour elle.

Une sirène.

Enfin du mouvement, songea-t-elle, faisant de son mieux pour cacher son enthousiasme de pouvoir enfin se dégourdir les jambes.

Deux heures plus tard, la fièvre retomba. Un responsable du labo, coudes sur son bureau, la baratinait tandis qu'elle sirotait le café glacé qu'il venait de lui offrir pour tenter de la convaincre de sortir avec lui.

— Vous aimez les bébés ? demanda-t-elle avec son air le plus niais.

Elle savait comment tuer ce genre d'approche dans l'œuf.

— J'adore les regarder chahuter, au zoo…

Jolie leva les yeux au ciel.

— Je ne parle pas de bébés animaux.

— Ah bon ?

Ses yeux pétillèrent, même s'il fit en sorte de feindre l'incompréhension. A cet instant, la musique du générique de *Pirates des Caraïbes* retentit, et il sortit son téléphone de la poche de sa blouse, avant d'aller s'isoler dans un coin, clin d'œil en prime.

Jolie s'enfonça dans son siège en soupirant. A cette heure, ils avaient vu passer un suspect sauvagement mordu par un chien policier, une ado qui s'était foulé la cheville en faisant du sport et un type qui avait failli se sectionner le pouce avec sa tronçonneuse. Les flics l'avaient draguée, les parents de l'ado avaient fait un scandale quand on leur avait expliqué que leur fille serait interdite de sport durant plusieurs semaines, enfin la femme du type à la tronçonneuse avait traité Jolie d'abrutie. Ce avec quoi elle était somme toute assez d'accord.

Soudain, la radio devant elle grésilla. Surgi de nulle part, le Dr Perry bondit pour s'emparer du micro et mit en même temps le haut-parleur. Jolie attrapa son bloc et nota toutes les infos utiles transmises par les secours, à l'autre bout du fil.

Un accident sur un puits de pétrole. Trois patients. Le blessé le plus sérieux n'allait pas tarder à arriver par hélicoptère. Un autre avait fait une chute de 6 mètres. En une fraction de seconde, le service prit des airs de fourmilière. Des gens affluèrent de toutes parts pour l'accueil des blessés. De son côté, Jolie regarda l'horloge. Tout le monde le savait, dans ce genre d'accidents, chaque minute comptait.

Enfin elle entendit le bruit des pâles de l'hélicoptère. Elle retint alors son souffle, puis la radio de nouveau crépita et le pilote parla.

— Hélico 1 à base.

Elle toussota avant de prendre le micro.

— Ici la base. Allez-y, Hélico 1…

Jolie écrivit sur le tableau toutes les données transmises par l'infirmière de vol, tandis que l'appareil se posait.

— Roger, Hélico 1.

Un essaim de blouses blanches monta sur le toit pour accueillir l'hélicoptère, avant de redescendre pour certaines avec la première victime. Au passage du brancard, Jolie se leva pour regarder, reconnaissant aussitôt le blessé. Elle chancela, heurtant un des internes passant à proximité. Se confondant en excuses, elle se réfugia derrière son bureau, sous le choc.

Non, impossible. Ça ne pouvait pas être Cordell Barron, sur ce brancard. Oh Dieu ! non…

- 2 -

Derrière le comptoir, elle secoua la tête, abasourdie, en se répétant : « *Non, non, non et non* », comme une litanie. C'était tellement injuste. Les choses n'étaient pas censées se terminer ainsi.

La secouriste lui tendit le permis de conduire de Cord. Elle le prit, dans un état second.

— Il s'appelle Cordell Barron. Trente-trois ans. Peut-être de la famille Barron ?

Jolie acquiesça en silence. Oh oui ! Cord était bien un Barron. Les mains tremblantes, elle tapa l'information sur le clavier de son ordinateur.

Le brancard fut amené en salle d'intervention. Elle devait maintenant avertir les proches du blessé. C'était son travail. Cyrus Barron, son père. L'homme qui avait gâché sa vie. Mais comment ? Jamais elle ne parviendrait à lui parler.

Le bip des moniteurs fut couvert par une alarme stridente. Mon Dieu, il était en train de lâcher ! Jolie oublia tout le reste, et plus rien n'importa que de sauver la vie du seul homme qu'elle ait jamais aimé. Les réflexes acquis après cinq ans de pratique en traumatologie resurgirent. Elle passa le cahier d'enregistrement des entrées à une autre infirmière, enfila des gants en latex et rejoignit la mêlée.

Une demi-heure éprouvante plus tard, le Dr Perry et son équipe finirent par stabiliser Cord et le sortirent de la salle d'intervention. Jolie regarda les portes de l'ascenseur se refermer sur le brancard, puis elle rejoignit ceux qui avaient tout mis en œuvre pour le sauver. Chancelante, elle dut s'appuyer au mur pour ne pas tomber. La nuit n'était pas encore terminée. Cooper Tate était encore entre les mains du chirurgien orthopédiste pour des fractures sérieuses, mais sans danger pour sa vie. Il était entré en chirurgie peu après Cord.

On aurait dit qu'une tornade avait balayé le service de traumatologie. Jolie resta là un instant, immobile, alors qu'on s'affairait autour d'elle, à nettoyer et remettre la salle d'intervention en ordre, en vue de l'arrivée d'un prochain patient. Elle devait maintenant retourner au bureau des admissions, remplir la paperasse habituelle. Les vêtements de Cord, ses effets personnels, tout avait été glissé dans une poche plastique. Elle la prit sous le bras et rejoignit son comptoir.

Là, elle s'effondra sur son siège, avec le sentiment d'avoir couru un marathon, les bras et les jambes pesant une tonne, le cerveau à plat. Prise soudain de tremblements incoercibles, elle croisa les bras et s'efforça d'inspirer, puis d'expirer avec calme. Ce n'était pas le moment de craquer. En tant qu'infirmière responsable des admissions, elle avait quantité de choses à faire. Prévenir la famille. Impossible de passer à côté. Une mission dont elle se serait passée, mais qui lui revenait. Déjà qu'elle avait abandonné son poste tout à l'heure pour courir au chevet de Cord…

Le sac plastique avec les affaires de Cord à ses pieds, elle se pencha pour fouiller parmi les vêtements déchirés et tachés de sang. Enfin, elle trouva son portefeuille, l'ouvrit. Deux tickets de caisse. Des cartes de crédit. Aucun numéro de téléphone. Jolie glissa le portefeuille dans une enveloppe. Elle refoula son émotion en revoyant sur la photo de son permis de conduire ses pommettes saillantes, sa mâchoire volontaire, ses yeux brun-or. Elle n'effleura pas le visage sur le cliché. Enfin, juste une fois, ou deux.

Une sonnerie retentit. Surprise, Jolie mit le permis de conduire dans l'enveloppe et attrapa son téléphone. Mais la sonnerie ne provenait pas du sien. Puis elle réalisa que les notes de musique country lui parvenaient, étouffées… Le sac plastique. Elle trouva le téléphone de Cord dans la poche arrière de son jean. Sur l'écran s'afficha le nom du correspondant. « Cash ».

Tout en sachant qu'elle devrait répondre, elle attendit que la boîte vocale prenne le relais. Cash ne la portait pas dans son cœur. En réalité, aucun des frères de Cord ne la portait dans son cœur. Enfin, excepté Chance qui, s'il ne l'aimait pas particulièrement, ne la détestait pas non plus, contrairement au reste de la famille. Chance et Cooper. Ils avaient bien été les seuls à ne pas manifester d'hostilité à son égard quand elle sortait avec Cord.

Le téléphone de Cord était protégé par un mot de passe. Elle réfléchit un moment, essaya sa date de naissance. Rien. Puis machinalement, elle tapa la sienne. Il avait l'habitude de l'utiliser autrefois, à l'université. Lorsque le mot de passe fut accepté, elle faillit, de surprise, laisser tomber l'appareil. Elle déroula alors la liste de ses contacts, encore et encore. Elle devait se décider, passer au moins un appel. Le numéro de Chance se trouvait en tête de liste. Elle le composa, avant de se souvenir que Chance était en pleine lune de miel, aussi raccrocha-t-elle.

Elle se remémora les nuages de poussière soulevés par le bétail, quelques semaines plus tôt, aux abords de la ville, juste après son retour. Cyrus Barron continuait manifestement à s'évertuer à gâcher la vie de ses fils. De Chance, cette fois. La femme dont il était tombé amoureux avait conduit son troupeau au marché aux bestiaux à travers champs, comme les cow-boys autrefois. Son objectif, utiliser l'argent de la vente de ses bêtes pour racheter l'hypothèque posée par Cyrus sur le ranch de son père, récemment décédé. Jolie savait comment M. Barron pouvait réagir lorsqu'un de ses fils s'avisait de prendre des initiatives. Le vieux grigou détestait ça. Or, Chance avait fait pis en s'opposant aux volontés du patriarche, en se rangeant du côté de la femme que Cyrus considérait comme son ennemie. Jolie connaissait toute l'histoire. Son père en personne avait décidé d'acheter ses vaches à Cassidy Morgan. Oui, son cher père adorait mettre des bâtons dans les roues de la famille Barron.

Tout en se mordillant la lèvre, elle continua de consulter le répertoire téléphonique de Cord. Chance et lui étaient proches, et Cooper le troisième mousquetaire du trio. Une fois prévenu, Chance sauterait dans le premier avion, lune de miel ou pas. Sa décision étant prise, elle appela du téléphone de Cord.

Après six sonneries, elle pensait basculer sur la messagerie quand Chance décrocha enfin.

— J'espère que c'est important, marmonna-t-il à l'autre bout du fil.

Elle prit sa voix la plus professionnelle.

— Ici le service traumatologie de l'hôpital universitaire, dit-elle. M. Chance Barron ?

— Euh, oui… Mais… Que se passe-t-il ?

— J'ai le regret de vous informer, monsieur, que votre frère Cord a été grièvement blessé. Un accident sur un puits de pétrole.

— Comment… Grièvement ?

— Il…

Sa voix se brisa, et elle dut s'y reprendre à deux fois.

— Il est au bloc, Chan… M. Barron.

Pour un peu, elle l'appelait par son prénom. Elle lui fournit ensuite toutes les informations dont elle disposait, puis Chance lui dit au revoir et raccrocha. Aussitôt après, elle fut prise par de nouveaux tremblements. Et si Cord ne survivait pas ?

L'infirmière devant prendre son service à 23 heures arriva enfin. Jolie était épuisée, sur le plan physique comme émotionnel, et elle termina sa garde en mode pilote automatique. Une fois dehors, dans l'air moite, elle prit la direction du parking du personnel. Elle allait rentrer, prendre un bon bain et oublier tout ça. Sauf que… Impossible.

Cord Barron avait failli mourir, aujourd'hui. A cette idée, elle eut une crampe à l'estomac si violente qu'elle se plia en deux en gémissant. Comme elle aimerait le détester. Ce n'était pas faute d'avoir essayé. Jour après jour, depuis qu'il l'avait quittée, sans un mot. Pas un au revoir. Pas une explication. Rien. Jusqu'à cette fois où elle était tombée sur lui, au bar, chez Hannigan. Elle avait reconnu cette lueur de désir dans ses yeux, remarqué ce renflement sous son jean, en dessous de la ceinture. Et à ce moment-là, elle avait pris une décision. Elle le ferait souffrir, autant qu'il l'avait fait souffrir.

Oh oui ! Cette nuit-là, elle lui avait donné une sacrée leçon, passant la nuit avec lui, avant de s'éclipser en catimini de cette suite, à l'aube. Problème : de cette soirée, elle avait gardé un souvenir. Chaque fois qu'elle regardait son fils — son sourire, ses yeux —, elle avait l'impression de voir Cord.

Elle se massa doucement les tempes, s'efforçant de faire passer la nausée. Elle n'alla pas jusqu'au parking, fit demi-tour avant pour retourner à l'hôpital. Là, elle se dirigea vers l'ascenseur, tout en se maudissant pour sa faiblesse, se répétant à chaque pas : « C'est une mauvaise idée, une très mauvaise idée. »

Cord était sorti du bloc, mais elle devait vérifier par elle-même. S'assurer que ses blessures ne menaçaient pas sa vie, comme on l'avait redouté lors de son arrêt cardiaque, à son arrivée aux urgences.

Poussant les portes de l'unité de soins intensifs, elle se passa, par habitude, les mains sous le distributeur automatique de gel désinfectant à l'entrée. Aux bruits de soufflerie des appareils d'assistance respiratoire faisaient écho les bips électroniques des moniteurs cardiaques. Une lumière vive jetait un éclat blafard dans la salle. Ici s'affrontaient la vie et la mort, avec le personnel médical en première ligne.

Elle consulta le tableau, à la recherche du numéro de box de Cord. Déterminée à ne passer que la tête pour voir comment il allait avant de repartir aussitôt, elle écarta doucement le rideau. Il avait les traits tirés, était livide, relié à une forêt de câbles et de tubes. Elle regarda le moniteur, vérifia son rythme cardiaque, sa pression sanguine... Lorsque quelqu'un lui effleura l'épaule, elle sursauta. L'infirmière de garde lui sourit.

— Que viens-tu faire ici, Jolie ? Tu le connais ? Personnellement, je veux dire ?

— Oh ! euh... Il est... hmm...

Oui, qui était-il au juste ? Un ami ? Un amant ? Un ex ? Plus que ça ?

— En fait, expliqua-t-elle, j'étais là quand ils l'ont amené. Je voulais juste voir comment il allait, avant de rentrer.

L'infirmière la dévisagea un moment, puis son expression s'adoucit.

— Bien sûr, je comprends. Prends ton temps.

Lorsque sa collègue s'éloigna pour entrer dans le box voisin, Jolie se connecta à l'ordinateur pour examiner le dossier médical de Cord. Son état était sérieux, mais il semblait avoir échappé au pire.

Elle devrait rentrer. Mais l'idée de retrouver sa maison vide ne la tentait pas le moins du monde. CJ couchait chez son grand-père, et Mme Corcoran, la nourrice, était partie voir sa sœur. Sans réfléchir, elle avança un fauteuil près du lit et s'y assit. Une telle opportunité ne se présenterait plus jamais. La chance d'observer Cord, de faire comme si tout était différent, entre eux. Elle referma sa main autour de la sienne et retint son souffle en le fixant intensément.

Des cheveux d'un noir intense retombaient sur le bandage, autour de sa tête. Toujours aussi longs et rebelles, mais il avait été rasé sur une tempe, pour les points de suture destinés à refermer sa blessure. D'autres bandages entouraient son ventre, et un appareil de drainage aspirait régulièrement le sang d'une plaie. Il avait les yeux fermés, mais elle connaissait par cœur leur couleur. Miel brun. Son visage était comme taillé à la serpe, une barbe naissante ombrait ses joues, son menton. Une barbe rêche pour l'instant, mais qui serait douce au matin. Elle serra les poings pour s'empêcher de le caresser.

En voyant le torse de Cord — du moins ce qui en était visible — comme ses épaules, on comprenait tout de suite qu'on avait affaire à un homme de terrain. Il avait toujours été musclé. Au lycée, il faisait du sport et, l'été, il travaillait au ranch Crown B. A l'université, il n'avait pas hésité à se faire embaucher dans les champs de pétrole, voulant à tout prix apprendre son métier sur le tas pour compléter ses études théoriques.

Elle ne put réprimer un bâillement. L'horloge du service marquait 2 heures du matin. Elle retirait sa main quand Cord referma ses doigts autour des siens. Puis il battit des paupières. Aussitôt, elle sentit son cœur s'emballer, avant de se faire la leçon. Inutile d'interpréter à la hâte sa réaction. Il s'agissait probablement d'un simple réflexe. Signe de l'amélioration de son état de santé. Mais rien de plus. Il ne savait même pas qu'elle était là.

— Ne pars pas, gémit-il, la voix pâteuse.

Elle tressaillit et se sentit submergée par un raz-de-marée de sentiments. Impossible à nier. A cet instant, il serra un peu plus sa main dans la sienne, puis sa respiration s'accéléra, déclenchant une alarme sur le moniteur.

— Je t'en prie…

— Entendu, chuchota-t-elle, au bord des larmes.

Sa voix sembla l'apaiser, car son rythme cardiaque retourna à la normale. Puis il esquissa un sourire. L'ombre d'un sourire, très loin de celui, espiègle, dont elle raffolait autrefois.

— Super…

Et, de nouveau, il sombra dans les ténèbres.

Un agréable parfum de mimosa emplit Cord d'un sentiment de bien-être. Jolie. Jolie sentait toujours le mimosa. Il entrouvrit un œil, en tentant d'ignorer les bruits agaçants de sa chambre d'hôpital, ainsi que cette douleur à la tête, au niveau des côtes, partout. De nouveau, il inspira, mais les effluves de mimosa disparurent sous les odeurs nauséabondes d'antiseptiques et d'alcool, de sang et de mort. Les murs étaient peints du gris réglementaire, et dans cet environnement, Jolie était comme un rayon de soleil. Mais… Jolie ? Ici ? Oh ! Non, il était trop las pour tenter de comprendre le comment du pourquoi de sa présence à son chevet.

Penchée vers lui, tête sur le lit, Jolie lui tenait la main. Elle respirait paisiblement dans son sommeil. Ainsi, il n'avait pas rêvé. Elle était bien ici, avec lui. Ses doigts liés aux siens. Il pensa un moment caresser ses cheveux, tout en sachant que le moindre mouvement réveillerait la douleur. Et, surtout, ferait peur à Jolie qui alors le lâcherait. Il resta donc immobile, appréciant ce moment avec elle. Il la voulait tellement ici, avec lui. Et elle était là. Dormant dans une position impossible qui lui vaudrait sans doute une séance chez un ostéopathe, à tenir sa main en laissant échapper ces petits soupirs dont il rêvait encore aujourd'hui.

Cinq ans plus tôt, lors de leur petite réunion, aussi brève que désastreuse, tous deux alors ayant beaucoup trop bu, il lui avait fait l'amour, puis elle s'était endormie dans ses bras. Le souvenir de ces sensations était toujours aussi intense. Un peu comme chez un drogué échouant à se désintoxiquer. Il l'admettait volontiers — en tout cas à lui-même : il était amoureux d'elle depuis le lycée. Non que cela lui ait réussi, pas plus qu'à elle d'ailleurs. Jolie était une Davis, son père l'ennemi juré du sien. Et Cyrus Barron s'était toujours appliqué à imposer sa loi. Il détestait le patriarche.

Au même instant, il perçut un brouhaha. Tiens, quand on parlait du loup…

Il s'empressa de refermer les yeux. Si son père le croyait inconscient, peut-être partirait-il.

— Mais que fiche-t-elle donc ici ? s'exclama Cyrus Barron en pénétrant dans le box. Il se serait jeté sur Jolie, si Cash ne l'en avait empêché.

Jolie se réveilla en sursaut, le cœur à cent à l'heure. Regardant autour d'elle, elle tenta de reprendre ses esprits. Oui, elle se rappelait. Elle s'était endormie au chevet de Cord.

L'infirmière de service entra dans le box, derrière M. Barron et Cash.

— Parlez moins fort, monsieur, ou je vais devoir vous prier de sortir.

Cyrus, rouge comme une tomate, hors de lui, ouvrit la bouche pour répliquer par des paroles qui forcément seraient blessantes, quand Cash le devança.

— Arrête, papa. Cord est encore inconscient. Evitons de le déranger.

Baissant la voix, Cyrus distribua ses ordres.

— Faites-la sortir d'ici. Cette femme ne doit pas approcher de mon fils. Et encore moins dormir à moitié affalée sur son lit.

Jolie sentit la colère monter en elle, mais l'infirmière de garde répondit avant elle.

— Miss Davis fait son travail, M. Barron. Prenez-vous en à elle ou à tout autre membre de mon équipe et je vous fais jeter dehors…

Puis, poings sur les hanches, elle conclut.

— Je me fiche de qui vous êtes. Ce service est le mien, et soit vous vous pliez à mes règles, soit vous disparaissez.

Jolie réprima un sourire. Jamais personne n'avait parlé ainsi à Cyrus Barron. Il en resta d'ailleurs bouche bée un moment.

— Comment vous appelez-vous ? demanda-t-il, la stupéfaction passée.

— Meg Dabney, infirmière chef, responsable du service de jour, répondit-elle puis, tournant le dos à Cyrus, elle s'adressa à Jolie : Vous avez le dernier point sur les fonctions vitales du patient, Jolie ?

Jolie ne se fit pas prier. Elle se leva et pianota sur le clavier de l'ordinateur, tout en tournant sa main dans celle de Cord pour avoir l'air de prendre son pouls. Elle se lança ensuite dans la lecture de données que la vieille femme entreprit de reporter sur sa tablette, quand soudain l'index de Cord lui chatouilla la paume. Elle le regarda, notant à ce moment un frémissement ses paupières. Le tricheur ! Il était conscient et se réjouissait du spectacle. Le soulagement en elle le disputa à l'irritation. Cela lui ressemblait bien.

Retirant sa main de la sienne, elle s'éloigna du lit et, tête basse pour ne pas avoir à croiser le regard de Cyrus, elle se faufila derrière Meg. Juste devant Cash qui la salua d'un signe de tête, un sourire plein de sympathie aux lèvres. Ce qui ne manqua pas de la surprendre. Cash la détestait, non ?

D'autres membres de la famille entrèrent dans le box. Chance et une femme qu'elle reconnut pour l'avoir vue en photo dans les pages people d'un magazine comme sa toute nouvelle épouse, Cassidy. Chase, le M. Vegas de la fratrie, irrésistible bien sûr, et enfin Clay, accouru sans doute directement de Washington. Pour affoler la libido de ces dames, rien de tel que les cinq frères Barron réunis dans une même pièce, constata-t-elle en surprenant les regards envieux d'autres infirmières, dans le couloir.

Elle tenta une sortie discrète, mais ne fut pas assez rapide, Chance la rattrapant trois secondes plus tard.

— Jolie ?

Glissant les mains dans les poches de sa blouse, elle regretta un instant de ne pas avoir trouvé le temps de se brosser les dents. Tête toujours baissée, elle le regarda du coin de l'œil.

— Salut Chance. Euh… Félicitations, pour ton mariage. Hmm, tu as fait vite…

— Merci et oh ! l'avantage de disposer d'une flotte de jets privés toujours prêts à décoller ! Et toi, ça va ?

A cette question, elle le regarda.

— Pourquoi ça n'irait pas ?

Lorsque Chance la dévisagea avec attention, elle releva le menton et prit son expression la plus neutre.

— Comment va-t-il, Jolie ? Je veux dire, vraiment ?

En cet instant, elle eut la conviction que c'était une tout autre question qu'il avait en tête, mais Chance était connu pour être l'un des meilleurs avocats de sa génération. Elle haussa négligemment les épaules.

— Bien mieux qu'à son arrivée…

Chance fronça les sourcils, et Jolie se hâta d'expliquer.

— Il a failli mourir, Chance, chuchota-t-elle, tressaillant à cette idée. Il a fait un arrêt cardiaque, aux urgences, la nuit dernière, mais il est fort. Et entêté.

Et bien trop conscient de sa présence à côté de lui, ce matin.

— Les médecins s'inquiètent essentiellement d'une lésion au foie et d'une blessure à la colonne vertébrale.

— Et le traumatisme crânien ? demanda Chance.

Un éclat de rire lui échappa.

— Avec une tête dure comme la sienne ?

Elle soupira.

— Il s'en remettra, dit-elle. Et quand ses cheveux auront repoussé, on ne verra même pas la cicatrice.

Déconcertée par le regard de Chance qui la fixait, elle se détourna.

— Il faut que j'y aille.

Il l'attrapa par l'épaule, la retenant dans son élan.

— Merci, Jolie. Merci d'avoir été là pour lui. De ne pas l'avoir laissé seul. Et pour m'avoir appelé, aussi.

Elle lui fit face. Moins séducteur que Chase, Chance n'avait pas été en reste, côté conquêtes féminines et vie dissolue. En revanche, il avait toujours été présent pour ses frères. Les fils Barron étaient d'une loyauté absolue, les uns envers les autres. Elle regarda la jeune femme blonde, à l'entrée du box, en train de les observer. Cassidy Morgan avait une influence bénéfique sur Chance Barron. Elle l'avait changé, en bien.

Jolie tenta d'apercevoir Cord à l'intérieur du box, où il feignait encore l'inconscience. Lui en revanche semblait toujours égal à lui-même.

- 3 -

Jolie passa discrètement devant l'unité de soins intensifs. Même après une semaine et à 5 heures du matin, au moins un membre de la famille Barron était présent. Quant à elle, en principe, elle n'aurait pas dû être là. Elle n'avait pas le droit de se faufiler dans son box pour examiner sa feuille de soins ou tout simplement le regarder, le cœur submergé par tant d'émotions que parfois elle en avait le souffle coupé.

Cordell Barron, l'homme qu'elle aimait détester. Et détestait aimer. Mais pour l'aimer, oh oui ! elle l'aimait. Elle se souvenait avec précision de la première fois où elle l'avait vu. Comme si c'était hier. Le jour de la rentrée, au lycée. En haut des marches, elle avait aperçu ces garçons dont parlaient toutes les filles. Les frères Barron. Cord. Chance. Et leurs cousins, Cooper et Boone Tate.

Comme clouée sur place, elle n'avait pu détacher les yeux de Cord qui, lui-même, avait à cet instant croisé son regard pour ne plus le quitter. Un sourire exaspérant était apparu sur ses lèvres, un large sourire avec fossettes en prime. Le coup de foudre. Et puis, Boone avait dit quelque chose, et l'expression de Cord s'était figée, tous s'étaient éloignés la seconde d'après. Ne serait-ce que ce jour-là, elle aurait dû comprendre. Cet homme se détournerait d'elle d'autres fois encore.

Elle écarta le rideau du box, et son cœur se serra quand elle le vit, comme la toute première fois. Les larmes — tant de larmes refoulées — la brûlèrent comme de l'acide, sa gorge s'enflamma. Elle brûlait d'écarter cette mèche sur son front, de passer la main dans ses cheveux épais. Mais pourquoi venait-elle ici tous les matins ? C'était une véritable torture. Rien n'avait changé. Son père la détestait toujours autant, et c'était lui encore qui tirait les ficelles. Et puis, il ne s'agissait pas que d'elle aujourd'hui. Elle devait penser à CJ.

— Tu comptes rester là longtemps ou tu vas te décider à entrer pour me dire bonjour ?

La voix rauque de Cord la fit tressaillir.

— J'avais peur de te réveiller.

— Viens ici.

— Non. Je veux dire… Je dois y aller. Mon service va commencer.

— Jolie. Je t'en prie.

Comment devait-elle s'y prendre pour résister à cette prière, à cette lueur dans ses yeux couleur miel ? Traînant les pieds, elle entra et s'arrêta au bord du lit. Il promena son regard sur elle, un regard brûlant, empli de désir, et oui… Plein de cette douleur qu'elle s'attendait à y voir. Une vieille douleur mêlée de rancœur. Bien, parfait. Ils étaient à égalité.

— Merci.

Elle cilla, un peu déstabilisée. Ce n'était pas tout à fait le genre de mot qu'elle pensait entendre de sa bouche.

— P… pour quoi ?

— Pour avoir été présente aux urgences. Pour avoir appelé Chance. Pour être restée à mon chevet.

— Tu t'en souviens ?

— Oui. Désolé pour l'attitude de mon père.

Il sourit, espiègle, avant de tendre la main, celle libre de perfusions et de tubes.

— Approche, Jolie.

Comme dotée d'une volonté propre, sa main s'éleva pour rejoindre la sienne. Elle dut serrer le poing pour la garder dans sa poche.

— Je ne peux pas, Cord. Tu le sais. Je dois y aller.

Elle lui tourna alors le dos, avant de s'immobiliser en entendant sa voix, touchée par son écho plaintif.

— Jolie ?

Elle entendit le désarroi dans son soupir, cette vulnérabilité. Tournant la tête, elle le regarda, tout en ordonnant à ses pieds de ne pas bouger. Tout en elle voulait courir vers lui, l'entourer de ses bras. Sa souffrance, tant physique qu'émotionnelle, faillit avoir raison d'elle.

— Je… Je ne peux pas, Cord. Nous ne pouvons pas…

Elle s'enfuit, essuyant rageusement ses larmes, avant de pousser la porte du service pour atterrir contre un torse de géant. Des bras puissants l'agrippèrent, l'empêchant de tomber.

— Jolie ? ça va ?

Chance. Comme si elle avait besoin de ça.

Le timbre de sa voix changea.

— Jolie ? Qu'y a-t-il, c'est Cord ? Comment va-t-il ? il s'est passé quelque chose ?

Oh oui ! il s'était passé quelque chose ! Plusieurs choses, en fait. Elle était tombée amoureuse de l'homme qu'il ne fallait pas, l'avait séduit pour se venger de lui et, pour finir, elle lui avait caché un énorme secret. Le genre de secret qui ferait qu'il la détesterait. Elle inspira profondément pour tenter de se ressaisir, ravala ses larmes.

— Il est réveillé, Chance. Tu peux aller lui parler. Je dois y aller. Je prends mon service dans quelques minutes.

Elle voulut se libérer, mais il refusa de la lâcher.

— Il t'aime encore, Jolie.

Son cœur se déchira un peu plus.

— Non, ce n'est pas vrai. S'il m'aimait, il ne m'aurait jamais brisé le cœur en rompant avec moi.

Elle s'arracha des bras de Chance et s'éloigna, la tête haute, n'aspirant qu'à une chose, se rouler en boule pour tenter de soulager cette douleur fulgurante en elle.

Jolie ne revint pas. Cord en fut extrêmement déçu. Le ferait-elle marcher, une fois de plus ? Un sentiment de colère le submergea, telle une déferlante, le noyant sous un tel flot d'amertume qu'il en eut le souffle coupé. Une semaine succéda à la première, puis vint la troisième, sans aucun signe d'elle. Bien. Quel idiot il avait été de penser que, peut-être, ils pourraient avoir une nouvelle chance. Qu'elle était venue à son chevet parce qu'elle tenait à lui.

Il se tourna dans son lit, impatient de voir le médecin. Après un mois à l'hôpital, il était possible qu'il puisse sortir aujourd'hui. Il n'attendait que ça. Partir le plus loin possible de tout ce qui lui rappelait Jolie. Elle se trouvait quelques étages au-dessous, au service de traumatologie. Il l'avait entrevue, une fois, alors qu'un kiné le poussait sur son fauteuil roulant, en passant devant la cafétéria. Elle l'avait regardé assis là-dedans, livide, avant de détourner les yeux et de s'enfuir.

Oui. Il connaissait ce sentiment. Il détestait ce maudit fauteuil. Détestait ces sensations, ses jambes qui tardaient à reprendre leur fonction, sa tête qui lui faisait un mal de chien à la lumière. Il voulait rentrer chez lui. Ne plus voir ces regards plein de pitié.

Chance et Cassie arrivèrent, suivis de près par le médecin et sa cour d'internes. Le toubib entreprit de le déshabiller pour l'ausculter. Il était presque nu, quand sa belle-sœur, pudique, s'excusa, proposant de ramener du café.

Il se soumit à l'examen, écouta commentaires et conseils. Le médecin gribouilla avec son stylet deux ou trois choses sur sa tablette, avant de se renfrogner. Cord retint son souffle. Allait-on le garder ici plus longtemps ?

— Meg vous fournira tous les documents nécessaires pour la suite, M. Barron…

Le toubib se tourna ensuite vers Chance.

— Vous vous êtes occupé de lui trouver une infirmière à domicile ?

— Minute, intervint Cord. Est-ce que ça veut dire que je peux sortir d'ici ?

— En effet, M. Barron.

— Dans ce cas, dit-il à Chance, j'espère que tu m'as apporté un pantalon !

Il ne fallut pas moins de trois heures pour qu'il quitte l'hôpital. Trois longues heures pour régler la paperasse, mais Cord enfin était libre. Ou presque. Encore vissé sur ce satané fauteuil roulant. Mais au moins à la place de cette blouse impudique portait-il de vrais vêtements — jean, bottes et un T-shirt, un peu trop grand pour lui. Il avait perdu du poids et de la masse musculaire lors de son séjour à l'hôpital, et ce malgré les hamburgers, les frites et les pizzas apportés en secret par ses frères. En dépit aussi des séances de musculation avec le kiné. Mais il pouvait rentrer chez lui. Loin de cet hôpital, où il attendait chaque jour de pouvoir apercevoir Jolie. Où il n'en finissait pas d'espérer sa visite, comme un homme peut espérer un point d'eau en plein désert. Voilà ce qu'il ressentait. Il était comme déshydraté. Assoiffé d'elle, il avait besoin de s'immerger en elle, au risque de se noyer.

Chance insista pour pousser le fauteuil roulant, Cassie de son côté transportant le matériel médical, les traitements et tout un tas de choses accumulées là-bas. Ils prirent l'ascenseur, descendirent jusqu'au rez-de-chaussée en silence. Cassie resta auprès de lui pendant que Chance allait chercher le pick-up. Une fois ceinturé sur le siège passager, ils se mirent enfin en route.

Son frère alors toussota.

— Je pensais te ramener au ranch.

Cord mourait d'envie de retrouver son appartement et de s'y terrer, loin du regard du monde, mais Chance avait raison. Ils avaient du personnel, au Crown B. Miss Beth et Big John en particulier, les gardiens, qui les avaient quasiment élevés, ses frères et lui. Et on lui avait également trouvé une infirmière à domicile. Cord enrageait d'être diminué.

Mais au ranch, il serait tranquille. Le patriarche, quand il était en ville, occupait un appartement de la tour Barron. Ses frères avaient leur domicile. Seuls le couple de gardiens et Kaden Waite, le responsable du ranch, seraient présents.

— Oui, très bien, comme tu veux, répondit-il, résigné. Je suis affamé. Il me faut un steak d'urgence, avant de rentrer.

— Au Cattlemen ?

Quand il acquiesça d'un signe de tête, Chance changea de voie pour s'engager sur la bretelle de gauche et prendre la direction du marché au bétail et de sa fameuse enseigne, spécialisée dans les grillades de bœuf.

Son frère trouva une place derrière le grill et, après une série de manipulations hautement frustrantes, Cord se retrouva dans son fauteuil roulant. Cassie insista pour que Chance le pousse, ce à quoi Cord s'opposa.

— Je peux me débrouiller. Je ne suis pas totalement invalide.

— Bien sûr que non, s'empressa de le calmer Cassie. Mais pour une fois que tu as la chance d'avoir Chance pour larbin…

Cord rechigna, mais la manière dont Cassie présenta la chose atténua sa rage d'être aussi dépendant. Plus pour très longtemps, certes. Il espérait pouvoir laisser tomber ce maudit fauteuil très prochainement.

Arrivant après le rush de midi, ils trouvèrent tout de suite une table. Cord et Chance commandèrent un faux-filet, Cassie opta pour une entrecôte, et le silence se fit quand ils se mirent à dévorer, comme trois affamés.

Le repas terminé, Cassie manœuvra le fauteuil roulant de Cord entre les tables, Chance prenant les devants pour leur tenir la porte. L'entrée du restaurant consistait en une double cloison de verre, de superbes cornes de bœuf en guise de poignées. Ils venaient juste de franchir la première quand la deuxième fut poussée par une jeune femme en blouse blanche tenant la main d'un petit garçon.

Jolie.

Cord la vit écarquiller les yeux, son regard exécutant plusieurs allers-retours fébriles, voire paniqués, entre lui et l'enfant à côté d'elle. Personne n'esquissa le moindre geste, puis, après une éternité, Cassie donna un coup de coude à Chance en chuchotant.

— J'ignorais que Cord avait été marié.

La remarque de Cassie arracha les autres à leur stupéfaction. Cord et son frère la regardèrent, avant de répondre :

— Il ne l'a jamais été, dit Chance.

— Je ne l'ai jamais été, renchérit Cord.

— Pourquoi cette réflexion, Cass ? demanda Chance.

Le gamin tira sur la main de Jolie.

— Aïe ! maman, doucement ! Tu me serres trop la main…

Cord regarda Jolie, puis le petit garçon. Maman ? Elle avait un fils ? Il sentit son cœur se contracter douloureusement. Jolie avait rencontré quelqu'un d'autre et l'avait épousé. Avait mis au monde son enfant. Il serra et desserra les poings en s'efforçant de dissimuler sa nervosité. L'ego en lambeaux, à se retrouver ainsi coincé dans ce maudit fauteuil.

— Eh bien, si ce petit garçon n'est pas un Barron, je suis sourde et aveugle, finit par répondre Cassie.

De livide, Jolie devint blême. Son regard se porta sur l'enfant à côté d'elle, avant de croiser celui de Cord. Il la vit déglutir de façon convulsive, la culpabilité comme marquée au fer rouge sur son front. Cord, lui, mit de longues secondes à assimiler les paroles de Cassie.

— Jolie ? dit-il enfin, la bouche sèche.

— Cord…

Elle cilla et serra un peu plus fort la main du petit garçon.

Derrière eux, les gens commençaient à s'agglutiner pour sortir. Cord fit alors avancer le fauteuil roulant pour dégager le passage, et Jolie fut contrainte de reculer sur le trottoir. Chance et Cassie sortirent juste après lui.

Le gamin le dévisagea avec curiosité, les yeux ronds. Cord déglutit.

— Qu'est-ce que ça signifie, Jolie ?

— Qui tu es ? demanda alors l'enfant, sourcils froncés.

Reculant un peu, de façon à pouvoir regarder à la fois Jolie et le petit garçon, Cord répondit :

— Mon nom est Cord Barron. Et toi, qui es-tu ?

— Je m'appelle CJ. Tu connais ma maman ?

— A vrai dire, je le croyais, répondit Cord, la voix glaciale.

Cassie avait raison. Tout chez cet enfant rappelait les Barron. Son regard déterminé et fier, son expression. Face à CJ, il avait l'impression de voir une photo de lui-même enfant.

— Cord, je… Je vais t'expliquer.

Jolie parut terrifiée quand il roula dans son fauteuil jusqu'à elle, avant d'être retenu dans son élan par la main de son frère sur son épaule.

— Du calme, Cord. laisse-moi m'occuper de ça.

Chance venait de recourir à sa voix des prétoires. Au lieu de repousser sa main, Cord se força à inspirer, expirer. Ce qui ne fut d'aucune utilité pour apaiser sa colère, ici, sur ce trottoir. Se pouvait-il que CJ soit son fils ? Il n'y connaissait rien en matière d'enfants, ne savait pas plus leur donner d'âge, mais quoi qu'il en soit, ce garçon devait avoir quatre, cinq ans maximum. Il retint son souffle une bonne minute. Le jour de la Saint-Patrick. Cinq ans plus tôt. Ce fut comme s'il se vidait de son sang, puis il s'écria :

— Pourquoi ne m'as-tu rien dit ?

Elle recula de plusieurs pas, entraînant le petit garçon avec elle, mais, au même instant, CJ arracha sa main à la sienne et fonça sur Cord. Il martela de ses petits poings les cuisses de Cord, ce dernier actionnant aussitôt les freins du fauteuil pour ne pas risquer de rouler sur l'enfant.

— Tu fais peur à ma maman !

Cord attrapa le gamin sous les bras et le souleva, ignorant la douleur au niveau de ses côtes, pour l'asseoir sur ses genoux, lui bloquant en même temps les jambes pour l'empêcher de lui donner des coups de pied. Ah oui ! CJ était un Barron pur et dur. En tout cas, pwas le moindre doute là-dessus.

— Cord, je t'en prie…

Il regarda Jolie, mains tendues pour reprendre son fils, l'implorant du regard. L'enfant gigotant pour lui échapper, Cord le maintint sur ses genoux.

— Est-ce mon fils ? demanda-t-il, lui-même étonné de son calme, car à l'intérieur, c'était comme un volcan crachant sa colère.

CJ cessa de se tortiller, comme s'il pressentait l'imminence de quelque chose d'important. Il regarda tour à tour sa mère, puis Cord.

— Je…

Jolie détourna les yeux.

— Cord… Tu ne peux pas comprendre…

— Non. Je suppose que non. Tu ne m'en as pas donné l'opportunité. Mais cela ne répond pas à ma question. Est-ce mon enfant, Jolie ?

Fou de rage, il n'en laissa pourtant rien paraître, avec le petit garçon sur ses genoux. Sans cesser de fixer Jolie droit dans les yeux, sans ciller, en dépit des larmes qu'il trouva la force de ravaler. Comment avait-elle pu lui faire ça ? Le détestait-elle donc à ce point ? Quand il l'avait surprise, aux soins intensifs, en train de pleurer à son chevet, il avait espéré une deuxième chance. Mais à l'évidence, elle avait fait table rase du passé et tourné la page. Réalisant ce qu'elle avait fait — de façon délibérée —, il sentit son cœur se changer en glace. S'il prononçait un seul mot, il craignait de se briser, comme son cœur était en train de le faire. Mais il devait savoir.

— Avais-tu l'intention de me le dire un jour ?

Jolie rougit et releva le menton, l'air résolu, la colère dans ses yeux brillant telle deux émeraudes.

— Non, Cord. Absolument pas.

- 4 -

— Et maintenant, lâche mon fils, Cord…

Jolie avança pour prendre le petit garçon, mais ce dernier la repoussa et fit face à Cord, avant de prendre son visage dans ses mains.

— Tu as un petit garçon ?

Cord dévisagea l'enfant, notant les ressemblances.

— Oui, c'est bien possible.

— Oh !

Une ombre passa sur le visage de CJ. L'enfant se tortilla un peu, comme pour se dégager.

Cord glissa son doigt sous son petit menton pour l'obliger à le regarder. Il devait savoir. Y avait-il un autre homme dans la vie de Jolie ?

— Dis-moi, tu as un papa ?

— Non.

L'enfant haussa les épaules et jeta à sa mère un regard contrit tout en chuchotant.

— J'aimerais bien en avoir un…

A ces mots, Cord sentit son cœur se serrer. Lui aussi, au même âge, avait rêvé d'un père aimant, présent, mais son père était toujours occupé. Ailleurs et indifférent. Il chassa ce souvenir, soulagé d'une certaine façon. Il ne semblait pas y avoir de figure paternelle dans la vie du petit garçon.

— C'est important, un papa, dit-il à CJ, avec un sourire hésitant.

— Cord…

De nouveau, la voix de Chance s'interposa, celle de l'avocat plus que du frère.

— Nous devrions prendre le temps de discuter de tout ça calmement.

— A ton bureau, peut-être ?

— Ou à la maison, suggéra Chance, diplomate.

Cord regarda CJ.

— As-tu déjà rencontré ton papa ?

L'enfant secoua la tête, un petit sourire se dessina au coin de ses lèvres. Puis il regarda le visage grave des adultes autour de lui avant de se renfrogner en voyant celui de sa mère.

— Maman ? Tu pleures ?

Il gigota pour échapper à Cord.

— Non, ne fais pas ça, Cord. Je t'en prie. Pas comme ça.

La gorge nouée, Cord ignora les larmes de Jolie, comme cette prière dans sa voix. Toute colère semblait avoir disparu en elle, pour ne laisser place qu'à de la tristesse.

— Tu dois savoir une chose, CJ. Je suis ton…

— Cord, non ! dit-elle alors d'une voix dont la froideur le fit frissonner.

— Et merde, Jolie !

— Oh oh ! le gros mot ! remarqua CJ en lui faisant les gros yeux.

— Oui, pardon mon grand. Je vais commencer une tirelire à gros mots dans laquelle je glisserai un dollar chaque fois que je prononcerai des mots comme celui-ci devant toi.

— Une tirelire à gros mots ?

— Exactement. Pour me rappeler, mais à toi aussi, de ne jamais parler ainsi.

CJ regarda brièvement sa mère, avant de murmurer.

— On va se revoir, toi et moi ?

— Viens, maintenant, CJ.

Jolie se tenait à deux mètres, comme pétrifiée par la peur. Bonne idée. Non que Cord ait l'intention de lui faire mal physiquement. Il ne lèverait jamais la main sur une femme.

Mais il la ferait souffrir autant qu'elle l'avait fait avec lui. Car elle lui avait arraché le cœur et les entrailles avec.

— Non.

Elle plongea ses yeux dans les siens et ouvrit la bouche pour protester.

— Je suis son père. CJ vient avec nous.

Au mot « père », CJ se tourna vers lui et le regarda avec de grands yeux, mais Cord continua de fixer Jolie.

— Espèce de salaud…

Et elle se précipita vers lui, une vraie maman lionne près de le dépecer vivant.

— Maman ! Tu ne dois pas dire de gros mots ! gloussa CJ en frappant des mains, ignorant tout de la tension entre les adultes. Elle doit mettre un dollar dans la tirelire à gros mots, non ?

Il cligna les yeux, des yeux couleur miel, protégés de longs cils noir que Cord reconnut comme l'exacte réplique des siens. L'enfant le regarda avec timidité.

— C'est vrai, dis ? Tu es mon papa ?

Cord sentit le mot déverser dans son cœur une douce chaleur. De la tendresse. Et quelque chose de féroce, aussi.

— Absolument, mon gars…

Et il fixa de nouveau Jolie, la mettant au défi de protester.

Mais elle ne semblait guère décidée à rendre les armes.

— Viens, CJ.

— Mais maman, pleurnicha l'enfant en s'accrochant à Cord, refusant de se laisser prendre par sa mère. Tu m'as promis une part de charlotte aux fraises…

— Pas aujourd'hui. Nous rentrons à la maison…

— Tu n'iras nulle part, Jolie, tant que ceci ne sera pas réglé, dit Cord entre ses dents.

Elle le regarda dans les yeux, puis baissa la tête.

— Cord, laisse-les partir, insista Chance. Cassie va me déposer au bureau et te ramènera ensuite à la maison. Je vais rédiger une ordonnance ainsi qu'une requête pour un test de paternité et déposer tout ça chez le juge dès cet après-midi…

— Tu n'oseras pas ! s'exclama Jolie, scandalisée par ces propos.

Cord esquissa un sourire dans lequel il mit toute sa rancœur.

— Nom de dieu, Jolie, je vais me gêner !

Puis il passa la main dans les cheveux de CJ.

— Désolé, mon grand. Encore un dollar dans notre tirelire à gros mots.

— Tout le monde devrait prendre un peu de recul et respirer à fond, suggéra Cassie. Chance a raison. Nous devrions poursuivre cette conversation dans un lieu privé…

Et elle désigna les badauds autour d'eux, intrigués par la scène.

Cord se fichait complètement du regard des autres, mais sa belle-sœur n'avait pas tort.

— Oui, bonne idée, Cass.

Chance s'adressa alors à sa femme.

— Et si tu allais acheter une part de charlotte à la fraise, chérie ? suggéra-t-il avec un clin d'œil à CJ, Cassie aussitôt s'engouffrant dans le restaurant. Tu es sûre de ne pas vouloir venir discuter de tout ça à mon cabinet ?

Jolie se cabra tel un mustang, et Cord dut réprimer un sourire. Elle avait toujours eu le sang chaud.

— Pour donner l'avantage aux Barron ? Certainement pas. Je propose de nous retrouver au bureau de mon père, déclara-t-elle. Elle croisa les bras avec un air de défi, donnant au passage un peu plus de volume à ses seins.

Cord se mordit la langue. Cette femme avait toujours eu un pouvoir certain sur lui. Et ce à la seconde précise où il avait posé les yeux sur elle, perchée en haut de cet escalier, au lycée.

— Personnellement, je me fiche totalement de l'endroit, intervint-il. Ce que je veux, c'est régler cette affaire, et sans tarder.

— Sans tarder ? Après toutes ces années, tu crois pouvoir régler ça par un coup de baguette magique, dans l'instant ?

— Etant donné que je ne connais l'existence de mon fils que depuis cinq minutes, oui, Jolie. J'estime avoir suffisamment perdu de temps comme ça.

Elle le toisa, poings sur les hanches. Cord dut alors se faire la leçon. Ses joues étaient en feu, ses yeux pleins d'étincelles. Leurs étreintes autrefois n'étaient jamais plus intenses qu'après une dispute. Et ils se disputaient souvent. Il avait oublié ce détail. Le temps avait émoussé ce genre de souvenirs, pour ne conserver que les meilleurs. Oh ! mais avec quelle passion ils se faisaient la guerre !

Désignant la banque au coin de la rue, Chance proposa de tenir leur petite conférence dans la salle de réunion de l'établissement. Cord se tourna vers son frère, admiratif. Un sacré avocat, malin comme pas deux. Cette banque était en effet la propriété de Barron Enterprises. Pas vraiment un territoire neutre, donc. Parfait. Son monde venant juste de basculer, il avait besoin de tous les soutiens possibles. Il devait mettre toutes les chances de son côté. Lorsque Jolie donna son accord par un hochement de tête, Chance attrapa son téléphone et passa un bref coup de fil.

A cet instant, Cassie réapparut, une boîte en polystyrène à la main, en faisant un clin d'œil à CJ.

— Alors ? Qu'avez-vous décidé ?

— Nous allons nous réunir dans la salle de conférences de la banque, répondit Chance en commençant à pousser le fauteuil de Cord.

Aussitôt, CJ s'agita sur ses genoux.

— On peut aller plus vite ?

— Non ! répondirent les quatre adultes en chœur.

Une fois dans la banque, Cassie se dirigea vers la salle de repos avec CJ. Jolie les suivit, ne l'entendant pas de cette oreille. Mais Cassie ne se laissa pas impressionner.

— Bonté divine ! Vous tenez réellement à ce que cet enfant vous écoute vous traiter de tous les noms d'oiseaux ?

Cord aimait beaucoup sa belle-sœur, pour une raison en particulier. Elle ne courbait l'échine devant personne. Ni ses frères ni Chance et encore moins leur père. Les deux jeunes femmes se firent face un moment, puis Jolie perdit un peu de son agressivité, surtout lorsque Cass lui prit la main.

— Ecoutez, Jolie, je comprends que vous soyez nerveuse. Je vais juste m'asseoir avec lui et lui donner un ou deux morceaux de cette charlotte aux fraises. Nous ne bougerons pas de là jusqu'à ce que vous ayez terminé. D'accord ?

Jolie hésita, avant de hocher la tête.

— D'accord.

Le problème était réglé. Jolie se dirigea vers la salle de réunion où Chance et Cord l'attendaient déjà. Elle passa derrière eux, une odeur de mimosa dans son sillage. Cord dut changer de position dans son fauteuil, la pression contre la braguette de son jean étant un peu trop forte. Il s'appliqua à respirer doucement, régulièrement, son parfum emplissant la pièce. Il devait absolument se reprendre, et vite.

D'un côté, fou de rage, il n'avait qu'une envie, se défouler sur quelque chose. Mais en même temps, dans les méandres tortueux de son cerveau, il complotait déjà en réfléchissant à la manière dont il pourrait exploiter à son avantage le fait qu'ils aient un fils ensemble. Il désirait Jolie. Il en avait toujours été ainsi. Cette situation allait peut-être lui permettre de parvenir à ses fins.

— Pourrais-tu nous laisser seuls ? demanda-t-il à Chance.

— Hmm, je ne crois pas que ce soit une bonne idée.

— Dehors, Chance. Je veux parler à Jolie en privé.

A en juger par ce rictus sur ses lèvres, la requête déplut fortement à son frère, mais Chance finit par s'exécuter. Une fois seuls et après s'être assuré que Chance n'écoutait pas à la porte, Cord se tourna vers Jolie. Elle semblait nerveuse.

Sur la défensive. Et, oui, avec une bonne tonne de culpabilité qui pesait sur ses épaules. Parfait.

— Qu'attends-tu de moi, Cord ?

— Je pense que c'est évident.

— Eh bien, non, pas du tout.

— Je veux trouver une solution. Entre nous. Et je veux autre chose aussi, Jolie. Du temps.

Jolie fixa Cord, attendant la suite, puis elle laissa échapper un soupir, soulagée. Du temps, c'était tout ? Très bien. Une telle requête, modeste somme toute, de sa part était même inespérée, réalisa-t-elle.

Lorsqu'elle était tombée sur lui, au restaurant, une colère folle s'était emparée d'elle, comme jamais dans son existence. En dépit de son retour à Oklahoma City avec des rêves romantiques plein la tête et plein le cœur à propos de Cord — oui, il avait dû changer ; oui, leur couple aurait peut-être une deuxième chance. Ses espoirs étaient puérils. Naïfs. Le temps était fini où elle avait des étoiles dans les yeux. Elle était mère. Une super maman, même. C'est seule qu'elle avait mis son enfant au monde, qu'elle avait pris soin de lui. Toute seule. Elle n'avait pas besoin de Cord Barron. Et elle ne supportait pas l'idée qu'il entre dans la vie de CJ.

Elle sentit une angoisse sourde lui enserrer la gorge. Elle avait été prise de panique, là-bas, en voyant son fils assis sur les genoux de Cord. Les Barron étaient aussi puissants, aussi influents que son propre père. Comment avait-elle pu être aussi bête en revenant ici ? C'était inévitable, cela devait arriver.

Mais Cord semblait être dans de bonnes dispositions. Elle hocha la tête, grimaça un sourire, comme si le sujet était clos, l'affaire conclue.

— Je crois que tu ne comprends pas, dit-il, et quelque chose de froid et tranchant brilla dans ses yeux. Oui, je veux du temps. Du temps avec CJ. Pour apprendre à le connaître à mon rythme.

Etait-ce possible de transpirer des stalactites ? D'avoir aussi chaud et aussi froid en même temps ? Elle le dévisagea, le mot « non » déjà sur le bout de la langue.

— Tu ne souhaites pas, je suppose, être obligée de le faire témoigner devant un tribunal ?

Elle faillit s'étouffer de rage.

— Bien sûr que non ! s'exclama-t-elle, quand son sang se glaça. C'est ce que tu projettes ?

— Eh bien, pour voir mon fils, passer du temps avec lui et qu'il apprenne à me reconnaître comme son père, vois-tu, Jolie, je crois que je suis prêt à tout. Tu m'as déjà dépossédé de tant de choses. Tu ne vas pas me refuser cela, n'est-ce pas ?

Elle se força à desserrer les poings tout en considérant la menace à peine voilée de Cord. Son visage était presque livide après son séjour à l'hôpital, comme sculpté dans l'albâtre caché sous la terre rouge de l'Oklahoma.

— Je veux faire connaissance avec mon fils. Rattraper le temps perdu, toutes ces années que tu m'as volées.

Au bord des larmes, elle les ravala fièrement et releva la tête, avant de lâcher sur un ton ferme et définitif.

— Non.

Cord haussa un sourcil, comme pour dire : « Vraiment, Jolie ? Tu veux vraiment en passer par là ? » Mais sous le masque du cynisme, il était si pâle, si… vulnérable.

Il avait frôlé la mort et s'était battu pour rester en vie. Mais une chose était sûre, elle lui avait déchiré le cœur. Comme il lui avait déchiré le sien.

- 5 -

Cord ne discuta pas. Il fit demi-tour dans son fauteuil roulant, avança jusqu'à la porte et sortit. Chance attendait dans le couloir.

— Alors, vous avez trouvé un terrain d'entente ?

Cord fit un signe pour indiquer que Jolie se trouvait juste derrière lui, et Chance hocha imperceptiblement la tête. Ils discuteraient plus tard, et Cord lui dévoilerait son plan à ce moment-là. Le connaissant, son frère n'insista pas.

Jolie s'arrêta derrière lui, heurtant le fauteuil par mégarde. Il réprima le sourire qui menaçait de trahir ses pensées. Elle lui avait lancé un défi. Il était déterminé à le relever.

Des rires attirèrent son attention. Sa belle-sœur et CJ apparurent au bout du couloir, le gamin galopant vers eux, avant de s'arrêter face à Chance, poings sur les hanches.

— Comment tu t'appelles, toi ?

— Mon nom est Chance. Et je suis ton…

Il regarda Cord, puis Jolie.

— Ton papa est mon frère.

— Mais ça veut dire quoi, maman ?

Jolie pinça les lèvres, mal à l'aise.

— Nous en parlerons plus tard, CJ.

— Mais maman…

— Chance est ton oncle, CJ. D'accord ?

— D'accord. Et j'ai d'autres oncles, encore ?

— Eh bien, en plus de Chance, répondit Cord, devançant ainsi Jolie, il y a Clay, Cash et Chase.

— Ce sont tous des grandes personnes ?

— Tous.

CJ soupira.

— Et toi, tu n'as pas des enfants ?

Jolie étouffa un cri et, un instant, Cord faillit se précipiter pour un bouche-à-bouche, avant de se rappeler qu'il était coincé dans ce fauteuil. Il se tourna alors vers le petit garçon.

— Il n'y a que toi, mon grand, mais peut-être que ta maman et moi pourrions remédier au problème et t'offrir une petite sœur…

A son plus grand plaisir, il vit Jolie rougir, visiblement hors d'elle.

A cette suggestion, son fils écarquilla les yeux, l'air effaré.

— Oh non ! pas de fille ! Les filles, c'est trop beurk !

Puis CJ regarda tour à tour sa mère et Cassie.

— Enfin, euh, pas toutes les filles. Certaines sont supers, comme maman et Cassie.

Tout juste si Cord ne vit pas de la fumée sortir des oreilles de Jolie. Il avait oublié comme c'était amusant de la pousser à bout.

Sans laisser à sa mère le temps de répondre, CJ enchaîna.

— Miss Cassie élève des chevaux. Tu as des chevaux, toi aussi… Euh…

Intimidé, ne sachant trop comment s'adresser à lui, CJ se tut.

— Oui, mon gars, j'ai des chevaux. Et tu pourras même monter dessus, si ça te chante, répondit Cord en attirant le petit garçon contre lui. Tu ne sais pas comment m'appeler, c'est ça ?

CJ hocha la tête avec frénésie.

— Eh bien, tu peux dire « papa », tout simplement.

— Oui, d'accord. Papa… ça me plaît.

Jolie émit un bruit étrange et s'approcha pour prendre CJ, mais Cord l'ignora.

— Moi aussi, ça me plaît, tu sais…

— Il faut partir, maintenant, CJ, dit Jolie avec impatience.

— Non. Je veux rester avec papa.

Poussant le fauteuil de côté, elle saisit CJ par le bras.

— Non. Pas aujourd'hui.

Et elle fusilla Cord du regard, semblant ajouter en son for intérieur : « Ni jamais ! »

Cord garda son calme, avec le sentiment d'être le plus pervers des hommes. Car il prenait beaucoup de plaisir à batailler ainsi avec elle. A vrai dire, leurs disputes lui manquaient souvent. Sans parler de leurs réconciliations sensuelles, juste après. Il y avait quelque chose… d'euphorisant à la voir ainsi s'enflammer, poings serrés, menton relevé avec défi, les yeux lançant des éclairs plus aveuglants que ceux qui déchiraient le ciel, lors des orages d'août.

— Non, pas aujourd'hui, convint-il. Demain…

Il sourit à Jolie, mais vit parfaitement Chance lever les yeux au ciel. Son frère le connaissait par cœur.

— Cord, dit Jolie entre ses dents en prenant la main de CJ.

— Jolie ?

— Hmm. Nous partons à présent.

— Je ne te retiens pas, Jolie. Mais je veux voir CJ demain. J'enverrai Chance le chercher pour l'amener au ranch.

— Non.

Cord haussa les épaules, comme si son refus ne lui faisait rien. Bien au contraire.

— Il y a une autre possibilité, tu le sais.

— Tu bluffes.

Un éclat de rire s'échappa de sa gorge.

— Tu ne me connais pas, Jolene. Qu'il se tienne prêt pour 9 heures. Sinon, Chance au retour fera un détour par le tribunal.

— Ce qui sera également le cas, si je ne vous trouvais pas chez toi demain matin, Jolene, ajouta Chance.

Ignorant l'air dédaigneux de Jolie, Cord se tourna vers CJ.

— Je regrette d'être coincé dans ce fauteuil, tu sais. Mais je demanderai à Kaden, notre contremaître, de te montrer nos chevaux, d'accord ? proposa-t-il en ébouriffant les cheveux de l'enfant.

— D'accord ! Super ! s'exclama CJ en se jetant dans ses bras, un geste qui toucha Cord en plein cœur, presque aux larmes. Les Barron ne pleuraient pas, ce n'était pourtant pas l'envie qui lui manquait. Il avait un fils. Et aussi devant lui, la femme qu'il aimait. Une femme qui ne réalisait pas qu'elle était à lui. Pas encore.

Furieuse, Jolie réussit néanmoins à se contenir. En ne frappant pas par exemple de toutes ces forces sur cet idiot de volant. Car CJ était là, assis et attaché comme il se devait dans son siège-auto, et pouvait voir son visage dans le rétroviseur.

Comment Cordell Barron osait-il débouler dans sa vie et vouloir lui ravir son fils ? Jamais. Jamais elle ne laisserait les Barron poser leurs sales pattes sur CJ. Elle devait appeler son père, de toute urgence. Il avait toute une batterie de prestigieux avocats à sa botte. Ils trouveraient une solution. Pour faire en sorte que Cord ne puisse les approcher, CJ et elle.

Soudain, elle frissonna, comme si on lui avait versé un seau d'eau glacée sur la tête. Une réaction liée à son angoisse à propos de CJ ? Ou autre chose ? Il n'y avait pas si longtemps, elle s'était imaginée renouant avec Cord. Quelle naïveté ! Elle pensa à sa proposition et à ce qu'impliquerait de partager son fils avec lui. Non, elle ne pouvait pas faire ça. Sauf que l'autre solution signifiait faire souffrir CJ. Elle devait absolument trouver le moyen de gérer cette situation sans risquer de s'y briser le cœur, ou celui de son fils.

Elle regarda CJ dans le rétroviseur, son petit menton relevé, l'air obstiné. Elle connaissait cette mimique. C'était à peu près la seule chose qu'il avait héritée d'elle.

— Et si on s'arrêtait en route pour acheter un film ?

— Non.

Oui, un sacré tempérament. Bon sang ne saurait mentir.

— Mais tu avais envie de voir le…

— Non. Je suis fâché contre toi, maman.

— Bien…

Oui, génial. Voilà que maintenant elle se faisait envoyer sur les roses par un enfant de quatre ans.

— Parfaitement, rétorqua-t-il.

Une fois à la maison, le dîner et la soirée furent émaillés de chamailleries. Puis CJ refusa de regarder la télévision avec elle et préféra se terrer dans sa chambre. Enfin, lorsqu'elle lui proposa de lui lire une histoire, il se roula dans sa couette et lui tourna le dos.

A bout de nerfs, elle alla se réfugier sur le canapé, dans la pièce que son agent immobilier appelait la salle multimédia. Les héros d'une comédie romantique nunuche apparurent sur l'écran géant fixé au mur. Déjà là quand ils avaient emménagé, ils en avaient souvent profité. Mais ce soir, le cœur n'y était pas. Elle se leva, arpenta la pièce un moment, l'esprit traversé de pensées aussi chaotiques que les nuages d'orage, à l'horizon. En fait, elle en était consciente. Elle n'avait aucune loi pour elle. Elle ne pouvait prouver que Cord aurait une mauvaise influence sur CJ. Elle ne pouvait non plus le dénoncer pour avoir négligé son fils. Il ignorait qu'il en avait un.

Son coup de fil un peu plus tôt avec son père, alors qu'elle préparait le dîner, avait été bref. Et décevant. Elle était furieuse contre lui. Car il semblait prendre le parti de Cord. Mais bon, il avait toujours été sévère avec elle.

— Tu récoltes ce que tu as semé, lui avait-il répété à plusieurs reprises, certain depuis des années qu'elle faisait le mauvais choix en taisant la vérité à Cord, à propos de CJ.

Ce soir, il lui avait proposé d'embaucher un avocat pour la défendre, car il en était sûr, et elle aussi, Cord allait lui intenter un procès.

Pouvait-elle réellement faire ça à CJ ? L'exposer aux

médias, car l'histoire forcément passionnerait la presse, la presse sérieuse comme les tabloïds. Peut-être même ferait-elle la une des infos du soir, à la télé… Elle frémit à cette idée, imaginant les pires ragots.

— Pff, soupira-t-elle, avec l'envie de jeter ce maudit vase en cristal contre le mur. Evidemment, elle n'avait pas le choix. Oui, elle avait besoin d'un avocat pour tenter de limiter les dégâts. Mais elle n'y échapperait pas, elle devrait laisser Cord voir son fils. Son fils à elle. Pas le sien. Qui avait enduré les pires nausées trois mois durant ? Elle avait mis CJ au monde sans l'aide des Barron, non ? C'était elle qui avait eu droit aux coliques, aux premières dents, aux otites et à tout le reste. Elle toute seule.

Et à qui la faute ? Oh ! Elle avait beau faire, la voix de sa conscience refusait de se taire.

— D'accord ! hurla-t-elle en réponse. C'est ma faute. Tout est ma faute, là. Tu es contente maintenant ?

Non, elle n'était pas contente, mais pas du tout. Elle devrait se résoudre à laisser Cord passer du temps avec CJ. Elle fronça les sourcils, un sourire ironique se dessina sur son visage. Cord était un Barron. Or, ce n'était un secret pour personne, les Barron avaient pour habitude de fuir toute responsabilité comme la peste. Ils se lassaient vite. Détestaient devoir faire le moindre effort. Depuis leur enfance, ils n'avaient qu'à claquer des doigts, avec tout un personnel à leurs ordres. Cord ne connaissait rien aux enfants. Il ne savait rien des subtilités du rôle de père, pas étonnant avec le sien pour modèle.

Jolie exécuta quelques pas de danse. La solution était là. Cord en aurait vite assez d'être père, et il finirait par se désintéresser de CJ. Elle sentit son cœur se serrer. Car CJ probablement en souffrirait. Mais mieux valait qu'il sache tout de suite à quoi s'en tenir avec son père. Rompre les ponts serait ainsi moins douloureux. Elle secoua la tête.

Maintenant que Cordell Barron s'était invité dans leur vie, souffrir était en quelque sorte inévitable. Pour tous les deux.

Elle gagna sa chambre, fit de son mieux pour ignorer ses sentiments à l'égard de Cord. Cet homme avait le don de la pousser à bout. Et ce depuis toujours. Il lui suffisait de sourire pour qu'elle sente ses genoux vaciller, son cœur s'emballer et tous ses poils se hérisser. C'était pis encore quand il la touchait. A cette pensée, son pouls s'affola, et une douce chaleur se diffusa dans tout son corps. Une douche froide. Voilà ce dont elle avait besoin, décida-t-elle en se dirigeant vers la salle de bains.

Après sa rupture avec Cord, elle avait eu des liaisons. Essentiellement avec un état d'esprit de vengeance. Le plus souvent avec des résultats catastrophiques. Elle s'était alors consacrée à ses études d'infirmière, tirant un trait sur les relations amoureuses. Puis CJ était arrivé. Une mère célibataire perdait beaucoup de son charme aux yeux de certains hommes. Et à vrai dire, les hommes manquaient tout autant de charme quand Jolie faisait la comparaison avec Cord. Elle secoua la tête et, poings serrés sur le rebord du comptoir en granit, elle fixa son reflet.

— Mais, enfin, oublie-le !

Son cerveau énuméra toutes les bonnes raisons qu'elle aurait de l'envoyer au diable. Mais son corps ne voulut rien entendre. Elle avait envie de lui, comme une femme peut avoir envie d'un homme. Avec une impression de feu en elle. Un désir qui la consumait de l'intérieur, à l'extérieur. Sans parler de son cœur, cet idiot, qui semblait prêt à suivre le mouvement et à faire le grand plongeon.

Après sa douche, elle se glissa dans son lit, alluma la télé et tomba rapidement sur un programme d'un ennui tel qu'elle s'endormit. Ses rêves, en revanche, furent tout sauf ennuyeux. Rêves de corps-à-corps, de baisers à couper le souffle. Elle se réveilla en sueur, repoussa la couette et tenta de retrouver son calme, allongée sur le dos, bras en croix. Le ventilateur de plafond se révéla impuissant à dissiper cette chaleur, en elle. Elle regarda le réveil sur son chevet. 3 h 30.

La télé continuait de marcher, déployant des ombres dans la pièce. L'espace d'un bref instant, elle se demanda ce que Cord faisait, à cet instant. Puis elle se concentra sur le programme à l'écran, s'appliquant à chasser de son esprit toute pensée de cet homme. Du moins jusqu'à ce qu'elle réalise ce qu'il y avait à l'écran. Elle s'était endormie pendant un documentaire, mais maintenant, sous ses yeux ébahis, un homme et une femme étaient en train de faire l'amour, sur la table d'une salle à manger.

La surprise passée, elle hésita entre éclater de rire, pleurer ou sortir son vibromasseur. Elle ne croyait pas aux signes, mais si celui-ci en était un, là était peut-être sa chance. Renonçant à dormir, elle se leva et gagna la salle de bains.

Cord fit bouger ses hanches, d'abord à droite, puis à gauche. Il exécutait sérieusement les quelques exercices recommandés par le kinésithérapeute de l'hôpital. Avec parfois l'impression d'être en miettes à l'intérieur, un peu comme des œufs brouillés. Quant à ses pensées, on aurait dit un gros nœud de spaghettis tout emmêlés.

— J'ai un fils…

Il répéta ces mots, les prononçant à voix haute pour en tester la réalité.

— Je suis père…

Ceux-là sonnaient moins bien. Il n'était pas un père. A cause de Jolie. Elle avait fait en sorte qu'il manque ses premières années avec CJ. D'ailleurs, que signifiaient ces initiales ? Il se promit de poser la question à son enfant à leur prochaine rencontre.

Demain. Cord regarda le réveil. Aujourd'hui, en fait. Une journée entière avec son fils. Il regarda l'ombre de son fauteuil à l'autre bout de la pièce, sa vieille chambre d'enfant. Il détestait ce fauteuil roulant.

En dépit de la sueur sur son front, il redoubla d'efforts, levant les jambes, les maintenant en suspension jusqu'à en avoir le souffle coupé, puis les abaissant sur le lit et attendant que la douleur au niveau des abdos s'atténue. Mais c'est une autre douleur qui prit le relais, émotionnelle celle-là, quand il se mit à penser à Jolie. Au souvenir de sa peau et de ses cris quand ils faisaient l'amour, il sentit tout son corps se contracter et d'autres parties s'animer. Parties qui, manifestement, n'avaient pas souffert dans l'accident et rien perdu de leurs bons vieux réflexes.

Jolie. Bien sûr, il y avait eu des femmes avant elle, comme après elle, mais jamais aucune ne l'avait fait vibrer comme Jolie. Maintenant qu'elle était de retour, il doutait réellement qu'il y en ait d'autres. Oui. Mais en même temps, elle avait commis l'impensable. Et… Serait-elle tombée enceinte de façon préméditée ? A cette pensée, il serra les poings.

En fait, la colère ne le quittait plus ; il était à fleur de peau en permanence. N'était-elle pas légitime ? Même si… il ne s'était pas vraiment montré à la hauteur, avec elle. Quand son père lui avait intimé l'ordre de rompre, il avait obtempéré, sans regarder en arrière. Enfin, peut-être avec quelques regards et le cœur lourd aussi ; n'empêche, il avait été lâche. Un constat affligeant, surtout au regard de l'attitude de son plus jeune frère.

Fidèle à ses manigances, Cyrus avait fait du père de Cassie Morgan son ennemi. Après le décès du pauvre homme, il avait reporté sa haine sur sa fille. Déterminé à la spolier de ses biens. C'était compter sans le courage de Chance.

Cord fit travailler ses cervicales, ramena ses genoux sous son menton… Cyrus avait eu le tort de sous-estimer Chance. La profondeur des sentiments de son fils pour la jolie Cassie. Son frère s'était opposé à son père. Et en fait, toute cette histoire de transport du bétail à la mode cow-boy, ainsi que le coup de théâtre aux portes du marché au bétail, avaient eu un effet libérateur sur l'ensemble des fils Barron. Le pouvoir du patriarche avait vacillé.

Tout en poursuivant ses exercices, il laissa ses pensées vagabonder. Que serait-il advenu s'il avait envoyé le vieil homme sur les roses ? Il s'imagina Jolie et lui dans une petite maison avec une ribambelle d'enfants. Lui travaillant dans les champs de pétrole. Il se serait appliqué à être le meilleur des pères, à jouer avec ses enfants, à leur apprendre les rudiments du football et du base-ball. Même s'ils avaient eu des filles. Et puis… les bras de Jolie, nuit après nuit. Oh oui ! le rêve ! Et pourquoi ce rêve-là ne pourrait-il devenir réalité aujourd'hui ?

Sauf que… La réalité s'invita dans ses pensées. Jolie ne serait pas heureuse dans une petite maison. En tant que simple ouvrier, il n'aurait pas été en mesure de lui offrir le style de vie auquel elle était habituée. Elle avait toujours nourri le projet de faire l'école d'infirmières. Bien sûr, son père l'aurait aidée, financièrement. Mais Cord n'aurait pas accepté l'argent de J. Rand Davis.

La sueur sur sa peau se glaça. Il attrapa une serviette et s'essuya le visage. Son jeune frère avait une sacrée chance. Cord secoua la tête. Non, la chance n'avait rien à y faire. Son frère avait eu du cran, de la détermination et la volonté de tenir tête au patriarche. Pour l'amour de Cassie.

Chance et Cassie. Ils étaient profondément épris l'un de l'autre. Chance vénérait sa femme. Elle avait su l'assagir. Le rassurer aussi. Aujourd'hui, il semblait sur un petit nuage. Et Cord l'enviait. Lui aussi n'aspirait qu'à cela. A trouver le bonheur auprès d'une femme. Et pas avec n'importe quelle femme. Avec Jolie. Il en avait toujours rêvé. Et aujourd'hui, il était déterminé à parvenir à ses fins. D'une manière ou d'une autre. Il était un Barron, non ?

- 6 -

A la porte de l'écurie, Cord regarda le SUV Mercedes noir métallisé s'engager dans l'allée. Derrière lui, CJ riait tout en aidant le contremaître, Kaden Waite, à nourrir les chevaux. Il supposa que c'était Jolie, dans la voiture, venue chercher leur fils. A cette pensée, un feu d'artifice explosa dans son cœur. « Leur fils ». Il connaissait CJ — Cordell Joseph, un prénom, selon le petit garçon, qu'employait sa mère uniquement quand il avait fait une bêtise — depuis moins de vingt-quatre heures, mais déjà il aimait cet enfant de toute son âme. Il ferait tout, pour lui. Et il ferait tout aussi pour Jolie. Ne restait plus qu'à la convaincre qu'ils appartenaient l'un à l'autre. Et qu'ils formaient une famille, tous les trois.

Le SUV alla se garer devant la maison tout en pierre et en bois, et Cord le perdit de vue. Un moment plus tard, son téléphone vibra avec l'arrivée d'un texto de Beth, cuisinière historique de la famille Barron et, accessoirement, substitut de figure maternelle.

Tu as de la viste.

La vieille femme détestait les textos, ne s'y résolvant qu'en dernier recours.

Cord répondit en demandant si c'était Jolie.

Viens touT dE Suite.

Un message en guise de SOS ? Fautes de frappe en prime.

— CJ, il faut rentrer.

— Mais je n'ai pas terminé avec M. Kaden, papa.

Le cœur de Cord se serra quand l'enfant prononça ce mot.

— Il peut finir seul, mon garçon. On nous attend à la maison.

— Qui c'est ? demanda le gamin en traînant les pieds.

— Je ne sais pas, mais Miss Beth a dit de nous dépêcher.

Kaden sortit de l'écurie.

— Je vais vous amener le pick-up devant, Cord.

Le contremaître disparut, pour réapparaître une minute plus tard, au volant d'un super pick-up avec une benne suffisante pour transporter le fauteuil roulant. Après quelques manœuvres et plus d'aide de la part de Kaden qu'il ne voulait admettre avoir besoin, ce dernier, Cord, CJ et le fauteuil roulant regagnèrent la maison, un peu bousculés sur le chemin en terre. Le contremaître se gara devant la porte de derrière où Big John, l'époux de Miss Beth, les attendait.

Trois minutes de nouveaux efforts — et de frustration — plus tard, Cord s'avança dans la maison, CJ en éclaireur.

— Grand-père !

Grand-père ? Qui était là ? S'attendant à voir Jolie, Cord s'efforça de cacher sa surprise — et sa déception — en découvrant J. Rand Davis dans le hall d'entrée. Tel Cerbère, Miss Beth avec bravoure, mains sur les hanches et menton fièrement relevé, bloquait le passage au cas où Rand puisse avoir l'idée de pénétrer plus loin dans la maison. Le vieux bonhomme se tourna vers Cord.

— Cordell.

— M. Davis.

— Grand-père, grand-père, devine ce que j'ai fait ! s'exclama CJ en bondissant dans les bras du visiteur, voulant à tout prix attirer son attention.

— Je n'en sais rien, mon grand, répondit Rand sans quitter Cord des yeux. Qu'as-tu fait ?

— J'ai donné à manger aux chevaux ! Et M. Kaden m'a fait monter sur un étalon, dans l'enclos !

Rand caressa les cheveux du petit garçon avec tendresse.

— J'ai l'impression que tu t'es bien amusé, CJ. Prêt à rentrer à la maison ?

— Oooh ! je suis obligé, papi ?

Cord réalisa que Rand attendait une réponse de sa part.

— Ton grand-père a fait une longue route pour venir te chercher, mon gars, alors oui, le moment est venu de rentrer dans ta maison.

Et avant que CJ puisse argumenter, il ajouta.

— Mais j'ai une idée. Je vais appeler ta maman et voir si tu peux venir passer le week-end ici, d'accord ?

— Et je dormirai ici ?

— Parfaitement.

— Cool.

Rand se tourna alors vers la gouvernante et huma l'air, parfumé d'odeurs de pomme et de cannelle.

— N'est-ce pas des beignets à la pomme que je sens ?

— Tout à fait, répondit Miss Beth qui regarda discrètement Cord et Rand, avant de tendre la main à CJ.

— Viens avec moi, mon trésor. Tu ne vas pas partir sans goûter à mes beignets…

Tout sourire, l'enfant abandonna aussitôt les bras de son grand-père. Une fois disparus direction la cuisine, Rand passa à l'offensive.

— Il faut que l'on ait une petite discussion, toi et moi, Cordell.

Jolie faisait les cent pas dans sa cuisine et, pour la énième fois, regarda l'heure à la superbe pendule high-tech tout en chrome. Quand le téléphone sonna, elle sursauta. L'angoisse au ventre, elle attrapa son appareil.

— Allô ?

— Jolie, c'est Cord.

Comme si elle ne reconnaissait pas sa voix. Le plaisir le disputa à la panique.

— CJ… Il va bien ?

— Très bien. Ton père est venu le chercher, il y a une vingtaine de minutes. Il a parlé de hamburgers, avant de te le ramener.

— Mon père gâte beaucoup trop cet enfant…

Cord rit, un rire qui la fit fondre.

— On peut le comprendre. L'enfant en question est vraiment adorable.

Elle chercha alors quoi dire, mais ce fut Cord qui le premier rompit le silence.

— Ah ! au fait… Merci.

Sa gratitude la laissa perplexe.

— Pour quoi ?

— Pour avoir laissé CJ venir au ranch. Pour m'avoir donné une chance.

Elle ravala les mots sur le bout de sa langue, quelque chose dans sa voix à ce moment lui serrant le cœur. Il semblait hésitant.

— Je t'en prie, Cord.

— Pouvons-nous parler, Jolie ?

Mais oui, c'était bien de l'hésitation, dans sa voix, et l'idée que Cordell Barron puisse avoir des doutes sur quelque chose fut un choc. Lui qu'elle avait toujours connu si exigeant. Si arrogant. Si sûr de lui. Déjà au lycée, il affichait une telle confiance en lui. Et plus tard encore, à l'université. Même ce fameux soir. Il était tellement certain qu'elle passerait la nuit avec lui. Qu'ils reprendraient leur liaison là où ils l'avaient laissée. A ces souvenirs, elle tressaillit, et les émotions la submergèrent. Qu'elle se dépêcha de mettre sous cloche.

— De quoi veux-tu parler, Cord ?

— De notre fils.

Elle ne nota pas la moindre hésitation, là. « *Notre* fils. »

Ces mots la pénétrèrent jusqu'à la moelle des os, pareils au vent brûlant de l'Oklahoma.

— Je veux vraiment être un père, pour CJ. J'ai envie de passer du temps avec lui. De faire des choses avec lui. D'apprendre à le connaître. Pour rattraper le temps perdu, tu comprends ?

Et maintenant, il titillait sa conscience, jouait sur la corde de la culpabilité. Aussi opta-t-elle pour une réponse neutre.

— Mmm…

— Serait-il possible de faire cela sans faire intervenir nos avocats respectifs ?

Elle se mordit la langue, en proie à des pensées toutes plus chaotiques les unes que les autres. Elle ne voulait pas partager CJ. Non. Et surtout pas avec les Barron. Enfin, les Barron… Le problème venait surtout de Cyrus Barron. Un homme détestable. Une véritable plaie pour ses fils. Elle soupira intérieurement, car Cord avait raison. CJ était son fils, à lui aussi.

— C'est notre enfant, Jolie. Ne pourrions-nous être amis, au moins ?

— Je ne sais pas, Cord. Je ne crois pas que ce soit une bonne idée…

De nouveau, elle se mordit la langue. Pourquoi s'obstinait-elle à vouloir le contrarier à tout prix ? Cord souhaitait sincèrement se rapprocher de CJ. Et alors ? Quelque chose la retenait. Outre le fait qu'il lui avait jadis brisé le cœur — et qu'il pourrait bien recommencer si elle n'y prenait garde — elle ne pouvait faire abstraction de son nom de famille. Ni du fait que Cyrus lui aussi aurait accès à CJ. Mais Cord semblait décidé à se comporter en père raisonnable et responsable. A priori.

— Tu réfléchis trop, *soleil*.

« Soleil. » Elle chancela sur ses jambes et s'assit sur le tabouret le plus proche.

— Tu ne m'as pas appelée ainsi depuis… une éternité.

— Je ne t'ai pas vraiment parlé depuis une éternité. Tu n'es jamais restée assez longtemps dans ma chambre d'hôpital pour cela.

Il lui avait pris la main tandis qu'il gisait sur ce lit, terrassé par la douleur, et si ce souvenir la fit vibrer, la douleur et le chagrin qui l'avaient hantée jeune fille resurgirent, la colère en première place.

— Tu réfléchis trop, répéta Cord, d'une voix profonde, chargée d'émotion.

Pour la première fois, elle se posa la question. Avait-il souffert de leur rupture ? Oh ! elle n'avait pas très envie de fouiller de ce côté-là !

— Je sais. Il faut dire que j'ai beaucoup de choses auxquelles penser.

Un silence pesant s'ensuivit, et la tension devint palpable. Elle avait tant de questions. Sans pour autant savoir si elle voulait les réponses.

— Je ne vais pas te déranger plus longtemps. Dis à CJ que je l'aime et qu'il fasse de beaux rêves, quand tu le mettras au lit, ce soir. Et… dis-lui aussi que je te demanderai une autre fois de le laisser venir passer le week-end avec moi…

Elle laissa échapper un léger soupir, auquel Cord fit écho. Moment d'une intimité extrême, aussi troublante qu'un baiser.

— Bonne nuit, soleil.

Le bourdonnement de la connexion interrompue résonna à ses oreilles avant qu'elle puisse répondre.

Elle serra les dents, agacée, à cause de cette envie de pleurer. Si elle cédait aux larmes, elle était fichue.

Posant son téléphone, Cord se redressa sur son lit. Décidément, elle lui faisait toujours autant d'effet. A lui seul, le son de sa voix allumait en lui un brasier et lui donnait envie de choses auxquelles il avait pourtant tourné le dos. Et sur lesquelles il ferait probablement mieux de tirer un trait. Comme Jolie entre ses draps. Dans sa vie. Mais la vivacité de son désir renforça sa détermination. Il ferait d'eux une vraie famille.

Il fit glisser ses jambes sur le matelas et prit appui pour se lever. Cette journée avec CJ avait été une merveilleuse bouffée d'oxygène, mais apparemment il avait présumé de ses forces. Fixant le fauteuil roulant, il réussit à se mettre en position debout.

Bien. Quinze pas environ le séparaient de la salle de bains. Dont trois le long du sommier. Mais après ça, il serait livré à lui-même. Il n'avait pas marché seul depuis l'accident, sans kiné à côté de lui ou équipement de sécurité. Il n'avait même pas encore essayé le déambulateur. Mais parler à Jolie, écouter sa respiration, ses soupirs au téléphone n'avait fait que raviver certains souvenirs. Bref. Il souhaitait maintenant récupérer au plus vite, redevenir l'homme qu'il était avant. Un homme fougueux, qui faisait l'amour à Jolie avec passion, adorait l'entendre gémir, crier et chuchoter son nom dans ses bras…

On n'en était pas encore là… Son échange avec Rand Davis l'avait laissé perplexe. Que manigançait le père de Jolie ? Telle était la question. Et puis, il ne cessait de se remémorer les moments clés de cette relation en pointillés qui le liait à Jolie depuis des années, s'interrogeant sur la responsabilité de l'un, les erreurs de l'autre. Bref, un vrai casse-tête.

Tout en prenant appui sur le rebord du lit, il se dirigea vers la salle de bains. Si proche et en même temps si loin. Il fit une pause pour reprendre son souffle. Il en avait plus qu'assez d'être diminué physiquement. S'il voulait être un père digne de ce nom, avoir la moindre chance de reconquérir Jolie, il devait recouvrer ses facultés. Toutes ses facultés.

D'interminables minutes plus tard, transpirant comme un cheval après une course de haies, appuyé au comptoir en granit, il regarda son reflet dans le miroir de la salle de bains. Il avait perdu du poids, du tonus musculaire, et lui habituellement si bronzé avait le teint livide. Le moment était venu de mettre de l'ordre dans tout ça. A partir de maintenant, il se tiendrait sur ses deux jambes. Avec l'aide d'un déambulateur pour commencer, mais pas plus de quelques jours, se fit-il la promesse.

Une heure après, il pénétra dans la cuisine, debout, en poussant le déambulateur à roulettes envoyé par le kiné. Miss Beth lui sourit, puis l'invita à s'asseoir tout en se hâtant de mettre le couvert. Cord s'installa au bar, et Big John s'empressa de ranger le déambulateur dans un coin de la pièce. Peu après, Kaden apparut et alla se rincer les mains à l'évier.

Les trois hommes se jetèrent sur la nourriture, pas question d'en perdre une miette en échanges de politesses. Ce n'est qu'après le dîner, lorsque Miss Beth servit les beignets aux pommes et le café, que Cord interpella le contremaître.

— Vous avez déjà entendu parler d'équitation thérapeutique, Kaden ?

Celui-ci haussa les épaules en marmonnant :

— J'ai lu deux, trois choses sur le sujet, quand j'ai passé mon diplôme… Vous prévoyez de remonter en selle, patron ?

Cord s'abstint de lever les yeux au ciel, comme chaque fois que Kaden s'adressait à lui avec des « monsieur » et des « patron ». Car Kaden était un Barron, en dépit de son nom de famille, en fait celui de sa mère, Waite. Il tenait de son origine sudiste une peau mate et des cheveux noirs, mais ses yeux, eux, ne trompaient pas sur l'autre partie de son ADN. Mais Kaden n'avait jamais évoqué son père et encore moins laissé entendre qu'il puisse être le fils de Cyrus Barron. Elevée par une mère célibataire, Kaden était un homme secret, qui dirigeait le ranch d'une main de maître.

— Oui, en effet. Et peut-être aussi en profiter pour apprendre à CJ à monter.

Cord nota une lueur dans les yeux de son contremaître, juste avant que celui-ci réponde :

— On peut faire ça, oui.

Puis Kaden avala une gorgée de café et ajouta :

— Vous semblez prendre cette situation, hmm… avec philosophie, patron…

— C'est mon fils, Kaden. Je ne vais pas lui tourner le dos…

Ni à sa mère d'ailleurs.

Après une nouvelle gorgée de café, Kaden se leva.

— Excellent dîner, Miss Beth. Merci.

Puis il souleva le coin d'un chapeau invisible, avant de donner une tape amicale à Cord.

— Vous êtes différent des autres, Cordell Barron. Oui, vraiment.

- 7 -

Plus nerveux qu'un pécheur devant son confesseur, Cord attendait sous la galerie, Jolie ayant accepté de laisser CJ au ranch, pour le week-end. Il avait eu presque deux semaines pour se faire à l'idée d'avoir un fils. Il était impatient de revoir CJ, et tout autant de mettre son plan en action concernant Jolie. Un plan parfait. D'abord, ils dîneraient, tous les trois, puis peut-être regarderaient-ils un film. Une façon de tranquilliser l'enfant, probablement excité à la perspective de dormir au ranch. Telle était du moins l'excuse qu'il tenait à disposition de Jolie. Une excuse plausible. Jolie aussi devait être stressée à l'idée de confier son fils à des inconnus, ou presque.

John et Miss Beth avaient préparé le brasero dans la cour pour des grillades, tout le nécessaire à portée de main, de manière que Cord n'ait pas à se servir du déambulateur. Un déambulateur qu'il n'utilisait d'ailleurs déjà presque plus, sauf pour de longues distances. En plus des hamburgers et des saucisses, il y aurait au menu la fameuse salade de pommes de terre de Miss Beth. Et du thé glacé — la boisson préférée de Jolie — et aussi un cocktail de jus de fruits. De la glace faite maison en guise de dessert. Ne manquait plus pour parfaire le scénario que Jolie et CJ.

Plus jeune, il avait aimé Jolie avec une ferveur proche de la folie. Au point d'en perdre le sens des réalités. Le patriarche avait mis un terme à tout ça. Cord s'empressa de mettre un frein à ses pensées. Il ne pouvait revenir en arrière ni changer le passé. Tout ce qu'il pouvait faire, c'était concentrer ses efforts vers cet avenir dont il rêvait. L'image de son père revint le hanter. Grâce au ciel, Cyrus était en déplacement à Houston, pour le rachat d'une raffinerie. En tant que P-DG de la BarEx, Cord aurait dû logiquement l'accompagner, du moins était-ce son intention, avant l'accident.

Bref. C'était une bonne chose que son père soit absent. Jusqu'ici, personne ne semblait avoir vendu la mèche, à propos de CJ. Cela ne durerait pas, et lorsque Cyrus apprendrait la vérité, le ciel leur tomberait sans doute à tous sur la tête. Mais d'ici là, avec un peu de chance, Cord aurait mis son plan à exécution avec Jolie et CJ avant que le vieil homme puisse tenter quelque chose pour l'en empêcher.

Il frissonna au souffle du vent. Oui, du vent, voulut-il se convaincre. Et pas du tout en raison d'un mauvais pressentiment au sujet de son père. Il ramena ses pensées à sa stratégie, pour la soirée. Peut-être opterait-il pour d'autres activités dans la cour, plutôt que la télévision. Son cœur s'emballa, et autre chose au-dessous de sa ceinture s'émut quand il s'imagina avec Jolie, dans les bras l'un de l'autre, sur le transat à deux places. Chaque soir, il s'endormait en pensant à elle, à ses yeux, à son corps. Il rêvait de sa peau et se réveillait en nage. Fou de désir. Et tout ça, pas uniquement depuis l'accident.

Le crissement de pneus sur le gravier l'arracha à ses pensées. Dans l'ombre, il retint son souffle, ne voulant rien rater de l'arrivée de la femme qu'il aimait encore et de leur fils. Mais dès que le SUV de Jolie fit demi-tour pour se garer devant la porte, il se précipita, dans la mesure de ses capacités. Peut-être devrait-il prendre garde à ne pas montrer sa fébrilité. Fébrile, lui ? Il était terrorisé à l'idée de rater son coup. Car cette fois, il n'y aurait pas de seconde chance.

La voiture à peine arrêtée au pied des marches, il ouvrit la porte et s'avança, l'air sûr de lui. Il avait travaillé dur ces deux dernières semaines pour pouvoir se déplacer sans son fauteuil roulant et ce maudit déambulateur. Il regarda néanmoins les marches avec appréhension. Heureusement, CJ ne lui laissa pas le temps de les descendre et se précipita vers lui.

— Papa ! Papa ! Maman ! Maman, regarde ! Mais regarde ! s'exclama le petit garçon, radieux. Papa marche !

— Je vois ça, répondit Jolie en haussant un sourcil, comme si elle n'en croyait pas ses yeux. N'est-ce pas un peu prématuré ?

— Pas du tout. Le kiné m'a dit de faire à mon rythme.

— Papa ? Papa ? le supplia CJ en tirant sur son pantalon pour attirer son attention. On joue à la balle ? Maman, elle joue pas, elle…

Ce fut au tour de Cord de hausser un sourcil.

— Vraiment ? Euh…

Il se rappelait Jolie, au lycée, ses exploits en tant que joueuse de base-ball, redoutée même par les garçons.

Elle leva les yeux au ciel tout en ouvrant le coffre dont elle sortit un sac à dos, une petite valise à roulettes et un gros chien en peluche. Elle transporta le tout en haut des marches, tendit le chien à CJ et le sac à dos à Cord.

— Ça fait bien longtemps que je n'ai pas joué. Pas le temps, soupira-t-elle.

— Et tu as le temps, aujourd'hui ?

Jolie se renfrogna.

— Pour jouer à la balle ?

— Non, pour dîner avec nous.

Elle ouvrit la bouche pour décliner l'invitation, mais CJ vola à son secours.

— Oh oui ! s'il te plaît, maman ! la supplia-t-il avant de se tourner vers Cord : Dis, qu'est-ce qu'on mange, papa ? C'est Miss Beth qui fait la cuisine ?

— Non, mon grand, c'est moi. Hamburgers et saucisses au barbecue…

Puis il se joignit aux prières de CJ.

— Allez, Jolie, reste. Miss Beth a préparé sa fameuse

glace. Et on pourrait aussi faire griller des marshmallows, tu adorais ça, ajouta-t-il, recourant sans scrupule au moindre argument susceptible de la faire craquer.

— S'il te plaît, maman. Et puis, il faut que tu ranges mes affaires dans ma nouvelle chambre. Pas vrai papa ? insista CJ en tirant maintenant sur la main de Cord.

— Tu as raison, CJ.

— Ne crois pas une seule seconde que je suis dupe de ton petit jeu, Cordell Barron.

Quand CJ gloussa, les deux adultes le regardèrent.

— Aïe ! tu risques d'avoir des ennuis avec maman…

Cord éclata de rire et, glissant le sac à dos à son épaule, il ébouriffa le petit garçon.

— J'ai toujours eu une foule d'ennuis avec ta maman, mon grand.

Puis il se tourna vers Jolie, qui évita son regard.

— Alors, qu'en dis-tu, *maman* ? Tu restes dîner avec nous ?

— Il faut que j'y aille…

— Tu as autre chose de prévu ? demanda Cord en s'efforçant de ne trahir aucune émotion. Allez, reste, Jolie. Et puis, c'est vrai, tu dois aider CJ à s'installer…

Elle le fusilla du regard, un peu comme une mère qui ferait la leçon à un enfant. Miss Beth lui lançait toujours ce genre de regard quand elle pressentait qu'il préparait une bêtise.

— S'il te plaît, maman ? Tu te rends compte, des marshmallows à la braise…

Jolie éclata de rire, avant de secouer la tête.

— Je te signale que c'est toi qui raffoles des marshmallows à la braise, CJ.

— Exact. Le péché mignon de ta mère, c'est le chocolat blanc.

Une lueur de surprise illumina ses yeux, et Cord se demanda bien pourquoi. Il se rappelait du moindre détail, la concernant.

— Ne va pas t'imaginer des choses, Cord, je te préviens, dit-elle alors.

Pourtant, à cet instant, il vit tout le contraire dans son regard.

Prenant un air innocent, il lui tourna le dos pour entrer, la main de CJ toujours dans la sienne. Une fois devant la lourde porte en chêne, tous deux se retournèrent pour voir si elle les suivait. Mais elle ne bougea pas d'un pouce.

— Des marshmallows, maman, l'implora CJ.

Cord sourit et renchérit, clin d'œil en prime.

— Oui, *maman*. Des marshmallows. Et j'ai même du chocolat blanc, pour toi.

Jolie leva les mains au ciel, puis elle attrapa la valise, éclatant de rire quand Cord et CJ levèrent le poing en signe de victoire, tout en faisant de son mieux pour réprimer ce sentiment de chaleur en elle. Toute sa vie, elle en avait rêvé. De cette complicité, de cette proximité au sein d'une famille. Une famille différente de la sienne. Car en tant qu'enfant unique, elle enviait autrefois ses camarades entourés de frères et sœurs, y compris Cord avec ses innombrables frères et cousins.

Laissant les affaires de CJ au creux d'une alcôve, dans le hall d'entrée, Cord se dirigea vers la cour avec son fils. Jolie leur emboîta le pas, regardant autour d'elle. Elle n'avait jamais mis les pieds dans cette maison. Les plafonds étaient hauts, avec poutres apparentes, une énorme cheminée en pierre trônait dans le salon, face à des canapés somptueux et de superbes fauteuils en cuir. Des tableaux et objets de collection ornaient les murs, tous datant de la grande époque du Far West et des Indiens d'Amérique.

Ils traversèrent une salle à manger ornée d'un lustre de bois de cerf, et elle entrevit une magnifique cuisine avant que Cord ouvre une porte-fenêtre menant à la cour, elle-même dotée d'une cuisine digne d'un grand chef.

Cord joua à la perfection le maître de maison. Il semblait avoir pensé à tout. Les boissons, cocktail de fruits pour CJ, thé glacé avec rondelle d'orange pour elle. Plateau dressé avec les accompagnements pour les hamburgers, poivrons et fromage à volonté. Et puis, il y avait l'homme lui-même, leur hôte qui prit la direction des opérations et s'affaira tout de suite au barbecue, tandis que CJ allait jouer avec l'un des chiens du ranch. Jolie s'installa dans un transat à proximité et regarda les flammes lécher les branches de pin. Mille fois, elle avait rêvé pareil scénario… Quand elle était jeune et naïve.

Une fabuleuse piscine chauffée occupait un angle de la cour, avec une cascade en pierre, très zen. Derrière la piscine, au-delà d'un jardin paysager digne d'un palais, s'étendaient les écuries, les enclos et les pavillons, habités par le personnel du ranch. L'endroit était magnifique, et elle comprenait aujourd'hui l'attachement des frères Barron à leur ranch. S'ils vivaient autrefois à la villa de Nichols Hills pendant l'année scolaire, c'est ici qu'ils se sentaient chez eux. Ici qu'ils fêtaient Noël, leurs anniversaires ou passaient les vacances d'été.

Jolie avait participé à quelques soirées, à la villa de Nichols Hills. En revanche, jamais elle n'avait été invitée au ranch. Jusqu'à aujourd'hui. Et elle refusait de se demander pourquoi, refusait de laisser la peur, le doute et la douleur d'autrefois refaire surface. Ce soir, ils seraient amis. Pour leur fils… Elle soupira. « Leur fils. » A vrai dire, elle était terrifiée à l'idée que Cord puisse lui ravir CJ et le monter contre elle, comme Cyrus Barron l'avait fait avec lui-même. Elle n'était pas prête à partager l'affection de CJ, s'avoua-t-elle tout en regardant l'enfant courir vers son père et jeter ses bras autour de son cou.

Elle ne voulait pas voir sur le visage de Cord cette

expression de profonde émotion, tandis qu'il écoutait avec patience le babillage de son fils, tout en caressant ses cheveux, de la même couleur que les siens, et en le couvant des yeux. Des yeux de la même couleur que les siens. On avait l'impression que le petit garçon avait hérité de la totalité de l'ADN des Barron.

— Maman !

Elle fronça les sourcils, réalisant que CJ l'avait appelée à plusieurs reprises et se tenait à présent devant elle, mains sur les hanches.

— Oui, mon bébé ?

— Je ne suis pas un bébé. Papa dit que le repas est prêt. Tu peux me préparer mon hot dog ? Avec plein de cornichons des poivrons et du fromage, et beaucoup de moutarde…

Elle regarda Cord. Il avait toujours adoré les cornichons. Il en mettait partout, dans ses hot dogs. Ses œufs. Tout juste s'il n'en agrémentait pas ses glaces. Elle se leva pour se diriger jusqu'au comptoir, à côté du barbecue. Puis, respectant les directives de CJ, elle prépara son assiette et l'installa à la table en fer forgé, serviette nouée autour du cou. De retour au comptoir, Cord lui tendit une assiette. Hamburger au parmesan sur un lit de feuilles de laitue, sauce César.

Il n'avait pas oublié. Comment était-ce possible ? Réalisait-il qu'elle n'avait pas mangé cette sorte de hamburger depuis leur rupture ? La gorge serrée, elle s'efforça de refouler ses larmes. Tel était l'homme d'autrefois. Attentionné, gentil. Oui. Eh bien, elle ferait mieux de se souvenir du salaud qui lui avait dévasté le cœur, le réduisant en poussière sous le talon de ses bottes de luxe.

— Maman ! l'appela CJ, debout sur sa chaise. Allez, viens maman, j'ai faim !

— Va avec lui, soleil. Le temps de te servir un autre verre de thé glacé et j'arrive, murmura Cord en la poussant doucement vers la table d'une main, dans le creux de ses reins.

Etait-ce délibéré ? Sentit-il à cet instant le sang rugir dans ses veines, à son contact ? Pourvu que non. Elle devait tout faire pour garder ses distances avec lui.

Le dîner se passa comme dans un rêve. Elle ne gronda même pas CJ lorsqu'il fit des bulles avec sa paille, dans son verre de jus de fruits. Le petit garçon ne laissa pas une miette dans son assiette et demanda même à être resservi. Cette fois, ce fut son père qui lui prépara son hot dog. Fait dans les règles de l'art, comme ses hamburgers. Puis ce fut le dessert, et la glace de Miss Beth. Le repas terminé, CJ repartit dans la cour pour jouer à cache-cache et courir avec le chien, une bête énorme, semblable à un ours.

— Et maintenant, il va vouloir un chien, tu paries ?

— Pardon ?

Elle se tourna vers Cord, installé dans le large transat, à côté du sien. Ses yeux couleur miel brillaient d'un éclat brûlant, irrésistible, à la lueur des spots disséminés dans le jardin.

— Il va te harceler pour que tu lui offres un chien.

— Oh ! Il m'en demande un depuis qu'il sait parler, répondit-elle en riant. Pourquoi crois-tu que j'ai apporté Ducky, son husky en peluche ?

Cord eut cette expression amusée qui autrefois la faisait fondre.

— Ah ! cette espèce de boule de poils informe qui dort dans l'entrée ?

— Elle-même.

— Ducky ?

— Il est fan du grand danois dans le film *Marmaduke*, mais le nom était trop difficile à prononcer pour lui, il a finalement opté pour Ducky.

— Bon sang ne saurait mentir…

— Ne me dis pas que tu es fan de dessins animés ! s'exclama Jolie.

Cord rit, et elle sentit chaque cellule de son corps transportée de joie à son rire.

— Je me satisferai très bien de n'avoir qu'une chaîne de télé, à condition que ce soit CartoonZ.

Elle gloussa... Quand une question incongrue lui traversa la tête. Dans quelle tenue regardait-il les dessins animés ? Portait-il ce genre de boxers en coton qui lui allaient si bien ? Ceux qui lui moulaient si bien les fesses et le reste. Elle s'humecta les lèvres, avant de croiser le regard de Cord, un regard chaud-brûlant, qui faillit lui arracher un gémissement.

Une minute s'écoula, puis il pivota doucement dans son transat pour se lever, chancelant dangereusement avant de recouvrer son équilibre.

— Hé ! mon grand, c'est l'heure des marshmallows !

L'enfant aussitôt courut vers eux.

— Viens donc avec moi chercher tout le bazar, en cuisine. Tu en profiteras pour te laver les mains...

— Dacodac.

Une fois seule, elle inspira profondément. A plusieurs reprises. Puis elle repoussa ses cheveux en arrière, les mains tremblantes. La tension était bien trop intense. Elle avait plusieurs fois été tentée de se jeter entre les bras de Cord, de l'embrasser, d'être embrassée par lui. Tous ces sentiments qu'elle s'était appliquée à étouffer pendant des années refaisaient sur face, ne demandant qu'à s'exprimer. Or, il ne le fallait pas. Surtout pas.

Au retour de Cord et CJ, elle avait retrouvé son sang-froid, muselé ses émotions, réprimé le tremblement de ses mains et adouci son expression de façon à dissimuler son trouble. Pas question de retomber dans le même piège. S'il la séduisait une fois de plus, son cœur n'y survivrait pas. Leur histoire lui avait appris à être réaliste. Et la réalité était simple. Cord se pliait toujours aux ordres de son père. Toujours.

- 8 -

Cord laissa CJ parlementer avec Miss Beth et Big John, pour demander la permission d'emmener Dusty, le chien du ranch, dormir dans sa chambre. Avec une petite idée de qui remporterait la partie. A contrecœur, il raccompagna Jolie à sa voiture. Lorsque son bras frôla le sien, il sentit une chaleur intense le submerger. Il l'entendit reprendre son souffle. Se pouvait-il que ce contact accidentel ait eu le même effet sur elle ? Il l'espérait.

Il prit son bras pour descendre les marches du perron et s'appliqua à la retenir encore un peu, à traîner les pieds, quand Jolie ralentit le pas d'elle-même. Une fois à la voiture, il lui ouvrit la portière, mais ne tenta rien quand elle s'avança pour se mettre au volant. Il prit même un peu de recul en riant.

— Quelque chose de drôle ?

Il lui sourit et tressaillit quand ses yeux s'illuminèrent et qu'elle les posa sur sa bouche.

— Est-ce que tu trouves ça aussi… embarrassant que moi ?

— « Embarrassant » ?

— Oui, tu sais, quand on est ado, comme on peut être mal à l'aise à l'occasion d'un premier rendez-vous. Genre, ai-je mauvaise haleine ? Ou pourvu qu'au moment du baiser, l'on ne se cogne pas la tête, ou le nez, ou…

Il se tut et soupira.

— Ou les dents.

Jolie éclata de rire, un rire profond et sincère. Exactement l'effet qu'il espérait.

— Les garçons pensent donc à ce genre de choses ?

Cord hocha la tête, l'air solennel.

— Bien sûr. Et je ne te parle pas des inquiétudes à propos… du reste.

— Oh ? Vraiment ? dit-elle, en s'efforçant manifestement de garder son sérieux.

— Tout à fait. A seize ans, une érection est vite arrivée, quand un garçon se retrouve face à une jolie fille. Et ça peut être, oui, embarrassant. En tout cas, donner un baiser et dissimuler une érection demande une coordination dont peu d'ados sont capables.

— Bien sûr. Et qu'en est-il de l'homme adulte ? demanda-t-elle, pleine de malice.

— Un homme quoi ? Adulte ? Hmm, ça existe, ça ?

Elle rit, puis l'observa avec attention.

— Serais-tu en train me dire que les hommes ne grandissent jamais ?

— C'est à peu près ça, oui. En matière de jolies femmes, les hommes restent d'éternels adolescents.

— Quelle misère…

Cord réalisa à ce moment avoir serré les poings dans ses efforts pour s'empêcher de toucher Jolie. Cette façon de plaisanter était familière, naturelle entre eux. Soudain, il la vit tressaillir. Le vent était frais, et elle n'était guère couverte, avec son top à manches courtes. Alors sans réfléchir, il fit courir ses mains sur ses bras de haut en bas pour la réchauffer.

Jolie fit de son mieux pour rester de marbre. Alors que tout son corps ne pensait qu'à une chose, aller au contact. Et juste comme il croyait la bataille perdue, elle commit l'impensable. Elle se pressa contre lui et noua les bras à sa taille. A son tour, il l'enlaça, enfouit son visage dans ses cheveux, s'enivrant de son parfum de mimosa. Il eut l'impression d'entendre les battements de son cœur faire écho aux siens. Plus que tout, il avait peur de parler, peur de gâcher ce moment particulier de retrouvailles, entre eux. Il la sentit sourire entre ses bras.

— Embarrassant, dit-elle en riant, tout en se plaquant contre son érection.

Il éclata de rire.

— Aah ! Je te le disais, seize ans à perpétuité.

Il soupira, puis murmura à son oreille.

— Merci.

— Pour quelle raison ?

— Pour ce soir. Pour ce dîner. De me laisser CJ pour le week-end…

Il avait tant de choses à lui dire, tant de mercis. D'abord pour avoir porté son enfant — ce dont elle aurait pu s'abstenir — puis pour l'avoir élevé, faisant de son fils un petit garçon drôle, intelligent et surprenant, en train en ce moment même de convaincre cette bonne Miss Beth de laisser un chien plein de puces entrer dans cette maison qu'elle entretenait avec tant de soin. Mais Cord ne pouvait mettre des mots sur tous ces sentiments. Trop tôt.

Elle plongea ses yeux dans les siens, puis les ferma. Et il comprit. Elle attendait un baiser. Il effleura alors sa bouche de la sienne, resserra ses bras autour d'elle, avant de la lâcher. Elle rouvrit les yeux et le regarda avec étonnement. Il prit son visage entre ses mains, puis il glissa une mèche égarée sur sa joue derrière son oreille.

Tu m'as manqué. J'ai envie de toi. J'ai besoin de toi.

Les mots se bousculaient dans sa tête. Il tenta de retrouver sa colère, ce sentiment de trahison, mais sa proximité balaya toutes ces émotions. Face à elle, il perdait tout instinct de conservation. S'il était le fils tant voulu par son père, en bon Barron, il ne penserait qu'à se venger. Mais il ne l'était pas, pas au sens où Cyrus le voudrait. Il voulait Jolie. Son fils. Et il les aurait, même si pour parvenir à ses fins, il devait un peu tricher.

Mais hors de question d'avouer tout ça à Jolie. Elle

s'enfuirait à toutes jambes. C'était prématuré. Il le savait, et pour que son plan ait une chance d'aboutir, il devait garder ses réflexions pour lui.

— Oui ? soupira-t-elle en cherchant son regard. A quoi penses-tu ?

Il cilla, reprit ses esprits, en se concentrant sur le moment présent. Un rire lui échappa.

— Eh bien… Je ne sais pas, répondit-il en se noyant dans son regard.

— De quoi as-tu peur ?

Cord serra les dents. Cette conversation lui rappelant un peu trop ces petits jeux qu'il partageait avec ses frères. Des jeux qui commençaient toujours par cette question, avant de dévier en : « Chiche ! » Ce genre de défi tournait toujours mal. L'un de ses frères, ou plusieurs, se retrouvait aux urgences et les autres punis.

Oui, de quoi avait-il peur ? La réponse était simple. De ne jamais revoir Jolie et CJ. De sa bêtise. De tout gâcher une fois de plus. De passer le reste de son existence sans elle, seul.

— De tant de choses, soleil, dit-il en posant son front contre le sien. Si tu savais…

Elle l'enlaça, glissant ses pouces dans sa ceinture.

— Je voudrais tant que tu me parles.

— Je voudrais tant le pouvoir.

A sa franchise, elle se figea.

— Tu sais, ce n'est pas compliqué. Il te suffit d'ouvrir la bouche, et les mots viendront d'eux-mêmes…

— C'est facile pour toi, de dire ça, murmura-t-il en riant pour dissimuler ces tremblements, dans sa voix.

Elle soupira, puis le relâcha. Il resserra son bras autour de sa taille et déposa un baiser sur son front, avant de s'écarter.

— J'aimerais pouvoir te parler, vraiment, Jolie. Je crois que nous avons pris un mauvais départ…

Elle laissa échapper un soupir de frustration.

— Ecoute, je sais que tu attends de moi des excuses…

D'un geste, il l'interrompit.

— Non. C'est trop tard, pour ça.

Même dans l'obscurité, il vit la couleur de ses yeux changer, sous l'effet de la colère. Passant une main dans ses cheveux, il murmura.

— Je t'en prie, Jolie.

Tout juste s'il ne l'entendit pas grincer des dents. Prenant un peu de recul, au sens propre comme au sens figuré, il enfouit les mains dans ses poches et regarda la lune. Ici, loin de la pollution lumineuse de la ville, le ciel d'Oklahoma était d'un noir satiné serti de diamants et la lune telle une perle de nacre pure. Il résista à l'envie de soupirer, aussi fort qu'elle venait de le faire, tout en l'observant du coin de l'œil.

— Ce n'est facile ni pour toi ni pour moi. Oui, je suis encore fou de rage. Mais tu as souffert, toi aussi…

Il leva la main quand elle fit mine de protester.

— Ecoute-moi jusqu'au bout, d'accord ? C'est bien toi qui voulais que je parle, non ?

Refermant la bouche, elle croisa les bras… Bombant le torse. Ce fut plus fort que lui. Il regarda avec envie ses seins. Et quand elle grommela quelque chose, il rit.

— Seize ans pour la vie, rappelle-toi… Lorsque tu fais ça avec ta poitrine, forcément, je regarde, chérie. Je suis un homme. J'aime les jolies femmes… Bref, ce que je voulais dire… Ce qui est fait est fait, Jolie. Nous ne pouvons désormais qu'aller de l'avant, d'accord ?

Elle acquiesça d'un bref hochement de tête, avec un petit air buté. Ce n'était pas le Pérou, mais un bon début, aussi poursuivit-il :

— Maintenant que je suis au courant, pour CJ, je veux faire partie de sa vie. Je veux être son père.

De nouveau, il passa une main dans ses cheveux.

— Personnellement, de ce rôle, je n'ai eu qu'un exemple lamentable, donc je pense pouvoir faire mieux. Toi et moi devons avoir une discussion. Peut-être pas ce soir, mais bientôt. Au sujet… De certaines choses. De la garde, d'argent, de tout ça…

Il frémit à la façon dont elle se raidit quand elle répéta :

— « Tout ça » ?

— Oui, Jolie. « Tout ça. » Je veux que nous soyons amis. Ou au moins que les choses entre nous se passent de manière amicale…

Oh ! Il voulait bien plus que cela, mais il n'était pas prêt encore à abattre toutes ses cartes.

— CJ a besoin de ses deux parents. Et il mérite de ne pas les voir s'égorger en permanence.

Il respira un peu mieux quand elle se détendit, l'approuvant manifestement dans sa façon de voir.

— CJ et moi nous en sommes très bien sortis sans toi, remarqua-t-elle néanmoins, sur la défensive.

Il ravala la réplique pleine de colère qui se forma spontanément dans son esprit et la dévisagea, le poids de ses pensées s'écoulant de son regard au sien. Elle finit par détourner les yeux et, baissant les bras, elle tâtonna pour trouver la poignée de la portière.

— Pourquoi es-tu revenue ?

Jolie s'immobilisa.

— Que veux-tu dire ?

— Rien de plus que cela. Pourquoi être partie de Houston ? Pourquoi revenir ici ?

Elle contempla avec une attention excessive le dallage de l'allée à ses pieds, puis marmonna quelque chose qu'il ne saisit pas.

— Jolie ? Pourquoi ?

— J'avais le mal du pays, d'accord ?

Elle fixa alors le bout de ses pieds, mal à l'aise.

Cord prit sa main.

— Si nous devons avoir cette discussion ce soir, autant le faire dans de bonnes conditions. Retournons à l'intérieur. Tu iras embrasser CJ dans son lit. Puis nous nous installerons dans la cour, pour une conversation privée…

— Non, il faut que j'y aille.

— Tu travailles demain ?

— Non.

— Alors, tu as prévu de coucher avec quelqu'un ?

— Mais non, voyons !

— Dans ce cas, de quoi as-tu peur ?

Il avait été prompt à lui retourner la politesse. Jolie pinça les lèvres.

— Certainement pas de toi. Oh ! entendu ! Et si CJ veut finalement rentrer à la maison avec moi, tu n'auras à t'en prendre qu'à toi-même.

Ils rebroussèrent donc chemin, gravirent les marches du porche, Cord un peu trop prévenant, une main dans le creux de ses reins. Elle pria en silence pour qu'il ne la sente pas frissonner. Comment s'y prenait-il pour la troubler ainsi, après tant de temps ? Même furieuse contre lui, son cœur se mettait à battre si fort, non de colère, mais de désir. Elle avait une telle faim de lui.

Lui ouvrant la porte, il s'écarta pour la laisser entrer dans le hall, avant de la précéder dans l'escalier menant aux chambres. Certaines portes étaient ouvertes, mais les pièces étant plongées dans le noir, impossible de voir à l'intérieur. Elle ne put s'empêcher de se demander laquelle de ces pièces il occupait. Or, le moment était mal choisi pour se poser ce genre de question. Ses nuits étaient déjà agitées, la faute à tant de rêves et de souvenirs torrides… Tous les deux faisant l'amour dans un lit, au bord du lac, dans son appartement d'étudiant, dans des chambres d'hôtel, etc.

Absorbée par ses pensées, elle lui rentra dedans quand il s'arrêta devant elle. Aussitôt, il la rattrapa par le bras.

— Chuuut ! dit-il alors, l'index en travers des lèvres, en désignant une porte entrouverte.

Elle regarda à l'intérieur. Une lampe de chevet éclairait d'une lueur tamisée la pièce. CJ, dans son plus beau pyjama, dormait à poings fermés, un bras autour du chien du ranch, couché sur le lit. Elle porta une main devant sa bouche pour étouffer un rire. Puis, sur la pointe des pieds, elle s'approcha du lit de CJ et déposa un baiser sur son front. Elle s'apprêtait à repartir, quand le chien lui lécha le bras. Surprise, elle ne put retenir un petit cri de surprise.

— Maman ?

CJ ouvrit les yeux et se passa une main dans les cheveux.

— Bonne nuit, mon ange. Maman t'aime, chuchota-t-elle avant de l'embrasser sur la joue.

— Bonne nuit maman. Bonne nuit papa.

— Bonne nuit, mon grand. Fais de beaux rêves.

Cord se tenait près d'elle. Il se pencha et, à son tour, déposa un baiser sur le front de CJ. Soudain, elle retint son souffle, pétrifiée. Combien de fois avait-elle rêvée de ce moment ? Tous les deux allant border CJ et lui souhaitant bonne nuit. Pauvres fantasmes, dont l'intensité émotionnelle était largement au-dessous de la réalité. Submergée par l'émotion, elle sortit de la chambre avant que Cord puisse surprendre ses larmes. Une fois dans le couloir, elle s'appuya au mur, le souffle court, tout en se dépêchant de s'essuyer les yeux.

— Jolie ? Chérie, qu'est-ce qui ne va pas ?

Et avant qu'elle puisse réagir, Cord l'enlaça, et elle se blottit contre lui.

— Rien, chuchota-t-elle.

— Hmmm… D'accord.

Il ne la crut pas, mais n'insista pas. Il prit son bras et ils descendirent dans le salon, puis il la guida jusqu'à la cour, la fit asseoir dans le grand transat avant de retourner dans la maison. Il réapparut quelques minutes plus tard, avec une tasse surmontée de crème fouettée. Cet homme était le diable en personne. Un diable à la mémoire irréprochable. Elle prit la tasse dans ses mains, et il alla rallumer les braises.

Il la rejoignit dans le transat peu après, sans demander la permission. Elle ne protesta pas. Une partie d'elle avait besoin de sa proximité, beaucoup plus importante que la partie qui souhaitait qu'il reste à distance. Une bière à la main, il leva sa bouteille et proposa de porter un toast.

— A quoi ?

— A… Notre fils.

Elle hésita, puis cogna doucement sa tasse contre sa bouteille avant d'avaler une gorgée de son *irish coffee*. Aussi parfait que si elle l'avait préparé elle-même. Elle n'avait pas envie de réveiller le passé, mais le présent était encore trop angoissant, quant au futur… Elle ne pouvait même pas l'imaginer. Optant pour le silence, elle s'allongea confortablement sur les coussins et regarda les flammes danser autour des bûches, tout en dégustant sa tasse.

En dépit de tous ses efforts pour la retenir, une larme se percha au bout de ses cils. Ce genre de moment, elle en avait tant rêvé. Des soirées comme celle-là, avec Cord, tous deux partageant un silence apaisé, leur enfant dormant paisiblement à l'intérieur. Elle ne voulait que ce que toutes ses amies voulaient. Un homme qui l'aimerait, un homme qu'elle aimerait. Un homme qui passerait sa vie à la rendre heureuse. Mais il avait fallu qu'elle tombe amoureuse de Cordell Barron, le seul homme qu'elle ne pourrait jamais avoir.

Prenant sa tasse, il glissa son bras autour de ses épaules, l'attirant plus près de lui.

— Ne pleure pas, mon bébé. Tes larmes me brisent le cœur.

Soudain, pourtant, toutes les larmes qu'elle retenait depuis tant d'années s'échappèrent. Il la berça avec tendresse, embrassa ses cheveux, son front, ses joues. Sans doute s'en voudrait-elle plus tard d'avoir craqué, mais dans l'immédiat, elle se contenta d'absorber sa chaleur, sa douceur. Et d'accepter le fait qu'il prenne soin d'elle.

A force de sangloter, elle finit par se déclencher le hoquet. Il lui tapota le dos, comme s'il ne savait que faire. A cet instant, il remua, et elle surprit sur son visage une grimace qu'il s'empressa de réprimer. Il n'avait pas arrêté de la soirée, pourtant ses blessures devaient encore le faire souffrir.

— Je peux te prêter un bout de chemise ? dit-il, malicieux.

— Pour m'essuyer le bout du nez ?

— Bien sûr. Tu peux faire ce que bon te semble de ma chemise, répondit-il en riant. Puis il posa son front contre le sien et de nouveau changea de position, mais pas à cause de ses blessures cette fois. Car monsieur à l'évidence était troublé. Très troublé. Lorsqu'elle le regarda, il murmura.

— Ah ! C'est embarrassant, dit-il alors, penaud.

Jolie rit tout en s'essuyant la joue à sa chemise. Qu'était-elle donc en train de faire ? Ce tête-à-tête prenait une tournure trop intime. Il pencha la tête, cherchant ses yeux. Elle pinça les lèvres, mais finit pas sourire.

— Je ne vais quand même pas m'excuser de te désirer, Jolie. Tu m'as toujours fait cet effet… Tu n'as même pas besoin d'être dans la même pièce que moi. Il me suffit de penser à toi…

Elle le dévisagea, ne sachant si elle devait le croire, voulant voir dans ses yeux la vérité des choses.

— Tu es sérieux ?

— Oui. Je…

Il soupira, puis la lâcha pour s'asseoir.

— Jolie, je tiens à être honnête envers toi…

La lutte intérieure à laquelle il était en proie était manifeste. Tenait-elle vraiment à avoir une réponse à sa question ? Elle avait l'impression de se trouver au bord d'un précipice. Un pas de plus et elle basculerait dans le vide.

Non, non et non, Cord ! Ne fais pas ça. Ce n'est pas une bonne idée. Tu vas tout gâcher. Une fois de plus.

— Je pense tout le temps à toi, Jolie. Je n'ai jamais cessé de penser à toi… Tu avais toutes les raisons de me détester. D'ailleurs, je me détestais moi-même. Et aujourd'hui encore. Je me suis comporté comme un salaud, un fou, un idiot, Jolie…

— Tu m'as brisé le cœur, chuchota-t-elle.

— Je sais, finit-il par répondre, la gorge nouée. Mais en prenant ta revanche, tu as brisé le mien.

- 9 -

Jolie serra les dents, avec l'envie de lui marteler le torse de ses poings. Comment osait-il tout ramener à sa petite personne ? Il l'avait abandonnée, avait fait voler son cœur et sa fierté en éclats. Submergée par la colère, elle pensa un instant le planter là, fuir, le fuir à jamais. Mais elle se reprit et fit barrage aux souvenirs toxiques, en se remémorant ses paroles, ce soir.

Alors, comme l'air s'échappant d'un ballon par un petit trou, elle sentit sa colère se dissiper.

Elle s'assit, jambes croisées en tailleur, s'essuya les yeux encore gonflés de sa crise de larmes. Espérant en avoir terminé avec les pleurs. Mais elle était sur les nerfs et donnerait tout pour ne pas avoir cette conversation avec lui, pas maintenant. Une conversation pourtant inévitable, qu'elle attendait depuis tant d'années.

— Pourquoi, Cord ?

Il baissa la tête tout en passant la main sur son visage.

— Pour faire bref, à cause de mon père. Il déteste J. Rand. C'est de notoriété publique : Cyrus déteste tout le monde.

Son explication lui parut un peu trop facile. Elle ne le laisserait pas s'en tirer à si bon compte.

— Et pour faire long ?

Se levant, il se dirigea vers la piscine et s'arrêta au bord du bassin, mains dans les poches. Jolie tressaillit, glacée soudain par son absence, à côté d'elle. Prenant un plaid sur le transat voisin, elle s'en couvrit.

— Tout ce que je voulais, Jolie, c'était toi. Ce jour-là, au lycée, en compagnie de Chance, Cooper et Boone… Quand j'ai levé les yeux, que je t'ai vue, mon monde a basculé…

Il tourna la tête pour la regarder et s'empressa de revenir sur ses pas pour jeter un peu plus de bois dans le brasero et attiser les flammes.

— Puis Boone m'a dit qui tu étais…

Il esquissa un haussement d'épaules en guise d'excuse.

— Le nom de ton père résonnait comme une insulte à la table du dîner familial, chez les Barron. J'avais dix-sept ans, et le patriarche imposait sa loi d'une main de fer.

Jolie réfléchit à tout ce qu'elle savait sur Cyrus Barron, sans émettre de commentaires.

— Tu étais si… belle. Et je te voulais, toi, comme je n'avais jamais voulu personne de toute mon existence.

— Tu as pourtant enchaîné les conquêtes, il me semble…

— Je ne pouvais pas t'avoir, toi… Alors oui, je crois être sorti avec toutes les filles du lycée. Puis je suis entré à l'université. Mais tu n'étais pas là, chaque jour, je ne pouvais pas te croiser dans les couloirs. Je ne pouvais…

Il se tut.

— Tu ne pouvais pas quoi, Cord ? demanda-t-elle d'une voix à peine audible.

— Il y avait un mimosa, dans le jardin de Nichols Hills. J'allais souvent m'asseoir dessous, au printemps…

Il se détourna et regarda au loin.

— Un jour, je l'ai fait abattre.

— Je… Je ne comprends pas.

— Le mimosa, Jolie. Tu as le parfum du mimosa.

Elle résista à l'impulsion de humer sa peau.

— Mais nous sortions ensemble. On ne se quittait pour ainsi dire jamais. Et c'était bien, entre nous. Je dois savoir, Cord. Pourquoi as-tu rompu avec moi ?

— D'abord, je voudrais savoir, pourquoi es-tu venue t'asseoir sur mes genoux, à cette fête ?

— Je t'ai demandé la permission, avant…

— J'ai répondu à tes questions, Jolie. Il est temps que tu répondes aux miennes. Pourquoi ?

Jolie resserra le plaid autour de ses épaules.

— Pour faire bref… J'étais ivre et dingue de toi. Je l'étais depuis le jour de la rentrée, au lycée…

— Et pour faire long ?

— L'attrait du fruit défendu, sans doute, répondit-elle, avec un léger sourire. A la maison aussi, la famille Barron était un sujet de conversation tabou…

Elle rit, un rire sans joie.

— Tu sais, si tu avais été le Cord Barron que tout le monde décrivait, cette nuit aurait été la première et la dernière. Si tu m'avais attirée dans ton lit pour me dire adieu au petit matin, cela aurait suffi à te rayer définitivement de mon esprit, de mon cœur… De mon corps. Mais non, oh non ! rien ne s'est passé ainsi. Au contraire, tu as fait preuve de noblesse en me raccompagnant à l'appartement que je partageais avec les autres. Tu m'as tenu les cheveux pendant que je vomissais tripes et boyaux. Tu m'as couchée, bordée et embrassée sur le front avant de partir…

De nouveau, elle sentit les larmes affluer derrières ses paupières baissées.

— Va au diable, Cord. pourquoi ne t'es-tu pas comporté comme un salaud ?

Et en trois secondes, sans lui laisser le temps de protester, il revint s'asseoir auprès d'elle et l'enveloppa de ses bras, la serrant fort contre lui. Elle se mit à pleurer doucement, mais déterminée à poursuivre, elle ajouta :

— Par ta faute, je suis tombée amoureuse de toi et puis… Et puis, tu es parti en me disant : « C'est fini »… Rien d'autre, pas la moindre explication. Rien que ces trois petits mots, et tu as pris la porte…

— J'ai passé la semaine suivante ivre mort, dit-il entre ses dents.

— Pourquoi, Cord ?

— Je te l'ai dit, mon père. Il… Ah ! et zut ! Jolie ! Il a tout découvert. Sur nous. Et aujourd'hui encore, j'ignore comment…

Quand il confirma ses soupçons, elle sentit quelque chose comme de l'acide lui brûler les entrailles.

— Parle-moi, chuchota-t-elle en refermant le poing autour du col de sa chemise. Explique-moi ce qui s'est passé…

— Il m'a convoqué dans son bureau. M'a laissé debout là, planté devant lui, tout en se balançant dans son superbe fauteuil en cuir, mains croisées sur son gros ventre. Un cigare se consumait dans le cendrier, je me souviens…

Il hésita, le temps de reprendre son souffle.

— Lorsqu'il a enfin daigné me regarder, je… Jolie, j'aurais préféré qu'il se lève et me gifle. Ça aurait fait moins mal que l'espèce de regard qu'il m'a lancé à cet instant-là…

Elle ferma les yeux pour s'empêcher de pleurer.

Plus de larmes, ordonna-t-elle à son cœur.

— Je le décevais, voilà ce qu'il m'a dit ce jour-là. Entre autres. J'étais le pire de ses fils. Un moins que rien. Oh ! chacun de mes frères à un moment ou à un autre a eu droit à son lot d'horreurs et d'insultes ! Mais cette fois… Là, c'était différent. Je ne peux pas expliquer pourquoi, mais ça l'était.

Elle s'essuya de nouveau les joues à sa chemise, puis elle le regarda. Il avait les yeux rivés sur la voûte étoilée au-dessus d'eux et lui caressait machinalement le dos. Son visage était tendu et sombre.

— Il m'a emmené deux étages plus bas, m'a montré le bureau du P-DG de la BarEx, avant de me dire : « C'est ton nom qui est censé être affiché sur cette porte, mais avise-toi de la revoir et je te renie, je te déshérite et je ferai en sorte de briser tous tes rêves… »

La voix de Cord se brisa sur le mot « rêves ».

Elle se redressa et déposa un baiser sur son menton.

— J'ai pensé alors que j'allais terminer mes études, puis chercher du travail, comme tous les autres, dans les champs de pétrole. Mais non, il avait pensé à tout. Il ferait en sorte que je ne puisse travailler pour aucune autre compagnie. Dans l'incapacité de trouver un emploi, je ne pourrais jamais réaliser mon rêve…

Il l'embrassa sur le front et l'attira un peu plus fort contre lui. Sa main couvrit la sienne, sur son torse, et il mêla ses doigts aux siens.

— Ce rêve, oh oui ! Je voulais t'épouser, fonder une famille avec toi, Jolie. Mais sans travail, tout ça devenait impossible. Du moins est-ce ce que j'ai pensé, alors. J'étais jeune, stupide… Lâche.

Elle s'apprêta à lui répondre que son père, lui, l'aurait embauché, mais les mots refusèrent de sortir. Elle réfléchit. Jusqu'à Cord, jamais elle n'avait menti à son père. A l'époque, le marché du pétrole traversait une crise. Les prix étaient au plus bas, le gouvernement durcissait la réglementation, les droits d'exploitation étaient difficiles à obtenir. Non, jamais son père n'aurait embauché le fils de son principal concurrent.

— Alors, j'ai fui. Le soir où j'ai rompu avec toi, Cooper m'a conduit au supermarché le plus proche, et j'ai acheté pour cinq cents dollars d'alcool. Je ne suis pas allé en cours pendant une semaine. Coop et Chance se relayaient auprès de moi. Pour s'assurer que je ne commettrai aucune bêtise.

— Comme je t'ai haï…

— Oui, je m'en doute…

Il inspira, expira.

— Si tu savais comme je me suis haï moi-même.

Ils se turent, et la nuit autour d'eux s'épaissit. Une branche dans le brasero craqua. Au loin, un merle sifflota. Cord prit le plaid pour les en couvrir tous les deux.

— Si tu dois ronfler, je m'en vais.

— Je ne ronfle pas, Jolie. Contrairement à toi.

— Oh ! C'est faux ! s'exclama-t-elle en lui pinçant le bras.

— Et tu fais aussi de drôles de petits couinements, comme un chaton, continua-t-il à la taquiner.

— Menteur.

— C'est la vérité.

— Comment te souviens-tu de ça ?

— Je me souviens de tout, Jolie, répondit-il, sur un ton empreint d'une gravité soudaine.

— Par exemple ?

— Par exemple, de ton visage à ton réveil. De ces yeux de biche que tu as, alors. De tes cheveux ébouriffés. De tes fous rires. Et aussi, de ta façon de me regarder, paupières mi-closes, quand j'approche ma bouche de la tienne…

— N'importe quoi…

— Je peux le prouver…

Il se redressa dans le transat et la dévisagea, avec un petit sourire espiègle. Et… elle baissa à moitié les paupières et le regarda derrière ses cils. Quand ses lèvres effleurèrent les siennes, ses yeux se fermèrent. Elle ne résista pas. Son corps avait dépassé les réflexes de lutte ou de fuite. Tout ce que voulait ce pauvre corps maintenant, c'était…

Assez de mots et embrasse-moi…

Elle entrouvrit les lèvres, invitant Cord à approfondir leur baiser. Il comprit tout de suite le message. Une main dans ses cheveux, il pressa ses lèvres contre les siennes pour un baiser brûlant, vibrant de désir, et quand sa langue se noua à la sienne, il laissa échapper un gémissement. Elle remua contre lui. Difficile d'ignorer son érection dans cette position. Elle frémit en l'imaginant en elle. Elle avait envie de lui, comme jamais.

Les seins douloureux, elle pria pour sentir ses doigts les caresser, jouer avec eux. Elle se cambra, se frotta à lui et, grâce au ciel, il n'eut aucun mal à comprendre. Abandonnant ses cheveux, il posa une main sur son dos, tandis que l'autre entourait l'un de ses seins. Elle soupira, soulagée. Enfin. Par réaction, elle pressa ses genoux l'un contre l'autre, le désir palpitant entre ses cuisses et… Soudain, il arracha sa bouche à la sienne. Et la repoussa.

— Mais que…

— Je suis désolé…

Cord lui tourna le dos, poings serrés sur les cuisses.

— Désolé ? Je ne comprends pas, Cord. Désolé pour quoi ?

— Pour… ça, dit-il, en refusant de la regarder. Je ne voulais pas te… séduire.

— Me séduire ? Tu es sérieux ?

Et ce fut plus fort qu'elle, elle éclata de rire.

— Je pense que nous sommes deux, non ?

— Non.

— Pardon ? J'avais envie de ce baiser… Entre autres choses.

— Il ne faut pas, Jolie.

— Comment ça, « il ne faut pas » ?

Confuse, elle hésitait entre colère, rire ou embarras.

— J'ai envie de toi, j'ai toujours eu envie de toi, et il en sera ainsi jusqu'à la fin des temps… Mais pas comme ça…

— Euh… Que veux-tu dire ?

Elle se pencha pour le regarder. Où voulait-il en venir ? A quel jeu jouait-il ?

— J'aimerais juste que toi et moi…

Il fit un geste vague entre eux.

— Je voudrais prendre le temps. Faire ce qu'il faut, cette fois…

Il lui fit face, et le désir brut exprimé par son visage fut un choc.

— Et maintenant, alors ? demanda-t-elle, la voix tremblante.

— Je ne sais pas trop, soleil…

Il caressa sa joue, et sa bouche effleura la sienne.

— J'ai besoin d'apprendre à être père. Pour CJ. Nous devons être amis. Pas simplement…

De nouveau, ce geste.

Elle le dévisagea. Tant d'émotions se lisaient en lui, trop.

— Que veux-tu ?

Il regarda au loin, se leva et s'éloigna au bord de la piscine.

— Du temps avec CJ. Enfin, plus de temps avec CJ. Et peut-être du temps tous ensemble. Comme, euh… Tous les trois. Comme… Des amis.

Il évita soigneusement de croiser son regard. Elle en aurait mis sa main à couper, il avait une idée derrière la tête. Quelque chose qu'il ne disait pas.

— Je n'ai pas vraiment confiance en toi, Cord.

Une lueur de colère scintilla dans ses yeux.

— C'est réciproque, Jolie.

Sa voix lui fit l'effet d'un coup de serpe. Elle ouvrit la bouche pour répliquer, avant de la refermer. D'accord. Il avait toutes les raisons de se méfier d'elle. Elle lui avait caché le plus grand secret de leur vie.

— Tu as raison. Désolée, dit-elle en ramenant les genoux contre ses seins et en les étreignant. J'ai vraiment l'impression d'avancer en terrain miné…

— Moi aussi…

Il revint vers elle, tout en restant à bonne distance.

— Ecoute, pourquoi ne pas l'admettre une bonne fois pour toutes ? Nous nous sommes fait souffrir mutuellement. Mais je veux aller de l'avant, Jolie. Je ne peux pas changer le passé. J'ai tout gâché, je sais. Mais toutes les excuses du monde ne pourront rien contre ça. Alors, voilà ce que je veux. Je veux une chance de faire ça bien. D'arranger les choses.

Ça, c'était Cord. Toujours à vouloir réparer. Un diplomate dans l'âme. Un homme de compromis, soucieux de ne pas heurter. Elle l'avait aimé pour cela, autrefois. Elle l'avait vu protéger les jumeaux et Chance de leur père… Mais elle l'avait vu aussi se plier sans sourciller aux ordres de Cyrus. Et elle doutait qu'il ait changé autant. Pas dans sa personnalité profonde. Une personnalité complexe, double, étrange combinaison de détermination et de soumission.

Oui, elle n'était pas certaine de pouvoir lui faire confiance, mais force était de reconnaître que son charme faisait toujours effet sur elle. Et il mettait à mal toutes ses défenses, réduisait à néant tous ses efforts pour le repousser.

— Tu es un être… sournois…

Son éclat de rire se résonna dans la cour.

— N'oublie pas « incorrigible ».

— Oui, aussi. Tu t'en vas sans te retourner et maintenant tu cherches à revenir dans ma vie.

— Ce qui fait de moi un être à part, non ?

— Et tu sais quoi, encore ? Tu as raison. Coucher avec toi serait une erreur.

Il la regarda, franchement amusé.

— « Une erreur », vraiment ?

Il baissa les yeux sur sa poitrine. Elle le savait, le bout de ses seins la trahissait.

Croisant les bras sur la poitrine, elle hocha la tête.

— Parfaitement, une erreur. J'ai perdu l'esprit quelques minutes, tout à l'heure. Oui, tu es comme ces grenouilles des forêts tropicales, à la peau vénéneuse. Tu m'as touchée, et j'ai perdu la raison.

— Je pense que c'est plutôt une bonne chose, soleil…

De nouveau, en une vague plus brutale cette fois, elle se sentit submergée par l'appréhension et le doute.

— Non, Cord. Je… Je ne suis pas prête pour ça…

— Pas prête pour quoi ?

Elle remua la main.

— Pour ça. Nous. Toi dans la vie de CJ. Je n'ai pas confiance en ton père, Cord. Je ne crois pas que tu…

— Que je quoi, Jolie ?

Il était en colère maintenant, mais elle n'était pas disposée à lui dire le fond de sa pensée. A lui dire qu'elle ne le croyait pas capable de la choisir elle et CJ, cette fois. Elle se leva et se dirigea vers la porte.

— Je rentre chez moi.

Son rire la suivit, si riche, si chaud, si fondant, un peu

semblable aux marshmallows, et un instant elle sentit sa volonté vaciller.

— Tu es sûre que tu ne veux pas rester pour la nuit ?

— Je ne coucherai pas avec toi, Cordell Barron. Ni ce soir ni jamais.

- 10 -

Cord relut le rapport. En dépit des rumeurs de complot, des dysfonctionnements à répétition sur le puits de pétrole, sans parler de l'accident qui leur avait valu, à Cooper et à lui, de graves blessures, tout cela ne serait donc apparemment que la faute à pas de chance. Une série noire. En tout cas, telle était la conclusion de l'inspecteur délégué par Cash. Ce dont Cord n'était pas totalement convaincu. Difficile d'oublier avec quelle véhémence, au début, J. Rand l'avait mis en garde, en lui conseillant de ne pas s'approcher de Jolie. Certes, leur petite conversation l'autre jour, au ranch, avait permis de conclure une sorte de trêve. Et puis, le père de Jolie n'était pas, au fond, un mauvais gars. N'empêche, Cord ne pouvait complètement écarter l'idée que les problèmes rencontrés par sa compagnie étaient liés d'une façon ou d'une autre au retour de Jolie.

Il posa le dossier sur son bureau. Si Cooper n'avait pas encore repris ses activités, Cord, lui, était de retour au bureau depuis environ une semaine. Même s'il lui arrivait souvent de penser à autre chose qu'au travail. Surtout quand il regardait par la baie vitrée. Les bâtiments de l'hôpital, sur la colline, juste en face, évoquaient trop de souvenirs. De mauvais souvenirs — la douleur physique, la longue convalescence. Mais des bons, aussi. Comme cette sérénité qui l'avait envahi quand il s'était réveillé avec Jolie à son chevet.

Son téléphone vibra, et la voix de son assistante l'informa d'un appel urgent de Cyrus. Réprimant une grimace, il prit la communication.

— Je suis occupé.

— Moi aussi. Tu croyais vraiment pouvoir me le cacher ?

Cord serra et les poings et les dents.

— Te cacher quoi ?

— Ton bâtard de gamin…

Il ferma les yeux pour tenter de contenir la rage que ces mots suscitèrent en lui.

— Tu parles de mon fils ?

— Ton fils ? Pas officiellement, en tout cas. Et tu ferais mieux d'aller au tribunal au plus vite, Cord. Tout de suite. Sinon, je m'en chargerai.

Le vieil homme raccrocha sans lui laisser le temps de répondre. Mauvaise journée.

Il soupira. Les affaires. Il devait se concentrer sur la BarEx, en pleine crise. Et sa vie privée ne valait guère mieux. Certes, il passait plus de temps avec CJ. Mais pas avec Jolie. Elle gardait ses distances. Il s'en voulait encore d'avoir mis un terme à leurs baisers, l'autre soir. Des baisers qui promettaient plus, tellement plus. Et aujourd'hui, le patriarche qui venait d'apprendre pour CJ…

— Alors, quoi de neuf ?

Il pivota dans son fauteuil, surpris.

— Chance, j'ai failli avoir une attaque !

Son frère rit et prit place dans l'un des fauteuils face à lui.

— Heureux de ton retour parmi nous, l'éclopé.

— Que me vaut au juste le plaisir de cette visite ?

— Je suis ici sur ordre de Cassie.

— Et ?

— Elle prépare Thanksgiving.

— Thanksgiving, répéta Cord, encore sous le choc de son bref échange avec Cyrus, conversation qu'il n'était pas disposé à partager avec Chance.

— Oui, je sais, on est en septembre, et c'est la période de la fête de l'Etat, mais elle déteste faire les choses dans la précipitation…

La grande fête de l'Etat de l'Oklahoma. Autant dire des millions de possibilités. Cord sourit. Il appellerait Jolie, les inviterait, elle et CJ. Pas une minute à perdre. Il devait la convaincre. Ils appartenaient l'un à l'autre.

— Terre appelle Cord…

— Quoi ? Oh ! Pardon. Dis à Cassie qu'elle peut compter sur moi…

— Hmm… Je vois les rouages qui tournent à plein régime, dans ton cerveau. Que mijotes-tu ?

— Rien de coupable avec Cassie, je te rassure.

— Encore heureux, répondit son frère en riant. Bien, je vais t'expliquer pour Thanksgiving. Ensuite, tu me raconteras quel mauvais coup tu prépares. En fait, Cassie aimerait faire un grand repas de famille au ranch.

— Le tien ou le nôtre ?

— Au Crown B. Nous ne savons même pas si notre maison sera prête à Noël.

Chance et Cassie faisaient construire sur les terres du Crazy M, le ranch dont elle avait hérité et que leur père avait tenté de lui arracher.

— Mais pourquoi Cassie tient-elle à organiser ça au Crown B ?

— Quand je lui pose la question, elle lève les yeux au ciel, marmonna Chance avec un haussement d'épaules. Je pense que cela a à voir avec le fait que nous considérions le ranch comme notre maison. Cass est très branchée famille et nid douillet, maintenant.

— Et qu'en est-il de ses relations avec le patriarche ?

Chance éclata de rire.

— Ma femme est un vrai petit soldat, et je cite : « Laissons ce vieux salaud à son aigreur, il ne me fait pas peur. Le ranch est ta maison de famille, et c'est bien là tout ce qui importe. »

— Bon, c'est d'accord. Mais tu sais, Cass me fait peur, parfois.

— A moi aussi. Mais pas de panique. Nous verrons

bien comment se passe la cohabitation en cuisine, entre Miss Beth et elle…

— Notre père est au courant de son projet ?

— Non, je ne crois pas. Mais Cass ne s'inquiète pas. Et je vais te dire, la perspective de voir ma femme écharper le patriarche ne me déplaît pas, avoua Chance, le regard dans le vague.

Cord attendit, pressentant quelque chose.

— Quoi ?

— Elle voudrait inviter CJ. Et Jolie, répondit son frère.

— Ah ! Cela pourrait être un problème, si le vieil homme est de la fête…

Cord s'interrompit et inspira profondément avant de conclure :

— Je ne crois pas que ce soit une bonne idée…

Il tapota le dossier, devant lui, tout en regardant son frère.

— Tu as lu le rapport d'enquête de Cash, à propos de l'accident ?

— Manifestement, tu préfères changer de conversation, grand frère…

Cord haussa les épaules. Il n'avait pas envie de parler de lui. Il devait se mettre au travail, se concentrer sur ce qu'il faisait de mieux, trouver du pétrole, du gaz, pour la raffinerie Barron.

— J'ai un emploi du temps chargé, tu sais ce que c'est…

— J'ai eu une copie du rapport. Que sait-on exactement sur le chef de chantier ? On dit qu'il abuse de la bouteille…

— Je n'en crois pas un mot. Cooper a une confiance absolue en cet homme. Et l'inspecteur envoyé par Cash n'a décelé aucun signe de sabotage…

— Mais ?

— Eh bien, la coïncidence me paraît troublante. Rand me met en garde en me conseillant de ne pas m'approcher de Jolie, et soudain, le puits sur lequel nous étions en concurrence est l'objet de tout un tas de problèmes… C'est troublant, non ?

— On connaît les états de service du chef de chantier ? insista son frère.

— Irréprochables, répondit Cord en tapotant de nouveau le dossier, sous ses yeux, avant de tourner le dos à Chance pour regarder le complexe hospitalier, sur la colline.

Il entendit son frère s'agiter, un bruit de papiers.

— Tu n'es pas venu me voir uniquement pour Thanksgiving, n'est-ce pas ?

— As-tu examiné la proposition de la raffinerie de Houston ?

Il refit face à Chance.

— Oui. Le patriarche apparemment a ficelé le dossier, sans me demander mon avis bien sûr…

A cet instant, quelque chose dans le regard de son frère l'interpella.

— Quoi ? Quelque chose te chagrine, dans cette affaire ?

— Cyrus souhaite en faire une société-écran.

— Pour échapper aux taxes ?

— Sans doute…

— Mais ? Car il me semble avoir noté un « mais » dans ta voix…

— Il souhaite dissocier la raffinerie du groupe Barron.

Cord réfléchit aux implications d'une telle mesure.

— Il veut en avoir le contrôle exclusif ?

— C'est ce que je crois, répondit Chance, mal à l'aise. Tu es toujours le P-DG, Cord. Cette transaction ne peut se faire sans ta signature, même si le patriarche prétend le contraire.

Cord se passa la main dans les cheveux, d'une longueur décente enfin, après qu'on les lui eut rasés, à l'hôpital.

— Nous avons besoin de cette raffinerie, Chance. Mais j'éplucherai le dossier et passerai quelques coups de fil. Autre chose ?

Son frère se leva et se dirigea vers la porte. Il hésita, puis se tourna de nouveau vers lui.

— La cause de nos problèmes n'est peut-être pas à chercher si loin, Cord. Notre père m'en veut encore, à cause de Cassie…

Quoi qu'il en soit, le patriarche, comme à son habitude, devait mijoter un mauvais coup. Et Cord avait la désagréable impression d'être dans son collimateur…

Jolie glissa son téléphone dans sa poche en souriant à Liza, l'infirmière du staff hélico.

— On dirait que tu viens d'avaler une gousse d'ail, remarqua la jeune femme assise confortablement face à elle, pieds sur son bureau. Un problème de mec ?

Jolie secoua la tête.

— Non… Enfin, oui. Un peu.

Son amie éclata de rire.

— Et de quoi s'agit-il ?

— C'est Cord, répondit Jolie, comme si cela expliquait tout.

— Oh ? Il est beau, richissime et gaga de ton fils. Je ne vois pas en quoi il représente un problème…

— Ce n'est pas si simple, marmonna Jolie. Il vient juste d'appeler pour nous emmener, CJ et moi, à la fête de l'Etat.

— Une minute… Ce type-là est un Barron. Il pourrait prendre un jet pour un dîner en tête à tête avec toi à Paris et… Il t'invite bêtement à la fête de l'Etat ? Oh oui ! tu as un problème…

A cet instant, l'expression de Liza était si comique que Jolie s'esclaffa.

— En fait, il voulait savoir s'il pouvait emmener CJ. Et il en a profité pour m'inviter.

— Comme ça ? Accessoirement ? Qu'est-ce qui cloche, chez ce type ?

— Nous avons eu une histoire ensemble, Liza. Cord est le père de CJ, tu comprends…

L'infirmière bondit de son siège.

— Cordell Barron, le père de ton fils ? Bonté divine ! Ah oui ! tu parles d'une histoire…

— Je n'ai pas voulu ébruiter l'information…

— Oui, mais je suis ta meilleure amie. Et une meilleure amie sait ces choses-là. Bref. Il me semble qu'il a des frères, cet homme, non ? Quatre, si ma mémoire est bonne…

De nouveau, Jolie s'esclaffa, manquant s'étouffer avec son café. Prise d'une quinte de toux, elle épongea tant bien que mal son bureau, puis, ayant recouvré son souffle, elle remarqua :

— Crois-moi, tu ferais mieux de ne pas t'approcher des frères Barron…

— Pardon ? Ils sont beaux, riches et célibataires ! Ce serait un crime de ne rien tenter ! s'exclama Liza, clin d'œil en prime. Allez, je veux tout savoir…

— Il n'y a pas grand-chose à raconter. Cord et moi, nous sommes sortis un moment ensemble. Puis nous avons rompu. Par la suite, un soir, nous nous sommes croisés et… Bref, neuf mois plus tard, CJ venait au monde…

Elle évita le regard de Lizza et continua de nettoyer son bureau qui n'en avait plus besoin.

Lorsqu'elle releva la tête, son amie la dévisagea un long moment en silence.

— Oh ! mon Dieu, Jolie ! s'exclama-t-elle. Tu lui as caché l'existence de CJ, c'est ça ? Mais pourquoi ?

Jolie sentit ses joues s'embraser.

— Ce… C'est une longue histoire. Une qui ressemble beaucoup à celle de Roméo et Juliette. Nous avions rompu… Il y a eu juste cette nuit, après… Mais bon, il sait maintenant et compte bien rattraper le temps perdu…

— Et, euh, au risque de me répéter, où est le problème exactement ? demanda Liza en la fixant. Car c'est évident, tu tiens toujours à lui. Pourquoi ne pas essayer, encore une fois ? Voir si les étincelles crépitent toujours, entre vous ?

— Des étincelles ? Plutôt un incendie de forêt, oui, répondit Jolie en se passant la main dans les cheveux, crinière indomptable. Cet homme me rend folle.

— Dans ce cas, va à cette fête avec lui et CJ. Et rends-le fou, lui, pour changer.

La suggestion de Liza fit son chemin dans sa tête. Car oui, il ne l'avait invitée à la fête de l'Etat qu'après coup et, ensuite, son ego ne s'était pas remis de son refus de faire l'amour, l'autre soir.

— Je verrai..., dit-elle, ce qui n'était pas une réponse, mais elle n'avait rien de mieux...

Cord regarda CJ en train de sautiller tel un petit diable devant lui. L'enfant avait insisté pour monter sur tous les manèges, l'entraînant avec lui. Cord avait espéré jusqu'à la dernière minute que Jolie les accompagnerait. En vain. Elle voulait que tous les deux passent du temps ensemble, pour apprendre à mieux se connaître. Rien que père et fils.

Il avait enfin réussi à attirer CJ loin des attractions, mais le petit garçon s'arrêtait maintenant à tous les stands de nourriture. Beignets de toutes sortes. Pastèques. Hot dogs. Barbe à papa. Jus de fruits. Cornets de glace.

— Bon sang, mon grand ! Mais où mets-tu tout ça ?

— « Bon sang », c'est pas un gros mot ?

— Non, « bon sang » est une expression normale. Mais sérieusement, CJ, tu n'as pas assez mangé, tu crois ?

— Non, non. Oh ! papa, s'il te plaît ! le supplia CJ en l'entraînant un peu plus loin, au stand des pâtisseries, devant un bavarois à la fraise. Je peux en avoir un, dis papa ? Après, c'est promis, je ne mangerai rien d'autre. S'il te plaît.

Cord céda et commanda, puis, une fois servi, il alla s'installer avec CJ à une table de pique-nique.

— Tu veux goûter, papa ?

— Hein ? Non, merci, marmonna Cord en regardant d'un œil méfiant la masse gélatineuse dans l'assiette en carton de son fils.

Comme tout américain digne de ce nom, il raffolait de ce genre de gâteaux, mais ce spécimen-là ne lui inspirait guère confiance.

Le temps que CJ dévore son bavarois, la fête commença à se vider. Ils prirent alors la direction du parking, son fils traînant un peu la patte, au point qu'à mi-chemin Cord dut le prendre dans ses bras. En dépit de ces heures à aller et venir entre les stands, et malgré ses cicatrices, il se sentait en pleine forme.

Arrivés à la voiture, CJ s'était endormi. Cord ceintura son fils dans son siège-auto et, quelques minutes plus tard, il se mit en route, direction son appartement, à Bricktown. Il appréciait de rentrer chez lui. Faire la navette entre le ranch et le bureau le fatiguait. Et surtout, il ressentait le besoin de retrouver ses repères, son autonomie. Il avait travaillé dur pour pouvoir en finir avec ce maudit fauteuil roulant d'abord et ensuite se passer du déambulateur.

Se réveillant quand Cord le détacha de son siège, CJ gémit.

— Je veux maman… J'ai mal au ventre…

Cord prit l'enfant dans ses bras.

— Je l'appellerai une fois en haut, mon grand. C'est juste l'affaire de…

Quelque chose de chaud et de visqueux se répandit sur son dos. Il eut à peine le temps de reposer CJ par terre qu'une deuxième vague de vomi déferla. Son premier réflexe fut de s'emparer de son téléphone. Mais il se figea en se souvenant que l'appareil se trouvait dans la poche arrière de son jean. La poche maculée de… Grâce au ciel, il disposait d'un accès privé à l'ascenseur, au rez-de-chaussée. Moins de trente secondes plus tard, il fit entrer CJ dans l'appartement, le déshabilla et l'allongea sur le canapé, une poche de glace sur le front, un linge humide à portée de main et un seau en plastique à ses pieds, au cas où…

Après s'être débarrassé de ses vêtements avec le plus grand soin, armé d'une paire de gants en caoutchouc, il sortit ensuite son téléphone de la poche de son jean. Grâce au ciel, l'appareil semblait avoir échappé au pire. Il composait déjà le numéro de Jolie quand CJ l'appela. Il se précipita auprès de l'enfant dans le salon pour lui tenir le seau.

— Cord ? résonna la voix de Jolie, à l'autre bout du fil.

— Jolie ? s'exclama-t-il tout en essuyant la bouche de CJ. Dieu merci. Est-ce que tu peux venir ?

— Mais que…

— C'est maman ? Je veux maman, gémit CJ. Maman ? J'ai mal au ventre et j'ai vomi…

— Cord ? Que se passe-t-il ?

— Nous sommes chez moi. Peux-tu venir ? Je serais bien passé chez toi, mais… Attends !

Une autre salve de vomissements plus tard, il reprit son téléphone en main.

— CJ est…

— J'ai entendu. J'arrive.

Un quart d'heure plus tard, on sonna. CJ avait réussi à avaler quelques gorgées de *ginger ale* et somnolait à présent sur le canapé. Cord se dépêcha d'aller ouvrir, réalisant un peu tard être en chaussettes et boxer. En le voyant dans cette tenue, Jolie fronça les sourcils.

— Laisse-moi deviner, tu as de la lessive en retard et aucun vêtement de rechange.

— En fait… En fait, je n'ai pas eu le temps de mettre le lave-linge en marche, les vêtements de CJ et les miens sont dedans. Il faut dire que j'ai été occupé.

— J'imagine, remarqua Jolie tout en promenant son regard sur son torse — était-ce du désir qu'il lut, dans ses yeux ?

Quand il lui décocha un sourire explicite, elle reporta son regard sur son visage.

— Comment va-t-il ?

— Mieux, je crois. Je lui ai fait boire un peu de *ginger ale* et, maintenant, il dort.

— C'est parfait. Tu as fait ce qu'il fallait. Pourquoi m'avoir fait venir ?

— Parce qu'il te réclamait, répondit-il simplement.

Il se souvenait qu'enfant, quand il était malade, lui aussi appelait sa mère, sa vraie maman ou Helen, la deuxième Mme Barron. Aucune des deux n'avait vécu suffisamment longtemps pour voir les garçons grandir.

— Entre, je t'en prie, ajouta-t-il, avec un sourire plein d'entrain, du moins l'espérait-il. Je vais bien finir par me trouver un jean quelque part…

Il insista pour qu'elle le précède. Pas question de lui laisser voir à quel point elle le troublait.

— Puis-je t'offrir quelque chose à…

— Règle n°1, Cord…

Il s'arrêta net quand elle leva un doigt et, bouche cousue, attendit.

— Il ne faut pas laisser un petit garçon manger tout ce qu'il veut.

— Oui, je crois avoir compris la leçon.

— Règle n°2, reprit-elle, un deuxième doigt au garde à vous. Peu importe si le petit garçon en question supplie pour goûter à tout. Il faut savoir faire preuve de fermeté, dit-elle sur un ton docte qui lui donna envie de rire.

Envie seulement. Il s'efforça d'avoir l'air chagriné et répondit avec un air innocent, comptant bien la faire craquer par son charme d'éternel adolescent.

— Vraiment, je suis désolé, Jolie. Tout ça est tellement nouveau pour moi, tu comprends ?

Elle se renfrogna et, tout de suite, il leva les mains dans un effort pour désamorcer un conflit.

— Oh ! soleil ! Il n'y a aucun sous-entendu désobligeant

dans mes propos. Aucun reproche. J'énonce simplement un fait, d'accord ?

Jolie laissa échapper un soupir qui fit voleter ses cheveux, sur son front.

— D'accord.

Il tenta pour l'amadouer un peu plus un sourire espiègle dont il avait le secret.

— Et tu sais, nous aurions pu éviter tout ça si tu nous avais accompagnés.

— Ah ! mais bien sûr, ça va être ma faute ! répliqua-t-elle.

— Voyons, et si je te servais un verre, le temps de décider qui est fautif…

Jolie le suivit dans la cuisine.

— Ne crois pas une seule seconde pouvoir t'en sortir grâce à ton charme, Cord Barron, dit-elle en lui agitant son index sous le nez.

— Ah ! tu admets donc que j'ai du charme…

Il lui décocha un autre sourire, avant d'aller se réfugier derrière la porte du réfrigérateur. Il réprima un sourire quand elle soupira, exaspérée, puis attrapa un pichet de thé glacé et lui en servit un grand verre. Tout en la regardant en boire une gorgée, il sentit l'étau autour de son cœur se relâcher. Et autre chose plus au sud se contracter. A l'évidence, elle apprécia son thé, mais problème, la voir avaler déclencha toutes sortes de pensées dans sa tête. Des pensées honteuses, compte tenu que son petit garçon dormait juste à côté, sur le canapé.

Il l'invita à s'asseoir à la table de la cuisine et y prit place à son tour.

— Je suis désolé, soleil. Je te l'ai dit, j'ai besoin d'apprendre à être père. Tous ces bouquins sur le sujet ne me sont pas d'un grand secours…

Elle pouffa, mais son regard s'adoucit. Un signe encourageant.

— Rien ne remplace l'expérience, confirma-t-elle.

Incapable de résister, il posa une main sur la sienne, puis fit courir ses doigts sur son bras. La caresse la fit tressaillir, ce qui le réjouit.

— Merci d'être venue si vite.

— Je t'en prie. Bien, je vais le ramener...

— Tu es obligée de partir si vite ?

Elle le fixa, et il soutint son regard. Tant de secrets, entre eux. Et en lui, une seule envie, ne plus rien cacher. Déjà lors de leur petite entrevue, au ranch, quand au dernier moment il avait renoncé à lui faire l'amour, il avait baissé sa garde. Il la désirait à en perdre la tête, mais cette fois il tenait à faire les choses dans les règles. En construisant une vraie relation, fondée sur la confiance et l'amitié autant que sur ce courant électrique, entre eux. Le sexe était une chose, mais il fallait plus pour une relation. Et celle qu'il voulait avec Jolie ne devait pas se limiter au fait qu'elle était la mère de son enfant. Il inspira profondément, déterminé. Fini le temps des tergiversations.

— Sors avec moi, Jolie.

— Pardon ?

— Sors avec moi. Accorde-moi un rendez-vous. Un dîner en tête à tête.

— Je ne crois pas que ce soit une bonne idée.

— Au contraire, c'est une excellente idée. Je n'ai pas honte de CJ, Jolie. Ni de toi. J'ai envie que les gens nous voient ensemble...

— Et ton père dans tout ça ?

— Laisse-moi m'occuper de Cyrus. Franchement, je suis plus inquiet à propos du tien...

— Mon père ? s'exclama-t-elle, perplexe. Pour quelle raison, voyons ?

— Il m'a mis en garde, l'été dernier. En me conseillant de ne pas m'approcher de toi.

— Cela n'a pas été très efficace.

— Certainement pas. Alors ? Ce dîner ?

- 11 -

Mme Corcoran, la nourrice, lui ouvrit la porte, et Cord fit de son mieux pour ne pas rougir sous son regard plein de suspicion. Une semaine s'était écoulée depuis le fiasco de la fête de l'Etat, mais à la façon dont cette femme le dévisagea, il comprit. Jolie lui avait tout raconté.

— Papa !

Il ouvrit les bras à CJ qui se jeta littéralement à son cou.

— Salut, mon grand !

— Maman est presque prête. Elle se fait belle. Tu vas où avec elle ? Et pourquoi je peux pas venir ? Quand vas-tu…

— Eh ! CJ, une question à la fois ! J'emmène ta mère dans un grand restaurant. Tu ne peux pas venir, parce que c'est un dîner entre grandes personnes et que tu n'aimes pas les escargots.

— Escarquoi ?

— Les escargots, c'est une spécialité française.

— Beurk ! Tu manges de ces bêtes-là ?

— Non, pas moi, mais ta mère en est folle.

— C'est exact, dit Jolie derrière eux. Elle chatouilla CJ qui gloussa.

— Oh ! comme tu es belle ! s'exclama Cord, subjugué.

— Merci, mais n'aie pas l'air si surpris…

Difficile de savoir si elle prit la mouche face à sa réaction aussi enthousiaste que spontanée. Elle était vraiment belle.

— Oh ! bien sûr que non, je ne suis pas surpris, je… Mais…

Il fit un clin d'œil à CJ.

— Mon grand, tu as la plus jolie maman du monde, et je suis le plus chanceux des hommes de pouvoir l'emmener dîner ce soir…

Il se tourna ensuite vers Mme Corcoran.

— Nous ne rentrerons pas tard.

— Tout ira bien. Passez une bonne soirée.

Le restaurant en haut de la tour Founders avait été plusieurs fois baptisé et rebaptisé, depuis sa fondation. A l'image de la célèbre Space Needle à Seattle, la structure de ce haut lieu de la gastronomie tournait sur elle-même, offrant une vue panoramique sur Oklahoma City.

Dans l'ascenseur qui les emmenait au sommet, les gens restèrent silencieux, en regardant droit devant eux, l'air tendu, la douce musique dans la cabine impuissante manifestement à les détendre. Jolie détestait les ascenseurs, non qu'elle soit claustrophobe, mais… Elle se rapprocha de Cord qui lui prit la main et elle le regarda à la dérobée.

Ce profil, mon Dieu. Elle était toujours aussi sensible à la beauté de son visage. Les frères Barron avaient tous un charme incomparable, un je-ne-sais-quoi qui les rendait irrésistibles. Uniques. Elle repensa à Cassie qui tout de suite avait reconnu en CJ un membre du clan Barron. Oui, ils étaient tous aussi séduisants les uns que les autres. Mais Cord avait un petit quelque chose en plus. Un regard espiègle. Des pommettes saillantes, une mâchoire et un nez volontaires. Cet homme pourrait poser sans honte pour la sculpture d'une statue de dieu grec.

Elle sourit à ses souvenirs. Toutes les filles étaient folles de lui. Pourtant, c'était sa personnalité qui l'avait intéressée, elle, en tout premier lieu. Il était plein d'humour, intelligent et dynamique… Il serra sa main dans la sienne et la porta à ses lèvres pour y déposer un baiser, puis il la regarda et lui fit un clin d'œil.

Si elle n'y prenait garde, Cord ne ferait qu'une bouchée d'elle.

Et alors, vas-y, il n'y a pas de mal à se faire du bien…

Elle serra les dents, excédée par la petite voix intérieure qui venait lui chuchoter à l'oreille, chaque fois qu'elle pensait à Cord.

Les portes de l'ascenseur s'ouvrirent, et les passagers se hâtèrent de sortir. Cord les laissa passer, puis il la guida à l'extérieur. Aussitôt, le maître d'hôtel vint à leur rencontre.

— M. Barron. Bonsoir. Par ici je vous prie.

Les personnes en attente d'une table s'écartèrent sur leur passage, mais quand la foule se referma derrière eux, Jolie entendit les chuchotements. Certains de clients mécontents du traitement de faveur que le restaurant leur accordait, d'autres concernant Cord et sa famille, souvent à la une des médias.

Le maître d'hôtel fit halte devant la plate-forme en rotation, en attendant le passage de leur table, comme sur un manège, avant de les faire asseoir. Cord commanda du champagne et lui fit un rapide historique du lieu.

— Ils ont complètement rénové le restaurant et apporté des améliorations techniques à la partie pivotante.

— Je me souviens d'être venue ici avec mon père, petite fille.

Ils évoquèrent des souvenirs d'enfance, réalisant avoir failli se rencontrer cent fois, avant ce jour fatal de la rentrée, au lycée. Cord renifla ensuite son steak avec envie, la faisant rire avec ses mimiques, elle-même s'attaquant à sa langouste avec gourmandise. Leur table était étroite, et à chacun de leurs mouvements, ils se touchaient ou du pied, ou du genou. Il fit mine de ne se rendre compte de rien, tout comme elle. Pas facile, quand le moindre contact déclenchait en elle un véritable feu d'artifice de sensations, ravivant une sorte de mémoire cellulaire de son corps contre le sien.

Parfois, elle le surprenait en train de la regarder. Un regard brûlant, torride même, comme si elle était un morceau du steak qu'il savourait. Elle peinait alors à détourner les yeux de sa bouche, de ses lèvres, mourant d'envie de mordre dedans.

— Tu as terminé ?

Elle plongea ses yeux dans les siens, des yeux qui brillaient de cet éclat espiègle qui avait le don de la mettre en boule. Le serveur attendait patiemment, l'assiette de Cord dans une main.

— Oh ! oui, bien sûr ! Merci.

L'homme lui prit son assiette.

— Vous prendrez bien un dessert ?

Jolie avait une idée très précise du dessert dont elle avait envie, et à la façon dont Cord, au même instant, la regarda, sans doute de son côté l'imaginait-il le corps nappé de crème au chocolat et de chantilly. Alors, juste pour le taquiner, elle commanda un cheesecake.

A peine le serveur parti avec leur commande, Cord se leva et prit sa main pour la guider sur la piste de danse. Le petit orchestre se mit à jouer un slow. Son eau de toilette, cocktail tonique aux agrumes, lui donna presque instantanément le vertige. D'autant que peu après Cord l'entraîna dans une samba frénétique.

— J'ignorais que tu savais danser…

— Il y a tant de choses que tu ignores, à mon sujet. En fait, personnellement, j'aime autant une bonne vieille danse western chez Toby, mais cette samba avec toi présente quelques avantages, dit-il, sa bouche effleurant son front, avant de mettre un terme à leur frotti-frotta et de la ramener à leur table pour le dessert.

Tout en portant la petite cuillère à sa bouche, elle se demanda ce qu'il y avait de plus décadent. Ce dessert ultra-crémeux ou l'homme assis face à elle qui ne la quittait pas des yeux ? Elle résista à l'envie de lécher son assiette puis vida son verre de vin doux, commandé par Cord pour le dessert.

— Eh bien, qu'y a-t-il d'autre au menu ? demanda-t-elle, la dernière bouchée engloutie.

Il esquissa un drôle de sourire, genre carnassier, qui la fit rougir.

— Et si je répondais : « toi » ?

Elle aurait tout donné à ce moment pour un éventail, histoire de se rafraîchir le visage. Et d'autres endroits du corps.

Il avait les yeux rivés sur sa bouche, et elle se mordilla la lèvre inférieure, nerveuse. Aussitôt, elle vit ses pupilles se dilater. Le doute n'était plus permis sur la nature de ses pensées. Mais ce soir était leur tout premier rendez-vous officiel. Entre adultes. Coucher avec lui tout de suite, même si elle en mourait d'envie, créerait un dangereux précédent pour la suite de leur relation.

— Viens, dit-il en se levant, main tendue.

Il lui donna le bras et se dirigea vers la sortie. Dans l'ascenseur, il ne pipa mot, ne dit rien non plus quand le voiturier alla chercher son véhicule. Il garda encore le silence une fois au volant, puis sur la route. Elle se demanda où il pouvait bien l'emmener quand il dépassa la sortie qui menait chez elle.

Logique. CJ était à la maison. Ainsi que Mme Corcoran. Pas vraiment d'intimité possible. Lorsqu'il prit la direction du centre de Bricktown, elle pressa les genoux l'un contre l'autre. Son appartement. Sauf qu'il dépassa bientôt la rue où il se trouvait, avant de s'arrêter, quelques minutes plus tard, devant le dernier-né des clubs en vogue.

Un type se précipita pour lui ouvrir la portière, et elle descendit de voiture.

— J'espère que tu ne vois pas de mal à mêler business et plaisir ? lui demanda-t-il.

— Je ne comprends pas…

— Un groupe joue ici, ce soir. Chase m'a demandé d'aller les écouter.

— Oh ! Il est toujours à Vegas ?

— Non, il vit à Nashville, en ce moment. Il souhaite impliquer le groupe Barron dans le business de la musique.

Et comme Chance n'écoute que de la country et que Cash n'est pas en ville, c'est à moi que la mission a été confiée.

A cet instant, deux colosses leur firent signe de sortir de la queue et les invitèrent à entrer. A la seconde où ils poussèrent la porte, une déferlante de décibels s'abattit sur eux. Jolie s'immobilisa. Elle aurait bien tourné les talons et pris la poudre d'escampette, si Cord ne l'avait pressée d'entrer, une main plaquée sur le bas de son dos.

Cord trouva une table libre avec deux tabourets, près du bar. Peu après, il chuchota quelque chose à l'oreille d'une serveuse, avant de se tourner vers Jolie, deux bouchons d'oreille dans le creux de la main. Elle regarda, déroutée, les petits cylindres orange, puis fronça les sourcils. Il lui sourit et lui fit un clin d'œil tout en glissant dans ses oreilles son propre jeu de bouchons en PVC.

Elle l'imita et soupira, soulagée, le bruit étant plus supportable. La serveuse réapparut avec un scotch pour Cord et une margarita pour elle. Cet homme n'oubliait jamais rien. Elle ferait mieux de s'en souvenir.

Les musiciens se lancèrent dans un morceau rock, et Cord l'invita à danser. De retour à leur table, un groupe de copains surexcités avait pris place juste à côté. Tout de suite, les deux types qui lui faisaient face commencèrent à la regarder avec insistance.

— Tu as vu ça, la nana ? Elle a l'air chaude, tu trouves pas ? ricana le premier.

— Plus chaude que moi, ça m'étonnerait, répondit l'autre en se frottant l'entrejambe.

En dépit des bouchons d'oreille, elle entendit parfaitement leurs propos obscènes. Près d'elle, Cord se figea. Lui aussi avait entendu. Les quatre types étaient en état d'ébriété avancé. Et Cord n'était pas remis à 100 % de ses blessures, en dépit de ses dires. Elle posa une main sur son bras quand il se leva.

— Laisse tomber. Ils sont ivres.

Il ne l'écouta pas. Elle soupira. La testostérone occultait tout sens commun, chez les hommes. Cord déposa un baiser sur sa joue.

Elle n'entendit rien de ce qu'il leur dit, mais le plus costaud bondit soudain, renversant son tabouret au passage. Et en un clin d'œil, il se précipita sur Cord qui l'esquiva et lui balança un direct dans l'estomac. Puis les trois autres se jetèrent dans la bataille. Les coups se mirent à pleuvoir, mais lorsque les videurs accoururent, Cord avait eu le temps de faire le ménage. Deux des types gisaient à terre, inconscients, et il était prêt à faire subir le même sort à un troisième. On les sépara, et, en moins d'une minute, tout ce petit monde fut jeté sans ménagement dans une salle à part, à l'arrière du club.

Jolie, ne sachant que faire, suivit, mais les videurs l'empêchèrent de pénétrer dans la zone de sécurité, aussi attendit-elle dans le couloir l'arrivée de la police en faisant les cent pas. Enfin, les forces de l'ordre arrivèrent, avec les urgences. Cord était-il blessé ? Paniquée, elle voulut forcer le passage pour le retrouver, mais l'un des colosses la rattrapa par la taille. Au même instant, la voix de Cord retentit.

— Je te conseille de la lâcher, tout de suite !

Le gars s'exécuta dans la seconde, tandis que les policiers entraient.

— Cord ? Est-ce que ça va ?

L'un des policiers la toisa, puis ses collègues réapparurent une minute plus tard avec Cord… Menottes aux poignets ?

— Quoi ? Vous l'arrêtez ? Mais ce n'est pas juste ! Ce sont ces types qui lui ont sauté dessus !

— Nous embarquons tout ce petit monde, madame.

— Jolie, mes clés sont dans ma poche, avec mon téléphone. Désolé, soleil. Appelle Chance et rentre chez toi…

Les policiers la laissèrent prendre les clés et le téléphone, puis ils emmenèrent les bagarreurs, tous menottés.

— Miss Davis ? l'aborda le responsable de la sécurité

du club. Je vais demander que l'on vous amène la voiture de M. Barron…

Une fois dehors, tout en attendant le voiturier, elle passa un coup de fil à Chance. Dix minutes plus tard, elle se garait devant la prison du comté. Chance ne serait pas là avant une bonne demi-heure. Elle appela Mme Corcoran pour la prévenir de son retard et prit ensuite son mal en patience.

Un petit coup à sa vitre la fit sursauter, alors qu'elle somnolait. Chance et Cord se tenaient devant elle, le premier l'air goguenard, le second comme s'il sortait d'un ring. Elle descendit de voiture, inquiète.

— Je te conduis tout de suite à l'hôpital.

— Je vais bien, soleil.

— Le toubib l'a examiné, renchérit Chance. Contusions, hématomes divers, mais rien de grave. Il a juste besoin de glace et d'un antalgique.

Elle soupira, soulagée que Cord n'ait rien, tout en ayant envie de lui flanquer la correction de sa vie.

— Monte. Je te ramène chez toi.

Cord dormait, tête contre la vitre, quand elle se gara devant chez elle. Elle avait pris finalement la direction de chez elle, sans même y penser. Naturellement. Sans faire de bruit, elle alla d'abord s'assurer que CJ et sa nourrice dormaient.

Faire descendre Cord de voiture et le conduire dans la maison ne fut pas une mince affaire. L'adrénaline avait cessé d'agir. Il avait mal partout. Sans aucune arrière-pensée, elle l'installa d'office dans sa chambre, sur son lit king-size. Une chambre au premier étage, alors que la chambre d'amis était au second. Bref. Ce fut en tout cas l'excuse que sa libido présenta à sa conscience.

Rassemblant tout ce qu'elle put de sacs de glace, elle remonta un peu plus tard à son chevet.

— Alors, comment va, Mike Tyson ?

Mais pourquoi se sentait-elle tout intimidée subitement ?

— Je te demande pardon, murmura-t-il.

A ces mots, elle se figea.

— Pardon ?

— Oui, ce n'est pas tout à fait ainsi que je voulais que ce rendez-vous se termine…

Il tapota le drap à côté de lui.

— Viens me tenir compagnie, ajouta-t-il, avant de faire la grimace. J'ai l'impression d'être cassé de partout.

Elle plaça les sacs de glace sur ses blessures, puis se précipita à la salle de bains pour prendre la boîte d'antalgiques et un verre d'eau. Il en avala deux d'un coup.

— Tu as toujours défendu la veuve, l'orphelin et l'honneur des dames, mais dans ton état, quelle idée de te bagarrer ! Franchement…

Elle se tut quand il ferma les yeux et blêmit, une ride entre les sourcils.

— Oh ! tu souffres ! Que puis-je faire, Cord ?

Il esquissa un sourire. Cette espèce de sourire qu'elle ne connaissait que trop bien.

— Je crois que je me sentirais mieux, après un baiser…

- 12 -

Cord entrouvrit un œil pour voir sa réaction. Elle secoua la tête, l'air excédé. Bon, pas vraiment le genre de réponse qu'il espérait, mais c'était toujours mieux qu'une claque.

— Pas question, répondit-elle. Il n'y a pas un seul endroit de ton corps qui ne te fasse souffrir. Je ne veux surtout pas te faire mal.

Il ouvrit les yeux et la dévisagea.

— Il n'y a aucune chance pour que tu me fasses du mal, soleil.

Pas sur le plan physique en tout cas.

Il en était tout autrement de son cœur, qu'elle avait mis en pièces. Mais plus il passait de temps avec elle, et avec CJ, plus la douleur à ce souvenir s'estompait.

Avec un petit sourire insolent, elle déposa un baiser juste au-dessus de son œil tuméfié.

— C'est douloureux ?

— Un peu. Mais peut-être qu'un baiser de ce côté-là…

Il désigna le coin de ses lèvres. Elle se pencha sur lui et l'embrassa avec délicatesse. Résistant à l'envie de retenir ce baiser à pleine bouche, il attendit qu'elle s'écarte.

— Oui, c'est mieux, là.

De nouveau, elle se pencha et enfouit cette fois son visage dans le creux de son cou. Oh ! mon Dieu que c'était bon ! De petites secousses électriques le parcoururent de haut en bas, avec un arrêt marqué entre les jambes.

— Euh, voyons, peut-être là aussi ?

Il déboutonna tant bien que mal sa chemise et dévoila son torse.

Elle fit courir ses doigts sur sa peau, et un drôle de petit bruit s'échappa de sa gorge. Super ! Manifestement, elle trouvait plaisant ces… préliminaires ! Oui, peut-être, se prit-il à espérer. Il s'apprêtait à l'encourager à poursuivre quand la voix de CJ résonna dans le moniteur posé sur la table de chevet.

— Maman ?

— Je reviens, dit-elle, avant de s'éclipser.

Profitant de son absence, Cord se leva, retira ses bottes et se rendit dans la salle de bains où il s'aspergea le visage et examina ses blessures dans la glace. Il ressemblait à un vieux matou, après une nuit à arpenter les gouttières du voisinage. Chaque mouvement était une souffrance. Il retira sa chemise et retourna dans la chambre. Jolie était là et le regardait, l'air effaré.

— Reste-t-il une partie de ton corps qui ne soit pas bleue ?

— La plante des pieds, peut-être, répondit-il en riant.

— Tu es complètement fou, Cord. Mais tu le sais, non ?

Oui, il savait. Il était fou d'elle. Fou de l'avoir un jour quittée. Et peut-être fou aussi de penser pouvoir la convaincre de refaire partie de sa vie.

— Je ne sais pas comment tu fais…

Les mots sortirent de sa bouche sans qu'il puisse les retenir.

— Comment je fais quoi ?

— Pour être maman…

Elle se rétracta aussitôt comme une huître, et il s'empressa de lever la main pour montrer ses intentions pacifiques.

— Une maman célibataire, je veux dire. Je sais, tu te fais aider, mais quand même, trésor… ce n'est pas un job facile.

Elle recula d'un pas, presque comme si elle avait reçu un coup. Aïe ! Cette conversation prenait un tour qu'il n'avait pas prévu.

— Euh, jamais je n'aurais cru entendre une chose pareille, dans ta bouche.

Il s'avança vers elle, mais elle semblait si nerveuse qu'il s'arrêta, juste au pied du lit.

— Pourquoi ne m'as-tu rien dit ? Je t'aurais épousée, tu sais.

Et zut ! ce n'était pas là non plus ce qu'il voulait dire. Il ferait mieux de se taire. Et vite. Elle rougit, croisa les bras, puis, choquée, elle répondit.

— Je ne t'ai rien dit, justement à cause de ton satané sens du devoir et de l'honneur…

— Oh ! je ne pense pas que ce soit la raison…

Elle le fixa, mais cette fois, il réussit à trouver les mots, les bons.

— C'est parce que je t'avais déjà quittée une première fois, n'est-ce pas ? Tu ne voulais pas prendre le risque que cela se reproduise…

Il ravala sa colère et passa une main dans ses cheveux.

— Je ne cherche pas la dispute, soleil. J'ai tout gâché. Je le sais. Je suis désolé.

Son expression se radoucit.

— Je le suis aussi, Cord.

Il hocha doucement la tête tout en s'efforçant de rassembler ses pensées. Une idée qui le titillait depuis un certain temps.

— Est-ce que tu réalises…

De nouveau, elle fronça les sourcils.

— Quoi donc ?

Convaincu d'avoir mis le doigt sur quelque chose d'important, il répondit.

— Si tu me l'avais dit, tout aurait été différent. Oh ! en réalité, j'aurais dû te mettre enceinte dès le collège…

Elle ouvrit et referma la bouche à plusieurs reprises, et il lutta pour ne pas fondre sur elle et l'embrasser encore et encore, jusqu'à ce qu'elle comprenne.

— Toi enceinte, le patriarche n'aurait pas pu s'opposer à notre mariage.

— Pardon ?

Sa voix se brisa, et son visage s'empourpra, son cou, son décolleté virant au rose.

— De toutes les choses insensées qui m'ont été dites, c'est sans doute ce que j'ai entendu de pire, Cordell Barron.

Il esquissa ce sourire auquel elle était si sensible. Et effectivement, elle parut désarmée.

— Mais c'est la vérité. Imagine, les médias révélant l'existence du petit-fils illégitime de Cyrus Barron ? Non, impossible. Le patriarche aurait été fou de rage, mais il aurait encore préféré nous voir mariés qu'être frappé d'un tel déshonneur.

Bien sûr, la rumeur régulièrement évoquait l'existence de petits Barron que le vieux salaud aurait eus, ici et là. Rumeurs que Cyrus balayait d'un haussement d'épaules méprisant. Ses fils légitimes n'auraient pourtant aucun mal à prouver l'existence de demi-frères et sœurs. Sans parler de Kaden, dont la ressemblance avec la famille était évidente. Ils n'avaient jamais abordé le sujet avec le contremaître, mais si ce dernier exigeait un test de paternité, Cord et ses frères ne s'y opposeraient pas.

Elle fit un pas dans sa direction. Puis un autre. Et soudain, elle s'élança. Cord se prépara, mais elle s'arrêta net devant lui. Tellement près. Il lui serait facile de la prendre entre ses bras… Ce qu'il fit, puis il se laissa tomber avec elle sur le lit, réprimant un rictus quand la douleur transperça son corps.

Prenant son visage entre ses mains, elle se déplaça un peu de façon à ne pas trop peser sur lui et plongea ses yeux dans les siens.

— Tu es tellement beau… Et tellement insupportable.

S'agissait-il d'un reproche ou d'un compliment ? Quand elle l'embrassa, il pencha pour le compliment.

— Je n'aurais jamais dû te quitter, Jolie. J'ai agi comme un imbécile. Un lâche et…

— Tais-toi, Cord…

De nouveau, elle l'embrassa, avec plus de douceur cette fois, en se rappelant ses blessures.

— Fais-moi l'amour.

Une partie de son cerveau se demanda comment il allait s'y prendre, dans son état, et avec elle en pleine possession de ses moyens. Puis une autre partie de son cerveau parut ne trouver que des avantages au fait qu'elle prenne les commandes. Ne voulant pas être en reste, son cœur exigea à son tour la parole, une parole qu'il se hâta de transmettre.

— Toujours, Jolie. J'ai toujours envie de te faire l'amour.

Elle s'écarta et le regarda, en fronçant les sourcils.

— Vraiment ? Ce n'était pas juste que du sexe, pour toi, autrefois ?

— Je n'ai jamais aspiré qu'à une chose, t'aimer, dans tous les sens du terme, à la seconde où je t'ai vue, en haut de ces marches.

Et il la sentit fondre. Il avait su trouver les mots. Oui, il l'avait aimée, il l'avait désirée au premier regard. Dès le début de leur relation, au lycée, il avait ressenti des choses avec elle qu'il n'imaginait même pas. Une seule chose, en fait. De l'amour. Il avait commis une erreur monumentale en la laissant partir. Mais dût-il y employer le restant de ses jours, cette erreur, il ferait tout pour la réparer.

Lorsqu'elle se pencha pour éteindre la lampe de chevet, il l'arrêta dans son élan.

— Je veux te voir, Jolie. Voir quand tu prends ton plaisir.

— Je… Je ne suis plus la jeune fille que tu as connue, Cord.

Elle rougit. La fille qui avait su le séduire, lors de cette fête, serait-elle devenue timide ?

— Jolie ?

Le rose à ses joues vira au violet. Elle s'écarta de lui.

— Tout ça est stupide…

Il l'enlaça, voulant la retenir.

— Non, soleil. Tu n'es plus cette fille. Tu es tellement plus. Une femme. La mère de mon…

Elle le repoussa vivement, et il la lâcha, avant de s'asseoir sur le bord du lit.

— Jolie, viens ici.

Elle obtempéra. A contrecœur. A son tour, il se leva et prit son visage entre ses mains, puis il fit descendre la fermeture Eclair de sa robe qui glissa sur ses épaules pour aller s'échouer à ses pieds. Il déposa alors un tendre baiser sur ses lèvres puis la regarda. En prenant son temps, tout son temps.

Ses seins étaient plus généreux que dans son souvenir, ses hanches plus larges. La jeune fille menue s'était épanouie en une femme voluptueuse. Il ferma brièvement les yeux, submergé par le désir.

— Dieu que tu es belle, mon ange.

Elle secoua la tête, fuyant son regard. Il prit alors sa main et la posa contre son sexe en érection.

— Si tu ne crois pas en mes paroles, tu peux te fier à ça. J'ai beau être meurtri de partout, j'ai envie de toi. Comme un fou.

Elle retira prestement sa main, et il n'insista pas. Elle croisa les bras, pudique, mais il les dénoua et s'agenouilla devant elle, couvrant son ventre de baisers.

— Non…, soupira-t-elle.

— Pourquoi non, Jolie ? De quoi as-tu peur ? Que ne dois-je pas voir ?

Elle écarta alors les mains et, sur sa peau, il vit l'empreinte de fins sillons. Des vergetures. Conséquences de sa grossesse. Il fit courir sa bouche le long des marques.

— Comme c'est beau…

— Oui, bien sûr, et tu dis n'importe quoi.

— Je suis sincère, Jolie. Tu es belle, murmura-t-il, une

main sur son ventre. Mon fils était ici. Il a grandi ici. Oh oui ! il n'y a rien de plus sexy…

— Ton fils ? Donc si j'avais eu une petite fille, ça ne serait pas aussi sexy…

— Une petite fille ? Rien qu'à cette pensée, j'en ai le cœur qui explose de joie, dit-il, les yeux rieurs, en couvrant sa gorge de baisers.

Il l'embrassa, sa langue jouant avec l'ourlet de ses lèvres, avant de s'enrouler à la sienne. Margarita et cheesecake. Deux goûts pas forcément harmonieux, mais parfaits dans sa bouche. Posant son front contre le sien, il murmura :

— J'ai envie de te faire l'amour, Jolie, mais je crains que ce ne soit aussi fort et intense que je le voudrais, pour notre première fois, depuis nos retrouvailles…

— C'est ainsi que tu vois les choses ?

Cord releva la tête, perplexe.

— Que je vois quoi ?

— Nous. Comme des retrouvailles…

Toutes sortes de pensées l'assaillirent. Ils étaient à la croisée des chemins, il en était conscient. Il pouvait faire tout capoter ou, au contraire, la reconquérir.

— Cela dépend de toi, j'imagine.

De nouveau, elle fronça les sourcils, et il lissa son front d'un baiser.

— Je ne veux pas faire d'hypothèses, Jolie. Mon souhait, c'est que nous soyons toi et moi amis, au minimum. Et je veux être le père de CJ. Pas uniquement son géniteur. Je veux former un couple avec toi. Mais ce que je veux ne vaut rien, si tu ne veux pas la même chose. Que veux-tu, soleil ? A ce stade, la balle est dans ton camp…

Aïe ! Il vit des larmes perler au coin des yeux de Jolie. Et voilà, il avait tout gâché, une fois de plus. Puis elle l'enlaça et le fit basculer sur le drap.

— J'avais raison, tu es insupportable. Impossible. Impossible et parfait et… Et…

En guise de plaidoirie, il l'embrassa, puis prit l'un de ses seins au creux de sa main et sourit quand il le sentit réagir à sa caresse. Il dégrafa ensuite son soutien-gorge qui atterrit au pied du lit. Sa petite culotte prit le même chemin et, enfin, elle fut nue, divine et à lui. Lui qui n'en pouvait plus de désir.

Elle l'aida à retirer son pantalon, son boxer et le contempla, seulement vêtu de ses chaussettes. Docile, il la laissa le regarder, avant de se jeter sur elle, avec quelques « aïe ! » et « oh ! » au passage, ses côtes le faisant souffrir le martyre. Ce qui la fit beaucoup rire.

— Et tu trouves ça drôle, gémit-il.

Il emprisonna ses mains et entreprit de l'embrasser sur tout le corps, jusqu'à ce qu'elle se tortille dans tous les sens en riant de plus belle. Jolie avait toujours été chatouilleuse. *Sa* Jolie. Il s'appliqua aussitôt après à taquiner le bout de ses seins avec sa langue, avant de les prendre l'un après l'autre à pleine bouche. Elle se cambra, se pressa contre lui. Elle avait toujours répondu à la perfection à ses mains, à sa bouche. Et au reste. Il fit descendre sa main sur son ventre, sur ses cuisses et entre ses cuisses. Elle réprima un cri. Elle était brûlante. Prête. A lui.

Il n'était pas ivre ce soir, à la différence de cet autre soir, pour la Saint-Patrick, une éternité plus tôt. Il retira alors sa main et la regarda.

— Tu prends la pilule ?

Il gardait bien un préservatif, dans son portefeuille, mais il n'avait aucune idée de l'endroit où ce dernier avait atterri.

— Oui. Aucun risque.

— Oh ! soleil…

Il se positionna entre ses jambes et, soudain, un profond sentiment de joie l'envahit, comme celui que l'on éprouvait en retrouvant son chez-soi, après une longue absence. Tout en déposant un baiser sur ses paupières mi-closes, il la pénétra, plongeant avec délice au plus profond d'elle. En oubliant instantanément ses blessures. Et la colère, la rancœur, tous ces sentiments négatifs, tant le bien-être qu'il ressentit alors à être en elle fut intense. Total.

Il glissa une main sous ses hanches, et elle noua aussitôt les jambes autour de sa taille. Une position pour mieux la prendre et, en effet, elle laissa échapper une sorte de petit bruit délicieux. Puis il commença à aller et venir en elle, et elle accompagna son mouvement.

Prenant appui sur un bras, il la dévisagea et sourit, car elle semblait prendre autant de plaisir que lui.

— Cord, oh Cord ! Oui, je t'en prie, le supplia-t-elle, le souffle de plus en plus court, alors qu'il allait et venait en elle.

Puis il sentit son souffle devenir saccadé. Des feux follets scintillèrent dans sa vision périphérique, et son corps tout entier se contracta tandis que Jolie griffait ses épaules, puis il ne vit plus rien, et tous deux explosèrent, ensemble.

Plus tard, beaucoup plus tard, il ramena le drap sur eux, éteignit la lampe, et elle se blottit contre lui. Il déposa un baiser sur son front, enfouit une main dans ses cheveux et s'assoupit peu à peu, sourire aux lèvres. Le sexe entre eux avait toujours été un vrai feu d'artifice. Pour les sentiments… L'avait-il toujours aimée, ou n'était-ce que sexuel, entre eux ? Un moyen pour lui de provoquer son père ?

Elle chuchota quelque chose dans son sommeil et, de nouveau, il embrassa son front. Il ne s'était jamais considéré comme un homme particulièrement tendre, mais avec cette femme dans ses bras et ce petit garçon à l'étage, comment ne pas ressentir l'envie de le devenir ?

- 13 -

— Maman ? Maman ?

Quelqu'un gémit à l'oreille de Jolie. Cord. CJ ! Elle s'assit d'un bond en ramenant, fébrile, le drap sur ses seins nus. Le petit garçon bondit sur le lit et se mit à sautiller gaiement. Elle regarda Cord. La couette remontée sous le nez, il avait placé un oreiller sur son visage et continuait de gémir.

— Arrête, CJ.

— Maman, papa est là. Il se cache, juste là…

Et il se remit à danser, avant de trébucher, et il aurait sans doute atterri sur son père si elle ne l'avait rattrapé au vol.

— CJ, ça suffit. Oui, papa est là. Fais attention. Il s'est fait mal…

L'enfant se figea, les yeux ronds.

— Tu as bobo ?

— En fait, je dois avoir une bonne vingtaine de bobos, mon grand, répondit Cord en émergeant de sous l'oreiller.

CJ s'avança sur le lit à quatre pattes et caressa avec douceur le visage de son père.

— Des messieurs t'ont fait mal, dis ?

— Oui, mais tu aurais dû voir l'état des autres messieurs, répondit Cord en passant une main dans les cheveux de CJ. Dis-moi, tu ne veux pas aller regarder les dessins animés, à la télé, en nous attendant ?

— J'ai faim, maman. Est-ce que je peux avoir des pancakes ?

— CJ ? Va regarder un moment la télévision, le temps que ta maman et moi nous levions. Ensuite, je vous emmènerai prendre le petit déjeuner quelque part, et oui, tu pourras prendre des pancakes. Mais…

Cord leva son index.

— Mais attention, pas de pancakes si je revois le bout de ton nez ici. Nous te rejoindrons quand nous serons prêts.

Le petit garçon fronça les sourcils, et un rictus se dessina sur sa bouche. Jolie connaissait par cœur ces mimiques. Elle se tut, voulant voir comment Cord allait s'en sortir.

— Des pancakes aux copeaux de chocolat ?

— Aux myrtilles.

— Avec de la crème fouettée ?

— Non, du miel.

— Hmm…

CJ croisa les bras et se tapota le menton avec un doigt.

Jolie enfouit son visage dans le drap et, feignant d'être prise d'une quinte de toux, étouffa un éclat de rire.

— Est-ce que je pourrai avoir des petits cochons à la queue leu leu ?

Cord se tourna vers elle pour la traduction.

— Chapelet de saucisses.

— Ah ! dit-il en faisant mine de réfléchir à la question. Oui, pancakes aux myrtilles, miel et petits cochons à la queue leu leu.

— D'accord !

CJ descendit du lit d'un bond.

— Mais dépêchez-vous quand même, parce que j'ai vraiment très très faim…

Et il sortit de la chambre, sans leur laisser le temps de répondre.

— La porte, CJ ! cria Cord. Et doucement !

Deux secondes plus tard, la porte se referma en silence.

— Rappelle-moi de fermer à clé, la prochaine fois.

A cet instant, c'en fut trop, elle partit d'un fou rire, pouvant à peine respirer. Lorsqu'elle retrouva son calme, elle reconnut avoir été impressionnée par son autorité.

— J'ai été enfant, moi aussi. Je sais ce qu'un gamin de son âge a dans la tête. Et puis, j'ai un don pour la négociation…

Il sourit et l'attira contre lui.

— Bien, où en étions-nous ?

— Nous dormions.

— Oh ! Exact, mais puisque nous sommes réveillés, je suggère…

Il enfouit son visage dans le creux de son cou, puis sa bouche prit la sienne, pour un baiser… En fait, plus qu'un baiser. Il mordilla ses lèvres, et fit glisser entre elles le bout de sa langue. Après quelques secondes de ce traitement, elle sentit une douce chaleur l'envahir et elle se pressa contre lui. Vraiment contre lui, sa cuisse contre son érection, tandis qu'il dévorait sa bouche. Il semblait très heureux de la voir, ce matin.

Soudain, elle le repoussa.

— Je dois me laver les dents.

— Trop tard. Je t'ai déjà embrassée. Mais merci quand même.

De nouveau, elle rit, avant de se figer. Mais pourquoi cette envie de rire ainsi, à tout bout de champ ? Cord, bien sûr. Elle ne s'était jamais sentie aussi légère, aussi libre depuis… Depuis très longtemps. Cord se trouvait dans son lit, après une nuit de plaisir, et visiblement son désir n'avait pas faibli. Il avait gardé son sang-froid lorsque CJ était entré tel un petit diable dans la chambre. Et il ne semblait pas voir d'inconvénients à lui refaire l'amour. Elle devrait se lever, verrouiller la porte, mais elle était si… si bien.

— Quoi ? demanda-t-il en la regardant.

— Rien, je suis heureuse, répondit-elle en lui donnant un baiser.

— C'est tout, au contraire. Du moins pour moi, soleil.

Il l'attira sur lui, et elle se retrouva à le chevaucher. A peine grimaça-t-il quand elle prit appui sur ses épaules.

— Recule-toi un peu, chérie, murmura-t-il.

Elle s'exécuta, et il se positionna avant de s'introduire doucement en elle. Elle laissa échapper un long soupir, les yeux clos, puis elle se mit à aller et venir sur lui, appréciant décidément de pouvoir diriger les opérations.

— Je sais à quoi tu penses, là-haut. Prends garde à toi…

Elle rit et accéléra le tempo, roulant des hanches. Cord les mains sur ses cuisses, s'enfonça un peu plus en elle, puis agrippa ses hanches en poussant un râle. Elle sentit une boule de feu au creux de son ventre, prémices de l'orgasme.

— Sais-tu au moins comme tu es belle ? demanda-t-il.

Elle secoua la tête et ferma les yeux, le cœur près d'imploser. Cord glissa une main sur sa nuque et l'attira vers lui pour l'embrasser.

— Non, Jolie. Tu es belle. Plus encore aujourd'hui que lorsque nous étions au lycée.

Il l'embrassa pour l'empêcher de protester. Ce matin était tout en tendresse, renforçant entre eux un lien dont elle réalisait juste maintenant à quel point il lui avait manqué. Elle refusait de penser à ce qui aurait pu être. Elle refusait de penser à ce qui avait été. Elle ne voulait qu'être ici et maintenant, avec l'homme qu'elle n'avait jamais cessé d'aimer.

— Ah ! Jolie ! Si tu savais ce que tu fais à mon cœur…

Elle s'immobilisa, son cœur s'apaisa, ses pensées cessèrent de se bousculer dans sa tête. Un doux silence s'ensuivit. Puis elle regarda l'homme allongé sous elle, stupéfaite par les paroles qu'il venait de prononcer, ce qu'elles signifiaient. Il n'avait jamais été très romantique. Il lui sourit, avec ce sourire en coin qui la faisait chavirer. Puis elle reprit son souffle, comme après une apnée, avant de recommencer à le chevaucher, en route vers l'extase.

— Oh Cord ! gémit-elle, les yeux embués de larmes en enfouissant son visage dans le creux de son épaule.

Jolie allongée sur lui, Cord ne fit pas un geste, mais

il palpitait encore en elle. Comment s'y était-il pris pour atteindre un tel nirvana, mystère. Il aurait dû prendre des notes, de manière à pouvoir recommencer. Car comme lui, Jolie manifestement avait trouvé la séance très à son goût… Il fronça les sourcils. Ces petits sons ? Ce n'était pas les gémissements de l'orgasme, ça… Oh ! mais… Elle sanglotait. Aïe !

— Chut ! bébé. Tout va bien. Ne pleure pas.

— Tu es… impossible, répondit-elle.

Bien. Et voilà, une fois de plus, il avait dû rater quelque chose. Il s'apprêtait à l'interroger pour savoir ce qu'il avait fait de mal, quand elle couvrit son visage de baisers. En prenant bien soin de ne pas appuyer sur ses blessures. Puis elle le serra en elle, et il retint son souffle, tant la sensation de son corps autour de lui était fabuleuse.

Il se remit à bouger. Ça, il savait faire. Pas question d'en rester là si elle en demandait encore. Il voulait qu'elle sente à quel point il aimait aller et venir comme ça, en elle. Avec mille précautions, il la fit rouler contre lui, de façon à se retrouver sur elle. Pour avoir à son tour le contrôle de la manœuvre. Jolie avait les yeux clos, ses lèvres, elles, étaient entrouvertes, et le bout de sa langue dépassant, il ne put résister. Il approcha son visage du sien et l'embrassa.

Leur rythme bientôt s'accéléra pour devenir une chevauchée pleine de passion. Ils jouirent ensemble, un orgasme tel qu'il en trembla de tous ses membres, complètement submergé par le plaisir. Après un moment, n'en pouvant plus, laminé, comblé, il se retira et se laissa tomber tel un poids mort à côté d'elle.

Puis il perdit toute notion du temps, Jolie blottie contre lui. Chaque fois qu'il la touchait, chaque fois qu'ils faisaient l'amour, c'était de mieux en mieux. Elle faisait des choses magiques à son corps. Mais sa présence apaisait également son âme. Il réprima un soupir. S'il passait plus de temps avec cette femme, ses frères et ses cousins se poseraient des questions. Et alors ? A cet instant en tout cas, il n'aurait voulu être nulle part ailleurs.

Soudain, un bruit de pas attira son attention. Il regarda vers la porte et vit une ombre aller et venir, sous la porte. CJ.

— Jolie ?

— Hmm ?

— Il faut nous lever, soleil. CJ nous attend.

— Hmm.

— Et si tu allais prendre ta douche ?

— Hmm ?

Elle releva la tête. Il adorait quand elle faisait la moue, comme ça.

— Ta douche, répéta-t-il. Tu devrais y aller…

— Oh ! oui…

Il sourit. Car il avait une idée derrière la tête. Il attendit qu'elle soit dans la salle de bains, puis la suivit sans faire de bruit pour l'espionner sous la douche. A ce spectacle, il sentit son corps s'emballer. Non, ce ne serait pas raisonnable. CJ était déjà mort de faim. Et lui aussi.

La porte de la douche coulissa, et elle l'interpella, comme un gamin pris la main dans le pot de confiture.

— Serais-tu en train de m'espionner, espèce de voyeur ?

— En réalité, je… oui.

— Pervers.

— Je plaide coupable.

Elle le dévisagea, puis ses yeux descendirent sur son corps, pour s'arrêter au point critique. Une lueur s'alluma alors dans son regard, sans qu'il puisse décider si c'était de la colère ou autre chose.

— Dans ce cas, je t'invite à te joindre à moi…

Il éclata de rire.

— Je voudrais bien, crois-moi. Mais CJ et moi sommes affamés.

— Rabat-joie.

— Il faut bien que quelqu'un se comporte en adulte, répondit-il.

Elle gloussa.

— Entendu. Mais tu ne perds rien pour attendre...

— Je l'espère. Et je te fais la même promesse...

Il n'eut pas le temps d'esquiver le gant de toilette qu'elle lui lança.

— Tu l'auras voulu, femme, rugit-il.

Et feignant l'indignation du mâle outragé, il se dirigea vers la douche, menaçant, et elle se réfugia dans un coin de la cabine. Suffisamment grande pour accueillir deux personnes. Elle brandit une éponge végétale. Le sourire suffisant de l'homme des cavernes aux lèvres, il empoigna le flexible de la douche et tourna le thermostat sur froid, puis il referma la porte de la cabine.

— Cord ! hurla Jolie au premier jet. Non !

Elle tenta de s'échapper, en vain.

— Cord, par pitié ! C'est froid !

— Je l'espère.

— Laisse-moi sortir, Cord...

Il finit par se laisser amadouer. Il sortit de la cabine, attrapa un drap de bain et ouvrit les bras, attendant qu'elle s'y précipite pour la frictionner et la réchauffer. Mais elle refusa, apparemment vexée.

— Va prendre ta douche, marmonna-t-elle.

Il rit et s'exécuta.

— Mauvaise perdante.

— Parfaitement. Et tu ferais mieux de t'en souvenir, répliqua-t-elle, en faisant de son mieux pour garder son sérieux.

Cord la suivit des yeux, avant de refermer la porte de la cabine en murmurant.

— Je n'oublie jamais rien te concernant, Jolie...

- 14 -

Sortir avec Jolie requérait les talents de funambule. Trouver le juste équilibre entre ses envies à elle, celles de CJ et les siennes relevait de l'exploit. Deux semaines entières à faire l'impasse sur ce qu'il voulait dans un seul but, la reconquérir. Deux semaines à fuir sa famille, excepté pour deux ou trois entretiens pour les affaires. Et il ne savait toujours pas si tout ça le mènerait quelque part avec elle. Cela valait bien quelques bons points. Ce soir, par exemple.

Ils attendaient leur table, chez Starr, et tous deux patientaient en jouant à un petit jeu loin d'être intelligent, à savoir qui engloutirait le plus de margaritas pour elle et de vodkas pour lui.

Quand il était allé la chercher après le travail, elle était d'humeur morose, distante. A peine s'ils avaient échangé trois mots. Mais pour lui, dans l'immédiat, une seule chose importait. Lui faire manger quelque chose au plus vite. Un plat consistant de préférence, pour absorber tout cet alcool.

— A mon tour, dit-elle, avant de vider son verre, le troisième.

Il se renfrogna. Son débit marquait déjà quelques défauts.

— Il faut absolument que tu manges, Jolie, dit-il.

La remarque lui valut un regard noir, puis elle commanda un autre verre au barman. Qu'elle but cul sec.

— Je ne crois pas que ce soit bien raisonnable, tenta-t-il d'avancer, sans trop de conviction.

— C'est de la rigolade, répondit-elle en s'essuyant la bouche.

Puis elle fixa son verre vide un long moment. Soudain, il la vit blêmir.

— J'ai laissé mourir un enfant, aujourd'hui…

Telle était donc la raison de ce comportement plus qu'étrange.

— Jolie…

— Tais-toi. Une petite fille est décédée aux urgences, aujourd'hui. Nous n'avons pas réussi à la sauver…

Sa voix se brisa sous le coup de l'émotion.

— Si je n'avais pas été à l'école d'infirmières à ce moment-là, si j'avais été présente… Je suis complètement irresponsable, voilà ce que je suis.

— Non, c'est faux, tu n'es pas…

— J'aurais peut-être pu la sauver, Cord…

Des larmes roulèrent sur ses joues, et il éprouva l'envie de la prendre dans ses bras, de la bercer pour tenter d'apaiser cette douleur en elle.

— Allez, soleil, rentrons à la maison…

Il jeta un billet sur le comptoir et prit sa main pour l'aider à descendre de son tabouret.

— Tu sais, t'avoir caché l'existence de CJ restera mon plus grand regret, reprit-elle.

— Le mien est de t'avoir quittée…

Et voilà. Il l'avait dit. Un sacré aveu, pourtant elle ne le regarda même pas.

Prenant son bras, il lui fit traverser la salle, avec une petite halte à la réception pour annuler leur réservation. Le trajet du retour se fit dans le silence. A une ou deux reprises, il l'observa à la dérobée ; elle gardait les yeux obstinément clos. Une fois chez elle, il la mena jusqu'à la porte et plutôt que de fouiller dans son sac pour trouver ses clés, il sonna.

Mme Corcoran ne dit pas un mot quand il entra dans la maison avec Jolie, le bras autour de sa taille. Lorsqu'il voulut la conduire dans sa chambre et qu'elle trébucha, il prit une décision radicale en la soulevant dans ses bras. La nourrice les suivit et le chassa de la chambre dès qu'il eut déposé Jolie sur le lit. Dix minutes plus tard, elle le rejoignit dans la cuisine, mécontente.

— Grâce au ciel, CJ dort et n'aura pas vu sa mère dans cet état, bougonna-t-elle en le fusillant du regard, comme si c'était sa faute.

— Elle a eu une journée difficile. Ils ont perdu une petite fille, aux urgences…

A cette information, la colère de Mme Corcoran se dissipa comme par enchantement.

— Que Dieu bénisse cette pauvre enfant. Elle prend tellement à cœur son travail. Pauvre petite…

De nouveau, elle le regarda comme s'il était le diable en personne. Il leva aussitôt les mains en signe de reddition.

— Elle n'est pas obligée de travailler, vous savez, madame. Je peux parfaitement subvenir à ses besoins et à ceux de CJ. Ou même son père…

— En tout cas, cette jeune demoiselle a besoin de quelqu'un qui veille sur elle.

— Absolument d'accord.

Puis Mme Corcoran croisa les bras et attendit. Comme il ne disait rien, elle finit par demander.

— Et alors, que comptez-vous faire ?

— De mon mieux, madame Corcoran. J'ai bien l'intention de faire de mon mieux pour la convaincre de former une vraie famille, tous les trois.

Jolie regarda les costumes de Halloween, sur le présentoir. Comment était-ce possible ? Halloween, dans une semaine, déjà ? Cord l'avait invitée à dîner. Sans mentionner l'incident de la veille, en vrai gentleman. Et apparemment sans rancune. Au contraire.

En règle générale, elle préférait qu'il ne passe pas la nuit à la maison. Ils avaient pris l'habitude de s'arrêter à son appartement pour faire l'amour, puis il la raccompagnait chez elle. Avec le temps qui se rafraîchissait, il grommelait bien un peu quand il devait quitter le lit tout chaud. Elle n'était pas dupe. Elle savait qu'il attendait plus d'elle. Un engagement. Pour lequel elle ne se sentait pas prête. En réalité, elle ne lui avait pas pardonné de l'avoir quittée. Elle ne savait même pas si elle le pourrait un jour.

Sa priorité devait rester CJ, le bien-être de son fils. Elle éprouvait tant de sentiments ambivalents à l'égard de Cord. De sa famille. CJ n'était plus le petit garçon timide qui s'accrochait désespérément à sa main, quand elle le déposait à l'école. Elle rechignait à la reconnaître, mais l'influence de Cord lui avait fait du bien. Soit. Beaucoup de bien.

Ensemble, père et fils s'occupaient à des trucs de garçons. Ils étaient allés à la pêche, tous les deux. Cord avait également appris à son fils à monter à cheval, et CJ désormais était fan de cow-boys et de westerns. Il ne voulait plus quitter ses bottes. Comme son père. Ne portait que des jeans. Et un stetson, comme papa. Cord avait pris une photo d'eux habillés de la même façon. Et se ressemblant comme deux gouttes d'eau. Fier comme Artaban, le père avait fait encadrer la photo qui trônait désormais sur son bureau, à la vue de tous.

En fait, Cord tenait de plus en plus le rôle du parent cool, celui avec lequel on passait du bon temps, qui faisait des cadeaux. Les responsabilités, le planning, la discipline, bref, le côté rébarbatif lui incombait à elle. Chaque fois que CJ rentrait d'une sortie avec son père, ce n'était que « papa-ci » et « papa-là » et « papa et moi ». Son fils semblait ne plus avoir de temps à consacrer à sa mère.

Elle était en train de le perdre…

Elle ne voulait pas de Cord dans sa vie. Oh ! sur le plan sexuel, entre eux, c'était fabuleux ! Comme ça l'avait toujours été. Mais le sexe n'était pas tout. Autrefois, elle avait eu un temps le sentiment qu'ils partageaient quelque chose de fort. D'intense. Une sorte de lien indéfectible. Mais elle s'était trompée. Jamais il ne l'aurait quittée, si tel avait été le cas. En réalité, si Cord avait un cœur — un grand cœur de frère, d'ami et de père, cela, elle l'admettait volontiers —, il était surtout sensible envers elle à un autre endroit de son anatomie. Elle n'avait d'ailleurs eu aucun mal à le séduire, ce fameux soir de la Saint-Patrick.

En réalité, Cord demeurait avant tout un Barron. A savoir, un homme égocentrique. Dominateur. Avec une forte tendance à se croire tout permis. A considérer que tout lui était dû. Bien sûr, Cord n'avait de cesse de le répéter, il avait changé. Peut-être. Mais qu'en était-il de Cyrus Barron, son père ? Le patriarche finirait bien par découvrir la vérité, à propos de CJ. Et alors, quelle serait l'attitude de Cord ? Plus important encore, comment pourrait-elle laisser CJ voir ce grand-père rempli de haine et d'aigreur ?

Elle ignorait pourquoi — et quand — ses pensées avaient pris un tour si négatif le concernant. Pour être franche, tout avait commencé à changer dans sa tête après qu'il l'eut ramenée à la maison, à moitié ivre, la confiant aux bons soins de Mme Corcoran. Elle ne lui avait pas parlé de ses sentiments. Il la connaissait après tout, non ? Il devait bien savoir ce qui l'ennuyait. Or, Cord n'aimait pas les ennuis. Quand les choses devenaient problématiques, il disparaissait. Sauf que cette fois, il ne semblait pas décidé à disparaître. Il voulait reconnaître CJ officiellement. Faire tout de manière légale. Et cette idée la paniquait. Non, pas question de le laisser prendre le contrôle de la vie de CJ…

Un bruit s'immisça dans sa conscience, l'arrachant à ses réflexions. Halloween. CJ avait besoin d'un déguisement. Jolie regarda parmi les différents costumes, avant de brandir, victorieuse, celui de Iron Man. Mais CJ secoua la tête, bras croisés, l'air buté. Elle aurait dû s'y prendre plus tôt. Et pas au dernier moment. Oui, mais voilà, elle avait été débordée et… Oui, en réalité, tout était la faute de Cord. Il lui avait pris tout son temps. Il était omniprésent. Même quand il n'était pas là physiquement. Comment s'y prenait-il ? Il s'était même proposé pour accompagner CJ et ses camarades, le soir de Halloween, pour la collecte de bonbons dans le quartier. Mais… Elle aimerait bien y aller, elle aussi. Secouant la tête, elle vérifia la taille d'un déguisement de Spider-man.

— Non, maman, je veux pas être un super-héros.

— Bien. Que veux-tu être dans ce cas ?

— Je te l'ai dit. Un cow-boy, comme papa, répondit le petit garçon en glissant les mains dans ses poches, avec un regard espiègle.

Oh ! ce regard…

— Quoi ?

— Rien.

— CJ ? dit-elle, sur un ton n'admettant ni réplique ni esquive.

— Eh bien, si je suis habillé en cow-boy, papa amènera peut-être un cheval…

Jolie fronça les sourcils, perplexe.

— Un vrai cheval ?

— Mouais, répondit son fils avec un large sourire. C'est cool, non ? Je l'ai dit à mes copains. On a tous décidé de se déguiser en cow-boy.

Elle inspira profondément. Hésitant entre tordre le cou à Cord ou le laisser à la merci de la déception de son fils. Ce genre de promesses était aussi excentrique qu'irréalisable. Cord aurait mieux fait de s'abstenir. Il s'était beaucoup investi auprès de CJ, en s'efforçant d'agir comme un véritable père. Si elle ne reprenait pas les choses en main, il ferait de leur fils un enfant gâté. Et il ferait bien d'en prendre conscience, car elle n'allait pas corriger ses erreurs chaque fois qu'il ramenait CJ à la maison. Elle refusait de passer pour une mère mégère, simplement parce que c'était à elle de faire respecter les règles. Donc, même si l'idée lui déplaisait, elle devait avoir au plus vite une discussion avec Cord de manière à mettre les choses au clair.

Et tant qu'elle y était, elle les mettrait aussi au clair avec elle-même. Elle n'avait pas l'intention de tomber dans le piège. Il était toujours là, demandant à voir CJ… A la voir elle. Ce serait tellement simple d'être avec lui comme si rien ne s'était passé. Comme s'il ne lui avait pas brisé le cœur, et elle le sien. Comment pourrait-elle oublier ? Peut-être avec de la colle, pour recoller les morceaux ? Bien sûr, Cord était tellement gentil, prévenant… Elle soupira et ravala sa frustration. Le problème, c'était la confiance. Ou plutôt l'absence de confiance.

Son téléphone sonna. Quand on parlait du loup…

— Qu'est-ce que c'est que cette histoire avec CJ, à propos de Halloween ?

— Hmm… Toi aussi, tu me manques, soleil.

— Qu'est-ce que c'est que cette histoire avec CJ, à propos de Halloween ? répéta-t-elle.

— Halloween ? dit-il après un court silence, sur un ton où perçait la méfiance.

— Tu viens bien l'accompagner dans sa quête de bonbons, non ?

— En effet. Et ?

— Il veut se déguiser en cow-boy.

— Où est le problème ?

— Lui as-tu parlé d'un cheval ? demanda-t-elle. Un vrai cheval que tu amènerais ce soir-là ?

— En réalité, je…

— Réponds à ma question, Cord. Que lui as-tu dit exactement ? s'exclama-t-elle, exaspérée. J'attends ton explication.

— Bien. J'ai dit à CJ que nous pourrions fêter Halloween au ranch et organiser des promenades à cheval dans l'enclos.

— Sans me demander mon avis ? Je te signale que ce n'est pas ce que CJ a compris, répliqua-t-elle de sa voix la plus glaciale.

Comment osait-il ? Cet homme s'insinuait dans la vie de son fils, il faisait tout pour se rendre indispensable. En dépit de ses belles paroles, elle commençait à s'interroger sur ses véritables motivations.

— En fait, je lui ai dit que nous parlerions de tout ça au préalable avec toi et que si c'était trop tard pour Halloween, alors nous le ferions pour son anniversaire.

Elle eut l'impression qu'un nœud coulant se resserrait autour de sa gorge, lui coupant presque la respiration. Son anniversaire ? Cord faisait des plans pour l'anniversaire de CJ sans même lui en toucher un mot ?

— Si tu crois que je vais te laisser faire, espèce de salaud…

— Méchante maman. Tu dois mettre un dollar dans la boîte à gros mots…

Elle avait oublié CJ, juste derrière elle. En train d'écouter.

— Bien, je ne peux pas te parler, dans l'immédiat. Nous discuterons de cela plus tard.

— Tu n'imagines tout de même pas que je vais me plier à tes règles ? explosa-t-il soudain, à l'autre bout du fil. C'est terminé, Jolie. J'ai fait preuve de patience, je crois, mais à présent, j'exige d'officialiser les choses. Je veux être officiellement le père de CJ… Je passerai te prendre, ce soir. Nous irons dîner dans un endroit tranquille où nous pourrons nous entretenir de tout ça et prendre des dispositions.

Et il raccrocha, avant qu'elle puisse le faire. Alors, sans un mot, elle prit la main de CJ et se dirigea vers la sortie.

— Je veux pas m'en aller du magasin, maman, se lamenta le petit garçon en freinant des deux pieds.

Des gens s'arrêtèrent pour regarder, l'air outré, comme si elle était une mère indigne. Elle ferma les yeux et respira profondément. Depuis quand sa vie s'était-elle mise à aller de travers ? La réponse était simple. Depuis ses retrouvailles avec Cord. Depuis son arrivée aux urgences en fait, à moitié mort alors. Elle s'agenouilla devant son fils.

— Ecoute, maman est très fâchée contre ton papa, aujourd'hui. Je ne devrais pas te faire sentir mon énervement, mais s'il te plaît, rends-moi service. Rentrons maintenant.

CJ la regarda, au bord des larmes, et elle se maudit pour ça. Puis son fils lui donna la main, et ils sortirent de la boutique. Elle devait garder son calme. Rester maîtres de la situation, avec Cord. Elle lui avait laissé le champ libre, avec son fils. Et aujourd'hui, monsieur souhaitait officialiser sa paternité. Bref, insidieusement, il avait pris le contrôle. Mais n'était-ce pas typique des Barron ? Or, CJ était son fils à elle… Bon, et celui de Cord, aussi, mais… Elle sentit son cœur se serrer. Maudite culpabilité.

Des émotions intenses se bousculaient en elle, comme un raz-de-marée, venant cogner contre un barrage. Et le niveau de l'eau n'en finissait pas de monter. A cela, deux conséquences possibles. Ses émotions passaient par-dessus bord et soulageaient un peu la pression qu'elle subissait. Ou elle se faisait emporter par le fond. Mais elle ne pouvait se permettre aucune de ces éventualités. Elle ne pouvait perdre le contrôle. Ni perdre CJ, ce qui adviendrait si Cord revendiquait ses droits de père. Ni perdre son cœur non plus, ce qui adviendrait si ce maudit homme continuait de l'assaillir de sourires et de caresses… En réalité, sa vie se trouvait au bord d'un précipice. Pas très original comme métaphore, songea-t-elle, mais elle ne trouva pas mieux sur le moment. Elle devait agir, avant de basculer dans le vide, car alors, il serait trop tard.

- 15 -

A la seconde où elle entra dans le restaurant, Jolie sut qu'elle avait commis une erreur. Elle avait refusé que Cord vienne la chercher et avait insisté pour le retrouver sur place. Mais jamais elle n'aurait dû le laisser choisir l'endroit. Elle avait finalement accepté ce rendez-vous, comme un compromis, puisqu'à l'origine il pensait la voir pour Halloween ; or, elle s'était portée volontaire, à l'hôpital. Halloween était la soirée de tous les dangers, pour les enfants, victimes d'accidents de toutes sortes. Alors oui, sa présence là-bas ce soir-là était indispensable. Rien à voir en réalité avec Cord.

Le maître d'hôtel la conduisit entre un dédale de tables, toutes occupées par des couples. Ce n'était pas un restaurant familial. Le lieu était réservé aux dîners entre amants, aux hommes souhaitant impressionner leur compagne, voire à des parents s'offrant une soirée en amoureux, loin des enfants. Lumière tamisée, musique douce, l'endroit romantique par excellence.

De somptueux bouquets ornaient les tables recouvertes de nappes d'un blanc virginal. Cristal et argenterie scintillaient à la lueur des bougies. Cord était là, assis à une table à l'écart des autres. Dès qu'il la vit, il se leva. L'air calme, sûr de lui. Impossible de lire dans ses pensées. Et elle détestait ça. En fait, tous les frères Barron étaient comme ça, impénétrables. Tout le contraire d'elle.

Elle s'approcha, et quelque chose scintilla dans ses yeux. Elle fit de son mieux pour l'ignorer, mais de petits frissons voluptueux parcoururent sa peau. Même en retrait, elle avait envie de lui. Il en avait toujours été ainsi. Sous l'éclairage feutré d'un lustre, son visage paraissait plus énigmatique et mystérieux que jamais. Plus dangereux, aussi, réalisa-t-elle, frissonnant de plus belle.

Cord congédia d'un hochement de tête le maître d'hôtel, puis, une fois seuls, il se plaça derrière elle pour l'aider à s'asseoir.

— Tu es sublime, lui murmura-t-il à l'oreille.

Ces mots la firent frissonner. Non, non et non. Elle redressa la tête. Elle ne succomberait pas, même si elle le prendrait bien pour dessert… Comme il rejoignait sa place, elle l'observa. Dans ses yeux se reflétait la flamme des bougies. Il avait les cheveux plus courts. Et quelques fines rides étaient apparues sur son visage, depuis son coma.

Le lien de parenté entre Cord et ses frères était évident. Pourtant, ses traits à lui étaient plus doux. Il avait toujours ce visage rugueux, avec ces cheveux noirs et ces yeux couleur miel caractéristiques de sa lignée. Tous les Barron étaient d'une beauté diabolique, aucune femme ne leur résistait. Cord était le plus décontracté des cinq, avec Chase peut-être. Chase qui ne vivait que pour le vin, les femmes et les chansons. Elle plaignait de tout son cœur celles qui commettaient la folie de se laisser séduire par lui. Mais elle ne valait pas mieux, ce soir, là, avec Cord qui demeurait avant tout un Barron.

— A quoi penses-tu ?

Sa voix âpre chatouilla sa peau et, instantanément, elle se figea. Elle devait rester sur ses gardes. Résister à l'attrait que cet homme exerçait sur elle. Car il n'hésiterait pas à user de son charme pour parvenir à ses fins. Ils avaient un certain nombre de choses à mettre au point. Elle ne devait pas l'oublier.

— Je ne suis pas certaine que tu aimerais le savoir.

— Tu te trompes, Jolie. J'ai envie de tout savoir sur toi.

— Il me semble que tu en sais déjà beaucoup, non ?

Il esquissa un sourire, le genre de sourire qui autrefois la faisait fondre. Mais pas ce soir. En réponse, elle fronça les sourcils, et il rit avant de prendre ses mains dans les siennes. Elle fit en sorte de ne manifester aucun trouble. Ne profita même pas de la venue du serveur pour retirer ses mains des siennes.

Arrogant comme à son habitude, il passa commande pour tous les deux. Le fait qu'il choisisse l'entrée qu'elle-même aurait choisie ne fit qu'accroître sa colère. Et renforcer l'idée qu'il la connaissait bien plus qu'il ne le devrait.

— C'est toi, je te rappelle, qui tenais à me parler avant Halloween, ce qui ne t'a pas empêchée de changer d'avis et de m'éviter pendant plus d'une semaine. J'aimerais discuter de Thanksgiving avec toi. Chaque fois que j'aborde le sujet, tu détournes la conversation.

Elle sourit intérieurement. Près d'un mois qu'il la serinait avec Thanksgiving. Grâce au ciel, il se laissait distraire facilement. Quelques baisers, deux trois caresses et hop ! au lit. Cord ne pensait qu'à ça, en réalité : à faire l'amour. Et si elle était consciente du danger que représentait une intimité de plus en plus grande, elle-même avait bien du mal à résister. Il restait le seul homme à pouvoir, d'un baiser, lui faire perdre la tête. Mais monsieur voulait plus que du sexe. La garde alternée par exemple. Pas question. CJ était à elle, tout à elle, depuis son premier souffle. Le partager, perdre le contrôle sur la vie de son fils, la terrifiait.

Il serra sa main, un geste tendre, rassurant. Dommage qu'il ne puisse en faire autant avec son cœur.

— Ce n'est ni le lieu ni le moment, Cord.

— Faux. C'est le lieu et le moment, puisque nous sommes réunis.

— Je pourrais me lever et partir…

— En effet…

Il lâcha sa main et la dévisagea, les yeux pleins de colère subitement.

— Tu as l'intention de fuir jusqu'à la fin de tes jours ?

Ravalant sa fureur, elle se pencha vers lui en rétorquant.

— Tu ne manques pas de culot. C'est toi qui as fui…

Il se força à sourire. C'était ça ou se jeter sur elle et la secouer pour lui faire entendre raison. Or, il n'avait jamais levé la main sur une femme, et il comptait bien ne jamais s'abaisser à ça.

— C'est l'hôpital qui se moque de la charité, cher ange…

Il la regarda blêmir. Parfait. Il venait de marquer un point.

— Nous avons fui tous les deux, je te rappelle. J'ai reconnu avoir été stupide. Mais toi…

— Quoi, moi ? l'interrompit-elle, ses yeux verts étincelants en dépit de la lumière tamisée.

Oh oui ! Elle était hors d'elle à présent.

— Tu m'as caché l'existence de mon fils…

Rien à faire, cette vérité continuait de lui rester en travers de la gorge. Il avait pourtant essayé ces derniers mois de comprendre ses motivations, de lui pardonner. Et il avait sincèrement cru y parvenir. Jusqu'à aujourd'hui. Comment pouvait-elle se montrer si obstinée ? Pourquoi le repoussait-elle ? Pourquoi s'opposait-elle à son désir pourtant légitime de vouloir reconnaître son fils devant la loi ?

— Et alors ? Tu ne le méritais pas…

Il reçut ces paroles comme un tir à bout portant. Un tir qui lui laissa comme une plaie béante dans le cœur.

— Tu ne m'en as pas vraiment donné l'occasion, il me semble ! répondit-il avec calme, refoulant la colère, la douleur. C'est mon fils, Jolie. J'ai d'ailleurs reçu les résultats du test de paternité…

Elle en resta bouche bée, les yeux écarquillés, sous le choc.

— Espèce de… Tu lui as fait passer un test sans ma permission ?

— A la seconde où je l'ai vu, j'ai su qu'il était mon fils. Le test ADN, c'est pour les avocats.

— « Les avocats » ? répéta-t-elle, écœurée, comme on recracherait une pilule amère.

Il ne souhaitait aucunement porter l'affaire au tribunal, mais Jolie ne semblait pas disposée à lui donner le choix. Dès qu'il avait appris pour CJ, Cyrus avait proféré des menaces allant dans ce sens. Et si Chance envisageait un simple recours au civil, pas Cyrus.

Le sommelier apparut et leur servit leur vin, sans s'éterniser, conscient de la tension entre eux. Le serveur à son tour arriva avec leurs assiettes et s'éclipsa sans demander son reste.

Cord avala une gorgée de vin tout en l'observant derrière son verre. Droite comme un *i*, tendue à l'extrême, sans doute en train de se tordre les mains, sous la table. Il l'aurait bien prise dans ses bras et bercée jusqu'à ce qu'elle se détende. Jusqu'à ce qu'elle admette qu'il avait raison. Tout ce qu'il voulait, c'était elle. Et CJ. Tous les trois, comme une vraie famille. Il glissa la main dans la poche de sa veste, effleura l'écrin de velours caché dedans. Il avait emporté l'alliance comme porte-bonheur. Avec une petite idée derrière la tête. La demander en mariage ce soir même.

Tout ce qu'il avait à faire, c'était venir à bout de sa colère. Il avait déjà réussi à la convaincre de faire l'amour avec lui. Et une chose était sûre, elle le désirait autant qu'il la désirait. Son corps était à lui, restait à conquérir son cœur. En cet instant, il se fit le serment en cas de succès de prendre mieux soin de ce trésor qu'il ne l'avait fait, la première fois. Mais le temps pressait. Si elle acceptait de devenir sa femme, Cyrus ne pourrait plus rien contre eux.

Il noya ce qui lui restait de colère avec une nouvelle gorgée de vin et vissa sur ses lèvres un sourire bienveillant, tout en la regardant attaquer sa malheureuse salade à grands coups de fourchette vengeurs. L'imaginant peut-être lui, à la place des feuilles de laitue. Il commença à manger avec calme, alors que l'ardeur vengeresse de Jolie ne faiblissait pas. Parfait, cela faisait partie de son plan. Continuer à la déstabiliser, jusqu'à obtenir ce qu'il voulait. Elle. CJ. Pour toute la vie.

— Bien. Pourrions-nous discuter des modalités, concernant Thanksgiving, Jolie ? Pourquoi toi et CJ ne viendriez-vous pas au ranch ? Cassie et Miss Beth ont promis de se dépasser pour nous offrir une grande fête de famille. Et ne t'inquiète pas, à propos du patriarche. Dès qu'il a su qu'un repas de Thanksgiving était en préparation, il a décidé d'aller passer le week-end à Vegas…

Il lui offrit ce qu'il espérait être son plus beau sourire avant de poursuivre.

— Clay viendra tout exprès, avec son assistante. Cassie a également convaincu Chase…

De nouveau, il se tut, cherchant en vain à deviner son état d'esprit.

Elle cessa de mâcher pour le fusiller du regard, puis elle reporta son attention sur son assiette. Il baissa alors la voix, passant en mode conspirateur :

— N'en parle à personne, mais je crois que Cyrus a une peur bleue de Cassie.

Il étouffa un rire quand elle le regarda, surprise, avant d'enchaîner.

— Autre chose. Cash pense que le patriarche a une liaison avec une danseuse de cabaret…

Elle sourit, avec réticence, mais elle sourit. Victoire ! Le serveur vint débarrasser leurs assiettes et en profita pour remplir leurs verres d'eau, puis un autre suivit avec le plat de résistance. L'homme attendit au garde à vous, le temps pour Jolie et Cord de goûter et de manifester leur approbation. Cord, excédé, retint un soupir. Il aurait dû emmener Jolie au Cattlemen. Mais elle raffolait de ce genre de restaurants, et en fait il souhaitait l'impressionner. Il avait beau être un adepte du jean et des santiags, il savait aussi s'habiller pour les grandes occasions. La famille Barron était à la tête d'une immense fortune et avait ses entrées partout dans la jet-set. Tout comme Jolie et son père. J. Rand Davis n'avait pas hésité à signer un chèque d'un demi-million de dollars à Cassie pour lui acheter son troupeau. Le même jour, il mettait Cord en garde en lui conseillant de ne pas s'approcher de sa fille.

Il secoua la tête, chassant ces pensées pour se concentrer sur son problème du moment. Jolie mangeait et l'ignorait ostensiblement. Il en avait assez de ce petit jeu.

— Que lui est-il donc arrivé ?

Elle le dévisagea, perplexe, avec son fameux regard assassin, mortel pour tout autre que lui, blindé depuis le temps. En réalité, quand elle faisait la moue comme ça, il la trouvait même adorable.

— Que lui est-il arrivé à qui ? De quoi parles-tu ?

Il se pencha vers elle et murmura :

— Qu'est-il arrivé à la fille farouche qui adorait monter à cru et emmener son cheval nager dans le lac ? A la fille qui, dans les tribunes, m'encourageait à grands cris pendant les rodéos ?

Elle blêmit, mais soutint son regard.

— Toi, Cord, voilà ce qui lui est arrivé. Tu as débarqué un jour pour m'expliquer que c'était terminé et adieu. Eh bien, vois-tu, depuis, cette fille n'existe plus…

Les paroles de Jolie lui déchiquetèrent le cœur. Il ne répliqua pas et s'efforça de surmonter la douleur tout en continuant à la regarder. Comme il s'y attendait, elle finit par baisser les yeux. En fait, ni l'un ni l'autre n'était vraiment en état d'aborder ce sujet ultrasensible.

— Dommage. Car cette fille était vraiment à part.

Il attrapa la bouteille de vin et remplit leurs verres. Elle vida aussitôt le sien, sans doute pour se donner du courage. Il but à son tour, pour la même raison. Il s'était bien trop investi pour raviver le peu de sentiments qu'elle nourrissait encore à son égard pour risquer de tout gâcher avec une repartie acerbe. Il avait déjà causé suffisamment de mal comme ça avec son humour trop souvent teinté d'ironie, voire de cynisme. Aussi, il ajouta d'une voix douce :

— Non, elle est toujours là.

— A quoi joues-tu, Cord ?

— J'essaie simplement de communiquer avec toi. A propos de CJ. A propos de nous.

— Je n'ai pas envie de communiquer.

Il avala une nouvelle gorgée de vin, la regarda, tentant d'évaluer son humeur.

— Oh ! Jolie, pourquoi ne m'avoir rien dit ?

— Nous avons déjà parlé de ça.

— Oui, et tu ne m'as toujours pas répondu. Honnêtement, je veux dire.

Elle ferma les yeux, ses épaules s'affaissèrent. A la voir aussi désemparée, il en eut le cœur serré. En ce qui le concernait, il l'aurait bien prise dans ses bras et embrassée, puis il lui aurait expliqué ce qu'il ressentait pour elle, en lui assurant que tout irait bien. Et il aurait recommencé, jusqu'à ce qu'elle comprenne. Jusqu'à ce qu'elle le croie. Mais au lieu de cela, il attendit, calme en apparence, mais en proie à une tension extrême en réalité.

— Cette histoire entre nous, il y en a des milliers chaque jour à travers le monde. Un homme et une femme couchent ensemble, point final. De toute façon, je n'ai plus de sentiments pour toi.

— Menteuse, dit-il en souriant.

— Absolument pas, protesta-t-elle. Le problème, après notre petit intermède, c'est que deux mois plus tard, je découvrais que j'étais enceinte. Je sais ce que tu penses. Mais je ne suis pas stupide…

— Ça, je le sais, répondit-il, intrigué. Mais de quoi parles-tu ?

— De toi. De tes frères. A combien de procès pour contestation de paternité en êtes-vous, tes frères et toi ?

— Moi ? Aucun, répondit-il, surpris. Clay non plus, il mène une vie quasi monacale. Quant à Chance, il a toujours su faire preuve d'une extrême prudence. Pareil pour Cash…

Il sourit et ajouta.

— Bon, Chase, c'est vrai, a fait plus d'une fois la une des tabloïds. Mais soleil, tout ça n'a rien à voir avec nous…

— Arrête de m'appeler « soleil », soupira-t-elle. Mais bref…

— Bref quoi ?

— Bref, c'est tout… Tu ne m'aimais pas, Cord, je ne voulais pas te piéger dans une relation où, forcément, tu aurais fini par me haïr.

Il ravala son sourire. Il n'avait plus du tout envie de sourire.

— Est-ce ce que tu crois, vraiment ? demanda-t-il, en posant une main sur sa joue. Que je ne t'aimais pas ?

Mais… Le lui avait-il jamais dit ? Impossible de se rappeler. Et elle de son côté, lui avait-elle dit l'aimer ? Il ne s'en souvenait pas non plus. En fait, il s'était contenté de supposer qu'elle savait ce qu'il ressentait pour elle.

— Mais je t'aimais, Jolie. Et je t'aime.

Il enfouit son autre main dans la poche de sa veste, la referma autour de l'écrin, mais à cet instant Jolie secoua la tête. Alors il renonça. Il ne la demanderait pas en mariage tant qu'il ne serait pas certain qu'elle dirait oui.

— Paroles, paroles…

— Non, soleil. Je t'aime. Et j'aime CJ, aussi. Je veux que le monde entier sache qu'il est mon fils. Que cet enfant extraordinaire est le nôtre…

Elle ferma brièvement les yeux avant de le regarder.

— Je n'attends qu'une chose de toi, Cord. Laisse-nous.

— Certainement pas. CJ est mon enfant. Et je suis prêt à tout pour être son père. Je veux faire partie de sa vie. Et je veux aussi faire partie de la tienne. Prendre soin de vous deux… Et j'irai jusqu'au bout.

— Nous n'avons aucun besoin que tu prennes soin de nous et…

Elle fronça les sourcils.

— Comment ça, tu iras jusqu'au bout ? Qu'as-tu fait, Cord ? demanda-t-elle, les joues en feu, sans doute encore une fois à se tordre les mains sous la nappe.

Elle avait toujours cru maîtriser ses émotions. Or, il n'en était rien. Elle était émotive et sensuelle. Il avait bu à ses lèvres ses cris de plaisir, quand ils avaient fait l'amour. Il avait senti dans sa chair sa colère et ses larmes. Il l'avait fait rire et avait ri avec elle. Elle pouvait dire ce qu'elle voulait, elle était tout pour lui. Toute à lui.

— Rien, répondit-il sans détacher ses yeux des siens. Mais Chance a rédigé quelques documents. CJ est mon fils. Je vais donc demander devant un tribunal une modification de son certificat de naissance…

Il couvrit sa main de la sienne, et aussitôt elle se crispa.

— Je veux juste le protéger, Jolie.

Elle arracha sa main à la sienne et recula sur sa chaise.

— Cet accident m'a fait réfléchir, poursuivit-il en se passant la main dans les cheveux. Au futur. A ma vie. Je ne connaissais même pas l'existence de CJ, mais aujourd'hui c'est différent. J'aurais pu mourir. Je veux m'assurer que notre fils ne manquera jamais de rien.

— J'ai plus qu'il ne faut pour assurer l'avenir de CJ. Et papa lui a ouvert un compte à sa naissance, qu'il alimente chaque mois avec les intérêts du groupe.

— Il n'en reste pas moins mon fils, Jolie. Je veux que nous formions une famille, tous les trois.

— Non…

Elle regarda autour d'elle, prise de panique.

— Je ne suis pas prête pour ça, Cord.

Il inspira profondément.

— Je t'en prie, Jolie, ne t'oppose pas à moi. Je n'ai pas envie d'en arriver au procès. Ce ne serait pas bien, pour CJ.

— Si tu t'inquiètes vraiment pour CJ, laisse tomber. Oh ! tu peux le voir, je ne m'y opposerai pas ! Mais quoi que tu fasses, tu n'es pas son père. Et tous les documents du monde ne changeront rien à ça. Tu ne le seras jamais.

— « Jamais » ? Est-ce une menace ?

- 16 -

Cord regardait Cassie et Miss Beth en train de s'affairer dans la cuisine. Big John, juché sur un tabouret, implorait ces dames de bien vouloir le laisser goûter à l'un des multiples plats prévus au menu. Prière à laquelle les deux femmes riaient, tout en taquinant le pauvre homme. Cash et Chase étaient dans la salle de jeu, en pleine partie de billard, Chance et CJ devant la télévision, à attendre le début d'un match de foot.

Personne n'avait beaucoup vu Clay, depuis son arrivée au ranch, enfermé le plus souvent dans le bureau, avec son assistante, Georgie, également chargée de ses discours. En fait, Cord suspectait son sénateur de frère d'avoir de hautes ambitions. La présidence par exemple. Georgie n'ayant apparemment pas de famille, elle avait été chaleureusement invitée à fêter Thanksgiving avec eux.

Cord n'avait qu'un regret. Jolie avait refusé de venir, sans doute à cause de leur dispute, trois semaines plus tôt. Ce n'était pas son intention de la pousser à bout, mais il était fatigué d'attendre. Il voulait simplement lui faire entendre raison. Qu'elle reconnaisse ses droits, d'un point de vue légal et affectif, sur CJ. De nouveau, il regarda autour de lui. Elle s'entendrait si bien avec Miss Beth et Cassie. Ses frères seraient fous d'elle, eux aussi.

Il avait tout tenté pour la convaincre de venir, ce soir. Lui promettant entre autres que Cyrus ne serait pas de la fête. Elle avait fini par se résoudre à laisser venir CJ. Mais elle, pas question. En allant récupérer son fils, ce matin, il avait fait une nouvelle tentative et l'avait invitée à se joindre à eux. Nouveau refus. Lèvres pincées, toujours en colère, elle s'était lancée dans un discours sur les droits et les devoirs des pères, comme quoi les chiens ne faisaient pas des chats, allusion à peine voilée à Cyrus. Elle avait raison. Cyrus n'était pas très enclin aux fêtes de famille. Autrefois, il laissait ça aux mères de ses fils. Puis, après Helen, deuxième épouse Barron défunte, les femmes du patriarche étaient devenues de plus en plus jeunes, avec des envies de voyages vers des destinations de luxe, plutôt réticentes à l'idée de veiller sur une bande de garçons chahuteurs. Miss Beth et Big John s'occupaient d'organiser les vacances, les fêtes d'anniversaire. Thanksgiving et Noël. La fête du 4-Juillet et Halloween. C'était eux qui cachaient les œufs de Pâques dans le jardin.

En proie à la mélancolie, il gagna le salon et prit place dans l'un des lourds fauteuils en cuir. Il sourit en observant CJ en train de parler football, faisant des pronostics sur le vainqueur du match de ce soir. Chance surprit son regard et lui fit un clin d'œil. Cord cilla. Surpris de se sentir aussi bien en réalité. La famille ne s'était pas réunie depuis le mariage de Chance. Chacun avait interrompu le cours de son existence pour l'occasion, puis tout le monde de nouveau s'était dispersé. Bien sûr, ses frères étaient aussi venus le voir, à l'hôpital.

La maison du ranch avait changé, au fil des années, et aujourd'hui elle rivalisait avec la villa de Nichols Hills en termes de superficie et d'aménagement. A cette différence qu'ils ne s'étaient jamais sentis chez eux, à la villa. Ici, oui. Sur la cheminée trônaient des photos d'eux, enfants. Il régnait dans le salon une atmosphère conviviale. Des odeurs de dinde rôtie et de tarte à la citrouille flottaient dans l'air. En réalité, il n'aspirait qu'à cela, cette sensation d'être à sa place, entouré des siens. Une famille. Avec Jolie et CJ auprès de lui.

Plongé dans ses réflexions, il sursauta presque lorsque

Cassie les appela pour passer à table. CJ se précipita pour aller chercher « oncle Clay et la jolie dame ». Une fois toute la troupe réunie, Cord de nouveau fut pris de nostalgie. La vieille table en chêne était depuis toujours dans la famille. Erodée par le temps, cabossée par endroits. Miss Beth prit place à l'une des extrémités, à proximité de la cuisine. Georgie, l'assistante de Clay, s'assit à la droite de Miss Beth, Clay à côté d'elle, puis Cord et CJ. Big John se plaça à l'autre bout de la table avec à sa droite Cassie, Chance et, à côté d'eux, Chase et Cash. Et il restait encore de la place pour des chaises supplémentaires.

Big John récita le bénédicité, puis les plats passèrent de l'un à l'autre, les frères Barron comme à leur habitude se disputant l'aile et la cuisse. CJ fit provision d'olives et, couteau en main, joua un moment au billard avec. Personne ne le réprimanda. C'était Thanksgiving. Le repas s'acheva par une tarte au potiron et un gâteau meringué au chocolat. Ce fut CJ qui remporta le bréchet contre Cash, une tradition familiale dévolue aux plus jeunes des garçons Barron. Le petit garçon en bondit de joie sur sa chaise.

— C'est moi le roi de Thanksgiving, oncle Cash. Qu'est-ce que j'ai gagné ?

— Demande à ton père, répondit Cash en se levant de table avant de quitter la pièce, l'air grincheux, pour une raison inconnue de Cord.

— Papa, papa, qu'est-ce que j'ai gagné ?

— Le droit de faire un vœu, CJ, et comme tu as gagné, ce vœu devrait se réaliser.

Cassie glissa sa main dans celle de Chance et sourit à l'enfant.

— Et quel vœu vas-tu faire, CJ ?

CJ regarda autour de lui avant de déclarer.

— Je veux un chien. Un cheval aussi. Et un papa et une maman.

Cord prit son fils dans ses bras et le serra contre son cœur.

— En voilà un joli vœu, mon grand.

Une heure plus tard, la table débarrassée, le lave-vaisselle en route, CJ finit par s'endormir sur le tapis, devant le match de foot. Cassie et Georgie bavardaient dans un coin de la pièce, Big John ronflait dans le rocking-chair et Miss Beth avait disparu avec un panier de pique-nique. Sans doute destiné à Kaden, supposa Cord, surpris que le contremaître ait décliné l'invitation.

Repu, il s'étira, confortablement assis sur le canapé, en se laissant bercer par les commentaires, à la télévision. Ah ! la famille ! La sienne marquait parfois quelques ratés, mais il en avait la conviction, chacun d'eux finirait par trouver son équilibre. Son téléphone vibra. Un texto.

Il s'assit et se frotta les yeux.

Le patriarche est là. RV en salle de réunion.

Cash

La stupéfaction passée, Cord bondit et s'engouffra dans le couloir conduisant à la salle de réunion, attenante au bureau. Chance était assis à la grande table, Cash et Chase face à lui, Clay un peu plus à l'écart et le vieil homme en bout de table. Mais que faisait donc Cyrus ici ? Sa première pensée alla à Jolie, et il se réjouit en définitive qu'elle ne soit pas venue.

Quand son père était-il arrivé ? Et pourquoi Chance ne l'avait-il pas prévenu ? Trop tard pour ce genre de questions. Cord regarda ses frères. Chase et Clay préférèrent baisser les yeux. Cash, sourire aux lèvres, haussa un sourcil narquois. Chance esquissa un hochement de tête, se voulant probablement rassurant, seul signe de solidarité dans le groupe…

— Tu en as mis du temps, attaqua tout de suite son père, Cord haussant les épaules à son agressivité coutumière. Assieds-toi, ordonna Cyrus.

— Merci, mais je suis très bien ici, répondit-il, toujours appuyé à la porte, jouissant d'une certaine hauteur.

Cyrus pinça les lèvres et se tourna vers Clay qui pivota sur son siège, mal à l'aise, pour s'adresser directement à Cord. Avec un regard grave, comme s'il s'apprêtait à donner le coup de grâce. Cord attendit, plus intrigué qu'inquiet.

Clay toussota, chose inhabituelle pour son aîné, rompu aux discours politiques devant des stades remplis de supporters.

— Je suis pressé, Clay. Je dois ramener CJ. Alors dis ce que le vieil homme t'a ordonné de me dire, que tout le monde puisse retourner à ses occupations.

Cash ricana et s'affala dans son siège.

— Je vais te le dire, moi. Tu dois signer les papiers rédigés par Chance pour éloigner ton fils de cette pu…

Personne ne put l'intercepter. Cord bondit et se retrouva nez à nez avec son frère qu'il bouscula dans son fauteuil tout en le saisissant par le col de sa chemise.

— Fais attention à tes paroles, petit frère. Jolie est la mère de mon enfant. Je te conseille de parler d'elle avec respect.

Un silence de mort s'abattit dans la salle. Cash était un peu plus grand que lui, un peu plus costaud aussi, et puis Cord n'avait pas retrouvé sa forme d'avant l'accident. En revanche, la colère en lui, si légitime, était telle qu'il se sentait parfaitement capable de mettre son frère K-O. Il avait beau en vouloir à Jolie, personne dans sa famille n'avait le droit de dire du mal d'elle. Le sourire de Cash s'élargit, mais il finit par baisser les yeux. Cord le lâcha et se dirigea vers la porte, le pas décidé.

— Et cela vaut pour vous tous. CJ est *mon* fils. C'est à moi et moi seul de gérer cette situation.

Du moins l'espérait-il. Or, vu l'entêtement de Jolie, rien n'était moins sûr.

Une fois à la porte, il se tourna face à son père.

— Je ne suis plus un gamin stupide, père. Ne l'oublie pas. Ce que je fais avec Jolie et *notre* fils ne te concerne en rien.

Puis il regarda ses frères, les uns après les autres.

— Et cela s'adresse aussi à vous. C'est clair ?

Personne ne bougea. Chase continua de fixer ses mains, croisées sur ses genoux. Cash en revanche soutint son regard. Clay quant à lui leva brièvement les yeux, avant de baisser la tête. Chance demeura de son côté impassible. Ses frères semblaient avoir compris, mais son père ?

— Je suis sérieux, Cyrus. Je sais ce que tu as fait à Chance et à Cassie. Aussi, je te préviens. Ne t'avise pas de te mêler de ça. Laisse Jolie et CJ tranquilles. Et moi aussi.

Le vieil homme battit des mains en un simulacre d'applaudissements plein de cynisme.

— Tu m'as toujours déçu, mon garçon. Je t'ai donné le temps nécessaire pour mettre de l'ordre dans cette histoire, mais tu es trop faible. Tu l'as toujours été. Ce garçon est un Barron. Il appartient à cette famille, que tu le veuilles ou non…

Il se tourna vers Clay.

— Dans mon bureau, tout de suite.

Cyrus se leva alors pour gagner la pièce voisine. Après un soupir, Clay le suivit, claquant la porte derrière lui.

Ignorant les jumeaux, mais saluant Chance d'un hochement de tête, Cord sortit de la salle de réunion, avec une seule idée en tête : récupérer CJ et partir d'ici au plus vite. S'appeler Barron n'était pas un cadeau. Il connaissait son père. Cyrus n'en ferait qu'à sa tête. Le vieil homme ne vivait que pour tout contrôler. Ses entreprises, ses fils et aujourd'hui son petit-fils. Et malheur à ceux qui osaient lui mettre des bâtons dans les roues.

Dans le couloir, une porte fermée attira son attention. La salle de jeu. Il tressaillit. Il n'y avait plus mis les pieds depuis… Impossible de s'en souvenir. Il s'avança pour aller y jeter un œil, avant d'hésiter. Clay et son père en avaient sans doute pour un bon moment. Il avait encore un peu de temps, avant de reconduire CJ chez Jolie… Il ouvrit la porte.

L'escalier menant à la salle était poussiéreux. Considérant la hantise de Miss Beth pour la poussière, cette négligence le dérouta. Les marches s'arrêtaient sur un palier plutôt grand avec une porte et à droite, les chambres.

Cette porte, elle était telle que dans ses souvenirs. Peinture écaillée par endroits, poignée en fer forgé. Il effleura le battant, avec ses creux et ses bosses, son nom et celui de ses frères gravés dessus. Chacun d'eux possédait un couteau suisse à l'époque. Il en gardait d'ailleurs une cicatrice, sur la main. Il poussa la porte qui grinça, entra et appuya sur l'interrupteur. Rien. Il traversa alors la pièce sans faux pas jusqu'à la fenêtre, ouvrit les volets et regarda les toiles d'araignée scintiller sous le soleil couchant. A la fois nursery et salle de jeu, ici dormaient les vestiges de l'enfance de cinq garçons. La bibliothèque de Clay avec ses biographies et ses livres d'histoire. Le cheval à bascule de Chance. Les affaires de base-ball de Cash et Chase. Dans un carton, des jeux de société ainsi que des petites voitures et des camions miniatures. Il sourit. CJ était-il aussi fan que lui au même âge de ce genre de jouets ?

Tout en fouillant dans les cartons, les souvenirs l'assaillirent. Pas tous heureux, ce qui ajouta une touche de mélancolie à son humeur déjà morose. Tout en regardant autour de lui, il comprit ce qu'il était venu chercher ici. Il finit par dénicher dans un coin le berceau de bois de famille des Barron, sculpté par son arrière-arrière-grand-père. Cinq générations de petits Barron y avaient dormi. Cinq générations, pensa-t-il en caressant le berceau. Mais pas la sixième. Pas son fils.

Jolie l'avait privé de ce bonheur en lui taisant l'existence de son enfant. Il avait raté presque cinq années de la vie de son fils. Sa grossesse. Une immense tristesse s'abattit sur ses épaules. Chaque fois qu'il tentait de lui parler de tout ça, elle se rétractait ou répliquait : « Tu ne m'aurais pas écoutée ! » Comme si elle n'était pas responsable. Comme si lui seul était coupable. Eh bien, aujourd'hui, il était tout disposé à l'entendre, à l'écouter. Mais c'était elle qui faisait la sourde oreille.

CJ était un Barron. Cordell Joseph Barron, même si son maudit certificat de naissance portait le nom de Davis. Se passant une main dans les cheveux, il soupira. Pourquoi continuaient-ils à se disputer comme ça ? Il n'avait pas renoncé à l'idée de la demander en mariage. L'écrin de velours attendait sagement dans la poche de sa veste en cuir, accrochée en bas dans l'entrée. Il voulait être reconnu officiellement comme le père de CJ, voilà pourquoi il avait déposé une demande de modification du certificat de naissance de CJ devant le tribunal. Qu'y avait-il d'extraordinaire à cette requête ? De quoi Jolie avait-elle peur ?

Il sortit son téléphone de sa poche et joua un moment avec. Il avait envie de lui parler. Non, il en avait besoin. Il s'était montré patient, en lui faisant la cour, en ne la brusquant pas et en faisant tout pour la rassurer. Noël serait bientôt là. Il voulait pour l'occasion que sa famille soit réunie. Le plus beau cadeau dont il pouvait rêver serait de voir son nom inscrit sur le certificat de naissance de CJ et sa bague de fiançailles au doigt de Jolie. Etait-ce trop demander ?

Manifestement, oui, à en juger la réaction de Jolie. Il ne lui avait même pas fait sa demande encore. Elle était sur ses gardes. A vrai dire, quelque chose le retenait. Ne lui avait-elle pas caché l'existence de son fils ? Il serra les poings. Il devrait lui rendre la pareille. N'était-ce pas ainsi que procédaient les Barron ? Il avait les résultats du test de paternité. CJ était bien son fils. Chance avait préparé toute la paperasse. A cet instant, une petite voix le houspilla : « Qu'attends-tu pour donner à Chance le feu vert et lancer la procédure ? » Quelle erreur ce serait. Il laissa échapper un nouveau soupir. Non, il devait pardonner. Oublier. Et Jolie aussi. C'était le seul moyen pour eux d'avancer.

Un léger bruit dans son dos le fit se retourner. Cash se

tenait sur le seuil, pouces glissés dans les poches de son jean, l'air vaguement moqueur.

— Je ne te savais pas nostalgique…

— Que fais-tu ici, Cash ? répondit Cord, troublé soudain, car son plus jeune frère ressemblait de plus en plus à leur père.

— Je te rappelle que je vis ici, moi aussi.

— Aucun de nous ne vit plus ici. Toi et Chase avez même fait en sorte de partir le plus loin possible.

— Ah ! les affaires, tu sais ce que c'est…

— Cela ne répond pas à ma question. Le patriarche t'a demandé de m'espionner ?

Cash haussa les épaules avec nonchalance.

— La porte de l'escalier était ouverte, finit-il par expliquer en s'avançant dans la pièce. C'est incroyable, tout est là, ajouta-t-il en regardant autour de lui.

— Miss Beth ne jette jamais rien, tout ici a une valeur sentimentale, marmonna Cord, la gorge serrée.

— Une valeur sentimentale pour qui ? demanda Cash en donnant un coup de pied à un vieux sac de sport.

— Pour elle, j'imagine, puisqu'elle nous a quasiment tous élevés. Big John et elle ont toujours été à nos côtés. Les tout premiers discours en public de Clay. Chance et moi, au rodéo. Nos matchs de foot, au lycée. Je parie que Big John a encore les médailles…

— Les copains croyaient qu'ils étaient nos parents, ricana Cash.

Cord dévisagea son frère.

— Au moins, eux, ils étaient là. Notre père, lui, n'avait jamais de temps à nous consacrer…

Quelque chose, comme une émotion, passa dans le regard de Cash.

— Il n'a jamais été là pour nous. C'est comme ça…

— Ouais. Bref, répondit Cash en lui faisant face. Alors, que vas-tu faire ?

— Au sujet de notre père ?

— Non. De ton fils.

Cord se baissa pour prendre un camion-benne jaune citron en pensant à CJ, avant de se diriger vers la porte.

— Je vais prendre soin de lui. Quoi qu'il m'en coûte.

- 17 -

Indifférente au brouhaha dans le restaurant, Jolie contempla son assiette. Elle n'avait pas faim. En fait, elle avait l'appétit coupé depuis sa dispute avec Cord, après Halloween. Sans trop savoir comment, elle avait survécu à Thanksgiving, mais depuis, une autre dispute l'avait opposée à Cord, pour l'anniversaire de CJ. Elle avait refusé de le laisser à son père qui avait dû se déplacer pour apporter ses cadeaux pour son fils. Oh ! Cord. Il appelait souvent. Et comme une idiote, elle répondait. Il n'aspirait qu'à une chose : passer plus de temps avec CJ. Et avec elle.

A deux semaines de Noël, elle avait l'impression de perdre le contrôle de son existence. Tout allait trop vite. Et elle ignorait où se trouvait le frein. Levant la tête, elle surprit son père en train de la regarder.

— Il n'est pas assez bien pour toi, ma chérie.

— Papa, je t'en prie…

— Tu mérites mieux, Jolene. Un homme qui veillera sur toi et CJ, comme sur la prunelle de ses yeux. Un homme qui se battra pour toi. Cordell Barron n'est pas cet homme.

— Les gens changent.

— Si peu…

— Tu ne le connais pas, papa.

— Je le connais mieux que toi, mon bébé.

Elle dévisagea son père, intriguée par sa remarque.

— Que veux-tu dire ?

Il haussa les épaules, impassible, et reprit la dégustation de son steak, comme s'il n'avait pas entendu sa question. Elle se retrancha dans le silence, furieuse. Elle connaissait son petit jeu. Se taire pour amener l'autre à se trahir. Elle avait même repris sa tactique à son compte à plusieurs reprises au cours de sa vie, à l'université, au travail... Quand elle avait décidé, contre l'avis de son père, d'aller s'installer à Houston pour avoir son bébé.

— Pourquoi prends-tu sa défense ?

Ouvrant la bouche pour protester, elle se ravisa. Son père avait raison. Elle avait toujours défendu Cord. Et continuait encore aujourd'hui. Cet homme dont elle était folle. Cet homme synonyme de chaos. Lui qui, entre tous les hommes, avait le pouvoir de lui faire dire des choses qu'elle ne voulait pas dire, de lui faire faire des choses qu'elle ne voulait pas faire. Cord Barron. Maudit soit-il.

Le dîner se prolongea dans le silence. Un silence tendu. A peine si elle toucha à son assiette. La serveuse vint débarrasser, puis apporta un dessert que Jolie n'avait pas commandé, ainsi que le café. Sans un regard pour sa crème brûlée, elle remplit sa tasse de sucre.

— C'est ton dessert préféré, mon ange, dit son père quand elle porta la tasse à ses lèvres.

Elle sourit intérieurement. Il avait été le premier à rompre le silence. C'était une petite victoire. Et elle ne s'arrêterait pas en si bon chemin. Elle voulait savoir ce qu'il avait derrière la tête, car il ne l'avait pas invitée à ce dîner sans raison. Cela ne lui ressemblait pas.

— Je ne suis plus une enfant, papa. Tu ne m'achèteras pas avec des sucreries, dit-elle, avant d'éclater de rire. Ni même avec un poney.

Rand sourit à ce souvenir.

— Oh oui ! ce fameux poney ! Tu avais décoré sa queue de rubans multicolores...

Elle sourit, émue elle aussi, avant de prendre un air grave.

— Enfin, papa, d'abord « mon bébé », puis « mon ange », bientôt tu vas m'appeler « princesse ». Comme autrefois, quand j'étais enfant. Quand vas-tu me traiter comme une adulte ? Et surtout, ne t'avise pas de me répondre : « Quand tu te comporteras en adulte », conclut-elle en soupirant.

— Jolene… Tu ne connais même pas la raison pour laquelle il a rompu avec toi.

— C'est ce que tu crois, dit-elle, plutôt satisfaite quand son père fronça les sourcils, manifestement déstabilisé.

— Dans ce cas, donne-moi donc la version Barron…

Elle goûta finalement à sa crème brûlée, en prit une cuillerée, puis deux, avant de repousser le ramequin. Puis, plus d'adulte à adulte que de fille à père, elle parla. Elle parla de sa passion pour Cord, depuis le lycée. Elle lui raconta aussi comment elle avait essayé de le séduire à cette fameuse soirée et comment, en réponse à ses avances, il s'était comporté en vrai gentleman.

— Tu étais désespérée, quand il a rompu.

— C'est exact, papa. Je l'aimais. De tout mon cœur. J'avais dix-neuf ans, et je lui ai donné ma virginité…

Elle ne rit même pas quand son père rougit, et s'énerva même un peu.

— Allons papa, j'étais la seule vierge en terminale. Et ce n'était pas par manque de prétendants. Mais tout simplement parce qu'aucun garçon au lycée n'arrivait à la cheville de Cordell Barron… Ce soir-là, il est entré dans ma chambre, m'a dit : « C'est fini », et il en est aussitôt ressorti. Quand il a découvert l'existence de CJ, il m'a expliqué ce qui s'était passé. Tout est la faute de Cyrus Barron. Cord m'a quittée parce que son père ne lui a pas laissé le choix.

— Tsst, balivernes.

— Non, papa. Tu connais les méthodes de ce vieux briscard. Il a menacé Cord de lui gâcher la vie. De le déshériter… Il était jeune, moi aussi.

Rand voulut intervenir, mais elle l'en empêcha.

— Laisse-moi terminer. Tu veux savoir ce que je sais, ce que je crois, eh bien je vais tout te dire…

Elle but une gorgée de café, le temps de rassembler ses pensées.

— C'était le jour de la Saint-Patrick. J'étais sortie avec des camarades pour fêter la fin des exams. Et il était là, chez Hannigan, avec Cooper et une bande de copains. J'avais tout prévu, papa. Je voulais le séduire, puis je lui tournerais le dos et m'en irais, comme il l'avait fait avec moi. Mais nous avions un peu trop bu ce soir-là, et aucun de nous n'a pensé contraception…

Son père demeura impassible, avant de remarquer :

— Intéressant. C'est à peu près la même histoire qu'il m'a racontée, l'autre soir, quand je l'ai interrogé. C'est inhabituel pour un homme tel que lui d'avouer un moment de faiblesse.

Elle en resta bouche bée, stupéfaite, avant de s'exclamer.

— Tu lui as parlé ?

— J'ai eu en effet une petite conversation avec lui, le jour où je suis allé chercher CJ, au ranch…

Il fronça les sourcils.

— Et quelle excuse monsieur t'a-t-il donnée pour t'avoir abandonnée, enceinte de mon petit-fils ?

— Voyons, papa, tout est ma faute, répondit-elle en se massant le front, fuyant son regard. Tu le sais, je ne lui ai jamais dit que j'attendais un enfant de lui. Il l'ignorait.

Rand ne cilla pas. Elle fut incapable de deviner ses pensées. Son père se contenta de la fixer, lèvres pincées.

— Je pensais t'avoir élevée mieux que ça. Je n'étais pas d'accord avec toi, à l'époque, et aujourd'hui voilà ce qu'il en est de garder certains secrets…

Il secoua la tête.

— Ce garçon était déjà différent des autres, en ce temps-là. Manifestement, il l'est encore aujourd'hui…

Elle n'eut pas le temps de répondre, la sonnerie de son téléphone l'en empêcha. Elle aurait pu l'ignorer, mais elle reconnut à l'écran le numéro de la maison. Elle décrocha, et aussitôt, à l'autre bout du fil, sans même un « allô », Mme Corcoran lui dit :

— Dépêchez-vous de rentrer. Venez vite. Tout de suite.

— Mme Corcoran ? Que se passe-t-il ?

Bondissant de sa chaise, Jolie attrapa son sac, sa veste et se précipita vers la sortie. Derrière elle son père jeta quelques billets sur la table et lui emboîta le pas. Trente secondes plus tard, Rand sortait du parking au volant de son pick-up, tandis que sur le siège passager, téléphone à l'oreille, Jolie écoutait Mme Corcoran, partagée entre colère et terreur. La voix tremblante, elle fit un petit résumé à son père.

— C'est CJ. Trois hommes sont là-bas, avec des documents officiels revêtus de tampon du tribunal pour emmener CJ. L'un des types est avec lui dans sa chambre, pour réunir quelques affaires. Mme Corcoran dit qu'il est en pleurs, terrorisé…

— Ne t'inquiète pas, dit son père. Tout va s'arranger.

— Mme Corcoran, passez-moi l'un de ces types, vite ! hurla Jolie en mettant le haut-parleur pour que son père entende.

Une voix masculine finit par répondre.

— Oui ? Ici, Harris.

— Jolene Davis à l'appareil. Que faites-vous chez moi ?

— Nous avons ordre d'emmener l'enfant mineur, Cordell Joseph Davis, dans l'attente d'une audition sur la destitution de vos droits parentaux.

Elle sentit sa gorge se serrer. Impossible d'articuler le moindre mot.

— Ici J. Rand Davis. Touchez à un seul cheveu de mon petit-fils, et je vous ferai jeter en prison !

— J'ai un ordre du tribunal, monsieur. Je suis désolé…

Jolie sentit son sang se glacer.

— Ma fille et moi sommes en route. J'avertis mon avocat. Ne faites rien jusqu'à notre arrivée, vous entendez ! ordonna son père, fou de rage.

— Nous ne faisons que suivre la procédure, monsieur…

Le type raccrocha.

Incapable de retenir ses larmes, Jolie sanglota le reste du trajet. Une fois à la maison, les hommes étaient partis, emmenant CJ avec eux. Mme Corcoran était dans la cuisine, en pleurs, un officier de police de Nichols Hills à côté d'elle. L'air mal à l'aise. Apparemment, la nourrice en désespoir de cause avait appelé la police, mais l'agent était arrivé trop tard pour intervenir.

— Les documents sont là, sur la table, expliqua le policier. Signés par un juge du district. Je suis vraiment désolé. Votre nourrice m'a dit que vous arriviez, j'ai donc décidé de rester auprès d'elle en vous attendant.

— Je vous en remercie, dit Rand avec une froideur glaçante.

Un quart d'heure plus tard, ayant recouvré son calme, Mme Corcoran leur prépara du café. Rand et Jolie avaient lu les documents, sans vraiment parvenir à en décrypter tout le jargon juridique. Puis l'un des avocats de Rand arriva et expliqua de quoi il retournait, tandis que Jolie arpentait le salon, en proie à une terrible angoisse et à une colère noire.

— CJ n'a pas été emmené dans un foyer. Le juge Braxton a signé ces documents, l'affaire relève du civil. La requête a été transmise par le père. Je suppose que c'est chez lui qu'ils l'ont conduit.

— Buvez donc un peu de café, mon ange, dit Mme Corcoran en tendant une tasse fumante à Jolie.

Elle n'avait pas envie de café. Elle n'avait envie de rien. Elle ne voulait qu'une chose, tordre le cou au responsable de tout ça. Si elle avait eu Cord Barron devant elle, elle lui aurait arraché le cœur.

— Je veux mon enfant. Comment puis-je récupérer mon fils ? s'exclama-t-elle, à bout de nerfs.

L'avocat continua d'éplucher la paperasse. Son père répondit :

— Je vais appeler le juge Wilson. Mais viens t'asseoir maintenant, Jolie, il faut que tu te calmes. Le juge me doit une faveur. Il va arranger ça…

Elle n'avait pas envie non plus de s'asseoir.

— CJ doit être terrorisé, papa. Je veux qu'il rentre à la maison… Oh ! Je ne peux pas croire que Cord ait fait une chose pareille. Quel salaud !

Rand secoua la tête en soupirant.

— Selon moi, c'est un acte de désespoir, Jolene. Reconnais-le, tu n'as pas vraiment mis de la bonne volonté pour essayer de t'entendre avec lui sur la garde du petit…

— Mais enfin, de quel côté es-tu, papa ?

Mme Corcoran toussota.

— Miss Jolie ? Ce n'est pas le père de CJ qui est venu avec ces hommes.

Jolie s'immobilisa et tressaillit.

— Que voulez-vous dire, madame Corcoran ?

— Le troisième homme ressemblait à Cord, mais ce n'était pas lui. Lorsque CJ l'a vu, il a tout de suite arrêté de pleurer et s'est précipité vers lui en l'appelant « oncle Cash ».

— Compris, marmonna Jolie en attrapant son sac. Tes clés, papa.

— Que comptes-tu faire, Jolie ?

— Je veux mon fils. Je vais le chercher.

Comme Rand ne réagissait pas assez vite, elle lui subtilisa ses clés dans la poche de son manteau et se rua vers la porte. Puis, sans ralentir le pas, elle s'engouffra dans le pick-up de son père et démarra, avec une seule idée en tête, récupérer son enfant.

Le trajet de vingt petites minutes fut sans doute l'un des plus longs de sa vie. Tout en se garant devant chez Cord, elle tenta de canaliser sa colère, son père et l'avocat arrivant juste après elle. Elle descendit du pick-up et alla sonner à la porte de Cord.

— Cord, ouvre tout de suite ! hurla-t-elle en martelant le battant de ses poings.

Une lumière s'alluma à l'intérieur, et elle entendit crier :

— Mais que se passe-t-il, bon sang ? J'arrive, une seconde !

Le verrou claqua, et la porte s'ouvrit sur Cord, les cheveux en bataille, les yeux ensommeillés, vêtu en tout et pour tout d'un boxer. Il la regarda, l'air ébahi, puis nota la présence derrière elle de son père et de l'avocat.

L'espace de quelques secondes, Jolie sentit la colère et la peur refluer sous une vague de désir. Oh ! mais qu'il était sexy ! Comment s'y prenait-il pour la troubler autant, juste en ouvrant une porte ? Sans parler du fait que, selon les documents, c'était lui qui lui avait pris son enfant. Non, décidément ça ne tournait pas rond, chez elle…

Stupéfait, Cord regarda Jolie, puis il se renfrogna en apercevant J. Rand. Le visage de l'autre type à côté lui disait vaguement quelque chose, mais impossible de s'en souvenir précisément.

— Mais que…

Il n'eut pas le temps d'aller au bout de sa question.

— Où est CJ ? demanda Jolie.

Cord commença à regretter les bières bues ce soir, pour accompagner la pizza qu'il avait commandée en guise de dîner. Il ne comprenait pas ce qui se passait. Jolie semblait furieuse. Il s'apprêtait à demander des explications, quand elle se mit à lui marteler le torse de coups de poing en hurlant.

— Où est-il ? Qu'as-tu fait de lui ?

Il recula pour échapper à ses coups, puis regarda l'horloge dans l'entrée. Minuit passé. Il s'était endormi devant les infos de la nuit.

— Qu'y a-t-il, Jolie ? Pourquoi ces questions, à propos de CJ ?

— Tu as présenté cette requête au tribunal pour me retirer la garde de mon fils…

— J'ai fait quoi ? Eh, bébé ! Doucement. De quelle requête parles-tu ?

— Tu as envoyé ces hommes à la maison pour me prendre CJ, avec un mandat de… un mandat de…

— De garde temporaire, finit l'homme qui accompagnait Jolie et J. Rand. Michael Weller, ajouta le type. Je représente miss Davis dans cette affaire.

— Mais quelle affaire ? demanda Cord, l'esprit confus. Enfin Jolie, je ne comprends pas… Je n'ai déposé aucune requête auprès du tribunal… Je ne sais rien à propos de cette garde temporaire, et je n'ai envoyé personne chez toi chercher CJ. Où ces hommes l'ont-ils emmené ?

— En principe, ici, avec toi.

— Ici, avec moi ? Eh bien non, il n'est pas là !

Une bouffée de panique le submergea, qu'il s'empressa de refouler. Ce n'était pas le moment de craquer. Il devait penser à leur fils.

— Je n'ai pas enlevé CJ, Jolie…

Il voulut se tourner vers J. Rand, mais comprit qu'elle était sur le point d'éclater en sanglots. Elle paraissait si désemparée. Touché par sa détresse, il s'approcha, voulut l'enlacer afin de la réconforter, mais elle le repoussa.

— Chérie, parle-moi. Où est CJ ? Où est notre fils ?

— Il est parti, répondit-elle, en pleurs, avant de se jeter finalement entre ses bras. On nous l'a pris.

- 18 -

Cord sentit son sang se glacer.

— Mais qui ? Qui nous l'a pris ?

— Ton frère.

— Bon sang, j'en ai quatre, lequel ? s'exclama Cord en s'efforçant de réfléchir de façon cohérente.

Qui avait emmené CJ ? Chance ? Non, impossible, pas après ce que lui et Cassie avaient enduré. Chase ? Aux dernières nouvelles, il était à Las Vegas. Ou à Nashville. Quant à Clay, il se trouvait actuellement à Washington. La réponse était évidente.

— Cash ?

Jolie acquiesça d'un signe de tête, les yeux rougis par les larmes.

— Je n'ai absolument rien à voir avec ça, Jolie. Nous allons le retrouver, je te le promets…

Il soupira, sentit cet étau autour de son cœur se relâcher un peu quand elle se pressa contre lui. Il l'embrassa sur le front et prit son visage entre ses mains.

— Donne-moi une minute. Je vais m'habiller et je partirai tout de suite à la recherche de notre fils…

— Je veux venir avec toi, dit-elle.

Il n'avait pas très envie qu'elle soit avec lui quand il serait face à Cash. Il n'avait pas envie qu'elle soit témoin de la trahison que lui infligeait sa propre famille. Mais comment l'en empêcher ?

Quatre minutes montre en main, il ne lui en fallut pas plus pour se préparer. Une fois la porte de l'appartement verrouillée, il se dirigea vers le parking. J. Rand et Weller discutaient avec Jolie qui, en l'apercevant, vint tout de suite à sa rencontre.

— Où allons-nous ?

— Au ranch.

Elle fit face à son père.

— Fais ce que tu peux de ton côté, papa. Je te tiendrai au courant.

Une fois en route, Cord ne desserra pas les dents. Jamais il n'avait ressenti une telle colère. Le patriarche avait pourtant multiplié les sales coups, dans sa vie, mais aujourd'hui… Il serra les dents tout en pressant sur le bouton Bluetooth, sur le volant, afin d'appeler Chance. Celui-ci répondit après quatre sonneries, apparemment arraché à son sommeil.

— As-tu quelque chose à voir avec ça ?

Un bâillement résonna dans le pick-up.

— Tu sais l'heure qu'il est ? De quoi parles-tu ?

— Cash s'est rendu chez Jolie avec deux types. Ils ont emmené CJ.

— Oh ! mon Dieu ! Qu'est-ce que notre père a encore fait ?

— Il a déposé une requête au tribunal. Est-ce que tu as quelque chose à voir avec ça, Chance ?

Un silence s'ensuivit, puis ce fut une série d'insultes. Cord soupira, soulagé.

— Je vais les tuer, tous les deux, Cash et le patriarche…

Puis il raccrocha, refusant de répondre quand l'écran s'alluma signalant un appel entrant de Chance.

— Tu ne parles pas sérieusement, Cord, dit Jolie en se tournant vers lui, livide à la lueur du tableau de bord.

— Je suis on ne peut plus sérieux. Il s'agit de mon fils, Jolie. De notre fils. Tu es sa mère. Ils te l'ont pris…

Il dut s'interrompre pour respirer, tenter de déloger cette boule en travers de sa gorge. Au comble de la frustration, il appuya sur l'accélérateur.

Arrivé au ranch, il se gara devant la maison, puis descendit d'un bond du pick-up et s'élança en courant, sans prendre le temps de vérifier si Jolie était derrière lui. Il ouvrit la porte d'un coup de botte et se retrouva dans le hall face à Miss Beth et Big John, tous deux visiblement éprouvés.

— Où est-il ?

— Il va bien, Cord. Il dort, dans sa chambre, répondit John d'une voix calme, même si on le sentait aussi agité que sa femme.

Les sanglots de Jolie dans son dos retinrent Cord de se précipiter à l'étage. Il l'entoura de ses bras et la berça doucement.

— Chut, bébé. Tout va bien. Nous allons le ramener à la maison.

— Non, tu ne feras rien de tel…

Cyrus apparut à la porte du salon et lança un regard assassin à Jolie, avant de se tourner vers Cord.

— Elle n'est pas la bienvenue, ici.

— Pas de problème. Le temps de récupérer CJ, et nous partons.

Une voiture dehors s'arrêta dans un crissement de freins. Cord ne regarda même pas. Il voulait juste aller chercher CJ et les ramener, lui et sa mère, chez lui.

Cash entra et alla aussitôt se placer à côté de leur père. A cet instant, Cord vit rouge. En un clin d'œil, il bondit et décocha un direct du droit à son frère qui, touché à la mâchoire, vacilla avant de s'effondrer.

— Tu es l'être le plus vil de cette Terre, dit alors Cord au patriarche en regardant le vieil homme droit dans les yeux. Je vais monter chercher mon fils, puis sa mère et moi, nous le ramènerons à la maison. Pour finir, je ne veux plus jamais avoir affaire à toi. Pour moi, tu n'existes plus…

— Cord…

Chance se matérialisa à côté de lui, comme par enchantement.

— Calme-toi, Cord, et prends le temps de la réflexion. Je t'en prie.

Cyrus ricana avec mépris, et il s'apprêtait à dire quelque chose quand Chance et Cord s'écrièrent en un chœur parfait :

— La ferme !

Affalé sur le carrelage, Cash gémit et se mit à genoux, refusant la main que Chance lui tendit pour l'aider à se relever, puis il regarda Cord, sans cacher sa surprise.

— Mais où as-tu appris à cogner comme ça ?

— Tais-toi, Cash ou je t'en mets un deuxième, répondit Cord entre ses dents.

Puis il se tourna vers Miss Beth pour s'excuser, avant de réaliser qu'elle et Big John avaient disparu. Jolie, elle, n'avait pas bougé et semblait sous le choc.

— Alors, vieux salaud, reprit-il en faisant face à son père. Mais que croyais-tu ? Que j'allais te laisser faire ?

Cyrus le regarda, avec une expression de rage pure.

— Je vais t'expliquer, Cordell. J'ai tout simplement fait ce que tu aurais dû faire il y a des mois, quand cette traînée est revenue en ville avec ton bâtard. Pour moi, tout ce qui compte, c'est que mon petit-fils grandisse comme un Barron. Un Barron légitime. Tu aurais dû lui donner ton nom, notre nom, dès que tu as su. Tu aurais dû faire de ce garçon le tien…

Une nouvelle fois, Cord sentit sa vision se troubler. S'il ne sortait pas d'ici au plus vite, il risquait de réduire son père en miettes.

— Tu te trompes sur toute la ligne, Cyrus. CJ n'est pas juste mon fils. Il est aussi celui de Jolie. CJ est un Barron, oui, mais il est aussi un Davis. CJ est notre enfant. Je n'ai pas l'intention de l'éloigner de sa mère. C'est tout le contraire. Je n'ai envie que de le partager avec elle…

Jolie s'avança près de lui et glissa sa main dans la sienne, sous le regard dédaigneux de Cyrus.

— Je ne vous retiens pas, tous les deux. Mais le gamin

reste ici. CJ est un Barron et sera élevé en tant que tel. Vous ne le reverrez jamais, je vais m'en assurer. Et maintenant, emmène ta pu…

Cyrus ne put terminer sa phrase, le poing de Cord lui atterrit sur la mâchoire. Le vieil homme vacilla, mais ne tomba pas.

— Tu as osé lever la main sur moi, gronda-t-il, avec une voix à glacer le sang. Tu vas le payer, Cordell. Je vais te prendre tout ce que je t'ai donné…

Il fit un signe à Cash.

— Vire-moi ces individus de notre maison…

Puis, après un dernier regard vibrant de haine, le patriarche sortit, le pas digne.

Cord s'approcha alors de son frère Cash.

— Tu sais, quand tu as voulu faire expulser Cassie de son ranch, j'ai trouvé ça méprisable, mais ce que tu as fait ce soir, Cash… Tu es tombé bien bas.

Toujours assis par terre, Cash se frotta doucement la mâchoire.

— Il valait mieux que ce soit moi plutôt qu'un étranger, Cord. Si le vieil homme avait envoyé sa bande de brutes, nous ne saurions même pas où chercher CJ, à cette heure. Voilà pourquoi je me suis porté volontaire pour cette démarche. Voilà comment j'ai pu le ramener ici…

— Quel culot, marmonna Cord, prenant sur lui pour ne pas balancer son poing une fois encore dans la tête de son frère. Tu aurais pu essayer de dissuader le patriarche. Tenter de l'arrêter. Comment as-tu pu me faire ça ? Nous sommes frères, bon sang…

Et hors de lui, soudain, il attrapa un coffret de bois posé sur une étagère et le jeta de toutes ses forces dans le miroir au-dessus de la console. Miroir qui aussitôt vola en éclats.

— Mon frère, Cash, répéta-t-il, le souffle court. Et tu m'as trahi.

Cash se releva enfin, puis, sans un regard pour Cord ou Chance, se dirigea vers la porte et, juste avant de sortir, lança :

— Non, Cord. Je ne suis pas ton frère. Toi, Chance et Clay, vous êtes frères. Mais Chase et moi n'avons jamais compté, dans cette famille. Nous sommes toujours passés après vous…

Et il disparut, claquant la porte derrière lui.

Stupéfait, Cord se tourna vers Chance.

— Mais qu'est-ce qu'il veut dire par là ? s'exclama-t-il, avant de se rappeler sa conversation avec Cash, dans la salle de jeu.

Oui, les jumeaux étaient ses demi-frères, à lui comme à Chance et à Clay, mais il les avait toujours considérés comme membres à part entière de la famille.

— Je l'ignore, grommela Chance. Nous sommes frères, pour moi.

— Exactement. Quand le patriarche a épousé Helen, elle est devenue notre mère, et les jumeaux nos frères.

Cord avait l'impression de perdre pied. Il aurait voulu retenir ce monde, le sien, le refaire entrer dans ce moule qui avait toujours été, le faire tourner dans le sens où il avait l'habitude de le voir tourner.

— Mais à l'évidence, reprit Chance, aussi atterré que lui, il n'a pas digéré quelque chose. J'appellerai Chase, demain matin, pour l'interroger.

Puis, baissant la voix, il ajouta :

— Une discussion s'impose.

— Au sujet de Cash ?

— Non. Au sujet… De tout ça, répondit Chance avec un geste vague.

— Cash et deux brutes ont débarqué chez Jolie et enlevé CJ. Sur ordre du patriarche. Sans m'en informer et encore moins sans mon aval. Qu'y a-t-il à ajouter, Chance ? rétorqua-t-il avant de tendre la main à Jolie. Allons chercher CJ, et rentrons.

— Je voudrais voir les documents. J'ai besoin de savoir quel juge les a signés. Tout ça ressemble à un délit d'initiés…

— Entendu.

Chance soupira en se massant le front, avant de s'adresser à Jolie.

— Tu n'es pas obligée de me croire, Jolie, mais voici la vérité. Oui, j'ai fait faire un test de paternité qui prouve que CJ est l'enfant de Cord. Oui, j'ai déposé une requête pour une modification de son certificat de naissance et un changement de nom. Mais Cord m'a demandé de ne pas porter l'affaire devant les tribunaux. J'ai accepté, mais aujourd'hui, je le regrette. Si nous avions mis les choses au clair dès le début, rien de tout cela ne serait arrivé. J'aimerais donc consulter ces documents, afin de pouvoir mener mon enquête et éventuellement poursuivre les personnes à l'origine de cette décision. J'aimerais avoir l'opportunité de réparer ce que mon… ce que notre père a osé te faire, conclut-il avec un sourire las.

Jolie haussa les épaules et lui rendit son sourire, puis elle se serra contre Cord.

— Je vais chercher CJ, d'accord ?

Il acquiesça d'un bref hochement de tête et lui lâcha la main. Chance et lui la regardèrent monter l'escalier.

— Nous allons arranger tout ça, Cord. D'une façon ou d'une autre. Et ne t'inquiète pas pour les menaces du patriarche. Il ne peut rien. J'ai fait en sorte de nous mettre à l'abri, nos frères et nous.

Submergé par l'émotion, Cord étreignit Chance.

— Tu as toujours été là pour moi. N'oublie pas, si tu as besoin de moi, je suis là moi aussi.

Big John apparut alors avec balai et pelle.

— Je préfère nettoyer tout ça avant que le petit descende.

Miss Beth suivit une minute plus tard, en tirant une énorme poubelle derrière elle. Chance se précipita pour la soulager et alla donner un coup de main à Big John. La vieille femme s'approcha de Cord.

— Ton père est un sacré vaurien, Cordell. Grâce au ciel, vous ne lui ressemblez pas. Lorsque Cash est arrivé avec CJ, il s'en est fallu de peu que je lui flanque la correction de sa vie…

Cord rit à l'idée de Miss Beth, toute menue, toute ratatinée, face à Cash le colosse.

— Au moins a-t-il ramené CJ au ranch, Miss Beth, pour que vous et Big John puissiez veiller sur lui.

Mais… N'était-ce pas mot pour mot ce qu'avait dit Cash, tout à l'heure ? réalisa Cord. Trop en colère, il n'avait pas su l'entendre.

D'un coin de tablier, Miss Beth s'essuya le coin des yeux, puis elle se hissa sur la pointe des pieds et l'embrassa sur la joue. Il sourit à la vieille dame, avant de se figer quand, de là-haut, Jolie l'appela. Ou plutôt, hurla son nom. Aussitôt, il se précipita, suivi de près par Chance et Big John, et entra tel un fou dans la chambre de son fils, s'attendant presque à trouver les murs tachés de sang…

— Jolie ? Jolie, mon ange, que se passe-t-il ?

Il la prit dans ses bras et regarda autour de lui. Le lit était défait, mais aucun signe de CJ. Big John alla vérifier dans la salle de bains, Chance regarda dans les WC et sous le lit. CJ n'était nulle part. John inspecta alors la fenêtre. Fermée et verrouillée.

— Mais où est-il, Cord ? gémit alors Jolie, au bord de la crise de nerfs. Et où est Ducky ? Son sac à dos ? Mme Corcoran a dit qu'il les avait emportés quand Cash l'a emmené…

— Nous allons fouiller la maison, Jolie. Il ne peut pas être bien loin.

— Crois-tu… L'auraient-ils…

Elle ne put aller au bout de sa pensée, mais Cord comprit.

— Non. Ni Cyrus ni Cash n'ont pu l'emmener. Il est ici,

quelque part. Peut-être s'est-il réveillé et a-t-il pris peur en entendant crier, tout à l'heure. Il a dû aller se cacher.

Ils se séparèrent et fouillèrent la maison de fond en comble, avant de se retrouver dans la cuisine, Big John, l'air penaud, expliquant.

— Je suis désolé, Cord, mais la porte de la remise n'était pas fermée à clé. Apparemment, le petit s'est échappé.

Le vieil homme regarda par la fenêtre puis ajouta.

— Et il commence à neiger.

- 19 -

Le pâle soleil d'hiver auréolait d'une lueur spectrale les nuages bas, à l'horizon, faisait scintiller la neige. Mais la sérénité du paysage ne fut d'aucun effet sur la tension qui régnait dans la cuisine. Jolie avait les yeux cernés à cause de la fatigue autant que de l'angoisse. Cord ne se sentait guère mieux. Cassie était auprès d'elle et tentait de lui faire manger des œufs au plat préparés par Miss Beth.

Avec l'aide de Kaden, ils avaient cherché partout, dans la grange, les écuries. Ils avaient même réveillé le personnel, de façon à fouiller les pavillons. Pas la moindre trace de CJ. Cord essayait de se raccrocher au fait que Dusty lui aussi avait disparu. Le petit garçon trouverait au moins un peu de chaleur auprès du chien.

La radio était allumée, et à l'heure des prévisions météo du matin, Big John monta le son. Les nouvelles n'étaient pas bonnes. On attendait une forte tempête aux alentours de midi, avec une chute des températures. Ils devaient retrouver CJ, vite. Cord regrettait d'avoir interrompu les recherches peu avant l'aube, mais Chance, Kaden et Big John avaient fini par le convaincre. Chercher dans cette nuit noire n'aurait servi à rien. Avec le jour, peut-être trouveraient-ils des traces, qu'ils pourraient alors suivre. Et puis, les équipes de secours n'allaient plus tarder.

La porte de derrière s'ouvrit, et tout le monde tourna la tête, plein d'espoir, avant de laisser échapper un soupir quand Cash apparut.

— Tu peux me jeter dehors si tu veux, Cord, mais je participerai aux recherches, que tu le veuilles ou pas…

Puis il se tourna vers Jolie.

— Je suis désolé, Jolie. Tout ça est ma faute. J'ai vu CJ en haut des marches, la nuit dernière, en train de nous regarder nous écharper. Mais je n'ai rien dit…

Cord serra les poings, près une fois encore de bondir sur son frère, quand Chance posa une main sur son épaule.

— Calme-toi, Cord. Ce qui est fait est fait. Et nous avons besoin de l'aide de tout le monde pour retrouver CJ avant la tempête.

Cord s'appliqua à inspirer, expirer, sans quitter Cash des yeux, puis il entendit Jolie bouger. Il se tourna vers elle, et son regard croisa le sien. Elle semblait épuisée, en proie à toutes sortes d'émotions, mais tellement courageuse. Tellement fière.

— Oui, dit-elle en regardant Cash à son tour. Tout ça est ta faute…

Cash baissa la tête.

— Tu aurais dû nous le dire. Et pour commencer, tu n'aurais jamais dû emmener CJ. Je…

Elle secoua la tête et abattit son poing sur le comptoir en marbre.

Cord se précipita et la prit ses bras, partageant sa douleur, sa colère, sa frustration. Prenant sur lui pour ne pas sauter sur Cash. Cash qui malgré tout était venu ce matin. Pour s'excuser. Pour les aider.

— Jolie ?

Tous sursautèrent quand J. Rand apparut, Cord soulagé que le père de Jolie soit enfin arrivé. Il la lâcha, et elle courut dans ses bras. J. Rand la berça doucement en lui murmurant des paroles de réconfort. Tout en regardant Cord, puis Cash.

— J'ai amené des hommes, Cord, dit ce dernier, et d'autres encore vont suivre. Si le temps s'améliore, je pourrai envoyer des hélicos…

Il soupira, ébranlé.

— Dites-moi ce que je dois faire. Ce que je peux faire…

Jolie s'arracha aux bras de son père et fit face à Cash, toujours tête basse.

— Jamais je ne te pardonnerai, Cash, mais merci. J'accepte ton aide…

Puis elle alla se blottir de nouveau dans les bras de Cord.

— Ramène-le, Cord. Ramène notre bébé chez nous.

Sa prière sonna le coup d'envoi. Cash fit entrer un groupe d'hommes de son service de sécurité. Cooper Tate et son frère, Bridger, apparurent avec des appareils électroniques. Cash emmena tout ce monde dans le salon. Les agents de police et le shérif arrivèrent, accompagnés de pompiers. La pièce qui quelques semaines plus tôt accueillait la famille pour Thanksgiving fut le théâtre d'un véritable conseil de guerre.

Cassie se mit devant la télé pour suivre les prévisions météo, puis elle donna un coup de main à Miss Beth pour préparer le café et quelque chose à grignoter pour les équipes de secours. Jolie n'avait pas bougé de la fenêtre. Cord s'approcha d'elle et l'entoura de ses bras.

— Nous allons le retrouver, Jolie. Fais-moi confiance.

— J'ai tellement peur. Il n'est qu'un petit garçon…

— Je sais, mon ange. Mais c'est un Barron. Et les Barron sont de sacrés bonshommes.

Elle laissa échapper un petit rire, à moins que ce ne soit un sanglot. Ils restèrent là un moment, enlacés, indifférents au brouhaha derrière eux. Puis le moment vint où il dut la laisser. Il était temps de retrouver CJ, de le ramener à la maison.

— Je vais revenir, avec notre enfant, Jolie.

Elle esquissa un sourire, si fragile, si désespéré qu'il sentit son cœur se serrer. Il faillit à ce moment lui dire les mots qu'il sentait déborder de son cœur. Mais pas encore.

Pas avant d'avoir retrouvé CJ. Alors, il les lui dirait. Oui, il pourrait les lui dire.

Chaque équipe de secours disposait de son circuit de recherche. Quand les hommes se dispersèrent, Cord se précipita, mais Chance et Cash le repoussèrent.

— Reste avec Jolie, Cord. Elle a besoin de toi. Nous le trouverons, dit Chance derrière son écharpe face aux rafales du vent du nord.

La température n'en finissait pas de baisser. Le soleil n'était plus qu'une sphère livide derrière les nuages épais. Ses frères le plantèrent là et rejoignirent les secours au pas de course. Ici et là, on entendait les chiens aboyer. Pas moins de cinquante personnes s'étaient portées volontaires. Soudain, J. Rand apparut à côté de lui, les traits tirés, le regard noir.

— Je suis désolé, J. Rand.

— De quoi, mon garçon ? Tu n'es pas responsable des actes de ton père. Ce serait plutôt à moi de te présenter des excuses. J'étais au courant, pour CJ. Je savais que c'était ton fils. Mais Jolie…

Cord rit doucement.

— Oui, Jolie est un peu comme son père. Elle veut faire les choses à sa façon.

J. Rand lui donna une tape amicale sur le dos.

— C'est bien vrai. L'homme qui veut la conquérir va devoir retrousser ses manches…

— Cet homme-là est prêt à tout pour elle, monsieur…

— Bien.

Le père de Jolie remonta le col de son manteau.

— Il fait un froid de canard. Rentrons.

Une fois les équipes de recherche sorties, Jolie retourna dans la cuisine et prêta main-forte à Miss Beth et à Cassie. Elle avait besoin de s'occuper. Elle devait absolument faire quelque chose, si elle ne voulait pas devenir folle. Tel un automate, elle rangea tasses et assiettes dans le lave-vaisselle, tout en écoutant les messages radio des hommes sur le terrain, dans la pièce voisine. La neige à cette heure avait dû effacer d'éventuelles traces de CJ. Les chiens quant à eux semblaient avoir toutes les peines du monde à flairer une piste.

Mais où était donc passé CJ ? Bien sûr, il connaissait le ranch pour y être venu quelques fois nager dans la piscine, ou faire un peu de cheval dans l'enclos, ou jouer dans la grange. S'il avait eu un endroit spécial, ici, il le lui aurait dit. Non ? Soudain pleine d'espoir, elle se précipita dans le salon. Cord n'était pas là. Son père oui. Il l'interrogea du regard.

— Je cherche Cord…

— Je suis là, Jolie, répondit celui-ci en entrant dans la pièce. Que se passe-t-il ?

— Je me demandais… CJ. A-t-il un endroit particulier, ici ?

Cord se renfrogna tout en réfléchissant.

— Un endroit où se réfugier, tu veux dire ? Eh bien, il a sa chambre. Il aime aussi jouer dans la grange, mais à part ça…

Tout son enthousiasme se dissipa.

— Tant pis, chuchota-t-elle en croisant les bras. Je pensais que peut-être…

— Peut-être quoi ? insista Cord en venant vers elle, l'air grave.

— Qu'il y avait peut-être un endroit où il aimait aller, mais bon… Laisse tomber.

Elle soupira et retourna dans la cuisine. Ces échanges radio entre les équipes de recherche lui étaient insupportables. A chaque appel, l'espoir renaissait, avant de retomber de nouveau. Un café, elle avait besoin d'un café. Ou d'un thé. Quelque chose de chaud, en tout cas. Elle n'arrivait pas à se réchauffer. Ce maudit froid… Et son petit garçon était là, quelque part, si démuni. En danger. Elle frissonna tout en murmurant :

— Tiens bon, mon bébé. Tiens bon pour maman.

Cord l'aurait bien suivie, mais le besoin d'écouter les échanges radio entre les équipes de recherche fut le plus fort. Il voulait savoir ce qui se passait là, dehors. Il s'approcha de la fenêtre, appuya son front contre la vitre, glacée. Le vent faisait ployer les arbres, derrière la grange. La neige peu à peu recouvrait tout. Jolie serait-elle sur une piste ? Elle connaissait mieux que lui leur petit garçon. Du moins à ce jour. Il se mit à penser à tout ce qu'il avait fait ici, au ranch, avec son fils. Des virées en 4x4. Des parties de pêche, au lac. Il retint soudain son souffle. Non, CJ n'avait pas pu se rendre au lac, pas avec ce froid. Tournant la tête, il appela Bridger, collé à la radio :

— Le lac ! Est-ce que quelqu'un est allé voir au lac ?

— C'est l'endroit qu'ils ont inspecté en priorité, Cord. Aucun signe de lui là-bas. Pas la moindre empreinte sur les berges.

Il ferma les yeux, après cet accès de panique. Ce n'était pas le moment de craquer. A cet instant, il aperçut Jolie, à la porte de la cuisine.

— Miss Beth a préparé du thé. Tu en veux ?

Il s'avança vers elle et la prit dans ses bras.

— Non merci, soleil, je ne pourrais rien avaler.

— Je hais ton père, soupira-t-elle, blottie contre lui.

— Ça fait deux…

— Je te demande pardon, Cord. De ne t'avoir rien dit, pour CJ. Je t'en voulais tellement et… J'avais si peur. Peur de perdre CJ parce qu'il t'aimerait plus que moi…

— Non, bébé, cela, c'est impossible. Je veux être son père. Je veux que nous formions une famille, tous les trois. Et plus de secrets, soleil. Jamais plus. Pas entre nous… Il la serra contre lui et la laissa pleurer, lui-même au bord des larmes. Il n'avait pas pleuré depuis le décès de sa mère. Ou de Helen, renversée par ce chauffard. Le patriarche leur criait dessus, quand ils pleuraient. En leur reprochant leur faiblesse. Dans ces moments-là, ils couraient se réfugier…

— Bon sang !

Jolie sursauta entre ses bras, et il la lâcha.

— Cord ?

— Les grottes. Pourquoi n'y ai-je pas pensé plus tôt ?

— Quelles grottes ?

— Là-bas, au pied des collines, près de la rivière. J'y allais souvent, enfant. J'y ai emmené CJ, un jour…

— Vite. Il faut joindre les secours et…

— Non, les 4x4 ne passent pas là-bas. Le terrain est trop accidenté. J'y vais !

— Mais comment ?

— A cheval. C'est le moyen le plus rapide d'y arriver.

— Je t'accompagne, dit-elle, déterminée.

Il ne lui vint même pas à l'esprit de protester. Il déposa un baiser sur ses lèvres. Décidément, les Davis étaient aussi entêtés que les Barron.

— Habille-toi chaudement. Miss Beth va te donner ce qu'il faut. Je vais seller les chevaux…

La chevauchée ne dura pas plus de vingt minutes, dans un froid sibérien. Même les bêtes, pourtant rompues à la rudesse de ces hivers, semblaient être frigorifiées. Ils traversèrent un paysage semé d'embûches, le sol à cet endroit étant incertain, puis ils contournèrent une falaise et s'enfoncèrent dans une sorte de maquis, inaccessible pour un véhicule tout-terrain. Arrivant à proximité de la rivière et des grottes, Cord se mit à appeler CJ, Jolie lui faisant écho.

Soudain, sur une impulsion, il se tourna vers elle, emmitouflée jusqu'aux yeux.

— Puis-je te demander quelque chose ?

— Je t'écoute, répondit-elle.

— Me fais-tu confiance, Jolie ?

— Quoi ? Tu crois que c'est le moment ?

— J'ai besoin de savoir. As-tu confiance en moi ? Pour veiller sur CJ ? Sur toi ?

Elle ne répondit pas, et une rafale de vent lui fouetta le visage.

— Je dois savoir, chérie. Je dois savoir s'il existe un espoir, pour nous. Et si tu n'as pas foi en moi, si tu me crois capable de faire à notre fils, à toi, ce que mon père a fait…

Il serra les dents, le temps de refouler la colère.

— Crois-tu que je sois comme mon père ?

— Oh ! mon Dieu non, Cord ! Tu n'as rien de commun avec lui.

— Mais…

Il la regarda et attendit. Quoi, il ne savait pas exactement. Les mots qui peut-être changeraient sa vie.

— Je sais très bien que jamais tu ne me prendrais CJ, pas comme ça. Mais la nuit dernière, quand j'ai reçu cet appel de la nounou, j'ai eu peur, très peur…

— Donc, tu n'as pas confiance en moi.

— Ce n'est pas ce que j'ai dit, répliqua-t-elle. Mais pourquoi toutes ces questions, maintenant ?

— Je veux savoir si nous avons une chance…

Un aboiement retentit avant qu'elle puisse répondre. Aussitôt, Cord se dressa dans ses étriers et siffla. Des aboiements excités lui parvinrent, qu'il reconnut.

— Dusty !

Il lança son cheval au galop et se dirigea vers un escarpement rocheux, au pied de la colline, Jolie derrière lui. Puis Cord de nouveau siffla, et les aboiements se rapprochèrent. Quelque chose à ce moment attira son attention.

— Là ! s'écria-t-il en désignant le chien accourant vers eux. Là, c'est Dusty !

Dusty rebroussa alors chemin, et ils le suivirent au pied de la falaise. Ils arrêtèrent les chevaux, et Cord bondit au bas de sa selle.

— Où est CJ, Dusty ? Est-il avec toi ?

Il regarda autour de lui, puis appela.

— CJ ? Tu es là ?

Jolie se joignit à lui.

— CJ ? Papa et maman sont là ! Où es-tu ?

— Maman ?

Une petite voix toute tremblante leur parvint.

— Papa ?

Dusty aboya et s'éloigna, Cord sur ses talons.

— Reste ici, Jolie. Je vais le chercher. Je vais te le ramener, je te le promets.

Cord finit par dénicher le garçonnet recroquevillé au fond d'une minuscule grotte, enveloppé d'une couverture.

— Je suis là, mon grand. Rentrons à la maison maintenant.

CJ se jeta dans ses bras et, l'espace de quelques secondes, Cord se contenta de le bercer, de sentir ses cheveux, son petit corps contre lui. Puis, tout en prenant garde au chien, fou de joie, et aux rochers, il cria pour alerter Jolie et la rejoignit le plus vite possible. Descendue de cheval, elle lui arracha CJ des bras, couvrant son petit garçon de baisers. Cord s'éloigna pour attraper le talkie-walkie, accroché à sa selle.

— Bridger, c'est Cord. Tu me reçois ?

— 5 sur 5, Cord.

— Nous l'avons retrouvé…

Il sourit en entendant des cris de joie retentir, derrière Bridger. Nous serons à la maison dans une petite demi-heure…

— L'ambulance attend. Faites attention. Excellente nouvelle…

Après avoir examiné CJ, les médecins à l'hôpital se déclarèrent soulagés. Le petit garçon était en parfaite santé.

Frigorifié, mais rien de grave. Par mesure de sécurité, ils décidèrent néanmoins de le garder en observation pour la nuit. Presque toute la famille était venue, avec sucreries, ballons multicolores et peluches de toutes sortes. Une fois le calme revenu dans la chambre de leur fils, Cord se décida à lui poser la question à laquelle il évitait de penser, depuis qu'ils l'avaient retrouvé.

— Pourquoi as-tu fui, CJ ?

— Je vous ai entendus crier, je vous ai vus vous battre… J'ai eu peur…

Jolie le prit dans ses bras, et Cord les étreignit tous les deux.

— Je suis désolé, mon grand. Pour tout.

— Je voulais pas être méchant…

— Oh ! CJ, mais non. Tu n'es pas méchant. Ce n'est pas ta faute. Mais parfois, tu sais, les adultes se comportent comme des idiots.

Sans lâcher la main de son fils, Jolie sourit à Cord.

— Oui, parfois les adultes se comportent comme des idiots…

Puis elle secoua la tête et soupira.

— Oui.

— « Oui » ? répéta Cord, sans comprendre.

— Oui, j'ai confiance en toi. Pour veiller sur CJ. Pour veiller sur moi. J'ai foi en toi, Cord, de tout mon cœur.

— Oh !

Un large sourire apparut sur son visage.

— Oh !

Il se précipita pour attraper son manteau, fouilla une poche après l'autre, l'air de plus en plus paniqué. Enfin, dans la poche intérieure, celle placée juste sur son cœur, il trouva ce qu'il cherchait. Puis il se tourna vers elle, avec quelque chose dans sa main. Elle sentit son cœur s'accélérer. Il s'avança alors vers le lit, puis s'agenouilla devant elle et ouvrit sa main. Un écrin en velours noir reposait à l'intérieur. Elle entendit vaguement CJ glousser et applaudir. De son côté, elle retint son souffle, n'osant même plus respirer.

— Jolie, je t'aime. Je t'aime depuis le premier jour. Dès le début, je n'ai pas su m'y prendre, mais si tu veux bien me donner une chance, je promets de t'aimer, toi et notre fils, jour après jour jusqu'à la fin des temps…

Il ouvrit l'écrin, la bague, tout en diamants et émeraudes scintilla.

— Jolene Renee Davis, me ferez-vous l'honneur de devenir ma femme ? D'être la mère de mes enfants ? De m'aimer comme je vous aime ?

CJ décocha un coup de coude dans les côtes de sa mère.

— Dis oui, maman.

Refoulant ses larmes, des larmes de joie, elle sourit.

— Oh oui ! Cordell Thomas Barron ! Je veux t'épouser.

Elle se jeta dans ses bras.

— Je t'aime. Je t'aime de tout mon cœur, de toute mon âme.

Épilogue

Dans la chambre d'amis de Cassie et Chance, Cord attira la femme qui dormait à son côté dans ses bras et la berça avec tendresse. Jolie bougea et marmonna quelque chose dans son sommeil. Il déposa un baiser sur son épaule nue, enfouit son visage dans ses cheveux. Ses lèvres étaient pulpeuses, ses joues un peu rougies du contact de sa barbe naissante. Aujourd'hui, il épousait cette femme. Il devrait en éprouver une certaine nervosité. Or, il n'en était rien. Au contraire, il nageait en plein bonheur. Il fit courir ses doigts sur sa gorge, effleura le bout de ses seins qui, instantanément, se dressèrent sous ses caresses.

— Je t'aime, soleil…

Elle soupira, et il but à ses lèvres, puis comme elle se pressait contre lui, il la couvrit de son corps. Un gentleman aurait pris une douche et se serait rasé, avant de lui faire l'amour. Mais il n'était pas un gentleman. Il était un homme, un homme fou, fou de cette femme, bientôt *sa* femme. S'arrachant à sa bouche, il couvrit de baisers son visage, son cou et prit le bout de son sein entre ses lèvres, jouant avec du bout de la langue, le mordillant doucement. Elle gémit.

Il continua de la tourmenter ainsi, sa bouche à l'œuvre, ses mains se joignant à l'effort. Elle se cambra sous lui, se frotta contre lui. Il laissa échapper un râle et la regarda. Elle lui sourit, et dans ses yeux il surprit une lueur de défi. Alors, il rampa sur elle, puis embrassa son ventre, l'intérieur de ses cuisses et enfin posa ses lèvres sur elle, enfouit sa langue en elle. Elle bougea, gloussa, toujours aussi sensible.

Levant les hanches à sa rencontre pour l'inviter plus loin. S'ouvrant à lui. Il l'embrassa ainsi longtemps, dans les replis les plus secrets de son corps. S'abreuvant à elle. Si douce, si suave. Et tellement prête.

— Je t'en prie, l'implora-t-elle.

— Je t'en prie quoi, soleil ?

— Je t'en prie, Cord, aime-moi…

Il se redressa et plongea doucement en elle.

— Toujours, Jolie. Je t'aimerai toujours.

Et il lui fit l'amour, sans hâte, et leur étreinte fut telle, leur union si profonde qu'il se sentit comme faisant partie d'elle. Ne pouvant attendre plus, il agrippa ses hanches et accéléra le tempo, Jolie aussitôt s'accordant à son rythme. Pressant sa bouche contre la sienne, il les mena de plus en plus haut, Jolie criant son nom, griffant ses épaules, puis ce fut l'orgasme, un plaisir majeur qui déferla sur eux, les projeta jusqu'au septième ciel.

Une éternité plus tard, elle prit son visage entre ses mains et le regarda au fond des yeux.

— Cord…, soupira-t-elle.

— Je t'aime tant, dit-il. Tu es toute ma vie, Jolie. Toi et CJ.

— Tu réalises que ceci n'est pas très raisonnable, chuchota-t-elle, espiègle. Faire l'amour le jour de notre mariage, avant la cérémonie…

— En tant qu'homme et presque mari, il est de mon devoir de présenter mes hommages à la femme qui règne sur mon cœur…

A cet instant, un petit bruit se fit entendre à la porte, puis une tornade s'engouffra dans la chambre. Cord se dépêcha d'attirer Jolie contre lui, juste avant que CJ s'invite dans leur lit.

— Maman ! Papa ! On va se marier aujourd'hui !

Cord éclata de rire, puis il attrapa son fils et le déposa au pied du lit, tout en se promettant à l'avenir de toujours penser à fermer la porte à double tour.

— C'est exact, mon grand. Et si tu allais aider tante Cassie à préparer le petit déjeuner ? Maman et moi allons bientôt descendre.

— D'accord !

Et le petit garçon les embrassa tous les deux sur la joue avant de s'éloigner en trottinant, sans oublier de refermer la porte derrière lui.

Trois heures plus tard, le ranch Crazy M grouillait d'invités. Chance et Cassie avaient emménagé dans leur nouvelle maison, construite sur la propriété de Cassie. Une demeure tout de bois et pierre de taille, respirant l'authenticité et l'amour. L'endroit idéal pour un mariage. Un espace entre la maison et les écuries avait été spécialement aménagé pour la cérémonie. Suffisamment grand pour permettre à deux chevaux d'avancer côte à côte.

Cord attendait dans la grange avec ses frères, tous présents. Chase venait même d'éteindre son téléphone. Cash aussi était là, un peu à l'écart, mais il était là. Cord s'était promis d'avoir une conversation sérieuse avec lui, mais pas aujourd'hui. Aujourd'hui, seule Jolie lui importait. Et CJ. Aujourd'hui, tous trois allaient former une vraie famille. Les chevaux trépignèrent, CJ allant de l'un à l'autre, tout fier entre ses oncles. Les chevaux, c'était son idée. Le thème western. Pas de smoking, la tenue de rigueur était le jean. Et la chemise, blanche pour Cord, bleue pour les autres.

L'heure venue, Cord aida CJ à se mettre en selle sur son poulain, son cadeau de Noël à son fils. Puis lui-même et ses frères montèrent sur leur alezan et sortirent de la grange, en file indienne. Kaden s'avança pour tenir la bride du poulain de CJ et laisser le passage au marié et à ses témoins. Les demoiselles d'honneur, elles aussi en selle, devaient les suivre, puis ce serait CJ, juste devant J. Rand et Jolie qui rejoindrait Cord au pied de l'autel improvisé.

Un orchestre entama les premières notes d'une chanson d'amour. Une fois arrivé à destination, Cord descendit de selle et se retourna pour regarder la procession. Les demoiselles d'honneur de la future mariée, des amies à elle, dont Cassie. CJ. Puis il vit Jolie. Un soleil tendre auréolait de couleurs pastel la reine du jour. Non, la reine de son cœur, pour toujours, s'empressa-t-il de rectifier dans sa tête. Il attendait ce moment depuis si longtemps. L'avait espéré si fort. Et aujourd'hui, elle était là, pour lui. A lui.

Elle arrêta son cheval, et il se dirigea vers elle, l'aida à descendre de sa selle, la gardant un petit peu plus que nécessaire dans ses bras, avant de la déposer à terre. Puis le pasteur prit la parole et, après une éternité, Cord glissa un anneau au doigt de Jolie tout en murmurant :

— Par cette alliance, c'est mon cœur que je te donne. Aujourd'hui, je te fais le serment de t'aimer, de te protéger et de te suivre partout où tu le souhaiteras. Je t'aime et t'aimerai plus loin que l'éternité.

Jolie à son tour prononça ses vœux, puis glissa l'alliance à son doigt. Il sourit à sa femme dont les yeux brillaient telles deux émeraudes, semblables à celles de la bague de fiançailles qu'il lui avait offerte, à genoux dans cette chambre d'hôpital, avec CJ pour témoin, en décembre. Il fit face au pasteur, avec le sentiment d'avoir trouvé sa place, en ce monde, et enfin il put embrasser la mariée. Ce qu'il fit avec empressement et passion, tout en murmurant à celle qui illuminerait désormais chaque jour de son existence :

— Tu es mon soleil…

Retrouvez en février 2021,
dans votre collection

PASSIONS

Les amants interdits, de Ryan Reese - N°904

Après que son fiancé l'a quittée sans aucune explication à quelques semaines de leur mariage, Annabel n'a plus qu'une idée en tête : récupérer l'argent durement investi par sa famille dans la réception. Pour cela, elle engage Roarke Perry, un avocat réputé pour sa ténacité. Avec son aide, elle en est certaine, elle obtiendra gain de cause. Ce qu'elle n'avait pas prévu cependant, c'est que le désir s'immiscerait dans leur relation…

La flamme retrouvée, de Joanne Rock

Dix ans après leur rupture, Miranda fait appel à Kai Maddox pour assurer la sécurité informatique de la banque qu'elle dirige. Alors qu'elle pensait avoir tourné la page sur leur histoire, il lui est impossible de nier l'attirance qu'elle éprouve toujours pour cet homme avec qui elle a vécu la plus intense des passions. Une situation qui rend l'idée de travailler avec Kai aussi angoissante que tentante…

Les secrets du play-boy, de Naima Simone - N°905

Pour faire décoller sa carrière de journaliste, Sophie a trouvé le sujet idéal : le scandale qui a éclaboussé l'entreprise Black Crescent depuis la fuite de son P-DG, accusé de malversations financières. Et qui de mieux que le nouveau patron de la firme, Joshua Lowell, pour lui donner le scoop qu'elle recherche ? Déterminée, Sophie est prête à tout pour décrocher un entretien avec Joshua, aussi inaccessible et arrogant soit-il.

Un plan (presque) parfait, de Sheri WhiteFeather

Mary et sa sœur ont un plan pour venger la mort de leur mère, célèbre compositrice de chansons : Mary doit séduire Brandon Talbot, le fils de celui qui a trahi sa mère et l'a menée à la dépression, pour ensuite l'abandonner de la façon la plus humiliante qui soit. Un plan qui semble parfait, à un détail près : à la fois élégant et entreprenant, Brandon est loin de laisser Mary totalement indifférente…

Une grossesse inattendue, de Jules Bennett - N°906

SÉRIE : LIAISONS SCANDALEUSES TOME 1

Enceinte ? Silvia manque de défaillir. Comme si elle ne regrettait déjà pas assez d'avoir mélangé travail et intimité, voilà qu'elle attend un enfant de Nick Campbell. Nick, qui l'avait engagée pour qu'elle rénove son hôtel des monts Great Smoky, et dans les bras duquel elle s'est abandonnée le temps d'une seule nuit. Comment réagira-t-il en apprenant cette sidérante nouvelle ?

Un chef si charmant, de Kimberley Troutte

Après avoir été trahie par son associé, Michele a désespérément besoin de reprendre confiance en elle. Elle décide donc de participer à un concours de cuisine organisé par Jeff Harper, qui cherche un chef de talent pour son restaurant. Or, Michele a bien du mal à se concentrer sur ses recettes alors que le regard intransigeant de Jeff la déstabilise au plus haut point...

Aime-moi encore une fois, d'Yvonne Lindsay - N°907

Le jour où elle apprend que son ex-mari, amnésique depuis un accident de voiture, souhaite revenir vivre avec elle, Olivia est bouleversée. Car, par-delà la peur que cette situation provoque en elle, elle ne peut s'empêcher de nourrir un espoir fou : reconquérir Xander... Pour y parvenir, elle devra lui cacher leur séparation. Oui, c'est décidé : ils vont recommencer à zéro... même si pour cela elle devra mentir à l'homme qu'elle a toujours aimé.

Tendres mensonges, de Michelle Celmer

Tandis qu'elle regarde s'approcher Nathan, Ana est soudain partagée entre une immense angoisse et une furieuse envie de se jeter dans ses bras. Même si elle brûle de lui dire à quel point il lui a manqué durant leur séparation, elle sait qu'il lui faudra feindre l'indifférence. Car Nathan ne doit rien savoir des sentiments qu'elle éprouve pour lui, tout comme il ne doit absolument pas se douter du secret qu'elle lui cache depuis maintenant plusieurs mois...

Pour te retenir, de Rachel Bailey - N°908

Quand Liam a embauché Jenna pour qu'elle s'occupe de son bébé, il était loin d'imaginer que leur relation évoluerait si vite. Or, il a suffi d'une nuit de passion pour qu'il perde la raison. Sans qu'il s'en rende compte, Jenna leur est devenue indispensable, à lui et à son enfant. Aussi, le jour où elle lui annonce qu'elle doit partir, il est furieux. Furieux et désemparé : peut-il se résoudre à la laisser disparaître de sa vie ?

La fiancée du Texas, de Sara Orwig

Treize ans se sont écoulés depuis la nuit où Jake l'a trahie. Au moment même où ils devaient s'enfuir tous les deux, son amour de jeunesse a disparu de sa vie. Aussi, quand Madison le voit arriver chez elle, est-elle résolue à ignorer les battements précipités de son cœur pour mieux le tenir à distance. Car, même si Jake veut aujourd'hui réconcilier leurs familles ennemies, elle ne doit pas oublier qu'il a brisé ses illusions alors qu'elle lui offrait son cœur…